# Trinca

Editora Appris Ltda.
1.ª Edição - Copyright© 2025 dos autores
Direitos de Edição Reservados à Editora Appris Ltda.

Nenhuma parte desta obra poderá ser utilizada indevidamente, sem estar de acordo com a Lei nº 9.610/98. Se incorreções forem encontradas, serão de exclusiva responsabilidade de seus organizadores. Foi realizado o Depósito Legal na Fundação Biblioteca Nacional, de acordo com as Leis nos 10.994, de 14/12/2004, e 12.192, de 14/01/2010.

Catalogação na Fonte
Elaborado por: Dayanne Leal Souza
Bibliotecária CRB 9/2162

| | |
|---|---|
| S729t 2025 | Souza, Paulo<br>Trinca / Paulo Souza. – 1. ed. – Curitiba: Appris: Artêra Editorial, 2025.<br>333 p.; 23 cm.<br><br>ISBN 978-65-250-7390-3<br><br>1. Ficção brasileira. I. Título.<br><br>CDD – B869.3 |

Appris
*editorial*

Editora e Livraria Appris Ltda.
Av. Manoel Ribas, 2265 – Mercês
Curitiba/PR – CEP: 80810-002
Tel. (41) 3156 - 4731
www.editoraappris.com.br

Printed in Brazil
Impresso no Brasil

PAULO SOUZA

# TRINCA

artêra
editorial

CURITIBA, PR
2025

## FICHA TÉCNICA

| | |
|---|---|
| EDITORIAL | Augusto V. de A. Coelho |
| | Sara C. de Andrade Coelho |
| COMITÊ EDITORIAL | Marli Caetano |
| | Andréa Barbosa Gouveia (UFPR) |
| | Edmeire C. Pereira (UFPR) |
| | Iraneide da Silva (UFC) |
| | Jacques de Lima Ferreira (UP) |
| SUPERVISORA EDITORIAL | Renata C. Lopes |
| PRODUÇÃO EDITORIAL | Maria Eduarda Paiz |
| REVISÃO | Simone Ceré |
| DIAGRAMAÇÃO | Amélia Lopes |
| CAPA | Lucielli Trevisan |
| REVISÃO DE PROVA | Ana Castro |

*À minha filha, Felícia Nicole.*

*À minha esposa, Maria Moreira.*

# SUMÁRIO

Prólogo ....................................................................... 9

Trinca......................................................................... 13

Estorieta I
Trinca......................................................................... 15
    Virente ..................................................................... 15
    Interstício.................................................................. 37
    Ressequido................................................................. 55
    Molhado.................................................................... 71

Virente ....................................................................... 95

Estorieta II
Cumbuca ..................................................................... 97

Interstício.................................................................... 159

Estorieta III
Açoite ....................................................................... 161

Ressequido .................................................................. 241

Estorieta IV
Centelha .................................................................... 243

# PRÓLOGO

Os ares de Tabuvale são tão misteriosos quanto a personalidade dos Visões. Não é fácil descobrir e compreender suas regras. Não é que eles não estejam submetidos a leis gerais de funcionamento. O fato é que tais leis são um tanto obscuras demais para aqueles que as olham com uma mente fincada na simplicidade matemática. O que acontece com bastante frequência com o homem sabichão do Mundo de Fora. Ele pensa enganosamente que as suas formas geométricas e fórmulas matemáticas são poderosas o bastante para descrever o que percebe com seus limitados sentidos. Pois elas não são suficientes nem mesmo para estudar o cosmos, o qual funciona com normas, em princípio, regulares. Diante dessa limitação, o homem sábio do Mundo de Fora afirma que o caos não tem regras. Mal sabe ele que o caos tem, sim, leis. No entanto, suas regras estão escondidas para os olhos míopes ou hipermetropes. Da mesma forma, as leis dos ares de Tabuvale são tão obscuras quanto a Furna, a morada do Malino, o Visão dos ares e protetor dos seres mal-assombrados e fantasmagóricos.

Somente os sussurrantes estão autorizados a terem um maior esclarecimento sobre as normas que governam estes vastos ares. Apenas eles conseguem ter um vislumbre daquilo que vem de cima e cai sobre a cabeça tresloucada destas criaturas desvairadas que perambulam por estes tórridos tabuleiros e capões de mato. É verdade que, muitas vezes, até mesmo os homens dos sussurros não são capazes de prever com fidedignidade os caprichos das alturas imensas. Quando não estão de bom humor, os Visões costumam enganar todos os seres, mandando mensagens enviesadas para não dizerem o que realmente irá acontecer. Os deuses são ardilosos por natureza.

Portanto, às vezes, abate-se uma sequidão quando se esperava enchente nos regatos. Outras vezes, os brejos se espalham por cada vargem, quando os ares prometiam poeira enxuta. Nesses momentos de discórdia entre o previsto e o enviado, os sussurrantes são taxados de ignorantes e impostores, pois, *diz o povo incrédulo, não servem nem para dizerem com exatidão o que se vai receber dos céus. O erro é sempre muito visível pelo olho maldoso.*

*Por outro lado, quando os Visões amolecem seus corações, resolvem mandar para estas terras áridas justamente o que foi anunciado, fazendo chover quando as nuvens assim indicavam e deixando o sol queimar como brasa incandescente quando os ventos secos anunciavam a chegada da quentura. E, durante esses raros momentos, os indivíduos que se comunicam com os Visões através de sussurros são agraciados com a vinda do que exatamente previram. Quando isso acontece, as pessoas de má-fé simplesmente afirmam que não fora nada demais, uma vez que essa é precisamente a tarefa de um* sussurrante. *O acerto nunca é reconhecido como realmente deveria ser.*

*Entretanto, mesmo os céus oferecendo ou negando o prometido pelos Visões, os* sussurrantes *estão certos de que os ares de Tabuvale vivem três estações, diferentes nas durações, mas precisamente alternadas. A época da chuva, quando ocorre regularmente, traz a exuberância para estas terras desoladas, fazendo crescer os grãos, enchendo os regatos, aumentando a alegria de todas as criaturas e esverdeando as matas e várzeas. No entanto, a fartura começa a ir embora com o fim d'águas, cessando as chuvas e iniciando o estágio dos caminhos poeirentos. Mas, como sempre pode piorar, Tabuvale em seguida mergulha no sofrível período de estiagem e secura extrema, o qual faz os animais morrerem, enche de areia o leito dos córregos, transforma as criaturas humanas em seres vagantes com fisionomia rabugenta, frita as folhas das árvores e torna os ares cinzentos, como se tivessem sido incendiados.*

*Depois da ruína deixada pela sequidão, caso os Visões se compadeçam com o sofrimento de suas criações, o período das águas retorna para o renascimento dos tabuleiros e capões de mato de Tabuvale. Então, depois delas vem outra vez o fim d'águas e, em seguida, a esterilidade ressurge seguindo o seu rastro. A chuva faz predominar a época do* virente molhado; *a falta dela traz a hegemonia do período mais longo, o* cinzento ressequido; *o fim d'águas, nem tão seco nem tão molhado, é o* interstício medial, *a fase de transição entre o verde e a palidez, entre a inverneira e a escassez, entre a lama e a poeira. O* medial, *tão breve e delgado no tempo, é um lapso sutil no rosto de Tabuvale que passa despercebido de muitas criaturas destes torrões.*

*Alegoricamente, o homem de Tabuvale nasce no primeiro estágio, quando as chuvas estão a cair; envelhece no fim d'águas, quando os ares mudam o semblante; morre na terceira época, quando tudo fica seco como rocha; e revive com a volta da umidade da terra.*

Para não sucumbir às agruras destes tabuleiros e capões de mato é preciso se alegrar com o virente molhado, saber quando o interstício medial chegou e ser forte sob as garras dilacerantes do cinzento ressequido.

# TRINCA

*Cinzento, Virente, Medial.*
*Molhado, Interstício, Ressequido.*
*O tempo corre feito um rodal,*
*Uma Trinca sem início conhecido.*
*Tabuvale, preciso, volta ao final,*
*Revindo ao princípio já vivido.*

*"Que a trinca nunca pare."*

# ESTORIETA I

# TRINCA

*Virente*

Quando os Visões estão com o humor sadio e em êxtase pelas preces que recebem dos homens, não hesitam em descer suas bênçãos benevolentes sobre os tabuleiros e capões de mato de Tabuvale.

Então, as comportas dos ares se abrem e as águas descem das alturas.

Principia a Trinca com sua primeira estação, o primeiro *intervalo*, o *virente molhado*. Depois do período de chuva, prossegue o segundo *intervalo*, o *interstício medial*, marcado pela saudade das águas e o medo do que vem pela frente. E o que vem pela frente é o terceiro *intervalo*, a época de escassez, o *cinzento ressequido*. Em seguida, se os Visões permitirem, retorna o *virente molhado*, fechando a sequência de estações sobre Tabuvale. Este é o desenrolar da Trinca, o circuito temporal que rege todos os tabuleiros e capões de mato, desde o Morro Talhossu, a oeste, até o Morro Torto, a leste; desde o Morro Jatobá, ao sul, até o Morro Moreno, ao norte.

Composta por três estações, cada uma sendo a terça parte de um tripleto, a Trinca continua no seu giro eterno, interminável, desde quando o mundo ainda era broto até os dias de hoje, após sua infindável evolução. E na sua sequência de períodos sazonais se sucedendo uns aos outros, ela nunca perdeu o ritmo nem a ordem de repetição. Até onde se sabe, pelos registros mais antigos disponíveis, nunca se teve um *medial* após um *ressequido*, nem um *molhado* depois de um *medial*. Embora, é claro, e isso não gera nenhum proveito em se contestar, os Visões, com seus caprichos pueris e inconsequentes, perturbem os elementos temporais de vez em quando, deixando um *virente* seco e um *cinzento* ainda mais árido. Fora isso, a sequência, rígida e inflexível, corre inabalável.

Em termos de duração, no entanto, as estações da Trinca não são iguais. O primeiro *intervalo*, o período da *brotação*, pode ser longo ou curto, dependendo do que os Visões nos reservem, fartura ou escassez. O segundo *intervalo*, a época da *transição* entre o novo e o velho, costuma ser breve e indefinido, não sendo perceptível nem seu início nem seu fim. Pelo contrário, o terceiro *intervalo*, a estação da *escassez*, pode se tornar tão longo quanto o sofrimento de cada criatura que é forçada a viver no meio de tanta sequidão. Porém, não há círculo que não volte ao começo, após alcançar seu final, por maior que ele seja. E se o homem murcha durante o *cinzento ressequido*, ele volta a brotar com o retorno do *virente molhado*.

Em Tabuvale, sob o domínio dos Visões, o tempo não passa, apenas rodopia.

E quando o *molhado* regressa, a *brotação* se inicia e o homem se alegra.

A roda do tempo começa seu giro outra vez. Ou termina? Ninguém sabe dizer. Firmar o início do tempo, ou seu fim, ou sua marcação, é só uma questão de se buscar, ingenuamente, o controle de algo incontrolável.

O homem, seguindo o passo preciso das engrenagens do mundo, eclode das entranhas letárgicas do ar acinzentado e esbraseante, sedento por vida.

Alegoricamente, tem-se o início da época infantil do homem de Tabuvale.

Enceta-se seu nascer pungente, porém auspicioso.

Tudo nele é velho.

E tudo nela aparenta decrepitude.

Porém, apesar da idade de ambos, o casal continua junto, unido, como sempre esteve. Mesmo que nem tudo tenha sido enxurrada de alegria ao longo de sua existência. Muito embora tenha sido tentado em sua união por diversas vezes sem conta. Uma luta obstinada e incansável diante das adversidades que a vida prepara para cada indivíduo que compõe um par de cônjuges. Ontem, a se estimar e a se alegrar; hoje, a se odiar e a se aborrecer; amanhã, voltando a se querer e a se reverenciar. Num momento, lapidando as discórdias e pensamentos distintos; no instante seguinte, abrindo mão de algo momentâneo para receber um pouco a mais posteriormente. Sempre seguindo e resistindo aos percalços que se insinuam contra o laço que une um homem e uma mulher.

Portanto, que a separação entre eles se demore pelas lonjuras onde se encontra. Pois o enlace construído por eles forjados pelos Visões apenas poderá ser rompido pelos próprios Visões. Visto que somente eles conhecem e lembram onde fica a emenda, o ponto mais frágil, de cada argola. Que eles mantenham intacta cada conexão que une o casal. Até que chegue o instante certo para que seja desfeita a ligação atada há tanto tempo. Por enquanto, que cada um seja a defesa do outro. O homem alquebrado prezando pela proteção de sua companheira; e a mulher envelhecida indicando ao marido o rumo a seguir. Ou o contrário, como os Visões desejarem. Assim como tem sido desde muitos *virentes molhados* corridos.


Todos se acostumaram a se referir ao homem de idade avançada como sendo o *Caduco*. Assim como, usando o mesmo critério, vago e preconceituoso, denominaram sua companheira com a alcunha de *Mouca*. Tentaram encontrar dois cognomes o mais depreciativos que conseguiram. Então, é dessa forma que eles chamam os dois velhos. Seja um dos mais novos filhos, um dos últimos que ainda resistem por estes tabuleiros e capões de mato das Escalvas, ou um neto menor, o qual ainda nem consegue pronunciar a palavra *velho* na sua forma inteira ou correta. Aquele usa as palavras *velho* e *velha* no sentido mais pejorativo que ele consegue falar. Este, por incentivo dos que estão no seu entorno, pois toda língua é aprendida, articula na boca um *vê*, tanto para o avô como para a avó, sem nem saber o que significa tal termo. O mau caráter também pode ser adquirido.

E se seus próprios descendentes os tratam com tanto desrespeito, o que dizer das pessoas que são apenas seus conhecidos ou vizinhos?

Alguns destes, pelo contrário, não conseguem enxergá-los como alguém inválido ou no fim da vida. Grande parte deles ainda os veem como alguém que um dia foi uma criatura muito conhecida e respeitada por todas estas redondezas, um homem trabalhador e uma mulher sempre disposta a ajudar outras pessoas em seus distintos ofícios. Por isso, alguns ainda preferem se dirigir ao homem e à mulher envelhecidos pelos seus verdadeiros nomes de *múrmur*. Embora isso ocorra somente em raras ocasiões. De vez em quando é que seus nomes, pelos quais receberam o óleo sobre suas respectivas testas, são mencionados. E por não serem usados com mais tanta frequência, estão acabando por cair no esquecimento. Fruto do trabalho de difamação dos parentes do casal de velhos. Uma única calúnia pode deteriorar a imagem de uma pessoa para todo o sempre. Entretanto, todos os elogios do mundo não a tornam alvo certo de respeito perpétuo.

Por outro lado, o *Caduco* e a *Mouca* nunca se deixaram abalar tão profundamente diante do menosprezo que começaram a sofrer desde que entraram num estado de extrema debilidade. Quando a mente do velho deixou de comandar suas pernas e seu corpo emagrecido, ele teve que se adaptar ao sedentarismo. Quanto à velha, logo que seus ouvidos se obstruíram de modo irreversível e seus olhos se habituaram à escuridão, todos pararam de lhe dirigir a palavra, obrigando a pobre mulher a mergulhar numa solidão sem limites.

O afeto pelos filhos, netos, genros e noras não mudou quando o *Caduco*, e talvez a *Mouca*, embora esta não quisesse ou não pudesse se manifestar, passou a perceber que havia um tanto de maldade na maneira como lhes dirigiam a palavra ou lhes faziam algo, tanto a ele como à sua esposa. Era como se os dois tivessem se tornado algo inútil ao extremo, sem mais nada para contribuir. Um par de trastes a incomodar o ambiente. Depois que não conseguiu mais andar firmemente por sua própria conta, nem sua velha ouvir direito ou enxergar com nitidez, os parentes também não viram mais nenhuma utilidade na estrutura do casal no final de vida. Então, eles se tornaram dois fardos pesados demais para a sua família cuidar. Converteram-se em duas criaturas escusadas em excesso para morarem sob o mesmo teto, ou até mesmo serem mantidas vivas, da gente mais nova.

Muitos se enojam perante a velhice, embora todos caminhem, cônscios, inexoravelmente para ela.

Conscientes da situação calamitosa na qual se encontram, os dois idosos agora sabem quem os respeita, quem quer seu bem-estar, quem os ignora, quem os odeia e quem os quer ver mortos. Embora muitos o chamem de caduco, o velho sabe que ainda não é demente e que talvez tenha mais discernimento do que a maioria daqueles que o caluniam. Mesmo que não consiga escutar ou ver com clareza, a velha sabe que os outros a ignoram, não por sua surdez ou cegueira, mas por sua velhice. Isso proporciona aos dois coragem e firmeza no modo de conduzirem o resto de suas vidas. Até que amanheça o dia em que os Visões acharem que é chegado o momento de eles partirem. Antes que isso venha a ocorrer, porém, eles estão cientes de que necessitam seguir firmes em sua vetustez e evitarem sucumbir ao desalento que geralmente se abate com violência sobre os pensamentos de um idoso invisibilizado.

E somente os Visões sabem com certeza o horário e o dia em que se dará a sua partida, o homem velho e sua companheira asseguram para si mesmos. Ninguém mais. Nem mesmo aqueles que conspiram dia e noite para que a decadência do casal se agrave e desejam que o seu fim se concretize o mais rápido possível. Tornar-se idoso é um processo aflitivo. Contudo, também é o momento oportuno para se descobrir por quem se é estimado ou odiado. Pois todos se afeiçoam a um recém-nascido, mas muitos se repugnam diante de um vetusto. É a deformidade sentimental mais deplorável no homem. Felizmente, para quem sente nojo de um idoso, os Visões costumam reservar uma velhice asquerosa o bastante para lhe servir de repreensão.

Por outro lado, a decrepitude realmente se instalou sobre o *Caduco* e lhe tomou de assalto a maior parte de suas energias, assim como uma enchente voraz invade uma croa e a deixa nua de vegetação. Embora ainda não tenha se infiltrado pela mente do homem idoso, a qual permanece com lucidez aceitável, a caducidade já invadiu suas carnes e seus ossos. E isso ocorreu há bastante tempo, quando a sua idade ainda nem era tão avançada. Num dia, ele estava a andar para todo lado, indo e voltando para onde queria; no outro, ele já estava a tropeçar e tombar, dando de cara com o chão depois de uma ou duas passadas mal calculadas. Um *virente molhado* depois, ele já não conseguia caminhar sem o auxílio de uma bengala e o apoio das paredes. Foi uma mudança brusca e deprimente, pois sua liberdade lhe havia sido roubada de repente.

Da mesma forma, parece que os Visões não ficaram totalmente satisfeitos com a surdez da mulher idosa. Então, simplesmente permitiram que a poeira quente e a claridade intensa ressecassem os olhos da macróbia, retirando à força a sua capacidade de enxergar o mundo. Ao contrário da surdez, que se intensificou de modo gradual, a cegueira chegou devagar no começo, mas se acelerou em pouco tempo, levando embora o brilho das suas vistas cansadas e secas de lágrimas. No início, ela se chocava contra uma parede ou contra um caixilho de vez em quando. Isso porque ainda conseguia enxergar com clareza os obstáculos diante de si, sendo possível divisar os débeis contornos sinuosos como um vulto indefinido à sua frente. Contudo, não demorou muito para que ela somente visse a escuridão diante dos seus olhos. Não poder escutar, não era algo que lhe mantinha as ações tão limitadas. Não conseguir enxergar, porém, foi um momento doloroso e triste para a pobre velhinha.

Quando as quedas e tombos se iniciaram e se intensificaram, por unanimidade, a família do macróbio disse que a causa era a grande quantidade de doses de bebida entorpecente. O homem nunca ficava sem tomar pelo menos uma logo de manhã e outras tantas durante o desenrolar do dia, os parentes afirmavam. Não era verdade. O *Caduco* sabia. Porém, os seus filhos e netos não queriam assumir que estavam errados. Sentiam-se mais livres se tivessem qualquer justificativa a favor de seus pensamentos. Os tropeços ocorriam devido à fraqueza e as dores nas pernas, as quais começaram a aparecer sem aviso prévio. Quando ele percebeu que seus músculos estavam se findando e a coluna não mais enviava comando para os membros inferiores, nem para os superiores, já era tarde para procurar um tratamento. Até porque o homem trôpego não suportava se tornar dependente em relação a medicamentos que lhe seriam sugeridos e receitados.

Por outro lado, a *Mouca* não poderia almejar uma cura para seus dois sérios problemas de saúde. Ninguém ao seu redor estava, ou esteve, preocupado com a situação na qual ela estava inserida ou com os desafios que teria que enfrentar. Por ser velha, todos permaneceram indiferentes à perda dos seus dois principais sentidos. É costume esses problemas aparecerem nas pessoas idosas, alguns afirmavam. Não há como se prevenir contra a degradação inevitável do corpo quando a velhice se aproxima, outros tentavam justificar. Por isso, além do marido, nenhuma outra pessoa lhe prestou a assistência necessária. Simplesmente a abandonaram ao próprio fado. Que os Visões, se fossem bons, tivessem misericórdia dela, seus filhos e netos desejaram.

Na verdade, o *Caduco* realmente nunca foi de resistir a uma dose de Regatus, de Morrus ou de qualquer outra cachaça que lhe esteve disponível. E nem de qualquer outra bebida que surgisse em sua frente, fosse produzida numa destilaria ou fermentada em qualquer lugar sem um controle higiênico mais rigoroso. Quando era mais novo, no tempo de sua juventude, ele aprendera a ingerir tais bebidas e nunca mais parara com o hábito adquirido. Não era de ficar bêbado ao extremo, caindo pelos caminhos ou acordando somente no outro dia. Não. Não se deixava descer tão fundo no poço da vergonha. Ele conseguia equilibrar suas doses e voltar para casa sem atingir o estágio no qual um ébrio necessita que alguém o sustente pelo braço. Ao avançar um pouco pela velhice, porém, seu costume de beber foi se tornando cada vez mais prejudicial à sua integridade física e mental. Passou a ficar bêbado com mais frequência e por períodos mais longos. A fraqueza do corpo já não suportava mais o mesmo ritmo de quando ainda era jovem.

A esposa do *Caduco* não se alarmou quando suas doses se intensificaram, pois já havia se habituado ao regime de beber do marido ao longo da sua vivência em que esteve junto dele. Até porque isso veio a ocorrer na mesma época em que ela começava a não mais sentir o som e suas vistas iniciavam o processo que as levaria, posteriormente, à opacidade. Mesmo em tempos passados, quando o esposo chegava esbravejando, tropeçando em piso horizontal, ela não o conseguia enxergar como alguém imprestável. Simplesmente o ignorava, esperando com parcimônia o homem voltar a um estado normal de lucidez. Ela sabia que não o poderia corrigir, uma vez que estava perante um costume contraído há bastante tempo.

Então, a *Mouca* esquecia os momentos de embriaguez pelos quais seu marido passava, aproveitando e intensificando aqueles instantes nos quais ele se encontrava sóbrio. Assim, tornava-se mais fácil construir laços afetivos que, com o passar do tempo, revelar-se-iam duradouros. Pois seriam esses vínculos afetuosos, a *Mouca* pensava consigo mesma, os quais poderiam ajudá-los quando estivessem mais velhos, sozinhos e distantes de qualquer parente para auxiliá-los.

Foi por esse tempo de tombos e esbarrões nas paredes que a família do casal desenvolveu, ou apenas intensificou, pueril ranço injustificável em relação aos dois idosos. O motivo alegado, disseminado como erva daninha à maior parte dos descendentes, o comportamento inaceitável que o homem mantinha quando de seus momentos de embriaguez. Segundo os aparentados, o *Caduco* chegava em casa aos tropeços, falando alto com todo mundo. Conduta típica de quem se encontra sob domínio de entorpecente.

Além disso, filhos, netos, genros e noras reclamavam que a mulher envelhecida não se posicionava de maneira contrária às ações do marido. Isso, todos garantiam, dificultava cada vez mais o processo de mudança que almejavam no modo de proceder mantido pelo velho. Todos sabiam que a pobre anciã, sob as condições em que se encontrava, não tinha poder de interferir em nada ao seu redor. No entanto, eles necessitavam de alguém para carregar a culpa por suas incapacidades de lidar com a situação que vivenciavam.

No entanto, logo que passava o efeito da bebida, o marido logo voltava a ser uma pessoa normal, homem dedicado ao trabalho, respeitador e atencioso com todos ao seu redor. Como sempre fora ao longo de sua vida. Até mesmo depois de velho. A *Mouca*, por seu lado, antes de tudo começar a desandar e quando ainda lhe era permitido ouvir e enxergar, não conseguia compreender a razão de seus filhos não entenderem que o pai era uma pessoa sensata e que não agia daquela forma por maldade. Quando elevava o tom de voz, era somente porque estava fora de si, sob efeito do líquido tóxico, a água inebriante. Seus descendentes, no entanto, não conseguiram distinguir o homem são do homem ébrio. E, por isso mesmo, também não souberam sopesar os rancores. Nem mesmo quando a debilidade tomara conta dos seus pais.

No decorrer do tempo, o ódio em relação ao *Caduco*, bem como a indiferença acerca da *Mouca*, foi se tornando frequente e mais forte. Às vezes, até vindo a beirar um exagero doentio. E expressavam tal sentimento sem pestanejar. Mesmo que o homem envelhecido estivesse mergulhado em silêncio, deitado numa rede por não poder caminhar sozinho ou há dias sem colocar uma única dose de cachaça na boca. Ou então, quando a mulher sem audição e com as vistas ausentes reclamava de algum desconforto ou dificuldade em se movimentar pela casa. Tudo se configurava como motivo para que o desprezo ao idoso casal se enraizasse e chegasse ao limite da irreversibilidade. E quando o menosprezo se fortalece, o ódio costuma se normalizar.

É quando a incompreensão se transforma em intolerância cega.

E para a infelicidade do *Caduco*, encontrava-se ébrio quando do desfalecimento que sua querida esposa sofrera. Um desmaio repentino obrigara a velhinha a postar-se no fundo da rede por sete dias seguidos, durante os quais, exceto o marido, ninguém mais tinha muita esperança que ela pudesse se recuperar. A causa, nem mesmo o *sussurrante* que lhe receitou líquidos e preparados de ervas conseguiu identificar. Provavelmente, teria sido um estresse emocional, ele havia afirmado. O ambiente dentro de casa já não era o mesmo desde muito tempo. Se perguntasse aos filhos e noras o que pensavam sobre a situação, nenhum hesitaria que desejava um fim rápido para a velha. Para que não continuasse sofrendo, eles alegaram.

Os Visões, porém, não quiseram levá-la naqueles dias.

O *Caduco*, sentado à beira da rede da enferma, após o efeito da bebida, não pretendia permitir que o ânimo da esposa desaparecesse totalmente. Não daquela vez. Naquele fatídico dia, quando ela respirava com dificuldade, pestanas cerradas e corpo enrijecido, o homem se acercou da mulher debilitada, olhos marejados e peito sufocado, e a olhou por inteira, com placidez; como se quisesse vê-la por dentro, descortinar até mesmo seus pensamentos mais silentes. E naquele momento excruciante, ele a enxergou como nunca a havia visto antes. Foi como se a estivesse observando pela primeira vez.

Então, o velho viu que ela era uma criatura singular. Uma mulher que falecia todos os dias, desde quando se uniram para formarem um casal, duas criaturas numa só. Desde então, ela morria a cada fim de dia. Não fisicamente, mas emocionalmente. Contudo, mesmo dormindo com o peito repleto de padecimento, no dia seguinte, ela renascia sobre as cinzas do próprio sofrimento. Como um capucho de algodão ao relento, a *Mouca* absorvia as angústias com a luz do dia e as expelia durante o silêncio da noite. Na manhã seguinte, ela estava pronta novamente para ser entupida de rancores e incompreensões. Como num ciclo infindo, imperturbável.

Com um entalo na garganta, o *Caduco* não conseguira evitar que uma lágrima brotasse em cada olho, cada uma descendo pela sequidão da pele facial, rugosa e ressecada. Não fora necessário algo mais para que percebesse o que tinha diante de si, durante toda a parte da sua vida que vivera com aquela mulher. A dor faz ver o entorno. A alegria, pelo contrário, é um véu que engana as vistas.

— Não se vá agora, minha velha. — O *Caduco* lhe havia murmurado, segurando os dedos carcomidos da mulher moribunda com uma de suas mãos, também decrépitas e visivelmente trêmulas. Com a outra, ele acariciava a pele enrugada da face esquerda da esposa. — Não pode me deixar aqui sozinho, em meio a tanta gente estranha e distante. Espere para partir quando eu puder ir junto. Este mundo é cruel o bastante para deprimir qualquer idoso solitário. Volte! Para que possamos iniciar nossa partida juntos, noutro momento.

Semiconsciente, surda e cega; ainda assim, a *Mouca* até pareceu ter ouvido, ou visto, ou sentido, ou os Visões ouviram por ela; porque ela não o deixou. Não naquele dia. O *Caduco*, agradecido por sua prece ter sido atendida, não se afastou da rede da velha naquela noite, nem nos dias seguintes, nem nas noites que vieram depois. Simplesmente dispensou todos à sua volta e tomou para si a tarefa de cuidar da esposa. Mesmo com o movimento das pernas já em estado avançado de debilidade. Contudo, enquanto ela esteve acamada, ele a alimentou, trouxe-lhe água aos lábios, limpou-lhe o rosto com tecido macio e a medicou conforme havia sido orientado pelo homem dos sussurros.

No oitavo dia de abatimento, a mulher moveu o corpo e levantou as pestanas. A consciência retornara à sua mente em frangalhos. Se suas vistas ainda estivessem intactas, o primeiro rosto que teria enxergado seria o do seu velho. Então, ele se alegrou e mais lágrimas molharam suas bochechas magras. Ela, sentindo sob a pele dos dedos carcomidos o líquido a descer pelo rosto do marido, chorou com soluços incontroláveis. Não demorou para que seus olhos, mesmo sem lhe servirem como deveriam servir, passassem de fendas ressecadas pela doença para cavidades lacrimejantes de contentamento.

Era o começo de um *virente molhado,* antes de muitos outros que ainda viriam depois.

E daquele dia em diante, o *Caduco* nunca mais molharia a boca com qualquer tipo de bebida entorpecente. Mesmo que fosse produzida no alambique dos Visões.

Ainda assim, sua família não deixou de chamá-lo por caduco e nem de lhe aumentar o desprezo. A *Mouca*, embora tivesse passado por momentos críticos, também não se esquivou do desdém da família. O casal, cada vez mais dependente de alguém para auxiliá-lo com as tarefas diárias, tornou-se mais solitário a partir daquele incidente. A surdez e cegueira da velha se intensificaram ao extremo e a decrepitude do velho o imobilizou ainda mais. No decorrer do dia, cada filho ou nora que ficava responsável por cuidar dos dois idosos não lhes dirigia a palavra nem se permitia escutá-los.

A sequidão humana se exacerbava.

O *Caduco* havia encontrado sua companheira ainda muito jovem. Ele sendo até mais novo do que ela. Ambos filhos conhecidos destes torrões das Escalvas, após pouco tempo de enamorados, não demorou para que efetivassem o enlace que duraria, eles desejaram, até que os Visões os separassem. O que quase ocorrera com aquele desmaio da velha, pouco antes da invalidez quase completa do homem.

A esposa, quando ainda enxergava bem e ouvia tudo com nitidez, havia lhe proporcionado muitos filhos, em um total de treze, sendo sete mulheres e seis homens. Destes, somente oito conseguiram sobreviver além da fase do rastejar, cinco mulheres e três homens. Todos eles também se casaram ainda novos e geraram muitos netos para o casal de avós. Desejando dar continuidade ao trabalho do pai, os filhos se estabeleceram nas suas proximidades. Assim, eles disseram, poderiam ficar perto uns dos outros e sempre estariam pelas redondezas quando das dificuldades pelas quais os pais poderiam vir a passar.

Não ocorreu como haviam pensado.

Isso porque muitos dos tabuleiros e capões de mato das Escalvas são compostos por extensas regiões de solo improdutivo e espaços amplos com cobertura vegetal esparsa. Talvez por isso o nome. Embora, pelo contrário, o povo mais velho garanta que esta vasta região, que se estende desde o norte do Jumiúdo, da Tapera Velha e do Juassu até quase às proximidades da Grota dos Aluados, tenha recebido sua denominação por algo que não está relacionado à sua vegetação ou à ausência dela. Pelo que se conta, tal nome pode ter vindo de estórias mais estranhas e com enredo mais carregado do que a simples menção à geografia áspera destes tabuleiros e capões de mato.

Como tudo que envolve origem, é difícil saber onde reside a verdade e por onde se espalham os equívocos. Diante da dúvida, o melhor mesmo é sopesar o que se tem, tomando para si o que se mostra como verídico e descartando erros e incoerências. A coerência corrige o engano. Seja pelo ambiente ou por algo mais incomum, as Escalvas têm sua designação coerente com as dificuldades que oferecem aos seus habitantes locais. Estes, como ocorre em muitos outros lugarejos de Tabuvale, são compelidos a se tornarem fortes, caso tenham esperança de suportar as agruras destas regiões inóspitas.

A maior parte das amplas áreas que compõem as Escalvas não contém tantos pés de pau além de sambaíba, guabiraba, jurema, marmeleiro e outras tantas árvores de pequeno porte espalhadas de forma dispersa. Sempre estão muito afastadas umas das outras nos espaços de tabuleiros, embora os capões de mato sejam, em muitos pontos, verdejantes e majestosos. O solo, avermelhado e duro por amplas extensões, é uma mistura caótica de argila infértil e pedregulhos que não servem para uma cultura farta de grãos. A vegetação nativa luta bravamente durante o correr de toda a Trinca para sobreviver sem muita imponência, soltando brotos mirrados e gerando galhos finos e retorcidos. As árvores das Escalvas já nascem carcomidas e morrem nanicas.

Obviamente, a maior parte dessa descrição desalentadora das Escalvas é fruto do que conta o povo de regiões mais distantes. Pessoas que talvez nunca tenham colocado os pés sobre estes torrões ou avistado as plantas que crescem por estas paragens. Pois quem vive ou já teve a oportunidade de passar por estas bandas, sabe que a imagem verdadeira não condiz com tanta desolação. Pelo contrário, nos pontos onde as árvores conseguem frondar com mais facilidade, buscando água nas profundezas da terra, as matas se avolumam e se fixam com mais firmeza, crescendo vistosas e deslumbrantes.

Por outro lado, e isso é preciso que se admita sem contestação, em termos de abundância de água, os Visões também não foram gentis quando da formação destes torrões que se localizam à direita da Fonte, o lugarejo a leste do Regato Jorrante. Na região das Escalvas, poucos são os córregos e lagoas. Estas, largas e rasas, são lagos extensos durante o *virente molhado*, mas secam completamente logo que chega o *interstício medial*. Quando é época de *cinzento ressequido*, não passam de depressões com o fundo composto por barro rachado. Aqueles, estreitos e com leito feito de pedras em abundância, não reúnem água suficiente para molhar suas baixas ribanceiras. São apenas grotas que escorrem durante a estação da chuva, mas se transformam em regos de poeira e rebos enegrecidos quando a escassez predomina.

Por aqui, grandes regatos não cavam o solo.

Com tal feição, não é trabalho fácil se cultivar com abastança por estas paragens cáusticas. Se as plantas nativas têm dificuldade em sobreviver a tão áspero ambiente, não há como se esperar fartura numa safra de grãos. Os pés de milho não crescem, o feijão não vira moita, nem o arroz consegue soltar cachos maiores do que meio palmo. Para quem vive nas Escalvas, a luta pela produção agrícola deve ser intensa durante o período chuvoso. Se o regime de chuva for regular, o plantio pode ser ampliado para gerar grãos suficientes para o resto da Trinca. Pelo contrário, se os Visões não permitirem que as águas desçam dos céus com vontade, para os habitantes destas paragens avermelhadas, o restante das outras duas estações pode se transformar num pesadelo. Um pesadelo de sequidão e escassez de qualquer mantimento básico. Então, todos passam a viver no limite entre ter o que comer e beber ou se retirar para outros lugarejos de vida mais branda.

Foi o que ocorreu com quase todos os filhos do *Caduco* e da *Mouca*.

Não podendo se manter no mesmo ritmo de trabalho e colheita realizados pelo pai, os filhos começaram por debandar para outras regiões. Num *cinzento ressequido* quente e sofrível, o filho mais velho reuniu sua família, despediu-se dos pais e irmãos, e desabou para o norte, buscando serviço mais leve nos canaviais às margens do Regato Doce. Na estação seca seguinte, após uma Trinca completa, a filha mais nova debandou para o sul, sendo levada por seu marido que tinha suas origens à beira norte da Ribeira Juassu, nas proximidades da Tapera Velha. Depois, logo que se findou o próximo *virente molhado*, foi embora mais outro filho, carregando mais uma nora e alguns netos do casal. Rumaram para o leste, almejando a desembocadura da Grota dos Aluados sobre a Ribeira Juassu. Durante aquela mesma Trinca, quando o *interstício medial* dava boas-vindas ao *cinzento ressequido*, seguiram para o oeste mais outras duas filhas. Estas, iludidas pelos discursos vãos de seus respectivos maridos, tiveram como destino os arredores de Asco, a vila nauseabunda, abandonada e amaldiçoada pelos Visões.

No final, o *Caduco* e a *Mouca* se viram rodeados por somente um filho, duas filhas, seus respectivos cônjuges, e um número considerável de netos. Entre estes parentes restantes, os dois genros e a nora nunca haviam se dado bem com os sogros, principalmente depois que o casal se tornou idoso. Como se não bastasse, tentavam estender para seus filhos as mágoas que sentiam pelos dois velhos. Ainda assim, embora não se possa precisar o real motivo, as três famílias continuaram morando nestas paragens, tocando a labuta em frente, mesmo não vivenciando de bom grado a vida que os pais passaram a viver. Se foi por algum interesse particular ou almejando simplesmente tomar posse dos poucos bens do *Caduco* e da *Mouca*, não é possível esclarecer direito.

Os filhos que foram embora para outros lugarejos, também cortaram os laços afetivos com os pais. Dificilmente informavam sobre a vida que tinham e muito menos queriam saber sobre o que se passava com os dois velhos e os irmãos que ficaram por aqui. Quase nunca vinham para uma visita e quando vinham demoravam pouquíssimo tempo ao lado do casal de idosos. Nesse desenrolar, a ligação familiar entre eles foi diminuindo cada vez mais, como se estivesse perdendo a força amorosa, corroendo a liga que os unira em tempos remotos. Não é de se admirar que, quando estão ao lado do *Caduco* e da *Mouca*, não tenham a sensibilidade de compreendê-los. Tornam-se, assim, pessoas estranhas dentro da casa dos próprios pais.

Por isso, quando a situação dos dois velhos se mostrou irreversível, os filhos que estavam longe não puderam ajudar nos cuidados necessários ao bem-estar dos pais. Isso pode ter contribuído para aumentar ainda mais o desprezo aos dois idosos por parte do filho e das filhas que permaneceram por aqui. Por terem fixado residência nestas redondezas, os três não tiveram alternativa a não ser se revezarem no trato com os pais. Mesmo a contragosto, eles acabaram por realizar as tarefas que os dois macróbios não conseguiam mais colocar em prática.

Não demorou para que se enfastiassem de tal situação, na qual somente uma menor parte dos filhos contribuíam com o serviço na casa do patriarca.

Então, quando o *virente molhado* se mostrou já pronto para ir embora, desejando abandonar estes tabuleiros e capões de mato, os três filhos se acercaram do casal envelhecido. Como as chuvas não foram suficientes para animar as plantações, teve-se como resultado uma parca safra. Assim como em outras Trincas passadas, todos esperavam um *cinzento ressequido* árduo e longo.

Que os Visões tivessem clemência por cada criatura destes torrões.

— Vamos embora logo que o *ressequido* tenha seu início — o filho disse sem rodeios, encarando o pai e evitando a mãe. Estavam todos na sala de fora, o único cômodo da casa com espaço suficiente para acomodar tantas pessoas. O *Caduco* estava sentado numa rede, e, numa cadeira perto dele, sua esposa, a *Mouca*. As duas filhas estavam próximas, acomodando-se em cadeiras, tendo os respectivos maridos sentados ao seu lado. O filho e sua esposa estavam ainda mais juntos, de frente para os pais. Alguns netos também se encontravam presentes na reunião, embora em nenhum momento tivessem permissão para declarar seus pontos de vista.

— Então era sobre isso que vocês gostariam de conversar? — o *Caduco* indagou, parte surpreso, parte já cônscio do que poderia esperar. Alguns dias atrás, o filho lhe havia dito que deveriam ter uma conversa com eles, um assunto muito delicado, porém de grande urgência. — Se fosse só por isso, não era preciso se ter toda esta reunião. Bastava chegar e comunicar seu desejo.

— Acho que não fui bem claro — o filho interrompeu, consciente de que o pai realmente não estava entendendo sua colocação. — Vamos embora todos nós, minha família inteira e as de minhas irmãs. — O homem deu uma pausa antes de continuar. Não queria parecer duvidoso. — E vocês dois também. Seguirão conosco pelas estradas, em busca de um lugar mais hospitaleiro do que estas paragens das Escalvas.

Quando o filho finalizou sua informação, calou-se de repente, esperando a reação do pai. Todos ali na sala seguiram sua espera, cada um demasiado ansioso pelo que o velho responderia. Este, impassível em sua rede, não falou de imediato. O que fez aumentar a apreensão dos demais. O *Caduco* encarou o filho por alguns instantes e depois passou a vista ao seu redor, mirando cada rosto na sala. Foi um olhar perscrutador. Como se quisesse desvendar o pensamento de cada pessoa ali reunida. Quando percorreu todo o cômodo com suas vistas cansadas, falou-lhes como se fosse a estranhos.

— Então, esta é a maneira mais eficaz que vocês encontram para solucionar o problema que sempre têm sobre estes torrões? — o velho perguntou, retoricamente. Ninguém teve dúvida de que o mesmo estava magoado, decepcionado com os próprios filhos. Ele tinha cólera incendiada em sua voz e desafeto acumulado sob o peito. — Por não conseguir cultivar durante um *virente* escasso, resolve debandar para outro lugarejo, sem nem mesmo saber se é possível encontrar melhores condições de vida em outras partes? E ainda quer levar dois velhos inválidos a se arrastarem pelas varedas. Não consigo caminhar sozinho e minha velha não enxerga nem ouve direito. Já pensaram como será difícil para nos levarem junto com vocês?

— Não se preocupe, pai — uma das filhas o interrompeu, achegando-se um pouco mais para perto, o suficiente para tocar a mão da mãe e atrair a atenção do pai. — Vocês dois irão viajar com todo o conforto que for possível. Você não irá precisar andar nem a mãe enxergar ou escutar. Vamos cuidar para que tenham um percurso tranquilo e sem cansaço.

Se a intenção da filha fora amolecer o coração do velho, não conseguiu. Por isso, ela voltou à sua posição anterior logo que percebeu o olhar duro que a ela ele dirigiu. Sua mãe, ao sentir o toque da mão da filha, contorceu-se na cadeira, como se quisesse perguntar algo ou saber o que acontecia. Ela havia se acostumado às suas duas deficiências, sabendo que não poderia ter respostas para suas perguntas. Contudo, não resistia ao hábito de querer saber o que se passava ao seu redor.

— O que está acontecendo, minha filha? — a *Mouca* indagou, calma e convicta de que ninguém poderia lhe fazer entender o que se estava a discutir. — Estão conversando sobre as colheitas ou acerca da aproximação do *cinzento ressequido*?

A filha simplesmente acariciou o braço da mãe outra vez, um sinal de afirmação e tranquilidade. A velha, conhecedora daquele código, abriu um leve sorriso e voltou a se acomodar em seu assento. O velho seu marido, porém, continuava fechado e chateado. A maneira como estavam a lhe tratar, querendo mergulhá-lo numa ilusão sem tamanho, era estarrecedora. Quando viu que ninguém mais se manifestava para falar, ele voltou a discorrer sobre sua insatisfação:

— Vivi toda a minha longa vida nestas paragens, entre as paredes desta velha casa, abrindo e fechando suas portas, abrigando-me sob seu teto. E antes de mim, meus antepassados, e os de vocês também, sobreviveram nestes mesmos torrões. Nunca precisaram partir para outras regiões. Com trabalho duro, enfrentaram *virentes* escassos e *ressequidos* escaldantes. Porém, foram fortes e perseverantes. Fizeram o que os Visões pediram e se alegraram com o que eles lhes ofereceram de volta. Atravessaram Trincas e mais Trincas na labuta por estas terras, com um único objetivo: criar suas famílias e garantir a vida nossa e a de vocês, seus descendentes ingratos. Agora, só porque a safra não foi tão farta quanto se esperava, simplesmente abandonamos suas memórias e partimos para tabuleiros e capões de mato nos quais somos estranhos? — O velho voltou a correr as vistas enraivecidas pelo amplo cômodo, procurando olhos solidários e semblantes que pudessem apoiá-lo. Não encontrou nenhum dos dois. Pelo menos não conseguiu captar nada do tipo. A maior parte dos parentes ali presentes estava cabisbaixa, evitando encarar o patriarca em seu desabafo. Quando voltou a falar, o *Caduco* pareceu mais calmo, como se tivesse se dado por vencido. — Não tenho controle sobre nenhum de vocês, pois já são donos da própria vida. Façam como acharem melhor, fujam para qualquer lugar, mas deixem eu e minha velha morrermos quietos em nosso canto. Não vamos arredar os pés de nossa casa para morrermos em terras ignotas e longínquas, como forasteiros sem morada fixa.

O homem envelhecido se calou e se aquietou em sua rede. Suas carnes tremiam e seus membros pareciam molambos ao vento. Se não estivesse sentado, talvez tivesse caído com um colapso nervoso fulminante. Seus nervos não eram mais fortes o bastante para suportarem uma pressão desse tamanho. Não com os filhos confrontando-o de modo despudorado. Também nunca havia sido questionado dessa forma e, até onde ele se lembra, nunca teve que falar de maneira tão áspera com um membro da própria família. Era um golpe muito duro para ele resistir. Tão duro que acabara por perder o controle do próprio impulso, e, tinha certeza, se sua velha pudesse entender o que se passava, a esta altura já estaria em prantos incontroláveis.

Após o *Caduco* parar de esbravejar, ninguém se permitiu, de imediato, articular qualquer palavra. Todos estavam em silêncio, como se estivessem conscientes de uma grande culpa. Alguns se entreolhavam, talvez envergonhados ou, como cúmplices de um crime, com medo de serem acusados pelos demais. Outros, ainda mais acanhados, talvez até contrários à proposta de uma partida rumo ao desconhecido, simplesmente permaneceram sem se manifestar. A grande maioria dos parentes não tinha tamanha ousadia para contrariar o *Caduco*, embora discordassem de seu posicionamento perante à família.

— Acha mesmo que ainda pode decidir por si só?! — o filho voltou a falar, agora com a voz mais inflamada do que antes. Ele havia se levantado e, postado de pé, apontava o indicador direito para o pai. Se é que naquele momento o velho ainda era seu pai ou tivesse qualquer parentesco próximo com ele. Os outros familiares agora olhavam, alternadamente, em duas únicas direções, para o velho na rede e para o homem de pé. — Vocês dois já são velhos, não podem mais dizer o que querem ou o que não querem fazer. São dois decrépitos inválidos e dependentes de nosso auxílio para realizarem até mesmo as tarefas mais básicas. Só comem porque lhes damos de comer, só se banham porque os banhamos, só fazem suas necessidades porque os ajudamos no caminhar. Por isso, é melhor não resistir ao que propomos e ao que disponibilizamos para vocês dois. Vamos nos retirar destas terras inóspitas e vocês irão conosco, querendo ou não querendo. As memórias de seus antepassados, deixe-as enterradas onde estão.

O filho ainda fixou um último olhar severo e engastado no rumo do pai antes de sair pisando firme. Não disse mais nada.

Ao abandonar a sala, todos pareceram entender que aquela era a última e definitiva decisão. Iriam embora, todos, sem ninguém mais discutir sobre o assunto. Também seria a palavra final. Ninguém mais a contestaria nem tentaria mudá-la. Não demorou para que os outros parentes também se levantassem e se dirigissem à porta de fora. Retiravam-se todos calados, fosse filho, neto, genro ou nora. Lentamente, a sala foi se esvaziando.

Na cadeira, a *Mouca*, totalmente alheia ao que ocorria ao seu redor, foi deixada sozinha a fazer perguntas que não seriam respondidas. Na rede, o *Caduco* deitou-se de costas, mantendo a cabeça quase na altura dos punhos. Com o peito quase a explodir de rancor, ele virou o rosto para o lado oposto da porta de fora. Não queria ver a indiferença e o desprezo estampados na cara de seus familiares. Eram todos ingratos. Que os Visões tivessem piedade de todos eles.

Em silêncio e taciturno, o velho não reprimiu duas lágrimas a brotar com tristeza, uma em cada olho. Que elas molhassem e lubrificassem suas vistas melancólicas. Mergulhado em seu pranto mudo, inesperadamente, ele sentiu dedos carcomidos a tatearem seu braço e seu rosto, ambos também gastos pela velhice. Era sua velha que procurava consolá-lo. Quando apertou sua mão e acariciou sua face, molhando o dedo com uma lágrima quente e salgada, ela articulou nos lábios palavras ternas e consoladoras:

— Não chore, meu velho. Não importa para onde nos levem ou onde nos abandonem, ainda temos um ao outro.

O homem não entendia como a esposa sabia sobre o que haviam discutido. Se é que essas suas palavras diziam respeito ao que estava se passando. Neste momento, entretanto, não valia a pena decifrar tal enigma. O que mais importava agora era o carinho de sua velha companheira.

Então, o *Caduco* liberou o choro e as lágrimas desceram fartamente. No entanto, a *Mouca* o acalentou à beira de sua rede.

Eram dois velhos inválidos, porém feitos um só.

*Interstício*

A roda da Trinca não descansa nunca.

Tabuvale sai do *virente molhado*, o primeiro *intervalo*, e mergulha no período de *transição*, o *interstício medial*, a segunda e efêmera estação.

As comportas dos céus são atravancadas e as águas vão embora. O que era verde, adquire tom de palidez; o que era folha vistosa, murcha como se tivesse sido queimada por labareda escaldante; o que era úmido, torna-se seco e quebradiço.

O mundo vira um lençol de poeira.

Ainda assim, mesmo com a saudade das águas, o *interstício medial* se caracteriza pela diversidade de aromas e tonalidades. O processo de desbotamento vegetal exala para o espaço diversos odores florais, fazendo aumentar a melancolia perante a escassez que se aproxima.

É o momento de se preparar para a chegada do *cinzento resse-quido*, a época da sequidão extenuante.

Alegoricamente, o homem sai da sua fase infantil e entra na vida como adulto. Pois é necessário ser forte para enfrentar o que vem pela frente, o que está por vir como tempestade voraz.

E, perante a selvageria e a brutalidade, não se pode perder o cordame que ata a mente repleta de prudência refinada à racionalidade e ao bom senso. Livrar-se de todo pensamento pueril, durante os instantes tenebrosos, torna-se uma ação imprescindível.

Pois a seca não tarda.

Tudo nele é diferente de todos os outros que lhe fazem companhia.

Sejam seus irmãos ou primos. Nenhum deles pensa conforme o que ele acha sensato. Seu pai, filho do *Caduco*, sempre se mostrou atrevido e de personalidade forte, difícil de conviver com as pessoas ao redor. Sua mãe nunca deixou de lhe contar as atitudes ásperas tomadas por seu pai, desde quando os filhos ainda nem eram nascidos. E desde que começou a se entender como gente, ele passou a observar o pai e comprovar o que sua mãe lhe alertara. Por isso, em momento algum, deixou-se levar pela vontade de contestar qualquer fala equivocada de seu teimoso pai. E, por isso mesmo, ninguém o percebeu como alguém com ousadia suficiente para questionar o pensamento de qualquer um de seus parentes, fizesse parte da sua linha ascendente ou do mesmo nível de parentesco.

Quanto a isso, todos se enganaram por não saberem avaliar direito seus desejos e pensamentos. Por não se intrometer em conversas de adulto ou familiar, todos em volta o tinham como uma pessoa sem um objetivo bem definido. Alguém que conversava pouco e não emitia seu ponto de vista acerca de qualquer assunto. Um jovem que se esquivava de qualquer diálogo acerca do modo como eram discutidos quaisquer temas relacionados a parentes. Por essa tão gritante introversão, também não conseguiu se livrar de uma alcunha. Todos que o conheciam, até mesmo seu pai e irmãos, passaram a chamá-lo de *Calado*. Um apelido que também era carregado de sentido ultrajante.

Ele não se incomodava.

No entanto, nunca deixou de se desagradar com a forma como todo mundo se dirigia aos seus velhos avós. Não parecia certo, ele pensava, dirigir-se aos dois idosos com grosseria ou desrespeito. No momento em que presenciava qualquer afronta contra o *Caduco* ou contra a *Mouca*, o *Calado* tentava se segurar para não explodir em defesa dos avós. Até mesmo estes dois apelidos eram desaforados o bastante para deixá-lo possesso e com vontade de revidar aos familiares insolentes.

— Não concordo que todo mundo fale de modo desrespeitoso com o vô e a vó — o *Calado* se queixava quando se encontrava sozinho com a mãe. — Eles não merecem ser tratados desta maneira. São idosos! E são nossos avós! Tenham feito qualquer coisa, mas ainda assim são nossos avós. Devemos tudo a eles dois. Não há justificativa no mundo que explique um desaforo contra um pai, uma mãe, um avô ou uma avó!

— Também não é do meu consentimento que lhes faltem com o devido respeito — a mãe respondia, tentando acalentar o filho. — No entanto, desde quando conheci seu pai, já percebia que todo mundo por aqui sentia certo repúdio pelos seus avós. Por isso, nunca tentei ir de encontro com esse tipo de tratamento para com eles. Além do mais, não seria sensato, para mim, manifestar um pensamento contrário ao de meu marido.

Essa resposta da mãe deixava o jovem melancólico ainda mais taciturno. Todos os dias ele fazia um esforço tremendo para viver em meio a tanto atrevimento sem poder repelir nenhum. Com o tempo, seu peito também ficou abarrotado de mágoa. Pois não era fácil assistir calado seus avós sendo alvos de constante destrato. Que os Visões lhe dessem força suficiente para poder suportar tão intensa vontade de reagir a tais insultos. Porque se se manifestasse contra qualquer membro da família, ele ponderava, poderia sofrer severas repreensões ou até mesmo punições. Principalmente vindo de seu pai, tanto era o desdém que este sentia pelos dois velhos. Mas, por enquanto, ele estava conseguindo se segurar firme e mantendo o controle de sua cólera.

Tal luta, porém, era árdua e difícil de resistir.

— Temos mesmo de nos mudarmos para outro lugarejo? — o *Calado* indagou à mãe, a única pessoa de casa que ainda lhe tirava alguma palavra da boca. Algo que nem mesmo os próprios irmãos ou o pai conseguia. — Aqui não é tão ruim quanto todos parecem acreditar que seja. Como disse o vovô, vivemos nestas terras desde que nascemos e agora, do nada, colocamos o pé na estrada em busca do desconhecido. Além do mais, querem levar dois idosos que não conseguem nem caminhar direito.

— Como vimos naquela congregação, está tudo decidido e ninguém contestou nada — a mãe respondeu, ajudando o filho a colocar os derradeiros objetos e mantimentos dentro de bolsas, sacos e cestos. — Eu sei como é difícil ver do seu ponto de vista. Porém, não se pode fazer nada. A não ser que se posicione contra todos. Por isso, tente aceitar. Assim, você sofrerá menos. Não deixe que seu peito exploda de tanta mágoa.

— É, mãe. Talvez eu aceite — o *Calado* disse, cabisbaixo e melancólico.

— Vamos, meu filho. Já estão todos prontos. Não há mais o que conversar. O que você pode ainda fazer é ficar o mais perto que puder de seus avós, cuidando para que os dois tenham uma viagem sem sofrimento.

— Está bem — o jovem falou, decidido. Como se tivesse se conformado. — É. Essa é uma ótima ideia! Obrigado, mãe. É justamente o que irei fazer, ficar perto do vô e da vó. O mais perto possível.

Os dois se dirigiram para a porta de fora, cada um carregando sacos e bolsas à tiracolo. O restante do pessoal estava a esperar no terreiro da frente. Organizavam diversos objetos em malas de couro de novilho, as quais seriam transportadas pelos jegues. Os homens, mulheres e jovens levariam os apetrechos mais leves. Por ser uma mudança definitiva, pelo menos era o que desejavam os idealizadores de tal projeto, era necessário levar tudo que se fosse precisar na viagem, até chegarem ao novo lugar onde se estabeleceriam, o qual ainda estava por se decidir qual seria o mais apropriado.

Quando tudo ficou pronto, a caravana deu início à caminhada.

Os homens adultos deram a partida primeiro, como se fossem os desbravadores que abririam caminho na frente. Carregavam ferramentas de corte e cabaças d'água dependuradas sobre os ombros. O pai do *Calado*, como era de se esperar, seguia mais à frente do que os outros. Provavelmente, todos o seguiam e o consideravam como o comandante da operação. Talvez ele gostasse de ser tratado e considerado dessa forma. Ao seu lado, caminhavam seus dois cunhados e alguns homens que haviam aderido ao plano de retirada das Escalvas.

Diversas famílias não haviam pensado duas vezes antes de aceitarem fazer parte do grupo. Os homens juntaram suas tralhas, animais, esposas e filhos, e entraram na mesma torrente de retirantes. Muitos deles sem saberem com certeza o que lhes esperaria no final da jornada. Quando se acha sem perspectiva, o homem segue seus mais degenerados desejos. Torna-se apático a todo bom senso que lhe é oferecido e vira as costas às decisões mais sensatas. Afunda-se até atingir o nível de subumano, no limite extremo da vulgaridade, no ponto mais banal de seus princípios residuais. Converte-se num animal abjeto por natureza.

A parte intermediária da caravana era composta pelas mulheres adultas, carregando, escanchados sobre suas cinturas, seus filhos de colo. Algumas também arrastavam pelos braços as crianças já crescidas, aquelas que podiam andar com o auxílio de alguém mais resistente para lhes imprimir um impulso extra. Essas mulheres levavam pote sobre a cabeça, panelas de barro e outros instrumentos de cozinha. Além de terem à tiracolo bolsas atopetadas de objetos menores e utensílios diversos. Tais criaturas teriam ainda maior participação no bando quando chegasse o momento de se preparar a comida para alimentar tantas pessoas. Entre elas, caminhavam as duas tias do *Calado* e sua mãe. O restante tinha como membros as esposas dos homens que seguiam à frente, bem como muitas jovens das redondezas que ajudariam nos cuidados com as crianças menores.

Na retaguarda, tinha-se o grupo de jovens e meninos responsáveis por tangerem e cuidarem dos animais de carga. Alguns seguiam na frente dos bichos, puxando-os pelos cabrestos. Outros, já mais experientes com semelhante labuta diária, simplesmente acompanhavam seus jumentos, um cipó na mão e ordens a partirem dos lábios. De vez em quando um esbravejar soava nas orelhas dos quadrúpedes. E eles pareciam entender cada comando, pois atendiam o som dos gritos com um levantar de cabeça e passavam a trotar com maior celeridade.

Os jegues carregavam, em suas malas de couro, roupas, redes, cadeiras, objetos para os mais variados serviços e uma quantidade modesta de grãos. A maior parte do que resultou da reduzida lavoura ficou estocada nos paióis. Quando estivessem estabelecidos de forma permanente em novas paragens, um grupo de homens retornaria com os jumentos para levarem o restante da parca safra. Isso havia sido combinado previamente e tudo estava nos conformes.

Por último, compondo a cauda da grande fila de pessoas e animais, uma carroça de madeira puxada por um jegue tristonho se arrastava pela estrada. Sobre ela, um casal de idosos repousava em silêncio. A mulher, envelhecida e debilitada, estava sentada sobre uma espécie de almofada, mantendo as costas apoiadas na borda lateral do veículo. Tinha as pernas juntas e esticadas para a frente, o braço direito caído ao longo do corpo e o esquerdo sobreposto à madeira do beiral da carroça. Sua linha de visada era perpendicular à direção do caminho. Uma larga tira de tecido rústico fora amarrada em volta da cabeça, passando pela nuca e sobre a testa, como se fosse alguma proteção. E, pelo silêncio nos lábios e falta de movimento consciente, não poderia estar a sentir o avanço da carruagem pela estrada ou a presença de qualquer coisa ao seu redor. Estava alheia ao prosseguimento da viagem.

O homem, com sua idade avançada aparentando ainda maior debilidade, permanecia deitado sobre o piso da carroça, junto da mulher. Estava disposto longitudinalmente ao veículo, a cabeça no sentido do avanço da caravana e os pés para trás. Abaixo de seu corpo havia sido colocado um forro feito de material macio, um tipo de estofado constituído de palha seca e pano de algodão. Encontrava-se visivelmente adormecido, como se estivesse embriagado. Sobre os olhos, tinha uma venda feita com o mesmo pano da tiara que passava pela fronte da velha. Pelo seu estado de mobilidade nula, encontrava-se em sono muito profundo, não podendo ser acordado com pouco barulho.

Era o *Caduco*.

E, próximo a ele, sua esposa, a *Mouca*.

O jegue que arrastava a carroça era conduzido pelo *Calado*. Ele puxava o cabresto ao mesmo tempo que, vez ou outra, olhava para trás com o intuito de averiguar se seus avós estavam bem. Os filhos do casal de idosos, como haviam prometido anteriormente, fizeram com que os dois ingerissem uma bebida entorpecente antes de iniciarem a viagem. Assim, eles argumentaram sem que ninguém os questionasse, os velhos não sentiriam tanto cansaço no decorrer da jornada.

Essa havia sido mais uma atitude com a qual o neto não concordara. Entretanto, não contestara no momento, pois não teria sido ouvido. Talvez até tivesse sofrido dura reprimenda se houvesse aberto a boca contra a maioria. O melhor a fazer seria aceitar tudo aquilo e cuidar para que os avós não sofressem com o balanço da carruagem. Portanto, ele conduzia o jumento de tal modo que o mesmo procurasse sempre o lado mais nivelado do caminho, evitando aqueles trechos mais acidentados e esburacados.

Se mantivesse um movimento suave, ele calculou, o sacolejo do veículo seria menor e não perturbaria o sono dos avós. Ainda assim, vendo o estado lamentável em que se encontravam os dois idosos, o *Calado* sentiu compaixão por eles e o sentimento de revolta voltou a crescer sob seu peito. Mesmo assim, ele sabia que ainda não havia chegado o momento certo para se fazer algo a respeito do

*Caduco* e sua companheira. Continuou a seguir conforme o desejo da maioria. Era preciso ter paciência.

A caravana seguiu vareda afora, sem se preocupar com o que ficava para trás. Pelo rumo que tomava, o *Calado* conseguiu supor o destino que o grupo de retirantes almejava. Como buscavam o caminho da Fonte, provavelmente estariam determinados a se direcionarem para o oeste e, posteriormente, alcançarem, talvez, a Vila Asco, a vila amaldiçoada pelos Visões. Mesmo sendo conhecida por todos de Tabuvale como um lugar sórdido, é para lá que muitos se encaminham em suas viagens. Buscando, quem sabe, fazer parte dos inúmeros e sombrios contingentes de aproveitadores, homens e mulheres sem escrúpulos, que vivem daquilo que os outros produzem.

Consciente disso, o *Calado* se decidiu por não chegar até o final junto do grupo. Na primeira oportunidade que lhe surgisse, ele daria um jeito de os abandonar, procurando outro rumo para seguir. Voltar para casa seria uma decisão sensata e tentadora. Tinha certeza de que os demais seriam contra o seu afastamento e que tentariam impedi-lo de qualquer forma. Ainda mais quando soubessem que ele pretendia mudar de rota levando consigo os dois velhos. Portanto, era imprescindível deixar a caravana de maneira inesperada, fugindo para longe quando todos estivessem em sono profundo. E o horário ideal seria quando a noite caísse, embora também fosse um desafio tremendo conduzir no escuro uma carroça com dois idosos visivelmente debilitados.

Porém, não havia outro jeito. Essa era a única forma possível de uma fuga mais eficiente e exitosa. Aproveitar a escuridão, o horário perigoso do Assobiador, para se antecipar aos homens que seriam designados para o trazerem de volta. Seu pai não iria aceitar inerte tamanha ousadia e ultrajante afronta. Mandaria seus camaradas voltarem e procurarem por tudo que fosse vareda em busca do filho desobediente. Depois lhe aplicaria um castigo cruel o bastante para nunca mais deixar de seguir suas ordens.

Tudo isso poderia vir a acontecer, o jovem ponderou. Mas talvez valesse a pena tentar uma fuga, se fosse para abrandar o sofrimento dos avós. Eles dois mereciam uma vida melhor do que a que sua família lhes proporcionava. Portanto, ele estava decidido sobre o que faria quando o dia terminasse. Quando todos pegassem no sono, ele iniciaria sua caminhada noturna e, então, quando o dia voltasse com a luz da Visagem iluminando tudo, ele já estaria muito longe para ser encontrado. E se ninguém conseguisse apanhá-lo, após uma longa, enfadonha e infrutífera busca, seu pai talvez lhe esquecesse e o entregasse à misericórdia dos Visões.

Somente uma circunstância deixava o *Calado* desanimado com seu plano. Sua mãe. Ele a adorava mais do que qualquer pessoa e somente ela parecia compreendê-lo. Enquanto todos o tratavam com desrespeito, ela lhe proporcionava afeto e estava sempre de peito aberto para receber suas lamentações reprimidas. Chorava com ele e era a grande responsável por ainda não ter feito alguma precipitada tolice. Era sua mãe que, ao mesmo tempo que abrandava suas dores internas, também evitava que fizesse algo do qual viesse a se arrepender depois.

Mesmo assim, ele não poderia pedir que ela viesse com ele. Não. Sua mãe havia jurado companheirismo ao marido e não era de seu feitio quebrar juramentos aos Visões. Estaria amarrada aos desejos do esposo pelo resto de sua vida. Era preciso respeitar as decisões dela e torcer para que não sofresse além do que ela poderia suportar. Talvez um dia ele pudesse reencontrá-la outra vez, assim como o restante da família, após os consertos pelos quais o tempo se encarrega. Por enquanto, porém, o momento era de afastamento e sua decisão não teria retorno.

Que o dia envelhecesse rápido e a noite brotasse célere, ele desejou.

Contudo, a noite nasceu e o dia retornou sem que o *Calado* soubesse o que havia acontecido nesse ínterim. Quando a luz da Fagulha fez seu rosto aquecer além da intensidade agradável, o jovem despertou com um sobressalto. Levantou-se aturdido e com a fronte latejando de dor. Olhou para todos os lados, mas não conseguiu ver criatura alguma, nem gente nem animal. Todos haviam partido e o deixado para trás. E muito provavelmente há bastante tempo, pois o dia já avançara na idade. Estava só e sem compreender de imediato o que poderia ter acontecido.

No entanto, não demorou para que ele entendesse o que teria se passado. Era muito simples. Alguém, aos mandados do seu tão prestativo pai, providenciara para que ingerisse a mesma beberagem oferecida aos avós antes da viagem, colocando-a na água ou na comida. Quando a noite chegou e eles pararam para o descanso, ele deve ter dormido antes dos demais. Ao se prepararem para recomeçar a caminhada, ninguém teve o cuidado ou a preocupação de acordá-lo. Além de sua mãe, ninguém mais no grupo tinha qualquer afeto por ele. E todos já haviam observado sua íntima aproximação aos dois velhos. Melhor que ficasse para trás. Seria um problema a menos.

Presumindo que estava correto em relação ao ocorrido acerca de sua provável sedação, o *Calado* admitiu que havia sido negligente em demasia e que era preciso pensar rápido sobre como agir em seguida. Era de se esperar que sua mãe não tivesse concordado com seu abandono pelo grupo de retirantes. Com certeza que não, o jovem tentou garantir para si mesmo. No entanto, obviamente que ela também não pudera fazer nada a respeito. Talvez até tenha visto tal desenrolar como a melhor forma de tudo terminar sem nenhuma violência nem hostilidades expressadas. Antes ter o filho abandonado, o qual já estava com tal plano, do que tê-lo perseguido pelos capangas do marido.

O *Calado* sentia muito pela mãe, mas sabia que ela o amava e, portanto, compreendia sua situação. Os dois estariam separados no espaço, porém continuariam unidos pelas teias da afetividade entre mãe e filho. Agora era somente ele e a necessidade premente de tomar uma decisão sobre aonde ir.

Então, ele começou por tentar se localizar. Onde realmente se encontrava?

Não estava no que parecia ser um acampamento, mesmo que fosse usado somente por alguns instantes. Muita gente reunida em um ponto deixa vestígios visíveis demais para serem ignorados. Não havia nenhum. Nada de galhos quebrados, poucos rastros, sem marca de cama improvisada, nenhuma cinza de fogueira e ausência total de remexidos na terra e matos. Nada que denunciasse a passagem de uma caravana composta por homens, mulheres, crianças, animais ou, o mais importante, carroça.

Não o haviam deixado para trás, o jovem concluiu. Sedaram-no e o levaram a um lugar longe de onde montaram o acampamento. Sem nenhum remorso, jogaram-no no meio de um pequeno espaço aberto localizado dentro de um capão de mato. Talvez nem mesmo sua mãe soubesse como tudo havia ocorrido. Provavelmente, a esta altura, simplesmente acreditasse que o filho havia fugido, como tinha decidido anteriormente. No entanto, assim era melhor, pois ela sofreria menos.

Então, outra pergunta lhe veio ao pensamento: o que teriam feito com seus avós, os levado em frente ou os abandonado, como ele? Precisava descobrir.

O jovem andou ao redor do local onde fora deixado a dormir e se dirigiu ao que parecia ser a trilha por onde havia sido trazido. Os rastros eram compostos por quatro pares, todos parecidos, porém diferentes. A trilha por onde vieram não era velha, sendo construída há pouco, como mostravam alguns galhos quebrados e virados no meio do mato. O *Calado* a seguiu sem hesitar. Apesar de ser um caminho tortuoso e atravessar todo um longo capão de mato, não demorou para sair numa clareira mais extensa. Ali estavam as marcas do verdadeiro acampamento da caravana. Havia leitos improvisados com folhas, marcas de cascos de jumento, restos de carvão de fogueiras e trempes. E o rastro inconfundível das rodas de uma carroça.

O *Calado* seguiu adiante, sem perder de vista os traços deixados na poeira pelas rodas do veículo. No início, a miscelânea de muitos rastros de gente acompanhava os da carroça. No final da clareira, no entanto, era mais do que evidente que eles se separavam. As alpargatas e botas seguiam pela estrada principal, no sentido oeste, enquanto as rodas de carruagem rumavam para o norte, entrando por uma vareda lateral menor e depois retornando para seguirem as pegadas dos homens. Seguindo o mesmo caminho da carroça, acompanhavam dois pares de rastros de duas pessoas adultas. Estes também regressavam para rumarem no sentido do oeste.

Os avós não haviam sido levados junto ao grande bando, o jovem inferiu.

Haviam sido abandonados para morrerem no mato. Assim como ele. E isso o deixou ainda mais triste e enraivecido. Não conseguia compreender como um filho ou uma filha seria capaz de cometer tamanha atrocidade contra um pai ou contra uma mãe. Ainda mais quando os mesmos já estavam com idade avançada. É um ato abominável, praticado por gente deplorável. Gente de quem ele próprio era parente. Nada para se orgulhar, apenas para desprezar.

Que os Visões olhassem das alturas e se sentissem generosos para retribuírem tamanha perversidade.

Apressado, o *Calado* reprimiu todos aqueles pensamentos e tentou se concentrar no que era mais importante. Precisava encontrar os avós o mais rápido possível. E que os dois ainda estivessem vivos por onde foram deixados, o jovem desejou intensamente. Se bem que, ao mesmo tempo que esperava achá-los respirando, também não se assustaria caso esbarrasse em seus corpos já ausentes de *fulgor* e dados ao apetite dos camirangas. Os dois foram dopados com beberagem poderosa e concentrada. Por isso, não poderia perder tempo de jeito nenhum. Quanto mais cedo os avistasse, maiores as chances de reencontrá-los ainda com vida.

Sem esperar por mais nada, ele tomou o rumo dos rastros da carruagem e seguiu às carreiras pela vareda estreita. Já era possível distinguir os sinais, muito visíveis, de poeira solta misturada aos restos de erva rasteira ressequida. Que o final daquele caminho apertado fosse dar com dois idosos ainda a respirarem, o jovem ansiava durante sua corrida.

O sol já alcançava o ponto mais alto da abóbada celeste quando o *Calado* sumiu atrás da curva do caminho.

— Onde estão seus pais? — A mãe do *Calado* indagou ao marido, quando viu o jumento atrelado à carroça amarrado em um tronco de catingueira e o veículo totalmente vazio de carga.

— Ficaram para trás há algum tempo — o homem respondeu com indiferença, inalando satisfeito a fumaça esbranquiçada e quente de um pé-duro.

O bando havia parado para descansar e preparar a primeira alimentação do dia. O acampamento havia sido montado à beira da estrada. O local era um espaço aberto próximo a um capão de mato. Este, tendo sua maior parte composta por árvores altas a perderem a folhagem, era cruzado por uma grota funda, repleta de areia e pedregulhos, porém seca de água ou qualquer espécie de umidade. Todos estavam demasiadamente cansados e necessitados de uma pausa na viagem. O marido ordenara que parassem e se alimentassem antes de partirem novamente.

Então, cada família se reuniu numa roda e realizou uma tão esperada refeição, procurando se acomodar abaixo das parcas sombras que ainda eram projetadas pela mata a se acinzentar. Quando o *virente molhado* vai embora, a Sombra, a cria escura da Visagem, também parece desaparecer com mais facilidade, surgindo timidamente e sumindo impaciente. O filho do *Caduco* deixou seus outros filhos com suas irmãs e primos e sentou com a esposa para degustarem o almoço ao ar livre. Esta, até então, ainda não havia questionado o marido sobre o que ocorrera com o filho rejeitado por todos. Presumira, desde cedo, que o mesmo havia fugido durante a noite, como lhe deixava entender a cada conversa com ela e como tinha lhe avisado no dia anterior. Agora, no entanto, vendo a carruagem à sua frente sem seus passageiros, ela havia se dado conta de que os dois idosos não faziam mais parte da comitiva de retirantes.

— E quem ficou a serviço para lhes prestar auxílio? — a mulher questionou, começando a sentir uma repulsa pelo homem com quem estava junto há bastante tempo.

— Eu disse que ficaram para trás, não que alguém venha com eles — o homem respondeu, com o rosto impassível, porém rabiscando um leve sorriso de desdém nos lábios. Não era possível enxergar qualquer sinal de preocupação ou piedade em seu semblante moldado pela insensibilidade.

— Abandonou seus próprios pais para morrerem à míngua no meio do nada?! — a esposa esbravejou retoricamente, levantando-se em um sobressalto. Nunca em sua vida havia levantado o tom de voz para o marido, por medo de represálias. Por isso, até mesmo ela se surpreendeu com sua atitude ousada e afoita.

— Eram dois velhos inválidos, um que não consegue andar com as próprias pernas e outra que não enxerga nem escuta — o marido falou, sem olhar para a mulher e arremessando para longe a bagana de cigarro. — Os dois não queriam vir, você mesmo ouviu a recusa do velho durante aquela reunião que se teve para planejar nossa retirada. No entanto, se tivessem ficado em casa sozinhos, iriam morrer da mesma forma. Para onde vamos, não há um lugar mais aconchegante para eles ficarem. Fizemos um favor aos dois.

— Você é só uma criatura cruel mesmo ou o Bafejo tomou conta de sua cabeça?

— Nenhum dos dois. — O homem se levantou devagar e depois encarou a mulher. — Sou apenas uma pessoa forte que está tentando segurar viva toda essa multidão de gente que busca lugares melhores para continuar suas vidas miseráveis.

— Não consigo entender por qual motivo passei tanto tempo ao seu lado. Durante Trincas e mais Trincas tive que suportar em silêncio suas atrocidades contra seus pais, sem poder falar nada contra. Simplesmente com medo de que pudesse me aplicar retaliações severas. Só porque gerei um filho sem capacidade de expressar suas opiniões e sentimentos com tanta facilidade, você o jogou ao mundo da solidão e do desprezo. Seus pensamentos são deprimentes e suas ações merecem ser castigadas com severidade.

O tom de voz da esposa se elevou até um nível que foi possível ser ouvido por grande parte das pessoas que estavam sentadas nas proximidades. Umas se voltaram para onde os dois discutiam. Outras fingiram que não ouviam nada demais, continuando suas refeições. Até mesmo quem se encontrava um pouco mais longe, escutou a maior parte das palavras e percebeu que o homem e a mulher não conversavam de maneira apaziguada. Entre estes, estavam os filhos do casal e os demais parentes. Não demorou para que se achegassem para mais perto e formassem um pequeno amontoado ao redor dos dois. A partir de então, o restante da caravana acompanhou admirada a discussão que se desenrolava.

— É melhor tentar controlar os nervos, mulher — o marido avisou, percebendo que todos já estavam a ouvi-los com total clareza. Não queria ficar malvisto pelo grupo que comandava rumo à redenção. — Apesar de ter prometido diante dos Visões que estaria junto de você até que meu *fulgor* fosse expulso do corpo, eles não poderão impedir que eu quebre meu juramento por um motivo justo.

— Pois não precisa se dar ao trabalho de quebrar tal promessa — a esposa voltou a falar, ao mesmo tempo que se dirigia à árvore na qual o jumento havia sido amarrado. — Eu mesma faço isso por você. Para que continue sem quebrar seus votos nem falhar com a palavra.

— E o que está pensando em fazer? — o homem indagou, cuspindo a raiva acumulada na boca. — Vai retornar pelo caminho para trazer os velhos consigo? Tomamos o cuidado de os abandonar no meio do mato, afastado da vareda principal. Vai ser difícil encontrar o rastro. E a esta altura do dia, eles não passam de comida fresca para os camirangas.

— Então enterrarei o resto que os urubus ainda não tenham beliscado.

A mulher desatou o nó do cabresto que prendia o animal à madeira, acariciou o pescoço do jegue e o puxou para o lado. O jumento não resistiu. Em silêncio, a esposa se certificou de que a carroça estava bem atrelada e, então, preparou-se para retornar pela estrada por onde vieram mais cedo. Após alguns passos, ela foi abordada por seus filhos e filhas. Estas, um tanto assustadas pela decisão da mãe, já começavam a derramar as primeiras lágrimas. Aqueles, mais afeiçoados ao pai, pareciam ainda não compreender o que estava se passando ou não queriam demonstrar compaixão pela mãe.

— O que está acontecendo, mãe? — uma das filhas indagou, segurando nas suas ambas as mãos da mulher. — Aonde você vai? E como vamos continuar nessa viagem sem você?

— Não está acontecendo nada demais, minha filha — a mãe respondeu, tristonha e também com algumas lágrimas a descerem pelo rosto. — Tenho que voltar e cuidar dos avós de vocês, pois eles não podem nos acompanhar. Continuem com o restante do pessoal, se assim quiserem. Também preciso encontrar o irmão de vocês que ficou para trás. Não se preocupem comigo, pois não estou partindo de vez. Iremos nos reencontrar depois. Quanto a vocês, apenas sigam em frente e façam o que tem que ser feito.

A mulher abraçou cada uma das filhas – e depois os filhos –, as quais pareciam querer acompanhá-la, porém temiam o que o pai poderia dizer ou fazer. Elas choraram e soluçaram em aflição.

No entanto, tentaram compreender as palavras da mãe e as usaram como consolo. O pai, percebendo que a esposa estava realmente decidida em voltar, ainda lhe mandou um último recado:

— Fique sabendo que se for, não poderá mais voltar à nossa caravana. E todos aqui são testemunhas de como tudo ocorreu. Que essa decisão descabida partiu somente de sua pessoa. — O homem cuspiu na terra seca e se encaminhou para o lado oeste do acampamento. Depois de alguns passos, estacou e virou sobre os calcanhares para continuar com seu recado, pondo o olhar áspero sobre as vistas da esposa desobediente. — Pode ser que no caminho de volta também esbarre na carcaça de seu filho desmiolado.

— Você é uma criatura asquerosa! — a esposa xingou, enojada. — Que os Visões sejam justos com seu *fulgor*.

A mulher voltou o olhar para os filhos e filhas. Depois de uma breve despedida, tomou o cabresto do jumento nas mãos e, com um pulo, acomodou-se no assento da carroça. Fez girar a ponta da corda pelo ar e chicoteou com delicadeza sobre as ancas do animal. Este, como se fosse realmente seu desejo, disparou na direção leste, retornando pela mesma vareda que percorrera na vinda.

Algum tempo depois, o acampamento começou a ser desmontado.

*Ressequido*

Agora a Trinca mostra sua face mais severa.

O último *intervalo* sobre Tabuvale. E também o mais duradouro. Embora sua longa duração talvez esteja intimamente atrelada ao sofrimento dessas criaturas que se rastejam por varedas poeirentas. O tempo passa mais devagar quando o sofrer é constante. E ele para quando a redenção plena é longínqua.

O *interstício medial* é fugaz. Quando se inicia, logo transita para o fim. Não se vive consciente de sua passagem. Ou estar por vir, ou já passou. Sua efemeridade se compõe em anunciar a chegada do tempo causticante. Quando menos se espera, o *interstício* já se dissipou e a escassez se instala no mundo.

Então, a velhice temporal se faz presente.

O *cinzento ressequido* surge em cada tabuleiro e capão de mato de Tabuvale, trazendo consigo medo, pavor, desolação. Os odores do *medial* se evaporam e as matas se acinzentam, como se cada folha de árvore tivesse sua umidade sugada por uma força invisível.

As águas se escondem não se sabe onde.

É quando a quentura se instala nos ares e estabelece seu domínio.

O homem se transforma em criatura rabugenta, beligerante e com uma única finalidade: sobreviver ao longo período de estiagem, até que retornem as águas.

Portanto, é imprescindível que seja forte e esteja com a mente envelhecida, repleta de conhecimento acumulado, para resistir aos contratempos desta estação inclemente.

Pois a *brotação* ainda tarda.

O sol já se levanta até alturas imensas.

Tudo ao redor é quentura esbraseante, como fogo em labareda, incendiando a atmosfera e ressecando o que é vivo.

E as duas criaturas, contra todas as possibilidades, parecem estar vivas. Pelo menos os seus delicados e vagarosos movimentos mostram isso. Além do mais, os camirangas ainda não estão por perto. O olfato destes é o alerta para a carniça. São eles que a detectam primeiro. Nesse caso, o *fulgor* ainda não se desprendeu do corpo dos dois seres que jazem largados na poeira fina e aquecida. Ainda fazem parte desta dimensão de criaturas mortais, embora não pareça que resistirão por muito tempo até transpassarem para o outro lado.

O *Caduco* e a *Mouca* respiram com dificuldade.

Quem os visse nesse momento, não hesitaria em os declarar como mortos. Ou pelo menos sem chance de continuarem vivos por tanto tempo. Os dois estão deitados de costas sobre a terra seca, ambos os rostos virados para o céu. Do mesmo modo como foram abandonados por seus companheiros de viagem, quando foram retirados da carroça semiconscientes. Quem os largou aqui, não teve a mínima preocupação em os colocar debaixo de alguma moita ou no pé de uma árvore mais frondosa. Simplesmente os deixou expostos ao sol e ao vento, à beira da vareda poeirenta.

Realmente esperava que morressem sem mais demora.

Talvez devido ao aumento da quentura sobre as faces ou ao aquecimento se pronunciando sob suas costas, os dois velhos começaram a se mover, dando sinal de ainda estarem vivos. A *Mouca*, sem ouvir direito o barulho do vento nem enxergar com nitidez o que a cerca, primeiro se esforçou para sentir a terra fina entre os dedos. Tentou articular alguma palavra, um pedido de socorro ou um chamado por alguém, mas não conseguiu. Uma faixa de pano grosso obstruía sua boca, permitindo a passagem apenas de meros gemidos ruidosos. O tecido estava firmemente atado atrás do pescoço, à altura da nuca, não sendo possível ela o expulsar dos lábios com a própria língua. Sob a pressão da mordaça, a velha agora também se tornara muda.

Sem poder ouvir, enxergar ou falar, a *Mouca* se voltou para o tato. Apalpou minunciosamente pelo chão ao seu redor, com a esperança de tocar em algo familiar. Ainda deitada, sentindo-se inerte demais para se levantar, efeito macabro da beberagem que fora forçada a tomar, ela não teve êxito num primeiro momento, não encontrando nada além de poeira e pedregulhos afiados. No entanto, a mulher não desistiu de sua busca usando as mãos. Continuou com suas apalpadelas, como fazia em dias passados, quando estava a catar arroz ou preparar a comida. Comida para os que tiveram a coragem de abandoná-la naquele lugar desconhecido, para virar alimento de abutre.

Após algum tempo em sua busca com os dedos pela terra esfarelada, a *Mouca* sentiu algo sob sua mão. Uma pele tão velha quanto a sua. Não poderia haver nada mais familiar do que aquilo. Era o rosto envelhecido do seu marido, ela o reconheceu de imediato pelo tato. Ele estava muito próximo a ela, ao alcance de sua mão. Porém, estava vendado. E parecia estar muito mais abatido, pois não mostrava nenhum movimento tão pronunciado, em qualquer que fosse a parte de sua face. E talvez também do corpo, ela imaginou. Com certeza, a bebida entorpecente lhe fora administrada em maiores doses e em concentrações mais elevadas.

Há muito que o *Caduco* não conseguia andar sem o auxílio de sua rústica bengala e o apoio das paredes, ou qualquer outra estrutura fixa que encontrasse por onde caminhava. Agora, mais do que nunca, ele calculava que seria impossível se deslocar para qualquer lado, por menor que fosse a distância. Além do mais, encontrava-se deitado sobre a terra quente e ainda muito sonolento. Tentou abrir os olhos para se localizar, mas não conseguiu. Estavam obstruídos por uma venda de pano grosso. Portanto, não estava em condições nem mesmo de enxergar, muito menos de andar.

Embora não estivesse de pé, suas pernas ainda doíam como espinho penetrando as carnes de um vivente ferido. Se se levantasse, o *Caduco* projetou, elas não conseguiriam sustentar o seu corpo. Além disso, sua coluna bamba iria pender para todos os lados, levando-o de volta ao barro. Não sabia por onde estava seu cajado e suas mãos, dormentes e doloridas, não se firmariam ao redor de qualquer objeto, por mais fino que fosse. Na mente, ainda tresvariada pelo efeito da bebida tóxica, não surgia nenhum pensamento ou plano para resolver sua situação tão calamitosa.

No entanto, ele sabia que era preciso se erguer, levantar-se para caminhar em direção a algum lugar, uma moita ou um pé de pau ensombrado. Mesmo que voltasse a cair diversas vezes. Na sua inércia dominante, nem mesmo conseguiu, num primeiro momento, articular o pensamento para a remoção de sua venda. Passara muito tempo em estado de total letargia. O que o fez perder a noção do que é mais necessário e urgente. Sua mente talvez ainda demorasse um pouco para voltar ao seu raciocínio normal.

O velho estava a pensar sobre essas ideias quando uma mão decrépita pousou em seu rosto sujo. Era a pele áspera dos dedos de sua velha e querida esposa. Que bom que ainda estava viva e preocupada com ele. Então, o *Caduco* percebeu que chegara o momento de despertar de vez, acordar daquele sono deprimente. Levou a mão esquerda ao rosto e retirou o pedaço de pano de sobre os olhos, revelando a claridade do dia que o engolfava, vinda de todos os lados. Ao mesmo tempo, usou a mão direita para segurar a esquerda de sua esposa, apertando-a para lhe transmitir algum conforto, se algo do tipo era possível nesse momento.

— Onde estamos, meu velho? — a mulher perguntou, logo que conseguiu desatar o nó da mordaça e sentir o calor afetuoso da mão do marido envolvendo seus dedos carcomidos. — Estamos muito longe de casa? E onde está todo mundo? Foram embora e nos deixaram aqui para esperar pela morte?

— Não sei, minha velha — o homem respondeu para si mesmo, ao mesmo tempo que estendia sua mão direita aberta sobre o dorso da mão esquerda da mulher, como um sinal de pedido de calma e paciência. — Ainda não sei. Há muito que não sei de nada.

Parecendo que havia entendido o sinal ao qual há muito se acostumara, a *Mouca* não perguntou mais nada e se ergueu para ficar sentada por alguns instantes. O *Caduco*, por sua vez, imitando a esposa, fez um esforço extra e também se sentou ao lado esquerdo dela. Ainda com a vista um pouco embaçada e fustigada pela luminosidade intensa, o velho olhou para os lados à procura de algo que pudesse lhe dizer onde se encontrava. De imediato, não foi possível descobrir nada familiar. Entretanto, quando voltou a mirar à sua direita, olhando pelo lado da cabeça da esposa, os rumos ficaram mais claros. Ele avistou a vareda por onde, com certeza, haviam sido trazidos. Os rastros de carroça vindo e voltando não lhe deixaram dúvida.

No primeiro momento, o *Caduco* não reconheceu o caminho nem os capões de mato ao redor. No entanto, ele voltou a raciocinar, a trilha levaria a uma estrada maior e de traços mais reconhecíveis. Então, os dois deveriam seguir pela vareda, mesmo que fosse difícil empreender tal marcha. O velho segurou a mão da mulher com um aperto mais forte e a incentivou a ficar de pé. Novamente, ela compreendeu o aviso. Sem largar os dedos do marido, a *Mouca* se levantou com dificuldade, sacudiu um pouco a poeira da roupa e firmou os pés sobre o chão. Teria que ser o apoio do homem, ela pensou, e ele, as suas vistas.

— Vamos, meu velho — a esposa chamou, segurando firme a mão do companheiro. — Levante-se e use meu ombro como apoio. Posso lhe ajudar a caminhar se você puder nos guiar pelo caminho aberto.

O homem sabia que não havia alternativa senão essa indicada por sua velha. Sem demora, ele apertou a mão da esposa e fez força para cima. Quando ficou de pé, as pernas vacilaram e a coluna se mostrou instável, pendendo para a direita, para a esquerda, para frente, para trás. Porém, mesmo sem destreza, ele sustentou o corpo, firmando os pés nus na poeira, mantendo as costas em prumo e usando ambas as mãos para segurar sobre os ombros da mulher. Olhou para os lados, mas não conseguiu enxergar sua bengala nem qualquer outro pedaço de madeira. Seus parentes realmente queriam, e esperavam, que ele morresse naquele lugar, junto de sua esposa. Que os Visões contrariem a todos, o velho pediu em pensamento.

Então, a caminhada dos dois velhos teve início.

O homem usava as mãos para orientar a mulher. Esta, por sua vez, esperava pelos sinais do tato vindos do marido para projetar o próximo passo, sempre tendo o cuidado para não avançar com maior rapidez. Mesmo porque ambos não estavam em condições de apressar uma ou duas passadas, caso quisessem continuar de pé. Um aperto maior sobre o ombro direito, depois sobre o esquerdo. Em seguida, ausência de pressão dos dedos. Assim, ela virava para a direita, depois para a esquerda e voltava a seguir reto, para frente.

O processo pareceu promissor no início, quando já haviam avançado certa distância. No entanto, logo veio o cansaço, a sede e a fome. A fraqueza atingiu os dois velhos como a força de uma enchente derrubando uma ribanceira desnuda de vegetação. O longo tempo sem beber nem comer mostrou seu efeito repentinamente, cobrando dos idosos um preço alto. Sem força, o *Caduco* sentiu as pernas tremerem e não resistiu a um amolecer do corpo. Os braços não suportaram sustentar todo o seu peso e também despencaram, como se uma força invisível o puxasse para baixo. Então, ele previu uma queda. Porém, ainda que quase sem energia e sufocada pela sede e a inanição, a *Mouca* fez um esforço extra e conseguiu amenizar o desfalecimento de ambos, firmando as mãos nos braços do marido.

O que poderia ter sido um baque desastroso, com a fratura de um fêmur ou de uma bacia, foi apenas um abaixar dos dois corpos, um deslizando sobre o outro. Os dois velhos caíram lentamente, lado a lado, permanecendo sentados onde desabaram. O homem desanimou e a mulher não conseguiu esconder seu desapontamento. Eram duas criaturas impotentes, débeis demais para intentarem uma caminhada mais longa. Ser velho é ter uma mente querendo comandar um corpo debilitado que não consegue carregar o próprio crânio.

— Não consigo ir em frente, meu velho — a esposa admitiu, melancólica e sem ânimo para voltar a ficar de pé. — Não com esta fraqueza. Tenho sede. E tenho fome.

— Não se lastime e não se culpe, minha velha — o marido respondeu, como se a mulher conseguisse ouvi-lo, também tomado por uma tristeza extrema, ao mesmo tempo que voltava a colocar a mão espalmada sobre a de sua mulher. — Também não tenho força suficiente para voltar a andar. Estou tonto, faminto e sedento. Acho que chegamos ao fim previsto por nossos parentes. Um final trágico, do jeitinho que eles planejaram.

Os dois se calaram por um instante, ambos com os respectivos olhares direcionados para o nada. Para onde virava a vista, o homem só enxergava claridade, mato acinzentado e poeira a levantar quando da passagem de uma brisa ou redemoinho. Há poucos dias eles estavam vivendo o aromático *interstício medial*. Agora, sem que percebessem quando exatamente ocorrera a mudança de estações, o *cinzento ressequido* estava presente e mostrando sua face repleta de sequidão. Tabuvale parecia um forno de caieira, quente como labareda.

Os velhos tentaram ficar de pé outra vez. E outra vez retornaram ao chão.

— Não podemos mais nos erguer — a *Mouca* disse, reconhecendo o quanto estava fraca e se deitando outra vez sobre a poeira quente, de costas, como havia estado antes.

— Não precisamos nos levantar outra vez — o *Caduco* respondeu para si mesmo, acariciando o braço da esposa e também estendendo o corpo sobre a terra seca. — Este é o fim que os Visões projetaram para nós e nossos parentes fizeram questão de torná-lo realidade. Porém, estou contente por estar ao seu lado, à espera da morte e do bico dos camirangas.

— Não é o tipo de morte que desejei, mas estou feliz por ela vir nos buscar juntos, dois velhos abandonados para morrerem na beira de uma vareda deserta — a velha voltou a falar, como se houvesse escutado as palavras do marido.

Então, o silêncio se abateu sobre os dois idosos. Ambos fecharam os olhos e esperaram calados o que poderia vir depois. A exaustão corporal, e da mente, consumira as suas energias como o vento suga a água de uma roupa estendida no varal. Agora, até mesmo uma fala seria cansativa, algo que eles pareciam não estar com vontade de empreender. Que os Visões os chamassem de imediato, os dois pediram com os pensamentos.

O *Calado* caminhava apressado pela vareda, mas estacou de repente. Um som familiar chegava aos seus ouvidos e parecia que algo se aproximava de onde ele estava, vindo do rumo das suas costas. Então o jovem parou para ouvir melhor e descobrir do que se tratava. Pela mistura de barulhos, somente uma carroça poderia estar vindo ao seu encontro. Num primeiro momento, o *Calado* pensou em correr e se esconder, temendo ser alguém enviado por seu pai para levá-lo de volta. Porém, sem um capão de mato fechado nas proximidades e a carruagem parecendo já estar muito perto, ele resolveu ficar onde estava. Por bem ou por mal, aquela carroça poderia dizer algo sobre seus avós. Então, o jovem esperou.

Não demorou para que o jumento surgisse na curva do caminho, andando com rapidez maior do que era de se esperar. No assento do veículo estava uma mulher, domando o jegue com um sacudir ágil e elegante do cabresto. O jovem não poderia ter surpresa melhor e um sorriso se abriu alegremente no seu rosto quando conseguiu vislumbrar sua mãe tangendo o animal e conduzindo a carroça em sua direção. Com uma sacudidela delicada na corda, ela fez diminuir a velocidade do transporte.

— Vamos, meu filho, suba! — a mulher chamou quando conseguiu parar a carruagem ao lado do rapaz. — Seus avós têm urgência e o tempo é curto.

— O que aconteceu, mãe? — o *Calado* indagou, ainda perplexo e maravilhado, subindo na carroça com um só pulo. — Por que está aqui e não com o grupo?

— Seu pai é mais doente do que qualquer pessoa possa imaginar — a mãe respondeu, com o semblante sério e enraivecido, mantendo o olhar ao longo da vareda.

— É o que descobri quando acordei do sono induzido pela bebida que me fizeram, não sei como, ingerir em algum momento durante a viagem — o filho concordou, também atento à estrada pela qual seguiam.

— Não sabia que haviam dopado você — a mulher disse, olhando para o filho e passando a mão direita rapidamente pelo seu cabelo. — Quando não o vi seguindo a caravana, presumi, erroneamente, que tivesse fugido, como havia dado a entender anteriormente. No entanto, ao me dar conta de que seus avós também não estavam mais dentro da carroça, indaguei ao seu pai onde se encontravam. Então, ele simplesmente respondeu, sem nenhum remorso ou preocupação, que haviam ficado para trás. Ou seja, tinham sido abandonados em algum lugar para virarem comida de urubu. Então, diante de tamanha perversidade, não pude continuar com ele. Tomei a carroça e corri em busca dos dois velhos, seguindo os rastros.

— Realmente, o meu objetivo era fugir e voltar para a nossa casa ou outro lugar, onde não pudesse mais ver seu marido — o jovem explicou, com um entalo na garganta. — Então, quando acordei e percebi que havia sido drogado e abandonado para morrer no mato, também descobri que meus avós haviam sido levados numa direção diferente daquela pela qual vocês rumaram. Os rastros da carroça me mostraram esta estrada e não perdi tempo. Mas agora, entretanto, percebo que eles levaram os dois idosos até muito mais longe.

— O objetivo de seu pai e seus tios não era levar os velhos até o final da jornada, muito menos deixá-los como donos de sua própria casa. Queriam somente descartá-los em qualquer lugar. Um pretexto carregado de perversidade e mau caráter.

— E o que meus irmãos e irmãs pensaram de você?

— Seus irmãos são muito afeiçoados ao pai para poderem largá-los numa situação dessas. Suas irmãs, apesar de terem sofrido, continuaram a viagem. Além do mais, eu mesma pedi para que elas prosseguissem e depois tomassem a decisão que achassem mais correta.

— Seu marido não irá querer revidar contra essa sua decisão tão ousada?

— Apesar de todo mundo ter presenciado nossa discussão, talvez, no fundo, ele realmente quisesse que eu voltasse e o deixasse seguir sem mim. Deve ter sido uma dádiva para ele.

— Então, significa que você não pretende voltar para o bando de retirantes? — o filho perguntou, percebendo uma alegria se avolumando sob o peito.

— Mesmo que eu quisesse voltar, ele não me aceitaria mais — a mãe esclareceu, notando o contentamento crescer no semblante do rapaz. — Encontrei você e isso me alegra bastante. No entanto, estou determinada a ir em frente, em busca de seus avós. Se os Visões estiverem a nosso favor, poderemos encontrá-los ainda vivos. Então seremos uma família de quatro pessoas. Por outro lado, se os abutres os tiverem achado primeiro, seremos só nós dois. Ainda assim, enterraremos ao pé de uma forquilha os restos mortais dos nossos velhinhos. Mesmo que seja somente um pedaço de osso beliscado.

A mulher concluiu e rodopiou o cabresto ainda com mais vigor, incentivando o jumento a aumentar sua carreira. Este, mesmo que bastante cansado devido a corrida, não se fez de abatido e se animou ao som da corda estalando no ar. O animal fez um esforço ainda maior e disparou pela estrada afora. Atrás da carroça, a poeira subia como fumaça após um incêndio. Todos tinham pressa, pois quem os esperava talvez não tivesse mais tanto tempo.

O *Caduco* pareceu ouvir um chamado tênue, uma voz muito baixa, como se estivesse vindo de muito longe. Talvez fosse só um sonho ou os Visões convocando-o para atravessar o limite das dimensões, para o rumo em que a morte tem seu domínio. Tentou abrir os olhos, mas as pestanas arderam em brasa devido à insolação. Estava sem vigor, sem ânimo para mover qualquer parte do corpo. Ainda assim, aguçou os ouvidos para poder captar aquela débil voz. Depois de alguns instantes, ele pareceu entender o significado das palavras que ouvia. No entanto, parecia familiar demais para ser verdade.

— Vovô? — O velho ouviu com mais clareza, embora ainda não crendo totalmente que fosse alguém vivo a lhe chamar. — Você pode me ouvir? Abra os olhos, vovô! Sou eu, o *Calado*.

A menção a tal palavra funcionou como um gatilho na mente do *Caduco*. Ignorando a ardência nas pestanas e a abundância de luz sobre a pupila dilatada, ele abriu os olhos de repente e fitou o rosto jovem acima de sua face. Seu neto querido, o único que nunca o desrespeitara, estava ali, acordando-o do sono da morte. Emocionado demais para falar algo, o velho simplesmente levantou o busto com o auxílio do rapaz, ficou sentado e contemplou novamente o jovem à sua frente. Não era um sonho perturbador. Era tudo real. Suficientemente maravilhoso porém real. Quando virou as vistas para o lado, não foi difícil perceber que uma de suas noras prestava socorro à sua velha. Esta, sorridente, também já se encontrava sentada, sob os cuidados da mãe do *Calado*.

Então, mesmo se esforçando, o *Caduco* não conseguiu evitar que uma lágrima brotasse em cada olho. Lágrimas que foram afogadas por um abraço apertado do neto. Ele mesmo. O neto que lhe falava pouco, mas nunca em tom de desrespeito nem deboche. O único que sempre lhes dirigia a palavra com cortesia e a eles se referia todas as vezes como vô ou vó, nunca como velho ou velha, *Caduco* ou *Mouca*.


Mãe e filho haviam avistado os corpos dos dois velhos estendidos no chão, lado a lado, algum tempo após o jovem subir na carroça. O jumento fizera seu trabalho com entusiasmo e isso facilitara a busca, o que significou diminuir o tempo de corrida pela vareda. Quando apearam do animal e se aproximaram dos idosos caídos no chão, uma onda de desalento percorreu os seus corpos. Pois os avós se encontravam tão imóveis que não pareciam ter mais qualquer sinal de vida. No entanto, após verificarem o peito de ambos, puderam perceber que ainda não haviam atravessado a passagem para o outro lado. Só estavam bastante fracos para se movimentarem e, provavelmente, teriam desistido de esperar por alguma ajuda.

O processo de reanimação, no entanto, foi bastante difícil e com pouca esperança. Eles chamaram diversas vezes, mas nenhum dos dois mostrou qualquer reação, como se estivessem num sono muito profundo. Então, o jovem usou sua cabacinha d'água para derramar uma pequena porção de líquido refrescante sobre os lábios do velho. Sua mãe fez o mesmo com a velha. Ao continuarem chamando, os dois avós começaram a mostrar um leve mover do corpo. As pestanas do *Caduco* insinuaram uma abertura, mas voltaram a se fechar. Talvez a luminosidade intensa incomodasse os olhos ressequidos do avô, o neto concluíra. A *Mouca*, por sua vez, agitou delicadamente os lábios e foi a primeira a falar algo.

— Quem é? — ela perguntou, mesmo sabendo que ninguém lhe responderia com palavras.

A nora não esperou por mais nada. Acariciou os braços enrugados da sogra e a abraçou com força. A velha se alegrou em demasia e, em vez de lágrimas tristonhas, soltou risos de contentamento. Quando passou as mãos pelo rosto da mulher que a abraçava, ela reconheceu que era sua nora e qual delas era. E fez o mesmo quando o neto veio tomá-la nos braços.

— É meu neto! — a *Mouca* disse, rindo de felicidade e, agora, com fartas lágrimas ainda mais alegres descendo pelo rosto sujo de poeira e queimado de sol. — É o *Calado*! E a mãe dele! Eles vieram! Eles vieram! Estamos salvos, meu velho! Estamos salvos!

Após os cumprimentos emocionados, mãe e filho ajudaram os dois velhos a se levantarem e depois subirem na carroça. A *Mouca* foi a primeira a se acomodar sobre o piso da carruagem. Quando se apoiou devidamente em seu lugar, ela passou a mão direita espalmada próximo de onde estava sentada, no seu lado direito, pedindo que colocassem o *Caduco* perto dela. Este, prejudicado pelas dores constantes nas pernas e o espinhaço vacilante, teve muita dificuldade em se erguer e subir no veículo. Entretanto, a mulher e o jovem uniram suas forças e o levantaram, pondo-o ao lado da esposa. Ela, ao sentir a presença de seu marido, o enlaçou com o braço direito e apoiou a cabeça sobre o ombro esquerdo do velho. Ele, ainda em choque pelo contentamento que transbordava sob o peito, retribuiu o abraço da mulher e também a enrolou com seu braço esquerdo.

Eram dois velhos abatidos porém unidos por algo além do que é possível se explicar. Os Visões haviam ligado os dois, mas pareciam ter esquecido como se desata o nó da corda trançada com afeto durante tantos *ressequidos* deixados para trás. Encontravam-se outra vez sobre aquela carroça, tão debilitados quanto estavam durante aquela vinda forçada, quando foram obrigados a tomar a tal mistura entorpecente. Uma obra macabra do filho ingrato e cruel; e seus outros parentes. Agora, no entanto, estavam de volta pelo caminho, aproximando-se de casa, não se distanciando. Retornando para o lar de onde não deviam ter saído, de onde não deviam ter sido arrastados à força, como dois animais arredios.

Com os dois avós abraçados dentro do veículo, o *Calado* tomou o cabresto nas mãos e pediu que sua mãe subisse do outro lado. Quando ela se acomodou sobre o assento, ele agitou a corda e o jumento começou a andar novamente. Eles voltariam pela mesma vareda, até alcançarem o acampamento perto do qual o jovem havia sido abandonado. Depois, com o mesmo ritmo, seguiriam pela estrada principal, no rumo da casa do *Caduco*.

— Obrigada por voltarem e nos salvarem da morte certa — a *Mouca* agradeceu, admirando o nada, porém com um semblante repleto de alegria.

— Realmente, estamos muito gratos por terem vindo — o *Caduco* acrescentou, encarando o neto e a nora. — Se tivessem demorado mais um instante, talvez a esta altura não fôssemos nada além de um banquete sortido para os camirangas.

— Não precisa agradecer — o *Calado* respondeu, olhando para a mãe, depois para o vô. — Só fizemos o que deveria ser feito.

— Não — o velho retrucou, pensativo, ainda que consciente do que dizia. — Vocês fizeram muito mais do que deveriam ter feito. Disseram um não a quem se acostumou a sempre receber um sim. Embora, é bom que saibam, talvez tenham que pagar um preço alto por tamanha ousadia. Todos nós teremos. Meu filho não irá deixar isto barato. — O sogro dirigiu o olhar para a nora. Depois, retornando as vistas ao neto, acrescentou: — Seu pai irá voltar para tentar lavar a sobra de orgulho que ainda lhe resta.

— Então, o que devemos fazer? — o *Calado* indagou, tentando enxergar no avô algum fiapo de esperança, por mais débil que fosse.

— Só voltar para casa — o velho concluiu, convicto e firme com as palavras. — É preciso que estejamos lá quando ele retornar.

O jovem olhou para sua mãe e retornou para o *Caduco*, antes de perguntar outra vez:

— Para tentar convencê-lo de que nosso desejo é permanecer onde sempre estivemos?

— Não — o velho assegurou, mirando o olhar para o rumo longínquo da vareda. — Para lhe comunicar suas duas únicas alternativas: continuar vivendo conosco segundo nossos preceitos ou deixar de ser bem-vindo.

O *Caduco* calou-se. O *Calado*, parecendo ter compreendido as palavras do avô, voltou as vistas para a estrada e incentivou o jumento a apressar o passo. O animal, nunca negando o que lhe pedem, reuniu o que ainda lhe restava de energia e disparou vareda afora. Enquanto a poeira levantava e ficava para trás, o objetivo da carruagem e seus ocupantes estava à frente, sobre os tabuleiros e capões de mato onde se localizava a casa do *Caduco* e sua esposa, a *Mouca*.

Não demorou para que a carroça sumisse atrás da curva do caminho.

*Molhado*

O tempo não se cansa.

E a roda da Trinca nunca para.

O que era jovem, agora envelheceu e, antes do fim, é imprescindível renascer. Uma estação chega ao seu final, mas o tempo continua, o que força as engrenagens do mundo ao movimento perpétuo. Tabuvale se recicla e suas criaturas seguem a mesma linha de evolução.

Quando o *cinzento ressequido* se finda, a Trinca não termina, mas volta ao início, para que o *virente molhado* tenha seu nascimento outra vez. Os Visões se compadecem e liberam as comportas dos ares, fazendo cair sobre o chão as chuvas torrenciais. As matas ganham vida novamente, e os córregos voltam a reunir as águas correntes. Os tabuleiros e capões de mato perdem o tom pardacento e ganham cores verdejantes.

O homem que resistiu à escassez, ergue-se com mais força e vigor. O ânimo se renova e a melancolia no semblante se desanuvia. A alegria se espalha por cada torrão de Tabuvale e a rabugice se esconde em lugares longínquos. O período da velhice tem seu fim e a época da juvenilidade se inicia. O velho perde seu domínio e ressurge em forma de jovem imperante.

Quem se perdeu no fim da Trinca, agora tem uma outra oportunidade para se redimir perante a bênção dos Visões.

Pois a *brotação* retorna.

O movimento, já esperado há muito pelos ocupantes da casa, iniciou-se ainda em meio à escuridão, quando predominava a vontade do Assobiador, o Visão da noite e protetor das trevas. Tudo fora planejado para que o saque ocorresse à surdina e os indivíduos em ação fossem ocultados pelo escuro. Os executores pretendiam que o feito parecesse um roubo perpetrado por pessoas estranhas. Por isso, somente deram início ao ataque quando o negror noturno já escondia tudo ao redor e o que restava de criatura viva também dormisse como pedra.

— Vô? — o *Calado* chamou à beira da rede do *Caduco*, quando ouviu uma batida forte numa porta da cozinha. Provavelmente uma pedra havia se chocado contra a madeira seca de imburana.

— Estou acordado — o velho respondeu de imediato, à medida que colocava, com dificuldade, as pernas para fora da rede e, então, sentava-se para conversar com o neto. Realmente estava desperto, como se soubesse que o intento previsto muitos dias atrás fosse acontecer naquele exato momento.

— Você também ouviu a batida na porta? — o jovem perguntou, falando em voz baixa, tentando evitar que fosse ouvido por algum invasor.

— Sim, ouvi — o avô confirmou, mantendo um tom calmo para que o neto não se alarmasse mais do que o necessário. — Acenda uma lamparina para dissipar um pouco desta escuridão.

— A luz não irá denunciar nossa posição aqui e lhes mostrar que estamos dentro de casa? — o *Calado* pareceu preocupado além do normal.

— Eles sabem que estamos dentro de casa — o *Caduco* garantiu ao garoto, tentando esclarecer o melhor que podia sobre a situação em que se encontravam. — Por isso, arremessaram a pedra na direção da porta, pois querem colocar medo em nossos pensamentos. Além do mais, não se pode armar qualquer defesa no escuro. Uma candeia pode nos deixar mais visíveis, porém também pode nos mostrar cada lugar onde vamos pisar.

O jovem saiu para buscar a lamparina em outro cômodo. Entretanto, antes que ele se afastasse muito, o velho ainda o chamou e pediu algo a mais:

— Peça para sua mãe tomar conta de sua avó, para que não a deixe sozinha. — Ele deu uma pausa para se certificar de que o neto estava compreendendo e ouvindo direito o que ele lhe falava. Depois voltou a recomendar: — Não abra ou deixe abrir nenhuma porta ou janela. Se qualquer um deles quiser entrar nesta casa, que faça um esforço maior para derrubar os caixilhos ou arrebentar as dobradiças. Você entendeu?

— Entendi, vô — o *Calado* respondeu, ao mesmo tempo que balançava a cabeça num gesto de confirmação. Antes de se afastar do avô, ele ainda fez um pedido: — Preciso que me diga como tenho acesso às suas ferramentas de defesa.

— Talvez não seja uma boa ideia. Eles sabem usar qualquer tipo de ferramenta, tanto as mais simples quanto as mais mortais.

— Eles podem saber usar, sim. Porém, não sabem que eu também sei usar cada uma delas.

— Promete que não vai fazer nenhuma besteira precipitada? — o velho indagou com seriedade e preocupação. — Que não vai permitir a emoção se sobrepor à prudência?

— Não precisa se preocupar. Tem a minha palavra de que não vou me precipitar.

— Então, está bem — o *Caduco* deu-se por satisfeito. — A caixa velha grande de madeira, na parte de trás do sótão.

O jovem desenhou um leve sorriso na boca e saiu para o escuro mais profundo da casa. O velho, impassível, continuou sentado na rede, esperando o barulho da próxima pedrada em alguma porta. Não demorou para que ouvisse o som produzido pela madeira velha de uma janela, a qual se localizava perto de sua rede. No entanto, ele não se inquietou. Apenas permaneceu sentado na rede, pensativo.

Já haviam se passado muitos dias desde quando os quatro chegaram na casa do *Caduco*, transportados na carroça através da vareda poeirenta. A moradia se encontrava como a tinham deixado, atravancada cada porta e janela, vazia de gente e de animais. Agora, diferente de antes, ela teria somente quatro moradores. No entanto, o *Calado* e sua mãe logo entraram em acordo com o *Caduco* e a *Mouca*. A mulher cuidaria da sogra e o jovem ficaria responsável pelo avô. Acerca de como sobreviveriam, eles não se preocuparam muito, pois quando verificaram os paióis, perceberam que a maior parte da safra havia ficado estocada. A caravana levara somente uma pequena parcela. Realmente estavam contando com uma volta dos homens para levar embora o restante dos grãos.

Era justamente por esse motivo que, enquanto cuidavam dos dois velhos, mãe e filho se preocupavam com o provável retorno dos homens do grupo retirante para levarem embora o muito que ainda existia nos depósitos, os quais estavam abarrotados de comida, arroz, feijão, milho, jerimum. Também temiam que os mesmos saqueadores pudessem revidar contra eles pela dissidência da equipe viandante. Além disso, era bom lembrar que o velho já havia alertado sobre o que poderia acontecer. Com a calmaria nos dias seguintes, no entanto, não fora difícil esquecerem o assunto ou até mesmo contarem como livres de um ataque aos seus estoques de mantimentos. Sem tempestade, o homem enfraquece.

— Talvez ninguém do bando retorne, vô — o neto falara, após dias esperando por uma chegada de homens mandados pelo pai. — Já faz bastante tempo desde que tudo ocorreu e, pelo que sabemos, estamos nos aproximando do fim da Trinca. Provavelmente, o *virente molhado* já esteja bem perto. E se as chuvas caírem com fartura, eles não deverão voltar para nos incomodarem.

— É justamente no fim do *cinzento ressequido* que eles devem regressar, pois é quando a escassez de recursos se intensifica — o velho explicara delicadamente ao neto. — Eles não saíram pelo mundo com mantimentos suficientes para uma longa jornada, como a que planejaram. Com o pouco que tinham em mãos, sem dúvida, não puderam oferecer muito mais do que migalhas para tanta gente. Por isso, não se engane, seu pai irá voltar, mais cedo ou mais tarde.

— Eu não o tenho mais como pai, vô — o jovem informou, parecendo muito convicto daquilo que dizia. — E com certeza ele também não me tem mais como filho.

— Sua boca será capaz de dizer isso quando estiver de frente para ele? Ou sua mente irá contrariá-lo, forçando seu peito a amolecer as pernas e seus sentimentos a molhar os olhos?

— Desde quando nasci que ele não me quis como filho. Nem mesmo durante os breves instantes de meu *múrmur*. Nunca se interessou em saber o que eu realmente penso sobre o mundo ou sobre ele mesmo. Em momento algum de minha vida procurou entender quais são os meus verdadeiros anseios. Ele me abandonou para morrer no meio do mato. Largou você e a vó ao relento como se fossem dois animais imprestáveis que serviriam apenas como comida de abutre. Forçou minha mãe a se separar dos meus irmãos e irmãs. Qualquer uma dessas crueldades já seria suficiente para ele nunca mais ser pai de ninguém.

— Mesmo assim, você precisa ser forte quando tiver a oportunidade de confrontá-lo. Quando o inimigo está longe, somos corajosos ao extremo. Quando o perigo se aproxima, ele suga nossa bravura até o último fiapo.

— Talvez nunca possa contar com tal ensejo — o *Calado* concluiu, já pronto para esquecer aquela conversa. — No entanto, se essa possibilidade surgir na minha frente, estarei preparado para lhe assegurar de que não sou mais filho dele.

— Quero que saiba que estou contando com isso — o *Caduco* disse, formando um leve sorriso nos lábios para demonstrar seu total apoio ao neto. — Eu também estou ansioso por essa oportunidade. Para que eu possa lhe dizer que não o tenho mais como filho. — O velho deu uma pausa, mas antes de encerrar o assunto, ele ainda alertou: — Tenha cautela, quando o momento chegar. O que nossos lábios enunciam não necessariamente é o que vem de nosso pensamento. Além disso, ele também pode estar neste exato instante a desejar o mesmo que nós. Para que possa me dizer que não é mais meu filho e lhe deixar claro que não é mais seu pai.

A caravana de retirantes não conseguira avançar por longa distância de maneira intacta. Quando começou a perder muitos de seus membros, também diminuiu sua consistência. Não era um grupo coeso, pelo que parecia. Nunca fora. A maior parte das pessoas que compunha a equipe caminhante estava apenas acompanhando amigos ou conhecidos. Somente porque um ou outro não conseguia ter um pensamento próprio. Quando o homem perde a razão, qualquer criatura irracional se torna para ele um deus. E quando todos se iludiram com os projetos do filho do *Caduco*, passaram a considerá-lo alguém portador de um poder que nunca teve ou teria. Estavam cegos e acharam que ele era mais poderoso do que os próprios Visões.

Não era e não seria.

E isso logo ficou evidente para a grande maioria da gente que o acompanhava. Começando por seus filhos e filhas. Quando ponderaram sobre o que a mãe havia dito e feito, eles se encheram de coragem e desertaram, sem ao menos lhe comunicarem. Voltaram por onde tinham vindo, na direção contrária ao destino visado inicialmente. Não queriam confrontar pessoalmente o pai porque sabiam que o mesmo não entenderia e não lhes permitiria regressar. Por isso, embarcaram em fuga durante o horário do Assobiador. Ninguém soube de nada até que já estavam distantes do último acampamento. Ou se alguém percebeu, preferiu ficar calado. Quando o sol se levantou acima do Morro Torto, no dia seguinte, o pai teve certeza de que estava perdendo o comando do grupo. Pois até mesmo seus filhos, que sempre foram muito achegados a ele, agora o abandonavam. Haviam perdido a esperança na jornada que ele planejara.

Embora percebesse que a caravana se esvaía e seus comandos não eram mais rigorosamente seguidos como antes, o pai do *Calado* não queria aceitar sua derrota iminente. Era imprescindível recuperar a confiança do grupo, para que todos o seguissem adiante outra vez. Pelo menos os poucos que agora restavam. No entanto, após o retorno dos filhos, também outras tantas pessoas tomaram o caminho de volta para casa. Haviam percebido a loucura na qual tinham se metido. Junto ao idealizador da retirada ficaram somente poucos homens. Aqueles mais carentes de racionalidade e bom senso. Até mesmo suas irmãs e cunhados perderam a vontade de caminharem em busca de lugarejos melhores do que aqueles que haviam deixado para trás. Então, desiludidos, tomaram a vareda poeirenta e correram de volta para as suas moradias abandonadas.

Com poucos apoiadores, ficou difícil controlar a situação. A comida não seria suficiente para chegar muito longe, mesmo com um número bem reduzido de pessoas. Portanto, o homem pensou, era preciso voltar também. Então, ele soube o que faria em seguida. Era muito simples e não custaria muito caro. Ele retornaria à casa de seu pai, abasteceria suas cargas com todo legume que conseguisse, recrutaria mais gente e voltaria a refazer a caminhada para outros tabuleiros e capões de mato. Para os torrões com os quais sempre sonhara.

E se alguém se atrevesse a tentar impedi-lo, o homem garantiu para si mesmo, ele não relutaria em mostrar do que seria capaz. Na verdade, não conhecia ninguém que fosse ousado o bastante para tentar algo do tipo. Não sabia o que tinha acontecido com os pais decadentes nem com a esposa imunda de ingratidão. Ou com o filho degenerado. Porém, isso também não tinha mais nenhuma importância. Provavelmente, os velhos agora seriam apenas ossos residuais, o restante de um banquete farto para os urubus. Quanto à esposa e o filho, o homem soltou um sorriso debochado, talvez estivessem perambulando pelos matos, perdidos e tão inofensivos quanto qualquer bicho amedrontado. Seriam dois empecilhos insignificantes.

Pensando assim, o filho do *Caduco* reuniu o restante de seu bando, explicou o seu plano e ordenou o que deviam fazer de imediato. Quando terminou, todos concordaram em seguir em frente com aquele propósito. Eles se abasteceriam de forma adequada e voltariam outra vez para a estrada, em busca do lugar ideal para viverem de modo mais confortável. Então, sem mais demora, tomaram das últimas ferramentas que lhes restavam e também regressaram pela mesma estrada, tão determinados quanto enfurecidos.

O *Caduco* despertou de seus pensamentos com o barulho da tramela da porta da cozinha a girar lentamente. Alguém do lado de fora conseguira pensar numa forma de destravar a passagem sem arrebentar os caixilhos. Naquela parte da casa, o escuro dominava, não permitindo que se enxergasse nada além de negrume. O neto talvez estivesse com a lamparina em um local mais afastado dali. E também preocupado com qualquer outro assunto, mais do que com uma porta atravancada com uma tramela feita com madeira de acende-candeia. Madeira resistente e confiável. Por isso, provavelmente não estaria a escutar o invasor nos seus últimos instantes anteriormente ao sucesso de passar por aquele portal indefeso.

Não conseguiu ver ninguém que pudesse evitar a entrada do homem. Ele mesmo não estava em condições de armar uma contraofensiva, pois se se levantasse da rede, o máximo que conseguiria seria uma boa queda logo que firmasse o primeiro pé no chão. Mesmo assim, não conseguia gritar por socorro. E nem queria. Pois, quando abrisse a boca, o salteador logo o encontraria e poderia lhe ferir gravemente. Qualquer homem com pretensão de invadir sua casa na calada da noite, mesmo que fosse seu parente, não teria como ser de boa índole. Por isso, era necessário paciência, cautela e, o mais essencial, silêncio.

Com os ouvidos aguçados, o *Caduco* esperou o que viria em seguida. A tramela sofreu uma rotação completa e a parte de cima da porta ficou livre para ser escancarada. Quem estava do lado de fora aplicou um leve empurrão com os dedos sobre a madeira e aquela girou sobre o eixo das dobradiças. Um som pronunciado de baque se fez notar quando houve o choque das tábuas de imburana seca com a parede de tijolo queimado. Pela distância que estava da porta, somada à invisibilidade da escuridão, não foi possível o velho enxergar o próximo passo do invasor. No entanto, ele conseguiu imaginar o que se passava, pois era preciso se abrir a metade de baixo para que a invasão estivesse completa.

O braço do desconhecido passou por cima da madeira à meia altura, desceu silencioso no rumo da tramela de baixo e parou quando a alcançou. Quando os dedos furtivos apertaram em volta dela e forçaram um giro para cima, algo se moveu ainda mais invisível aos olhos, tanto do assaltante como do *Caduco*. Tudo aconteceu de modo muito rápido, como se um ente oculto pelo negror dentro de casa cortasse abruptamente o escuro cegante. Um instante depois, um grito dolorido invadiu a escuridão da noite, penetrando por cada cômodo e se espalhando por todas as redondezas da residência.

Para ser mais preciso com as palavras, talvez não fosse exatamente um grito, mas um urro de dor, um berro de sofrimento, como se uma fera selvagem acabasse de ser estraçalhada ao meio. E não havia dúvida de que aquele clamor excruciante partia da boca de quem quer que estivesse tentando entrar na casa. O indivíduo que gritava e se lamentava, ao mesmo tempo que pedia por socorro e xingava um inimigo oculto, logo se afastou da porta e se distanciou o máximo que conseguiu. No entanto, embora se retirasse com pressa e em desespero, mesmo já estando bem longe, os seus berros ainda incomodavam os ouvidos de qualquer pessoa, dentro ou fora de casa.

Ainda assim, o *Caduco* tirou a atenção do homem a se lastimar ao longe quando percebeu a luz de uma candeia nas proximidades da porta. O *Calado*, em silêncio e imperturbável, estava a atravancar novamente as tramelas e acabava de acender a lamparina que trazia à mão esquerda. Na cintura, fora da bainha, atada no lado direito com um cinto grosso de couro, a ferramenta imponente descansava na vertical. Não foi difícil ver o fino fio de sangue a escorrer pela sua lâmina de duas cores contrastantes, negra no dorso, brilhante no gume. O formato e o tamanho peculiares, o cabo feito em madeira caroba, recoberto por chifre escurecido, e o cordame de couro amarrado ao quebra-crânio denunciaram a identidade do artefato.

O velho não demorou para reconhecer sua arma mais valiosa, o *reio*, o maior e mais temido sabre de Tabuvale. Forjado nas fornalhas fumegantes dos ferreiros que amalgamam o metal escuro dos sopés do Morro Moreno, o *reio* é uma lâmina artesanal moldada com a bênção dos Visões, segundo diz o povo mais antigo. O metal do qual é feito não parece em nada aquele usado em outras armas cortantes mais comuns. É mais resistente e mais afiado. Tem lâmina comprida, com quase três palmos de comprimento; muito lisa e brilhante nas proximidades da linha do fio, mas negra e um tanto áspera do traço mediano ao dorso. Ele possui um pequeno chicote trançado em couro atado ao quebra-crânio. Por isso, o nome *reio*. É imponente, elegante e letal. Tem um corte preciso e uma estocada dilacerante. Pela dificuldade de se encontrar um exemplar, não é de se admirar a razão de ser tão cobiçado. Quem não o tem, sonha em possuí-lo um algum dia; quem o tem, o esconde e o mantém fora da vista das pessoas. Ele traz poder ao dono e é decisivo numa contenda.

É a lâmina dos Visões, entregue nas mãos inconsequentes dos homens.

— Está pensando em lutar contra todos lá fora com isso aí? — o *Caduco* indagou ao neto, quando viu, no chão, aos pés do jovem, um braço inteiramente decepado. Ainda derramava um pouco de sangue da parte onde fora cortado, onde esteve anteriormente conectado ao ombro do assaltante.

— Não pretendo — o *Calado* respondeu, levantando o membro amputado do invasor e o arremessando para fora de casa. Em seguida, ele terminou de fechar a porta, pondo de volta a tramela da parte de cima da madeira. — Mas tenho serviço para isto caso alguém seja tolo o bastante para tentar entrar aqui dentro de novo.

— E tem pretensões de decepar o braço de cada homem que se enfiar por uma de nossas portas e janelas?

— Somente daqueles que estiverem ao alcance do *reio*.

— Meu neto, você se sente seguro? — o velho interrogou o jovem para ter certeza de que o mesmo não fosse pego de surpresa por um abalo emocional. Era o único homem ali dentro que poderia combater alguém. Era a sua única esperança em sobreviver ao ataque que se aproximava. — Não digo em termos físicos, mas em relação à sua mente.

— Nunca estive mais seguro do que estou agora — o neto garantiu ao avô, aproximando-se de sua rede e fazendo gestos com a mão direita para que o mesmo se levantasse. — Vamos, precisamos ficar em um só cômodo, junto de minha mãe e minha avó. Vou lhe ajudar a caminhar.

O velho não resistiu ao pedido e de imediato obedeceu ao jovem. Com o auxílio do neto, ele segurou firme na beira da rede, desceu as pernas e pisou cambaleante no piso de ladrilho. Tomou da bengala, passou o braço esquerdo pelo ombro do rapaz e iniciou uma caminhada a passos lentos. Não andou muito antes de formar um leve sorriso nos lábios e falar para o *Calado*:

— Você gostou da ferramenta, não é mesmo?

— É, gostei — o neto disse, sorrindo de volta. — É vistosa, leve e eficiente. Onde a adquiriu, vô?

— É uma estória muito longa para ser contada em uma só noite — o *Caduco* respondeu, continuando a retirada trôpega para o outro cômodo da casa. — Principalmente numa noite como esta, desenrolando-se na iminência de um combate que, caso venha a ocorrer, poderá ser mortal.

— Que os Visões nos proporcionem outras noites, então — o jovem desejou, encerrando aquele assunto por um momento.

Quando finalmente chegaram ao quarto em que estavam a nora e a esposa do velho, este foi acomodado sobre uma cadeira, para que pudesse descansar as pernas e estabilizar as costas cambaleantes. O neto o ajudou a se sentar e acendeu mais uma lamparina, proporcionando uma maior luminosidade dentro do cômodo. A *Mouca*, sentada aos cuidados da nora, de vez em quando expressava algum comentário ou indagação. Como resposta, ela recebia toques diversos da mãe do *Calado*, nos braços, na testa ou em outra parte do corpo, conforme a necessidade de comunicação.

Ninguém pegou no sono. Principalmente o *Calado*, que se manteve alerta a qualquer barulho, forte ou fraco, que pudesse surgir numa porta ou janela.

Tudo estava em silêncio, tanto dentro como fora de casa. Até o homem que fora mutilado pela ação do *reio* parara de gritar e berrar. Talvez, àquela altura, já estivesse desfalecido ou morto. Se ainda se mantinha vivo, estava tão fraco que não conseguia mais emitir som além de gemidos baixos. Seu caso, no entanto, parecia ter servido de aviso aos demais assaltantes, pois ninguém mais se aproximou o bastante das portas e janelas. E se ficaram nas imediações das paredes, não chegaram a tentar abrir nenhuma outra passagem. Provavelmente estariam planejando outra forma de entrar na casa, um modo mais seguro e sem perda de membros. Já sabiam que havia na residência alguém capaz de usar uma ferramenta cortante com destreza. Melhor não arriscar uma investida improvisada novamente.

Porém, não há silêncio absoluto que não possa ser quebrado com a voz de alguém enfurecido ou desnorteado.

— Não podem resistir por muito tempo dentro de casa! — uma voz se fez ouvir no meio da noite, vinda do terreiro da frente.

Não foi difícil reconhecer a quem pertencia. O filho do *Caduco* estava a gritar na escuridão noturna. Ele finalmente viera, como o pai previra. E não deveria estar nem um pouco satisfeito com o que havia acontecido com um de seus homens. — Sabemos que são somente vocês quatro. Um velho aleijado, uma velha que não enxerga nem escuta, uma mulher frágil e um menino escroto que não sabe nem mesmo conversar com as pessoas.

Com exceção da *Mouca*, as outras três pessoas dentro de casa se entreolharam ao ouvirem a voz do homem no terreiro. A sua esposa pareceu ter sido sacudida por um tremor de medo e apreensão. O seu filho, pelo contrário, ouviu tudo com paciência e sem perturbação. O velho, vivido tempo bastante para não mais se abalar com a ameaça de outro homem, procurou alguma instabilidade na mente do neto, algo que denunciasse sua fragilidade emocional. Não encontrou nada. Ou o jovem era realmente frio como pedra ou sabia esconder muito bem seus sentimentos. Então, o *Caduco* não teve dúvida. Quem estava do lado de fora da casa deveria realmente se preocupar com o *Calado*.

— Não queremos que tudo isso chegue a algo mais sério ou doloroso para ninguém — o homem voltou a falar em voz alta. Provavelmente não havia se aproximado além do ponto onde estivera anteriormente. Conhecia os riscos. — Olha, só queremos pegar uma parte dos mantimentos, abastecer nossas cargas e voltar para a estrada. Se for o caso, não precisamos nem mesmo nos encontrar. Permaneçam isolados em um cômodo da casa, então a gente entra nos paióis sem nenhum incômodo para vocês. Também sou dono da safra, pois ajudei a plantar e colher. Assim que nossos jumentos estiverem abastecidos, pegaremos a vareda e nunca mais nos encontraremos. Dou a minha palavra. Aliás, ainda somos parentes.

— Um parente não tenta entrar na casa de outro na calada da noite, de modo furtivo — era o *Caduco* que respondia à tentativa de pacto proposta pelo filho. O neto o havia levado à sala de fora, de forma que ficasse o mais perto possível de seu interlocutor ocultado pela escuridão. — No momento em que abandonou esta casa, perdeu todo direito sobre qualquer coisa dentro dela. É melhor retornar às varedas e continuar sua busca por um lugarejo melhor.

— Acho que ainda não entendeu a gravidade da situação, meu velho. — O homem no terreiro voltou a avisar, um pouco perturbado por agora ter certeza de que aquele velho que abandonara para morrer de fome e sede ainda estava vivo. E que retornara para casa, sua fortaleza, onde fora dono inquestionável por quase toda a sua vida adulta. — A casa está cercada por meu pessoal. Não há como escapar por nenhuma porta ou janela. Como ainda somos parentes e sei que você tem bom senso, vamos esperar pela luz da manhã, sem que ninguém tente entrar de assalto. Quando o dia voltar, peço que saiam e nos abram a passagem para os paióis. Não há necessidade de se iniciar um confronto insensato, pois sei que vocês estão em desvantagem e eu não guardo mágoa.

Quando terminou de falar, o homem esperou alguma resposta. Não teve nenhuma. Tudo era silêncio dentro de casa. Ele entendeu como um acordo. Voltou para seu acampamento improvisado no fim do terreiro e aguardou a escuridão da noite se esvair. Quando o Assobiador desse espaço ao comando da Visagem, invadiriam a casa com ou sem a permissão do seu dono. Queria lhe mostrar que não era necessário ter pedido os mantimentos, mas apenas pegado tudo que desejava. Também aproveitaria para dizer ao velho que não era mais seu filho e, ao moleque desobediente, que não era mais seu pai. Com esses pensamentos, o filho do *Caduco* passou o resto da noite, sem que o sono o viesse abaixar as pestanas.

Que a Fagulha volte logo, ele desejou.


O sol já iluminava tudo quando a porta da frente se abriu.

A luz da manhã refletia em cada tijolo de barro vermelho queimado. Num canto mais afastado do alpendre, a velha carroça descansava em repouso, sem jumento por perto. A fachada da casa, mesmo depois de velha, ainda se apresenta com certa elegância. As colunas de tijolo duplo se estendem numa largura ampla, o que proporciona um alpendre extenso. Na parede da frente, além da porta principal, outras duas menores lhe fazem companhia, uma de cada lado. E, intercaladas entre as três, duas janelas grandes conferem uma maior imponência ao frontispício da velha construção.

Ao redor do amplo terreiro, seis árvores de galhos vistosos se alinham para formarem uma alta muralha contra o sol nascente: um pau-d'arco com suas últimas flores amarelas a cair, um outro carregado de longas bagens, uma imburana ainda sem nenhuma folha, um pé de pereira parecendo morto de tão velho, uma oiticica tão alta quanto ensombrada e um juazeiro com um tom de verde singular. O pau-d'arco amarelo no fim de sua floração é um sinal de que o *cinzento ressequido* está indo embora. Por outro lado, o juazeiro verdejante sinaliza o tempo de as águas voltarem. E, como estando estes dois fenômenos em sincronia, o céu já se apresenta de forma diferente, com azul intenso aqui, nuvens se expandindo acolá.

O dia amanheceu com mais gosto pelo *virente molhado* do que com a escassez.

Os homens que cercavam a casa haviam passado a noite fria debaixo das árvores. Agora era chegado o momento de se retirar para se aproximarem um pouco da residência. Só estavam esperando pelo pontapé inicial do líder. Este, como uma fera enraivecida, já estava entediado por tanta espera. Seu velho pai só poderia estar lhe testando a paciência, ele pensou. Era preciso recompensá-lo depois.

Porém, não demorou para que três silhuetas de gente surgissem por entre a moldura da porta aberta. No meio, vinha o *Caduco* com seu arrastar lento e sofrível de pernas. À direita dele, a nora lhe segurava pelo braço, auxiliando no seu caminhar. À esquerda, talvez ajudando ou sendo ajudada, a *Mouca* andava a passos firmes e segurando no ombro do marido, porém sem conseguir reconhecer a direção corretamente. Os três caminharam até o meio do alpendre e então pararam. A nora deixou o velho se apoiando no ombro da velha, andou até a parede e voltou com uma cadeira. Quando o homem sentou, as duas mulheres permaneceram próximas a ele, uma de cada lado. Atrás deles, a porta se fechou com um leve baque. Ninguém mais saiu de dentro de casa.

— Se queria conversar pela manhã, aqui estamos — o velho disse, encarando o filho ao longe. Ele estava de pé, debaixo do pau-d'arco de flores amarelas, a poucas braças do limite do terreiro. — Se queria tanto ir embora destas paragens, então, por que voltou?

— Onde está o menino? — o homem perguntou, iniciando um caminhar lento em direção ao velho. Seus companheiros também se levantaram e o acompanharam, mas mantendo certa distância até o mesmo. — Está com medo bastante para não vir até aqui fora para me ver de perto?

— E a falta dele aqui importa?

— Importa, porque não quero nenhuma surpresa quando formos aos paióis.

— Acho que eu, sua mãe e sua esposa somos o suficiente para chegarmos a um acordo. — O velho deu uma pausa, olhando para o filho, talvez desejando encontrar algum vestígio de medo ou arrependimento nos olhos dele. Não encontrou. Por isso, deu prosseguimento ao que estava a falar: — E pelo que ele tanto fez nos últimos tempos, não parece nada com um menino. Está mais para um jovem crescido e determinado. Só não tem interesse em tomar parte de nossa breve conversa.

— A noite foi longa. Espero que tenha tido tempo suficiente para pensar com cautela sobre a proposta que lhe fiz ontem, a qual você ignorou por todo o tempo escuro.

— Para toda proposta, existe pelo menos uma contraproposta.

— Estou crescido o bastante para saber que todo contraponto praticamente anula o ponto de vista anterior.

— No entanto, se fez-me uma oferta, tem que ouvir nossa sugestão.

— "Nossa"?! — o filho indagou, com escárnio extremado e um sorriso de desprezo estampado nos lábios. — Pensei que ainda tinha o controle sobre sua própria casa.

— Desde que fui salvo de me tornar comida de abutre, não tive como evitar um agradecimento a quem nos tirou da poeira quente, eu e sua mãe — o *Caduco* informou, sem tirar as vistas do homem à sua frente. — E quando passei a levar em consideração o conhecimento de outras pessoas, descobri que as tomadas de decisões se tornam menos onerosas. Você devia experimentar isso também, pelo menos de vez em quando, passando a ouvir mais os seus homens, os seus filhos, a sua esposa, a sua mãe, o seu pai...

— Talvez a quentura do sol e a tristeza das varedas tenha cozinhado o seu cérebro, fritado cada restinho de bom senso. — O filho se aproximou até a distância um pouco maior do que uma braça e, então, estacou. Olhou rapidamente para a esposa, depois para a sua mãe. Foram olhares repletos de indiferença, como se tivesse mirado o nada, um buraco escuro e vazio. Ele tinha olhos secos. Não só de lágrimas, mas também de afeto. Em seguida, voltou o olhar para o pai envelhecido. Depois de uma breve pausa, ele pediu: — Então, acho que vou ter que ouvir a sua tal contraproposta. No entanto, seja rápido e objetivo. O sol já começa a esquentar e o céu se mostra mudado desde dias atrás. A época da *brotação* não deve demorar. As nuvens se aglomeram e não quero levar chuva na cabeça aqui no meio do relento.

— Como disse antes, você perdeu todo e qualquer direito sobre esta casa e o que tem dentro dela — o *Caduco* começou, impassível e nem um pouco amedrontado. — Entretanto, sabemos que seu grupo estar sem provisões e não poderão viajar por muito tempo com o pouco que têm. Por isso, estão autorizados a levar duas cargas de mantimentos. Será suficiente para alcançarem algum lugarejo, onde poderão se estabelecer durante o período das chuvas, até juntarem o necessário para retomarem a caminhada novamente. Porém, nunca mais devem voltar a estas bandas, se não for de modo harmonioso. Deixem-nos em paz para que possamos lhes esquecer e vocês não nos vejam mais, uma vez que era exatamente o que você queria quando nos abandonou.

O homem ouviu tudo em silêncio. Quando o velho terminou de falar, ele soltou uma gargalhada. No entanto, não demorou para voltar a ficar sério, enfurecido, perplexo, como se não estivesse acreditando no que acabava de escutar. Subitamente, levou a mão direita ao lado esquerdo da cintura e puxou da bainha seu sabre afiado. Não era um *reio*, porém era amolado o bastante para colocar medo em qualquer pessoa. Ele apontou a lâmina mortal no rumo do rosto do *Caduco* sem hesitar. Parecia descontrolado emocionalmente, incapaz de manter sua cólera sob controle. O homem idoso, ainda assim, não se abalou. A mulher ao seu lado, sua nora, no entanto, recuou com um medo feroz estampado no rosto. A *Mouca* não teve como reagir. Então, de forma grosseira, o filho esclareceu ao velho:

— Acha mesmo que sou tolo ao ponto de aceitar ninharia? Não vim até aqui lhe pedir nada, mas somente lhe dizer que vou levar o que eu quiser.

— Duas cargas de provisões não são ninharias — o *Caduco* interrompeu, mesmo com a ponta da grande faca a poucos palmos de seu nariz. — Vá, leve o que estou lhe oferecendo. É muito mais do que o merecido.

— Sabia que eu posso terminar aqui e agora o que iniciei naquela vareda?

— Não, não pode! — alguém respondeu pelo *Caduco*.

A voz veio da porta da casa, às costas do velho. Era o *Calado* que saía para o alpendre, tranquilo e a passos lentos. O *reio* do avô descansava no cinto de couro, atado no lado direito da cintura, agora enfiado dentro da bainha negra. O jovem não parecia assustado, o que era de se admirar para alguém da sua idade. Ele caminhou devagar até ficar emparelhado com sua avó. Todos olharam com espanto para ele. Até mesmo o homem que ameaçava o idoso com uma longa faca. Se o neto do *Caduco* estava com medo, não foi possível saber no momento.

— Pensei que não fosse sair de dentro de casa — o pai do *Calado* mirou o jovem à sua frente, levando o facão a mudar o rumo, passando do pai para o filho. Seus lábios se moviam como os lábios de uma criatura diabólica. Ele deu um passo para a direita e outro para trás, mantendo o terçado na horizontal, mirando o rapaz, uma de suas crias. Depois continuou, com sarcasmo: — Parece que aprendeu a falar. As varedas foram instrutivas?

— Vá embora! — o *Calado* avisou, ainda parado ao lado da avó. — Pegue o que o vô lhe abriu mão e suma destas paragens com seu bando de homens covardes.

— Sua mãe não o ensinou a respeitar o pai, menino?

— Minha mãe me ensinou tudo que você não foi capaz de ensinar. No entanto, ela também me fez aprender que devemos respeitar nosso pai, mas não ser escravos dele. Você não respeitou o seu, por que, então, pede que eu o respeite?

— Não sou mais seu pai! — o homem gritou para o filho, agora fervendo de raiva e tremendo de impaciência. — Nunca fui! — E, virando a grande faca para usar como indicador, acrescentou: — Não sou filho desse velho, nem dessa velha, nem sou marido dessa mulher. Não somos mais parentes. Sou um estranho para todos vocês. E se realmente se acha corajoso só porque traz um *reio* na cintura, venha aqui que quero fazer esta lâmina lhe cobrir de aprendizagem.

O homem terminou de falar e escreveu um círculo no ar com a ponta do facão, tentando inflamar a ira na mente do rapaz. Não se ouviu a voz de mais ninguém. O *Calado*, em silêncio, começou a caminhar em direção ao pai. Ao mesmo tempo que se movia, acariciava o cabo do *reio* com a mão direita. Sua mãe, amedrontada por algo ruim que poderia vir a lhe acontecer, tentou impedi-lo, iniciando um andar no seu rumo e implorando-lhe:

— Meu filho, não se deixe levar pela malícia dele. Não vale a pena.

O *Caduco*, no entanto, colocou seu braço enrugado direito na frente da nora e lhe fez um sinal, balançando rapidamente a cabeça para ambos os lados, pedindo para ela não se preocupar e não interromper o que seu filho pretendia fazer. Embora apreensiva, ela se deixou acalmar um pouco, mas o choro já se iniciava nos seus olhos. O *Calado*, como se não visse os avós e não escutasse a mãe, continuou a caminhar. O que buscava, mantinha-se à sua frente. Quando se aproximou o bastante do pai, estacou e informou:

— Se não consegue ser meu pai, não há nenhum problema. Minha mãe o substituiu de forma perfeita neste quesito. Além do mais, meu avô é um verdadeiro pai para mim.

O jovem disse isso e arremeteu o seu sabre feroz no rumo daquela faca ameaçadora, golpeando-a com violência da direita para a esquerda. O choque entre as duas lâminas produziu um som seco de metal sobre metal. O ataque foi tão veloz e brutal que o homem não teve tempo nem força para evitar um sacolejo no braço direito. Sua arma recuou com tanto ímpeto que seu braço vibrou sem controle e se moveu abruptamente para trás. Realmente, ele não esperava tamanho impulso. Fora uma péssima surpresa para a sua prepotência.

O segundo golpe do menino crescido não demorou mais do que um piscar de olho. O intervalo de tempo entre os dois arremessos só foi suficiente para que o homem pudesse recolocar sua faca novamente em posição de defesa. Outra vez, ouviu-se o tinir de aço contra aço. Por pouco, o pai do jovem não ficou com o rosto desfigurado. No entanto, desta vez, o *reio* não foi tão misericordioso com a outra arma. Sua lâmina resistente penetrou na outra como um machado penetra numa madeira mole. No final, a fenda na faca danificada ficou com uma extensão quase da largura de um dedo. O *reio*, no entanto, estava tão intacto quanto antes, como se não tivesse se chocado contra qualquer metal.

Quase em desequilíbrio, o homem sob ataque ainda tentou reagir com uma estocada agressiva. Não conseguiu. Sua arremetida fora tão previsível quanto ineficaz. Àquela altura, o jovem já havia girado o braço do sabre algumas vezes e já tinha outro golpe preparado, agora da esquerda para a direita. Quando as lâminas se encontraram, não foi fio contra fio, mas ambas espalmadas. A força reunida sobre o *reio* foi implacável. Com certeza, o jovem não era iniciante na arte de jogar faca, todos perceberam. Sem dúvida, ele tivera algum treinamento às escondidas desde muito pequeno. Pelo sorriso nos lábios do *Caduco*, não era difícil adivinhar quem o ensinara tão bem.

O homem não conseguiu resistir ao terceiro golpe. Após o choque do *reio*, sua faca vibrou como uma folha ao vento. Tal vibração se propagou pelo seu braço e ele perdeu o comando da arma, a qual foi arremessada para longe, à sua esquerda. Assustado, ele perdeu o equilíbrio das pernas e despencou para trás. Quando atingiu o chão e olhou para cima, o que viu foi a ponta de uma lâmina enfurecida descendo no rumo de seu pescoço. O *reio* farejava sua garganta. Então, desarmado, ele viu que era o seu fim.

— Já é o bastante, meu neto — a voz da *Mouca* correu pelo terreiro, tão veloz quanto um raio. — Seu pai sempre foi um verdadeiro mau-caráter, mas não merece morrer assim. Para nós, ele nunca deixou de ser um filho desrespeitoso, porém não cometa o mesmo erro de se tornar o que ele é. Como mãe, peço-lhe um pouco de clemência. Como vó, garanto-lhe que não vai se arrepender de evitar uma catástrofe. — A velha deu uma pausa, mas continuou, enquanto tinha a atenção do neto às suas palavras: — Talvez esteja se perguntando, assim como todo mundo ao nosso redor, como sei que você acaba de derrotar seu pai numa luta de sabre. Não escuto nem enxergo, porém minha mente não é opaca ao tinir de um *reio* retalhando uma faca comum. Nunca perdi a sensibilidade a este som metálico e mortal. Por isso, sei que você já investiu três ataques contra meu filho e todos foram muito violentos e indefensáveis. O terceiro, ainda mais do que os outros, não havia como ser defendido por seu oponente. No entanto, se matar seu pai, terá como obrigação correr em busca do cortejo dos penitentes açoitados pelo Flagelo, a cria do Assobiador que corrige os arrependidos no meio da noite. Não se engane, é melhor ficar aqui conosco. Seu vô precisa de você.

Quando a velha terminou de falar, o *Calado* ainda estava com ambas as mãos seguras em volta do cabo do sabre, escanchado sobre seu pai. O *reio* estava fincado verticalmente no chão, seu fio colado ao queixo do homem derrotado, abrindo uma delicada fissura, por onde jorrava um pouco de sangue. Ao ouvir o pedido de misericórdia da avó, o jovem mudara repentinamente a direção da lâmina. Por muito pouco, a garganta do filho ingrato não fora perfurada mortalmente. Ele agora tinha os olhos do filho grudados nos seus, ameaçadores e cheios de censura. Após alguns instantes, o *Calado* arrancou o sabre e saiu de cima do seu adversário, afastando-se para trás. Quando o outro se levantou, com dificuldade, o menino crescido lhe disse o que devia fazer:

— Escolha dois homens para irem aos paióis carregar dois jumentos com provisões. Vire-se de costas e vá embora com os demais. A partir de hoje, fique o mais distante desta casa. Se for a sua vontade, pode até esquecer que ainda existimos por estas bandas. No entanto, quando se achar nosso parente outra vez, se isso ainda for possível, a porta estará aberta para você.

Envergonhado, se tinha algo para dizer, o homem guardou para si. Olhou rapidamente para o filho, baixou a cabeça, girou sobre os calcanhares e seguiu para onde estavam seus companheiros. Voluntariamente e apaziguados, dois deles tomaram os cabrestos de uma dupla de jegues e se encaminharam para os paióis na parte de trás da casa. Quando voltaram com as malas de couro carregadas com mantimentos, os outros já seguiam longe pela vareda.

Então, sem dizerem qualquer palavra, eles os seguiram silenciosos, tangendo os animais. Nenhum daqueles homens foi visto outra vez pelos tabuleiros e capões de mato das Escalvas. Nem mesmo o filho do *Caduco*.

Dias depois, quando a poeira baixou e aquele incidente já havia sido esquecido, o *Calado* se aproximou da rede do *Caduco* para lhe devolver o que era seu por direito de posse. Quando da sua aproximação, o velho se sentou e viu que o neto trazia o *reio* seguro com ambas as mãos. Quando aquele estendeu os braços, este pôs o sabre sobre seus dedos trêmulos.

— Quero agradecer por ter me emprestado sua arma tão cobiçada — o jovem disse, sorrindo para o idoso. — Ela me serviu bem, mas agora é o momento de voltar para o seu verdadeiro dono.

O velho tomou a faca pelo cabo e a puxou da bainha com a mão direita. Colocou-a na frente dos olhos cansados, mirou a lâmina limpa e brilhante, acariciou o fio e o flagelo de couro, depois recolocou o aço de volta no seu estojo escuro. Desenhou um sorriso alegre no rosto e ofereceu o *reio* ao neto. Quando este o recebeu, o avô disse:

— Não foi um empréstimo. Este sabre pertenceu à minha velha avó paterna, que ganhou de um irmão dela, o qual nunca soube dizer de quem o recebeu. É uma arma antiga e está em nossa linhagem há bastante tempo. Não tenho mais talento para manejá-la. Por isso, estou lhe dando de presente.

— Se é um artefato de família, só deveria passar para frente quando morresse — o neto contestou, ao mesmo tempo que guardava o *reio* na cintura.

— Estive morto na poeira quente daquela vareda — o avô retrucou, voltando a se deitar na rede. — Então, você é o herdeiro mais do que legítimo desse sabre.

O *Calado* se levantou, girou de costas e se encaminhou para sair. Quando alcançou a porta, estacou, virou as vistas para trás e agradeceu:

— Obrigado pelo presente, vô. Vou usá-lo com honra e mantê-lo em nossa linhagem enquanto estiver vivo.

— Obrigado por ter mostrado ao meu filho que ele não pode tudo — o *Caduco* respondeu, com sinceridade.

— Não foi nada, vô. Só não podia permitir que ele continuasse a nos oprimir sem piedade. — O jovem se calou por um instante, antes de prosseguir: — Agora tente descansar. Precisa sobreviver a mais um *virente molhado*.

— Você me fez sobreviver ao meu pior *cinzento ressequido*. Atravessar mais um período de *brotação*, não será difícil.

Velho e jovem se entreolharam, sorridentes.

Quando o *Calado* saiu e o *Caduco* virou as vistas para o alto, os primeiros pingos de chuva caíram com barulho sobre o telhado.

A *brotação* havia voltado.

A Trinca recomeçava.

# VIRENTE

*O ar libera a porteira*
*E a chuva cai, violenta.*
*Tudo que já foi poeira*
*Sobre o chão se assenta.*
*O Virente traz inverneira,*
*Água, lama e tormenta.*


*"Que o virente seja farto."*

## ESTORIETA II

# CUMBUCA

Nunca os Visões haviam sido tão solidários para com as criaturas de Tabuvale quanto estavam sendo agora.

Era o que o pai do jovem estava querendo dizer.


O Assobiador, o Visão da noite e protetor das trevas; o Pesadelo, o Visão dos sonhos e protetor da mente; a Visagem, o Visão do dia e protetor da luz; o Malino, o Visão dos ares e protetor dos seres mal-assombrados e fantasmagóricos. Todos os quatro só poderiam estar com muito bom humor para mandarem bonanças a estes tabuleiros e capões de mato de Tabuvale.

O *virente molhado* havia chegado sem timidez, despejando água por cada várzea, descampado, tabuleiro e capão de mato. Tudo estava impregnado com o aroma gostoso de terra molhada e pintado com o matiz verdejante que parecia cheio de vida plena.

As matas se haviam adensado com folhagem nova, pintada de um verde vivo e agradável aos olhos. Cada capão de mato se transformara num monte esverdeado e aconchegante às criaturas de todo tipo. As várzeas e os tabuleiros seguiram o mesmo rumo e buscaram a mesma cor das matas, onde quer que tivesse uma ramagem ou capim que pudesse ganhar um tom de verde. Cada vargem descampada era um imenso tapete verdejante e alegre.

Os córregos também já escorriam de forma contínua, fazendo a água serpentear por entre pedras e árvores, arrancando partes de ribanceiras e trazendo consigo águas barrentas de lugares pertos e distantes. Os menores arroios levando suas poucas águas aos maiores. E estes, por sua vez, entregando suas massas aquosas às ribeiras de maiores proporções. Assim, as veias aquíferas de Tabuvale se comunicam e se entrelaçam, as grotas alimentando os regatos, os regatos servindo aos riachos, e estes, caudalosos, despejando suas enchentes na Ribeira Juassu.

O atual *virente molhado* era realmente virente e molhado.

No entanto, o *virente molhado* não só traz as cheias dos arroios ou as matas verdejantes. Também com a chuva vem a alegria das criaturas viventes, em especial as aves canoras. Os pássaros se alegram e soltam seus cantos por toda parte, quebrando o silêncio do mundo e anunciando a chegada e permanência da inverneira. Com a vinda das águas é chegado o momento de aumentar a prole, aparecendo ninhos por todo lado e surgindo uma sinfonia diversificada de acasalamento.

Entretanto, além da procriação, um canto de ave também pode anunciar a época certa para o plantio. Ou pelo menos prever o período mais propício ao início da lavoura. Por isso, o homem de Tabuvale, além de ficar atento às mudanças empreendidas pela chegada da chuva, também espera a anunciação vinda do bico de uma ave canora.


— Há muito que eu não presenciava uma época de invernada tão fechada como a que estamos vivendo — o pai do jovem confessou com entusiasmo e admiração. — Se continuar assim, vamos ter muita chuva e muita água nos regatos. E também muita fartura para se guardar um pouco mais para o período de escassez.

Os dois estavam no alpendre de fora, o pai escanchado na rede feita com a fibra extraída do interior da palha de carnaubeira e o filho sentado num tamborete rústico feito com uma tábua de

pau-d'arco e três pernas de pereira. No espaço entre os dois, acomodado sobre um banco todo construído em madeira de imburana,
das quatro pernas à prancha larga e espessa de cima, encontrava-se
o trabalhador mais assíduo daquelas redondezas. Ao lado dele, seu
único filho, ainda mais novo do que o jovem. Era o ajudante mais
solícito do homem dono da casa.

Há muito que os dois homens mais velhos se conheciam.
Mesmo antes de terem uma relação de patrão e empregado, os dois
já tinham uma vida de conhecidos. As suas duas famílias sempre
moraram muito próximas uma da outra, perto da margem norte
da Ribeira Juassu, nas adjacências ao ponto de encontro com o
Regato do Mel. Os dois mantinham uma amizade forte e respeitosa.
Embora um fosse muito mais velho do que o outro, o empregador
já não conseguia esconder a velhice, nunca deixaram de se tratar
de maneira cortês.

— É verdade, as chuvas têm caído como folha seca ao vento
— o ajudante disse com satisfação, concordando plenamente com
o velho amigo. — Tenho ouvido falar que está bem chovido em
todo lugar, do Morro Moreno ao Morro Jatobá, do Morro Torto ao
Morro Talhossu. Até mesmo os lugares onde não costuma chover
estão se transformando em lamaçal. Realmente, os Visões devem
estar com o coração alegre.

— Não sei o que aconteceu, mas algo deve ter abrandado a
zanga que é hábito se ver nos deuses de Tabuvale — o patrão falou,
dirigindo o olhar aos ares cheios de nuvens carregadas. — Já faz
um bom tempo que não se tinha um *virente molhado* tão molhado
como este.

— Talvez os Visões não estejam sendo bons, apenas nos
mandando algum aviso sobre o que estão planejando para mais
adiante — o homem do banco falou sem pensar. — Pode ser que
se tenha um *interstício medial* mais cedo e um *cinzento ressequido* alon-
gado e sufocante. Nunca se sabe exatamente o que virá pela frente.
O futuro aos Visões pertence.

— Você tem razão — o patrão concordou, ao mesmo tempo que se virava para receber a caneca de água fresca oferecida por sua esposa. Esta, por sua vez, também já andando com lentidão devido aos mandos da idade avançada. — Pode ser que toda esta bonança que estamos recebendo seja somente um sinal de algo desastroso que esteja por vir. Nunca se sabe quando os deuses nos amam ou quando nos detestam. Os Visões nunca nos esclarecem o que têm para nos oferecer ou nos tirar à força.

— Mas mudando de assunto, o que você tem para ser feito primeiro? — o ajudante perguntou, após também aceitar uma caneca de água fria. — Vamos começar com alguma capina ou continuar plantando o que ainda falta para plantar?

O patrão olhou para o filho, o qual já havia acabado de beber sua água, e indagou sobre os serviços que estavam precisando ser concluídos:

— Tem alguma capina que precisa ser feita com urgência ou todas podem esperar até o final da plantação?

— O mato do outro lado do Juassu está bem crescido — o jovem respondeu ao pai, tentando ser claro e objetivo nas informações. — Ainda tem muito para ser plantado, tanto milho como feijão. Somente foi concluída a plantação do arroz. Com essas chuvas constantes, as ervas daninhas crescem muito rápido. Se for esperar para ser capinada somente depois do final da planta, podem se tornar sufocantes para os grãos.

— Então é melhor começar pela capina do legume já nascido — o pai se decidiu, levando em conta o que o filho lhe esclarecera. — Quando terminarem o mato do outro lado da Ribeira, vocês voltam a plantar o que ainda está faltando.

O pai tinha consciência de que o seu jovem filho sabia como estava a situação de cada pé de milho, feijão ou arroz. Como não conseguia mais atuar na roça, sua coluna o limitava a poucos passos, o pai há muito já havia entregado suas tarefas ao seu filho mais novo. Este, por sua vez, mesmo com pouca idade, mostrava-se como um trabalhador esforçado e competente. Desde cedo na vida, sempre acompanhou o pai na labuta diária, atuando como aprendiz na lavoura e na criação de animais. À medida que o seu velho se tornava cada vez mais envelhecido, ele se deu como uma obrigação a tarefa de tocar a lida do pai. Este, agradecido e contente, ficou aliviado do esforço que o trabalho lhe exigia e, uma vez que não podia contar com outro substituto nos seus serviços, não resistiu em momento algum a entregar toda a sua luta diária ao filho.

O velho fora herdeiro solitário das poucas terras de seu, há muito, falecido pai. Nascera de um útero já desgastado por vários fetos que não conseguiram se desenvolver completamente. Sua mãe fora uma mulher que lutara incansavelmente para dar ao marido pelo menos um filho. Tentara uma, duas, três, quatro vezes. Em todas ela fracassara miseravelmente. No entanto, mesmo com os projetos de vida jogados para fora da barriga, uns já quase totalmente formados, outros apenas um amontoado de matéria biológica sem forma definida, ela se manteve firme na sua penosa missão. Sabia que insistir em ir em frente era uma decisão arriscada e perigosa. Os Visões, deuses orgulhosos como todos os outros, não se sensibilizam com o sofrimento dos homens. Quando eles não querem, não é bom persistir em lhes pedir algo. Pois podem, na sua fúria de serem contestados, mandar ao pedinte um castigo muito mais caro do que o pedido realizado.

Então, um tanto conhecedor das vontades dos Visões, durante a última gravidez da mulher, o marido lhe chegou ao ouvido e lhe disse com os lábios trêmulos, porém firmes:

— Esta será nossa última tentativa. Se não nascer vivo, é porque os Visões nos amaldiçoaram e nos mergulharam no sofrimento por falta de filhos. Então, não tentaremos nunca mais.

— Vou colocar um filho seu no mundo — foi a resposta categórica da esposa, tristonha e esperançosa, talvez até cheia de ira para com os Visões. — Esta barriga vai crescer e a semente que germina dentro de mim vai sair viva e saudável. Nem que seja a minha última vez como produtora de gente. Nem que para isso tenha que oferecer minha vida e meu *fulgor* a cada um dos quatro deuses de Tabuvale.

A barriga da mulher crescera sem interrupção, trazendo alegria ao casal e a esperança da chegada de uma criança para alegrar a casa em que viviam. Ao contrário das outras vezes, o período de gestação se completou sem mais problemas. Até parecia não ser o mesmo útero que lutara inutilmente em outras ocasiões tentando manter um ser vivo em seu interior. Nem pai nem mãe desconfiaram que estava correndo tudo às avessas, como se não tivessem descartado com tristeza outros filhos mortos. Os dois, mergulhados na cegueira da felicidade plena, não puderam prever o que os céus lhes guardavam. Quem conhece um mínimo dos deuses de Tabuvale, deve saber que quando está tudo bem, qualquer coisa que venha pela frente tem maiores possibilidades de estraçalhar corações.

Nem sempre a calmaria segue a tempestade. No entanto, ninguém se engana quando espera a intempérie depois da bonança. Não é sempre que o bom pode melhorar, mas o ruim sempre pode piorar.

Mas tudo correu sem que ninguém contestasse nada do que estava acontecendo. Uma criança se aproximava e, portanto, não se devia estragar o momento feliz pensando em coisas de deuses. O marido preparou tudo que a esposa precisava e ela dera luz a um menino cheio de vida. Era tudo o que eles queriam naquele momento.

Porém, como sempre os Visões costumam trocar um nascimento por uma morte, a mãe não conseguira resistir ao parto. Apenas suportou até a criança sair de seu corpo. Num instante estava a fazer força para colocar sua cria no mundo, no momento seguinte se desfalecia, o *fulgor* a abandonando como água a sumir rapidamente por terra seca. Seu passamento foi tão repentino que não teve a oportunidade de ouvir nem mesmo o primeiro choro do filho. Se a criança tivesse demorado mais um ínfimo de tempo para sair para a luz, os dois teriam sucumbido simultaneamente.

Nunca se soube de verdade o motivo da morte da mulher, uma vez que havia sido um parto relativamente normal. O marido dissera que sua esposa não havia sobrevivido por já estar demasiado fraca para gerar alguma outra cria na barriga. E essa justificativa o ajudou a aceitar a perda da companheira. As más línguas, no entanto, afirmaram que aquela pobre criatura havia sido condenada a não ter tantos filhos porque não conseguia ser uma pessoa devota. Diziam, com maldade nos lábios, que ela sempre desafiara os Visões e que por isso fora castigada. Além do marido, dos parentes mais próximos e dos conhecidos mais íntimos, ninguém mais se importara com a sua desgraça. Simplesmente esqueceram que ela havia sofrido durante todas as suas batalhas de procriadora, mas que partira com uma missão cumprida, deixar um filho vivo no mundo.

Entretanto, a *sussurrante* que realizara o parto tinha uma explicação mais plausível para aquele caso. Segundo o que ela conseguia entender da situação, a pobre mulher não sobrevivera daquela última barrigada porque já havia oferecido anteriormente sua vida aos Visões. Ela provavelmente teria pedido aos deuses de Tabuvale que lhe gerassem pelo menos um filho saudável, que, como recompensa, pagaria tal graça com a própria morte.

Talvez a mulher tivesse realizado um *resmungo*, a *sussurrante* argumentou, o pedido que se faz ao Malino, o Visão dos ares e protetor dos seres mal-assombrados e fantasmagóricos. Se fora isso mesmo, com certeza oferecera seu *fulgor*, o fogo ardente que confere vida a uma criatura, como pagamento de sua tão cara dívida. Pois, segundo as estórias do povo mais velho, durante um *resmungo* o Malino sempre exige como recompensa o *fulgor* de quem faz o pedido. Após tal ritual, macabro e perigoso, o Visão dos ares envia sua cria mais melancólica aos tabuleiros e capões de mato de Tabuvale, o Soturno, para buscar seu prêmio prometido. Quando o Soturno aparece, ele não aceita nada em substituição ao *fulgor*, nem que a pessoa em dívida implore por misericórdia. A cria do Malino sempre leva ao seu pai o que veio buscar como pagamento combinado.

Quem estava certo ou errado, ninguém conseguiu averiguar com certeza. E talvez não precisasse. As bocas sujas, como sempre acontece, logo encontraram outros assuntos e estórias para espalharem e levarem adiante as mentiras que se propagam sem dificuldades. A mentira se espalha tão fácil quanto a poeira levada pelo vento. A verdade, por outro lado, é uma rocha pesada, difícil de se locomover, o que dificulta sua dispersão. A primeira sempre chega antes da última.

O pai viúvo, por sua vez, tinha um filho pequeno para cuidar e fazer crescer. Sentia muito a perda da esposa falecida, a tristeza o rasgando por dentro como unhas afiadas arranhando uma superfície enlameada. Porém, ele sabia perfeitamente que não poderia deixar de cuidar daquela criança que cresceria sem mãe, mas que era seu tão desejado herdeiro. As palavras proféticas de sua companheira haviam se cumprido e ele recebera o que tanto esperara. Portanto, fez um esforço para controlar os sentimentos, tentando conviver com o fato de não ter mais uma mulher, e passou a dedicar todas as suas energias aos cuidados do menino. Tornou-se, então, um pai e uma mãe numa só pessoa.

O filho recebeu o *múrmur*, o oferecimento de uma criança que se faz aos Visões, e cresceu sem mais contratempo. Não manifestou nenhum problema mais grave de saúde, além daqueles corriqueiros que aparecem em todo mundo, embora tenha sentido muitas dificuldades afetivas ao crescer sem a presença de uma mãe.

Quando o filho único se tornou adulto, além dele não havia outra pessoa que poderia herdar os pertences do pai. Naquela época, o filho já havia se enlaçado matrimonialmente com uma jovem, passando a constituir uma nova família com dois membros. Como seu velho progenitor há muito vivia sozinho, ele trouxe sua jovem esposa para dentro da casa do pai, após um pedido irrecusável deste.

Então, ele passou a ser o dono definitivo da velha residência quando seu pai viúvo veio a falecer de velhice, não muito tempo depois.

Mortos a mãe e o pai, o filho único, agora já senhor de sua casa, passou a se preocupar em fazer crescer sua própria família e propagar seus descendentes. Porém, de forma estranha, ele também não conseguira gerar um único filho antes da morte do pai. Este, como num destino rígido e inflexível de não receber o carinho de muitas crianças, morrera sem conhecer nenhum neto.

Muitos *virentes molhados* ainda foram embora e voltaram até que o primeiro filho do homem pudesse chegar para lhe alegrar a vida. Sua esposa era jovem, assim como ele, quando haviam se unido numa única família, na época em que seu velho ainda era vivo. No entanto, o jovem casal não conseguiu gerar nenhuma semente, nem sadia nem doente, para fazer crescer a barriga da esposa. Como se a vida de seus pais estivesse se repetindo na dele, períodos vieram e se foram, alongaram-se e se encurtaram, mas não aparecia uma única gravidez. À medida que os dois se encaminhavam a passos largos para a fase de envelhecimento, viam com preocupação sumirem os períodos férteis que poderiam fazer aumentar a família. Somente quando o casal já tinha atingido o último estágio adequado para uma gestação saudável foi que a esposa apareceu gestante. Na ocasião, os dois já estavam convictos de que nunca teriam a oportunidade de receberem um filho como presente dos Visões.

Assim como havia acontecido com seus pais, o homem tinha realmente vivido uma situação inexplicável, juntamente com sua querida esposa. Se, por um lado, sua falecida mãe havia gerado vários filhos mal formados e incompletos; por outro, sua esposa, por muito tempo, não tivera o poder nem mesmo de fazer germinar uma única criatura na barriga, com forma ou sem forma, perfeita ou defeituosa. Não chegara sequer ao estágio de criatura em desenvolvimento interrompido ou de semente a germinar. Nada. Nenhum único vestígio de descendência. Era como se eles nunca tivessem tentado ter um filho. Como se os Visões lhes tivessem arrancado todas as suas partes procriadoras ou nunca lhes tivessem dado nenhuma.

Se um dia sua falecida mãe se perguntara o motivo de ter sido obrigada a jogar fora tantas sementes mal germinadas, agora também caberia indagar a razão da ausência total de um rebento sequer na barriga da esposa. Seria mais uma obra dos Visões, impondo-lhe como castigo a impossibilidade de sua mulher procriar? Mas, se fosse, pelo que seria tal punição? O que ele teria feito em vida para ser castigado daquela maneira? Ou seria ele mesmo, em vez da sua mulher, que não poderia colocar um único broto de gente para crescer? Era possível que o homem tivesse nascido com alguma sequela, resquício do atribulado período de gestação no útero materno? Sua mãe poderia ter passado para ele parte da sua incapacidade de conceber filhos. Ou os Visões simplesmente poderiam ter lhe arrancado todo o poder de concepção, quando ele ainda estava na barriga da mãe.

Ele se fazia tais perguntas, mas não tinha ninguém que poderia lhe proporcionar as devidas e corretas respostas.

No entanto, talvez não fossem necessárias respostas para nenhum dos questionamentos do casal. Quando os Visões querem, nada evita que se realizem seus desejos, por mais inexplicáveis que sejam. É o que o povo mais velho sempre diz, tão cego em meio às suas crenças. Portanto, para essas pessoas crédulas de Tabuvale, é melhor esperar pela vontade dos deuses do que ficar a questionar seus mirabolantes caprichos. E foi exatamente o que o homem fez. Esqueceu as perguntas e as prováveis respostas, passando a se dedicar somente à labuta diária e à vida de sua família, a qual parecia que finalmente começava a se multiplicar.

O seu primeiro filho viera com a saudade das águas deixadas para trás, em pleno *interstício medial*, o fim d'águas. Nascera com saúde, mas trouxera consigo a tristeza que marca o final das invernadas e o início da escassez. Crescia sem disposição para o trabalho na roça, preferindo ficar em casa e ajudar sua mãe nos serviços domésticos.

O pai não ficara satisfeito com tal coisa, mas não queria criar um caso com o filho nem com a esposa. Sem guardar rancor, fez se consumar o *múrmur* e ofereceu o menino aos Visões. Decidiu por aceitar seu destino sem mais problemas, algo difícil em um pai de família por estes tabuleiros e capões de mato de Tabuvale.

A segunda semente fecundada com sucesso viera pouco tempo depois da primeira, já nos domínios finais do *virente molhado* seguinte. Uma menina muito saudável saíra das entranhas agora férteis da esposa. Carregava consigo a alegria das chuvas intensas e dos caminhos enlameados. A mãe ganhara uma companhia mais autêntica para as tarefas da cozinha, eram as palavras cortantes de algumas línguas desembestadas da vizinhança. O pai se conteve com o que estava a receber. Não queria reclamar o motivo de não vir um filho varão de verdade. Mandou realizar o ritual de oferenda divina e abençoou a filha sem sinal de mágoa no coração. Se ficou com algum pesar no peito, conseguiu reprimir com muita habilidade. Parecia que estava disposto a aceitar o que os Visões lhe dessem. Por isso, não se lamentara. No entanto, mantinha a esperança viva nos pensamentos.

O terceiro broto que germinou na barriga da esposa estava marcado para trazer alegria e tristeza, as duas na mesma medida. Talvez nunca se possa ter somente uma das duas, preferencialmente a primeira. No meio do desalento, aparece um pouco de contentamento; ao passo que junto dos momentos alegres escorregam também instantes tristes. É o equilíbrio necessário ao bom funcionamento das engrenagens do mundo. Quando vem em demasia, a alegria também cansa. Um pouco de tristeza alavanca o caminhar.

O terceiro filho se revelou um menino muito sadio e com muita fibra. Viera para a luz do mundo banhado também pelas águas e enchentes de um *virente molhado* abundante em água e todo tipo de legume. Desde pequeno, o garoto se mostrou ativo e com disposição para qualquer atividade. Finalmente, o homem conseguira um herdeiro formidável, forte e determinado a assumir qualquer trabalho na roça ou na lida com os animais. Então, ele se alegrou e agradeceu imensamente a generosidade dos Visões. Ao contrário dos dois filhos anteriores, quando da realização do *múrmur*, o pai preparou uma grande festa para celebrar a chegada do filho tão esperado. Tudo se resumira em alegria e satisfação.

Porém, para ser atendida a parte tristonha, a esposa finalizou suas capacidades fecundativas. Depois do terceiro filho, o fluxo se interrompeu tão repentinamente quanto havia começado. Era como se os deuses de Tabuvale somente tivessem liberado ao casal três únicas sementes, nem mais nem menos. Uma conta fechada de maneira inflexível. Era outra coisa que ninguém conseguira explicar com um mínimo de verdade. Alguns falaram que era algo inacreditável, levando em consideração a idade do casal, e que os dois deviam mais era agradecer pelos três filhos que conseguiram gerar. As más línguas disseram que aquilo não era nada de mais, pois estava tudo certo um homem e uma mulher velhos germinarem uma menina, um menino e a parte de outro. Os mais crédulos afirmaram que era simplesmente a vontade dos Visões.

O homem, no entanto, havia ficado muito satisfeito com os três filhos que sua esposa lhe conseguira proporcionar. E sua satisfação era ainda maior porque seu filho mais novo, agora um jovem crescido, realmente tinha dedicação ao trabalho e responsabilidade com a realização de qualquer tarefa. Os Visões eram bons, concluíra o homem. Ele conseguira tudo que precisava.

O dia amanheceu com o céu limpo e azul, sem um único vestígio de nuvens carregadas. Era como se não se estivesse vivendo o período do *virente molhado*. Como se o Malino, numa ânsia louca de ira e perversidade, tivesse limpado todos os ares e retirado de lá qualquer resquício de vapor de água. O sol despontava com ferocidade por detrás do Morro Torto. Enquanto isso, a Visagem liberava a Fagulha, sua cria ardente e luminosa, para se espalhar por cada canto de Tabuvale. Fazia, assim, tudo se transformar em claridade e esquentar como o fogo aquecendo a lenha debaixo de uma panela a cozinhar.

Não havia dúvida de que era um dia ideal para a capina. Sol forte e ausência de chuva tem um significado muito claro: a erva daninha cortada não tem como sobreviver à quentura. Assim, o resultado é sempre duplo: limpa-se o legume e o período para se roçar novamente passa a ser maior.

Quando o jovem abriu a porta da frente, usando a mão esquerda para proteger os olhos contra a luz intensa da manhã, o ajudante também já se aproximava do terreiro. Era como se os dois estivessem vivendo em sincronia, despertos ao mesmo tempo com a chegada da Fagulha. O pai do jovem, assim como sua mãe e os seus dois irmãos, ainda estava em seu leito. Em poucos instantes, no entanto, eles também já estariam de pé. Era preciso preparar almoço para o bando de trabalhadores que acompanharia o rapaz ao roçado, os quais, por certo, também já deveriam estar chegando ao ponto da labuta com suas ferramentas de trabalho prontas.

— Hoje amanheceu um dia bom para se capinar — o ajudante foi dizendo ao se aproximar, ao mesmo tempo que cumprimentava o rapaz.

— É verdade — o moço concordou e cumprimentou o homem, de forma simultânea. — Hoje, cada pé de mato que for arrancado, no final da tarde vai estar todo seco. Vamos demorar um bom tempo antes de ser preciso fazer outra capina por onde vamos passar limpando.

— Parece que a Fagulha hoje de manhã se levantou com toda vontade. Ainda cedo do dia, mas a quentura já está como uma fornalha.

— Será que com esta quentura não vai aparecer chuva mais tarde?

— Se aparecer, será depois que o mato estiver todo cortado.

— E aí não vai mais servir para ressuscitar as ervas daninhas secas e sem vida.

Os dois organizavam os mantimentos que deviam levar para o trabalho, sem perturbar as outras pessoas da casa. O jovem colocava alguma comida numa bolsa de palha de carnaubeira, enquanto o homem se encarregava de envolver com um pano uma cabaça grande de água. As duas enxadas e as demais ferramentas de corte já haviam sido afiadas no dia anterior. Depois de tudo pronto, os dois se encaminharam para a vareda.

— Vamos descendo? — o ajudante indagou, mais como um convite do que como uma pergunta. — Os outros trabalhadores talvez já estejam chegando lá pela roça.

— Vamos sim — o jovem concordou de imediato. — Vamos logo que o trabalho nos espera e o mato não demora a crescer.

O rapaz vestia uma calça comprida e uma camisa aberta, ambas surradas, levando à cabeça um chapéu de palha de carnaubeira com abas longas. Nos pés, alpargatas rústicas com muito tempo de uso. O seu companheiro de labuta não se vestia muito diferente, embora suas roupas fossem ainda mais surradas e com alguns rasgos e remendos bem nítidos. O chapéu na cabeça estava visivelmente em estado de frangalhos. Ele também levava um cigarro entre os lábios, soltando de vez em quando uma pequena baforada de fumaça.

Sem mais demora nem conversa, os dois se encaminharam para o sul, tomando a vareda que desce no rumo da Ribeira Juassu. O homem mais novo levava dependurada no ombro esquerdo a bolsa com mantimentos, tendo uma enxada e uma foice no ombro direito. O mais velho carregava uma enxada sobre o ombro esquerdo, um facão amarrado com palha no lado esquerdo da cintura e a cabaça de água repousando sobre o ombro direito. Dentro da bolsa de palha que o jovem carregava estava a comida a ser servida antes do almoço chegar, rapadura e farinha de mandioca.

A plantação a ser capinada não se localiza tão distante, embora fique do outro lado da Ribeira, na sua margem sul. A caminhada não demora muito, uma vez que a residência do jovem fica próxima da margem norte do Juassu. A cabana do ajudante é um pouco mais distante, o que o faz acordar mais cedo para sair ao trabalho e chegar no final do dia já com o escuro se fechando sobre o terreiro. Os demais trabalhadores moram para as bandas da plantação, não necessitando atravessar o grande córrego ou qualquer outra grota maior.

A casa do jovem, construída pelo pai de seu avô paterno, fora erguida sobre uma pequena colina, nas imediações da margem esquerda da Ribeira Juassu, próximo do encontro deste imenso arroio com o Regato Fundão. Sua excelente localização permite uma vista privilegiada da redondeza, uma vez que o seu lado frontal se direciona para o lado do nascente. Ao se abrir a porta da frente, pode-se avistar o leito largo e as margens férteis do Juassu, bem como os cumes sinuosos do Morro Jatobá ao longe e do Morro Torto ainda mais distante. No período de *virente molhado*, como o atual, o panorama fica ainda mais deslumbrante, uma vez que as cheias estão sempre presentes nessa ribeira que corta Tabuvale deste o oeste até o leste.

A construção fora erguida com base sólida e resistente, tendo o alicerce preenchido com pedra e as paredes levantadas com tijolos de barro escuro, produzidos e queimados nas proximidades. Como colunas de sustentação, toras grossas e compridas de aroeira. No teto, alto e extenso, linhas de pau-d'arco, caibros de pereira, ripas de carnaubeira, e telhas rústicas produzidas nas olarias da redondeza. O piso, nivelado a meia braça do chão, fora coberto com ladrilhos também adquiridos dos oleiros vizinhos. As portas e janelas, altas e largas, foram feitas com madeira maciça de jatobá e imburana.

Com uma estrutura formidável e imponente, o casarão se destaca acima da colina, podendo ser visto à distância. As pessoas que dele se aproximam, ao avistarem a residência, não têm dúvidas de quem é o proprietário. Da forma como foi construída, utilizando-se materiais de boa qualidade, não se espera que a moradia sucumba facilmente às intempéries. Por isso mesmo, a casa já resistiu a três gerações, e parte de uma quarta, sem mostrar sinal significativo de deterioração. A não ser, claro, pequenos desgastes que sempre aparecem com o passar do tempo, mas que se consertam sem mais preocupações. Entretanto, de modo geral, o casarão continua praticamente intacto, ao longo do tempo, vendo por entre suas paredes crianças nascerem e velhos morrerem. Vida chegando e saindo, num fluxo contínuo e ininterrupto de existência e morte. Os Visões oferecendo e tomando de volta. Hoje, a alegria dominando os corações esperançosos. Amanhã, a tristeza dilacerando o peito fraco a qualquer perda.

A caminhada dos dois homens à Ribeira Juassu não demorou, como era de se esperar. Quando chegaram à beira do rio, ambos estacaram e iniciaram os devidos preparativos para a travessia até o outro lado. Mesmo com as chuvas regulares, a Ribeira Juassu consegue despachar suas águas com rapidez. As enchentes maiores somente aparecem quando nuvens mais carregadas fazem chover em demasia nas suas cabeceiras ou na bacia de seus afluentes. Nessas ocasiões, a água é forçada a subir a um nível mais elevado, o que também faz alargar o leito do córrego. Algumas vezes transpondo as ribanceiras e alagando o entorno das margens do grande arroio. Quando isso acontece, o perigo de travessia aumenta e somente um *cumbuqueiro* é corajoso o bastante para se arriscar e se lançar nas águas barrentas da Ribeira Juassu.

Sem sinal de chuva intensa no dia anterior, pelo menos nenhuma fora vista nas proximidades durante o dia, o leito do riacho se estreitou e a profundidade talvez não passe da cintura dos dois homens, se eles encontrarem a passagem mais rasa. Talvez chegue até o peito do jovem, por ele ainda ser de estatura mediana. A força da água também não representa maior preocupação, uma vez que a correnteza se encontra em estado de fluxo estacionário, escorrendo mansamente e sem carregar balceiro. Os únicos perigos nesse momento estão em perder alguma ferramenta na água, molhar a bolsa de mantimentos ou a roupa dos dois homens.

Para que nenhuma dessas coisas ruins venha a acontecer, os dois homens começam por acomodar as ferramentas no chão e despir cada peça de tecido do corpo, exceto as roupas de baixo. As vestimentas são enroladas numa trouxa para facilitar o seu transporte sobre a água. Então, como se houvesse um planejamento de travessia, os dois homens começam a carregar os materiais. Primeiro, levam para o outro lado as ferramentas de corte, enxadas, foice e facão. Eles dividem a tarefa com o objetivo de não deixar cair nada no fundo do rio ou ser levado pela correnteza. Perder uma ferramenta ou os mantimentos não seria nada bom para dar continuidade ao trabalho durante todo o dia.

Os dois adentram no líquido barrento ainda com um pouco de receio, mantendo cautela no caminhar, pois não se pode brincar com água, seja parada num poço ou correndo no canal de um arroio. Os primeiros passos são lentos, os pés tentando se acostumar à topografia do leito da Ribeira. Uma pedra afiada oferece enorme perigo a um solar feito de carne e couro, uma vez que os homens carregam suas alpargatas na mão. Perder um chinelo não é uma boa maneira de enfrentar os espinhos e insetos peçonhentos que estão sempre aparecendo pela roça. Não. Melhor mesmo é assegurar os calçados e evitar que os mesmos sejam levados embora pela água.

Porém, não é somente uma pedra afiada que oferece risco aos caminhantes. Numa água barrenta, tudo pode se esconder e acabar por causar um dano maior a quem tenta atravessar um riacho sem um mínimo de atenção. Às vezes, um toco envelhecido surge de repente para dilacerar uma coxa ou uma perna. Pisar sobre um peixe com barbatana afiada pode arruinar um pé por um longo tempo ou para o resto da vida. Pode acontecer de uma cobra descendo o rio se esbarrar contra o pescoço de alguém, enroscando ao redor dele ou injetando numa veia uma ou duas gotas de veneno. Outras vezes, um buraco surge no leito pedregoso e provoca um tropeço e um mergulho indesejado, levando a um afogamento terrível. Uma cãibra pode se desenvolver numa perna e fazer a pessoa beber mais água do que o suportável.

Numa correnteza ou num poço mais profundo, tudo pode dificultar a vida de quem se arrisca a uma travessia ou mergulho. E, algumas vezes, quando nada disso vem a surgir, os Visões inventam um torvelinho repentino em qualquer ponto do lençol d'água, fazendo o corpo do indivíduo girar e as vistas se desorientarem inesperadamente. Em poucos instantes, alguém que se animava com vida há pouco, transforma-se num corpo a boiar sobre as águas.

Os homens avançam pelo meio do rio, cada um levando algo suspenso pelas mãos, caminhando em lentidão, praticamente lado a lado, mantendo a proximidade um do outro. No entanto, o mais velho, talvez por já ter certa experiência na travessia de arroios, segue um pouquinho adiante. Pode ser que esteja testando os melhores pontos para se pisar e abrindo caminho para o companheiro que vem atrás. Mas talvez não queira avançar com tanta rapidez, com medo de perder a distância que permite um alcance imediato ao filho do patrão. Além do mais, pensa o ajudante, o colega é bem jovem, ainda não teve muitas oportunidades de enfrentar correntezas maiores. Ainda lhe falta a experiência necessária para uma travessia apressada, algo que o mesmo poderá adquirir com o tempo.

No entanto, o jovem não aparenta ser um iniciante na tarefa de atravessar uma ribeira. Até surpreende o homem mais velho, mostrando habilidade e desenvoltura. Tateia com cuidado onde vai pisar e nunca deixa as duas pernas suspensas, mantendo sempre um pé fixado no chão quando o outro levanta para avançar. Mantém sua carga levantada no alto, quase na altura da cabeça, deixando ambos os braços formarem com seus respectivos antebraços um ângulo reto. O rapaz avança com passos cadenciados atrás do homem mais velho, cuja prudência é semelhante à sua.

Sem mais problema, os dois homens alcançam a margem oposta da Ribeira. Ao pisarem na areia fora d'água, eles acomodam as ferramentas no chão e retornam para buscarem as outras coisas. Na volta, embora ainda pisem com precaução, o andar pela correnteza se desenvolve com maior rapidez, uma vez que não levam nada que possa cair ou se perder. Os dois até arriscam um nado durante alguns instantes, o que lhes faz vencer algumas braças de água barrenta, diminuindo o tempo de travessia.

Quando chegam outra vez na beira do rio, tomam o restante da carga a ser carregada, a bolsa de mantimentos, a cabaça de água e as suas respectivas roupas. As vestimentas são colocadas dentro do respectivo chapéu de cada dono, para facilitar o transporte. O ajudante se encarrega da cabaça d'água, enquanto o jovem se responsabiliza por cuidar da bolsa. O primeiro leva o chapéu na mão direita e a vasilha com água no ombro esquerdo; o segundo, ao contrário, faz repousar a bolsa de mantimentos sobre o ombro direito e o chapéu seguro na mão esquerda. Então, os dois se encaminham novamente para o canal do córrego, outra vez lembrando dos cuidados a serem tomados durante à travessia.

Agora, já um pouco mais acostumados com o caminho que percorreram anteriormente, os dois conseguem desenvolver uma travessia mais célere. Embora levem uma carga maior e mais pesada, jovem e ajudante fazem o mesmo percurso em um tempo menor do que da outra vez. Conhecer onde se pisa facilita a viagem. No entanto, ainda se deslocam com um caminhar sem pressa exagerada, nada de suspender as duas pernas ao mesmo tempo. Com o peso extra que transportam, não é possível se arriscar num nado que poderia muito bem levar a um desequilíbrio na postura. Por isso, o mais prudente mesmo é caminhar, mantendo sempre pelo menos um pé fixo no leito arenoso e pedregoso do rio.

Chegando ilesos à margem oposta, os dois homens baixam seus fardos e voltam a vestir suas roupas e colocar seus chapéus. Outra vez redistribuem as cargas, as levam aos ombros e tomam a vareda que leva à roça. Agora não falta muito para chegarem ao seu destino.

— Ainda bem que não choveu ontem para elevar o nível do Juassu — o ajudante se dirige para o jovem. — Caso contrário, estaria bem difícil atravessar a água hoje.

— Pois é verdade mesmo — o jovem responde para o companheiro. — Pelo menos não vimos nenhuma chuva próxima durante o dia. Pode ser que também não tenha caído água lá para as cabeceiras da Ribeira durante a noite.

Quando terminou de falar, o rapaz estacou de repente. Colocou sua carga no chão outra vez e voltou à margem do largo arroio. Procurou ao seu redor uma pequena vara de madeira seca, medindo em torno de meia braça, e a fincou verticalmente na linha da água, no limite entre o líquido barrento e a areia exposta. O ajudante, que também havia parado para observar o que estava acontecendo, embora mantivesse sua carga sobre os ombros, sabia exatamente qual era o intuito do jovem.

— Acha mesmo que o nível da correnteza pode estar subindo? — ele perguntou retoricamente ao companheiro.

— Só quero ter certeza de que este danado não esteja tomando água em suas cabeceiras — o jovem respondeu sem preocupação, voltando para perto de seu colega de trabalho e levando seu fardo novamente ao ombro. — A correnteza está bem tranquila, sem sinal visível de variação na profundidade. Porém, não custa nada se precaver. As enchentes são como os Visões, imprevisíveis. Nunca se sabe exatamente quando se aproxima uma tromba d'água.

— Não vimos nenhum balceiro, galho ou touceira de capim descendo o rio. Nada que indique a elevação da água. No entanto, como você mesmo disse, não custa nada se prevenir.

— Realmente, a água parece bastante estável. Mas não temos nada a perder fazendo a marcação. Quando vierem deixar nosso almoço, podem nos dizer se o nível da água subiu ou não.

Em silêncio, os dois se voltaram para frente e continuaram a caminhada.

Os dois homens não demoraram mais tanto para chegarem à roça. Quando apareceram na beira da plantação, os demais trabalhadores já os esperavam com suas ferramentas afiadas, prontos para receberem as devidas ordens do que devia ser feito. É uma das vantagens de se morar nas proximidades do trabalho, sem necessidade de atravessar nenhuma ribeira de maior volume. Eles chegaram com o primeiro claro trazido pela Fagulha, quando o disco do sol ainda nem havia subido acima do Morro Torto.

Então, a labuta teve início.

Em solo arenoso, a enxada corre como se estivesse viva, cortando o mato bravo como uma navalha que um dia fora afiada pelas mãos dos Visões. Com chuvas constantes, o legume se alegra e cresce rápido. Porém, a erva daninha parece ser ainda mais ligeira, projetando suas folhas acima dos pés de feijão e da palha do milho ainda pequeno. É preciso ter muito cuidado no capinar, uma vez que o fio da enxada pode cortar, indesejavelmente, um pé de plantação, ao invés da erva maligna.

Também é necessária maior cautela para não se ferir os dedos dos pés, expostos ao gume da ferramenta e demais ameaças que possam aparecer pela frente, seja uma cobra peçonhenta, um escorpião oportuno ou um toco escondido e cheio de microrganismos tóxicos. A rapidez com que arremessam e puxam de volta a ceifadeira, mostra o quanto esses homens são bons no que fazem. A força nos braços sugere a resistência e vigor desses trabalhadores incansáveis. E quando surge um setor no qual predominam pedregulhos, eles deixam as enxadas de lado e passam a arrancar a erva com as próprias mãos. Evitam, assim, danificar ou cegar as ferramentas. Como resultado, o espalmar das mãos e os dedos levam para casa arranhões e cortes sujos de barro.

Entretanto, os homens são fortes e não se abatem com facilidade. Nasceram capinando e roçando. E sabem que vão passar o resto da vida fazendo a mesma tarefa. Por isso, não se abalam com o tamanho de seus fardos. Simplesmente continuam a cortar o mato, deixando para trás as carreiras de pés de milho e feijão limpos para crescerem. Em casa, deixaram a família, esposas e filhos, esperando comida e com outras necessidades. Trabalham em silêncio, sem desperdiçarem energia com conversas. Falam o mínimo possível, conversando somente quando alguém tem uma informação ou uma anedota para contar. Mesmo quando isso acontece, o trabalho continua sem interrupção, em meio à conversa e às risadas. O serviço não pode parar.

E, assim, a peleja na roça tem andamento. À medida que o sol vai se levantando, subindo mansamente pelo arco da abóboda celeste, os pés de mato vão caindo à passagem das enxadas e das mãos. Quando os raios de luz estão à meia inclinação, indicando a metade da subida do sol, os homens param o serviço para matar a sede e forrar o estômago com um pedaço de rapadura e uma mancheia de farinha de mandioca. Após a comida e a bebida, depois de descansarem por mais alguns instantes, os mestres de capina voltam às suas carreiras de legume. Não querem dar descanso às ervas daninhas. A luta contra o mal deve ser contínua e ininterrupta. Nenhuma batalha é definitiva.

O sol continua a subir pelos ares e os homens prosseguem na sua peleja. A luz sobre Tabuvale se intensifica e o suor vira cachoeira no pescoço dos trabalhadores, descendo pelas costas e pelo peitoral, encharcando as suas vestimentas e enfadando seus músculos. Quando o canto da cigarra começa a se avolumar, indicando a chegada do ponto alto do poder da Fagulha, os homens se reanimam um pouco, pois sabem que o horário do almoço se aproxima. De fato, não demora muito para que eles avistem ao longe uma figura fantasmagórica se aproximando da roça, caminhando pela vareda que vem do Juassu.

É chegado o momento de abastecer o estômago.

O homem que trouxe a comida, outro ajudante do pai do jovem, responsável por cuidar dos animais, embora também leve almoço à roça, coloca sua carga no chão e a deixa livre para os demais se servirem como quiserem. Estes, incluindo o rapaz e seu outro companheiro, sentam-se ao redor da grande bacia, tomam de suas colheres e começam a degustação. O almoço é composto de feijão, farinha de mandioca, arroz e, como mistura, toucinho cozido e frito. Comida repleta de energia e necessária ao trabalho árduo feito na roça. Principalmente após o meio-dia, quando a quentura aumenta e o desgaste é maior.

Se os homens trabalham em silêncio, durante o almoço eles não conseguem se calar. O que não falta são assuntos a serem discutidos. Falam de tudo um pouco, tanto da vida deles mesmos como de outras pessoas. Quase todos se tornam tagarelas por um instante. Talvez seja a comida que lhes faz bem. A alegria do homem começa pela barriga. Quando o estômago está vazio, o *fulgor* se abate e o ânimo entra em decadência.

O jovem, no entanto, neste momento, tem outro interesse, saber como o nível da Ribeira se encontra.

— Finquei uma vareta na beira da água, hoje de manhã — ele se dirige ao homem que trouxe o almoço, ao mesmo tempo que leva uma colherada de arroz à boca. — Ela ainda está lá ou já caiu?

— Continua no mesmo lugar — o homem da comida responde, sem demonstrar preocupação, mas contente em poder informar algo ao filho de seu patrão.

— Como foi a travessia? Teve algum problema com a correnteza?

— Foi tranquila. Muita água, mas com correnteza estável. Só tive mais dificuldade no centro do leito, onde está mais fundo.

— Como está o nível da água? Desceu, subiu ou permanece na mesma marcação?

— A marcação parece estar dentro da água, mas molhando somente um pouco o pé da vara.

— Então significa que o nível está subindo, mesmo com muita lentidão.

— Pode ser que seja apenas o agitar da água, não sendo possível precisar se o nível realmente mudou.

— A água estava bem tranquila e finquei o graveto exatamente no seu limite. Mesmo com alguma agitação ou pequenas ondas, ainda era para a vara estar na divisa entre o seco e o molhado, caso o nível da correnteza não tivesse se modificado.

— Fico surpreso em saber que o nível do Juassu esteja subindo devagar. — Um dos outros trabalhadores entrou na conversa. — Quando estava saindo para cá, as pessoas estavam falando que provavelmente houve muita chuva durante a noite lá para as bandas de cima. Como se fosse no rumo do Lagoão ou do Regato Fundão. Elas não sabiam dizer exatamente para qual lado havia chovido ou se realmente havia chovido, mas disseram que viram muitos relâmpagos cortarem o escuro. Algumas achavam que os raios caíam para os lados do Monte Perdido, enquanto outras afirmavam ter visto os clarões na direção da Brenha.

— Também ouvimos trovões lá de casa, mas não sei dizer realmente de qual lado estavam vindo — um outro trabalhador se manifestou, querendo compartilhar o que sabia, embora fosse apenas dúvida. — Se teve realmente chuva para o rumo sul da Brenha, é possível que tenha caído em algum ponto das cabeceiras do Regato Fundão.

— Ou pode ser também que não tenha havido chuva nenhuma. — O primeiro ajudante do jovem, companheiro de capina, entrou na conversa. — Às vezes, ocorrem relâmpagos e trovoadas sem que caia nenhum pingo de água no chão. E se ouve realmente chuva, deve ter sido muito longe, significando que a enchente ainda vai demorar a chegar por aqui.

— Também penso dessa mesma forma — o ajudante responsável pelo almoço voltou a falar, talvez objetivando tranquilizar o rapaz. — Na volta, eu posso verificar com mais detalhes o estado da correnteza, olhando se está descendo algum basculho ou não. Caso observe algo que denuncie a chegada de uma enchente, venho aqui avisar. Caso contrário, sigo em frente sem retornar.

— Ficamos agradecidos e no aguardo — o jovem disse, parecendo mais tranquilo. — Só não quero ser surpreendido com uma tromba d'água na travessia de volta. Mas como o nível parece subir muito devagar, significa que até à tardinha não poderá ter atingido grande elevação. Até porque na volta vamos levando menos peso e, qualquer coisa, podemos deixar as ferramentas aqui na roça. Um nado sem peso extra é mais tranquilo.

Sem mais discussão, o restante do almoço prosseguiu de forma normal. Após finalizarem a comida e satisfazerem a sede, cada um dos trabalhadores, incluindo o rapaz e seu ajudante, procurou uma sombra para ter um merecido momento de descanso. O homem que trouxe o almoço, por sua vez, recolheu tudo em um único embrulho e se preparou para ir embora. Depois de tudo pronto, ele deu um até logo aos demais e se dirigiu para a vareda, fazendo o caminho de volta para a Ribeira Juassu.

Não demorou muito para a cigarra atingir o ápice de seu canto estridente, indicando que a Fagulha alcançava o apogeu de sua fúria, dispersando luz para todo lado e esquentando cada tabuleiro e capão de mato, cada várzea e descampado, cada morro e mata fechada. E o sol, na sua ânsia de se mover pelo céu, também atingiu o ponto mais alto da abóbada celeste.

O meio-dia se abate sobre as costelas de Tabuvale.

É o horário de domínio da Visagem, quando estes torrões extensos ficam sob os desejos e mandos do Visão do dia e protetor da luz.

Cônscios de tudo isso, pois aprenderam a respeitar os devidos horários do dia e da noite ao longo da vida, os homens continuam seu descanso, aproveitando a sombra debaixo das moitas. Uns se encontram deitados, talvez até tirando uma soneca, enquanto outros permanecem só sentados mesmo. Nesse momento, a conversa é pouca e os sons predominantes são apenas a cantiga da cigarra e o estalar seco da Fagulha. Eles esperam com paciência o sol descambar para o outro lado do céu, iniciando seu movimento de descida. Quando isso acontece, os trabalhadores se levantam, vão às cabaças e tomam generosos goles de água. Afiam outra vez suas ferramentas na pedra de amolar, colhida nos sopés do Morro Moreno, e retornam à labuta, ainda um pouco sonolentos devido à quentura e o peso da comida no estômago.

A capina recomeça.

E o sol desce com vontade pelos ares.

Com um acréscimo a mais de quentura, o serviço também diminui um pouco o ritmo. Os homens já não fazem mais a produção que conseguiram desenvolver na parte da manhã. Além disso, eles precisam ir às cabaças com mais frequência, para que possam combater a sede e a desidratação, inevitáveis em tais horários aquecidos. No entanto, eles continuam firmes, pois já estão habituados nessa labuta. Manejam suas ferramentas como se fossem armas a serem usadas numa luta de vida ou morte contra as ervas daninhas.

À medida que o sol desce pelo céu, no rumo do Morro Moreno, os ares parecem mudar de constituição. Pequenas nuvens começam a se formar, uma aqui, outra acolá. Depois, como se fossem criaturas vivas e afetuosas, uma busca uma outra e se unem numa só, mais escura e com um tamanho médio. Em seguida, as medianas se juntam para formarem outras ainda maiores. E este mecanismo vai seguindo de maneira contínua, em um processo inexorável. De repente, o céu adquire um semblante mais escuro e enormes sombras se projetam sobre o chão.

O sol, no entanto, continua tão quente quanto uma brasa incandescente. Embora parte de sua luz seja barrada pelas nuvens há pouco formadas, no espaço entre as mesmas, ela penetra sem piedade. Entretanto, não demora muito para que os ares se preencham de imensas nuvens carregadas, tão negras quanto a noite dominada pelo Assobiador. E essa miscelânea de nuvens e calor intenso só tem um significado para os homens que estão a derrubar mato no meio do legume, chuva e trovoada.

— Hoje, parece que a chuva vai ser é cedo — um dos trabalhadores comenta.

— E pela quentura, vai ser com relâmpagos e trovoada — emenda outro que capina ao lado do primeiro.

— Vamos largar o serviço um pouco mais cedo para que ela não alcance a gente pelo caminho — o jovem avisa para os demais, ao mesmo tempo que observa o desenrolar de crescimento das nuvens. — Até porque, depois que uma chuva se inicia, não demora muito para que os riachos tomem água e elevem o nível da correnteza.

Pouco tempo depois, como prometido, após finalizarem cada um suas respectivas carreiras de legume, o rapaz ordena que deem por terminado o trabalho. Embora o final do dia ainda demore um pouco, uma leve escuridão começa a preencher o céu, efeito inevitável do acúmulo de nuvens abarrotadas de água pronta para cair. É um aviso de que os Visões abriram as comportas celestiais.

Ninguém se manifesta contra a interrupção antecipada do serviço, apenas obedecem ao comando sem emitir qualquer contestação. No entanto, eles não o fazem por preguiça, mas por concordarem que o dia promete receber água das alturas em boa quantidade.

Também são conscientes de que não vale a pena se pegar uma chuva no meio da plantação. Quando a terra se encharca com os pingos a cair, a capina se torna uma atividade improdutiva e inútil, uma vez que a erva daninha molhada fica cada vez mais difícil de morrer e pode voltar a crescer em um tempo menor.

Portanto, os homens simplesmente finalizam o trabalho sem questionamento. As ferramentas são limpas, as cabaças esvaziadas e o restante de mantimentos e apetrechos são organizados nas bolsas. Em seguida, os trabalhadores se despedem e iniciam a volta para casa. O rapaz e seu ajudante se dirigem para o norte, na direção da Ribeira, enquanto os demais rumam para o sul. Estes últimos percorrerão apenas varedas até chegarem em suas moradias. Aqueles dois primeiros ainda terão que se molhar na travessia do largo córrego.

Ao longe, no rumo do Morro Jatobá, uma nuvem já começa a desfiar e se inicia um sereno que parece, ao se ver de longe, cair com lentidão. Logo, logo a chuva estará por estas paragens.

O jovem e seu ajudante estacaram de repente, nenhum dos dois acreditando nos seus próprios olhos. Não era possível que tivesse acontecido o que o rapaz mais temia. No entanto, era exatamente o que eles agora estavam a mirar, perplexos e sem ação. A Ribeira Juassu tomara água. Muita água. A largura do seu canal, já extensa com pouca correnteza, agora aparentava estar com o dobro do que estava pela manhã. Entretanto, se a extensão do lençol de água parecia ter dobrado, não era possível avaliar de imediato o quanto a correnteza estava mais forte.

Ao procurar a vareta que fincara para marcar o nível da água, o jovem não a encontrou nem a viu em lugar algum ao redor. Ou estava coberta pela enchente, ou havia sido arrastada pela correnteza. Por isso, ele percebeu que não havia como precisar, nem mesmo estimar grosseiramente, o quanto o rio havia subido. Entrar numa água sem saber sua profundidade é uma decisão bastante arriscada. Além do mais, é imprescindível que se esteja preparado para nadar com força há qualquer momento. E mais, é necessária muita cautela quando se tenta levar qualquer peso extra nas costas ou seguro nas mãos.

— Sem dúvida, descambou uma tromba d'água muito grande lá de cima — o ajudante disse para o companheiro, mais para quebrar o silêncio de espanto dos dois do que para lhe informar algo. — Não teria como o nível subir tão rapidamente.

— Sem dúvida deve ter caído uma chuva muito intensa lá para as bandas do Lagoão ou da Brenha — o rapaz respondeu, com muito desânimo e um semblante que denunciava grande preocupação. — E o pior é que nem podemos saber exatamente a profundidade da água.

— Se a gente usar como referência a ribanceira deste lado, podemos avaliar que o nível parece ter se elevado em torno de meia braça.

— Mas se foi uma tromba d'água violenta, o centro do canal, ou qualquer outro lugar, pode ter sido cavado e se aprofundado. Então, podem aparecer muitos lugares em que a água irá nos cobrir e exigir um nado forçado.

— Sendo assim, vamos atravessar logo ou acha melhor a gente esperar um pouco e ver se a água diminui?

— O nível não vai baixar tão cedo. E com a chuva que vem se aproximando, a enchente pode ficar ainda maior. Poderemos ficar presos deste lado sem poder avisar a ninguém de casa sobre a situação do rio.

— E a noite se aproxima com rapidez. Logo vai estar escuro e mais difícil de empreender uma travessia.

— Vamos deixar as ferramentas escondidas por aqui e atravessar somente com a cabaça, as roupas e a bolsa com mantimentos.

O ajudante não esperou por outra ordem. Olhou em volta e encontrou uma moita numa parte mais elevada e mais afastada da ribanceira. Depositou ali as ferramentas de corte e também os dois chapéus. Naquele ponto, ele pensou, não haveria como chegar água, mesmo que a correnteza aumentasse consideravelmente ao longo da noite.

— Leve a cabaça que eu levo a bolsa — ele disse para o rapaz, esvaziando a água da vasilha até a última gota e empurrando com força o pedaço de sabugo de milho até conseguir a melhor vedação possível. — Se a gente for precisar nadar, a cabaça vai lhe prestar um enorme auxílio.

— Tudo bem — o jovem agradeceu ao companheiro. No mesmo instante, entregou-lhe a bolsa e recebeu do outro a cabaça. — Não precisa se preocupar com a bolsa. Se for necessário nadar, pode deixá-la se molhar à vontade ou até mesmo soltá-la, se for preciso.

— Vou me lembrar disso — o trabalhador abriu um leve sorriso, tentando deixar o companheiro o mais descontraído possível. — Mas molhada, ela fica muito mais pesada e difícil de se arrastar pela água. Por isso, vou tentar manter ela sempre seca. Como está bem leve, provavelmente não vai ser difícil fazer o seu transporte.

— Mas, como eu disse, se a travessia começar a ficar complicada, pode molhar ou até soltar ela no rio. O mais importante é a gente chegar ileso no outro lado da correnteza.

O jovem recomendou ao camarada de serviço e os dois se encaminharam para a beira da água. Onde havia terra seca pela manhã, agora corria água barrenta vinda não se sabe de onde.

Diferentemente de quando fizeram a travessia no início do dia, agora eles não retiraram as roupas do corpo. Embora uma vestimenta encharcada dificultasse muito mais o movimento pela água, era um carrego a menos a ocupar as mãos. Elas também ofereciam uma pequena proteção contra insetos, garranchos ou cobras que desciam arrastados pela enchente.

— Se a água ficar profunda e for necessário nadar, não precisa forçar um nado contra a corrente ou no rumo reto que estamos entrando — o ajudante recomendou ao jovem quando eles entraram na água. — Pode nadar a favor da correnteza e permitir que ela o carregue pelo rio abaixo. Não tem importância a gente sair do outro lado um pouco mais afastado da vareda. Por isso, pode manter uma direção inclinada em relação à ribanceira.

— Fico grato pelas recomendações — o rapaz agradeceu, parecendo um pouco mais tranquilo, embora fosse apenas aparência mesmo. — Mas será que vou me lembrar disso quando chegar o momento certo?

— Vai sim — o homem afirmou categoricamente, objetivando transmitir uma maior confiança ao jovem. — Vou estar nadando logo atrás de você. Não se preocupe e faça de tudo para não entrar em pânico.

— Sei que é difícil, mas vou tentar.

Então, depois de tudo acertado, os dois entraram ainda mais na água.

Quando ainda se encontravam próximos da margem, a profundidade não parecia significativa. Durante os primeiros passos, a água somente alcançou os joelhos de ambos. Se movimentavam por uma faixa quase plana nas adjacências da ribanceira. Os dois carregavam as alpargatas suspensas pelas respectivas mãos livres, o jovem com a sua esquerda, o ajudante com a sua direita. Na outra mão, o primeiro segurava a cabaça com sua direita, o segundo levava a bolsa com mantimentos na sua esquerda. Por isso, eles conseguiam sentir o leito arenoso da Ribeira com os pés nus, onde não havia água na parte da manhã. Ainda não pisavam nos lugares com pedregulhos escondidos sob a correnteza.

No entanto, não demorou muito para que a profundidade começasse a aumentar e pequenas pedras aparecessem para machucarem seus pés desprotegidos. Após mais alguns passos, a água alcançou as suas coxas, molhando cada vez mais suas vestimentas. Outros passos empreendidos e o nível da correnteza chegou às suas cinturas, encharcando por completo suas calças. Logo, os braços tiveram que ser levantados um pouco mais para que os objetos não ficassem submersos.

Mesmo com a profundidade maior, os dois homens não diminuíram o passo, seguindo em frente sem hesitação, embora mantendo a cautela no modo de pisar. Sabiam que já estavam um pouco distantes da ribanceira, mesmo sem olharem para trás. Ainda assim, o lençol de água na frente deles parecia não diminuir. O rio aparentava não ter fim, como se se alargasse à medida que eles penetravam cada vez mais no meio da enchente. Mas nem mesmo isso fez o rapaz ou seu ajudante desanimarem. O objetivo dos dois era um só, chegar na margem oposta do Juassu o mais rápido possível.

Então, a caminhada pela correnteza prosseguiu sem interrupção.

Entretanto, para a tristeza dos dois trabalhadores, a água começou a ficar mais veloz à medida que se aproximavam do meio do canal. Com uma correnteza mais forte é necessária uma força maior para se sustentar o corpo e não ser levado pelo rio abaixo. Por isso, eles já caminham inclinados em relação à vertical, pendendo o corpo para o lado de cima da corrente de líquido barrento, como se estivessem empurrando um corpo pesado de riacho acima. Além disso, os pés já não aderem com tanta eficiência sobre o chão de areia, diminuindo o impulso e proporcionando maior dificuldade ao caminhar.

A travessia se alonga e se complica.

Desde que entraram no rio, os dois homens ainda não tinham visto nenhum balceiro de maiores proporções descer com a correnteza. Apenas avistaram pequenos galhos e restos de capim. Entretanto, agora que caminhavam mais para dentro da água, uma maior quantidade de vegetação descia com mais frequência. Desviar-se de objetos leves com água pela cintura já é um desafio considerável. Livrar-se de corpos mais pesados e com maiores dimensões numa enchente pode se tornar uma tarefa difícil para qualquer pessoa.

O ajudante foi rápido e ágil ao arrastar o jovem para trás, segurando firmemente as vestes encharcadas nas costas do filho de seu patrão. Por pouco, o balceiro não atingiu o rapaz, o que poderia ter sido o seu fim. O objeto que descia era composto por garranchos, touceiras de capim, madeira envelhecida, ramas de todo tipo e, enrolada em um tronco de ingazeira, uma cobra tentando manter a cabeça acima do nível da água. Como o jovem estava muito concentrado na travessia, não conseguiu enxergar a chegada do balceiro. Felizmente, o seu ajudante estava a observar qualquer perigo que poderia se aproximar deles dois.

— Deixa logo esse balceiro passar — o homem disse para o companheiro, ainda o segurando pela camisa.

— Eu nem consegui ver ele chegando — o rapaz falou, agradecido por ter sido puxado bruscamente para trás e ser colocado fora de perigo. — Se não fosse o seu puxão na minha roupa, o balceiro teria me atingindo em cheio e me levado embora.

— Esse aí vai bem pesado mesmo, além de uma cobra que, assustada, poderia nos causar sérios problemas — o companheiro respondeu, quase com indiferença e sem preocupação.

Quando o balceiro passou, os dois retornaram sua caminhada pelo leito do córrego. Perderam preciosos instantes de travessia, além de cansarem para se sustentarem firmes na água. No entanto, evitaram que fossem carregados pela correnteza. O ajudante continuou alerta aos perigos que vinham da parte de cima da corrente barrenta, enquanto o jovem também passou a ficar mais atento para não ser surpreendido por nenhum outro objeto à deriva pela água.

Logo, os dois homens chegaram a uma outra inclinação do leito arenoso sob seus pés. Então, enquanto eles caminham, a água sobe por seus corpos, atingindo a barriga, cobrindo o peitoral e, por fim, molhando os seus ombros. Quando a água molhou o pescoço de ambos, eles foram forçados a levantar completamente os seus braços, mantendo-os totalmente na vertical. Nessa posição, porém, o cansaço não demora a aparecer nos músculos e o desconforto nos membros se torna insuportável.

Portanto, para aliviar a canseira nos braços, as alpargatas são as primeiras a se molharem. Os dois homens deixam as mãos que seguram os calçados descerem no rumo da água. O jovem também abaixa o seu braço direito, colocando a cabaça para flutuar. Entretanto, o ajudante continua suspendendo a bolsa de mantimentos acima da cabeça. Mas não permaneceu durante muito tempo assim. A Ribeira Juassu não permitiu.

Após poucos passos dados com a água batendo no pescoço, os pés dos homens perderam por completo o contato com o chão. A partir daquele ponto, a profundidade do rio era maior do que a altura de uma pessoa. A caminhada terminava. Era chegado o momento de nadar.

Eles não entraram em pânico. Nem mesmo o rapaz. Porém, sem esperarem por nada, jogaram as alpargatas fora em um instante. O jovem passou a usar ambas as mãos para segurar a cabaça e logo percebeu que ela iria mantê-lo acima da água. O ajudante, por outro lado, iniciou um nado de uma mão só, tentando levar a bolsa suspensa com o braço esquerdo e nadando com o braço direito. O rapaz seguiu segurando firme a cabaça e agitando ambas as pernas para poder ganhar impulso.

Sem mais contato com o chão, os dois começaram a ser carregados pela enchente. Assim, quando avançavam um palmo para frente, desciam dois no rumo da correnteza. O jovem parecia ter entendido o recado de seu ajudante, deixando-se levar pela água ao mesmo tempo que impulsionava os pés na direção da margem a sua frente. O seu companheiro, não querendo perdê-lo de vista, esforçava-se com mais força para não se distanciar do jovem e, ao mesmo tempo, evitar que a bolsa caísse na água. Quando atingiram o meio do canal da Ribeira, no entanto, ele não conseguiu mais resistir ao incômodo daquele nado forçado. Então, simplesmente baixou o braço esquerdo e deixou que a bolsa de palha mergulhasse no líquido. Dali em diante, em vez de mantê-la em suspensão, ele a puxaria pela água.

Absortos e concentrados no processo da travessia, os dois homens esqueceram como se desenrolava a formação e aproximação da chuva pelas suas costas. Também não perceberam que as nuvens carregadas haviam fechado praticamente todo o céu. Elas cobriram o sol por completo, que já havia descido até as bordas superiores do Morro Moreno, e se avolumavam em todas as direções. Para as bandas do Morro Jatobá, da Brenha e do Lagoão, elas desfiavam e caíam chuvas torrenciais.

Com o fim do dia e chuva se formando para todos os lados, a escuridão se intensificava cada vez mais, tornando a água do Juassu mais negra e amedrontadora. Atravessar um córrego cheio com o claro não é tarefa fácil. Aventurar-se numa enchente com o escuro é não mostrar sinal de sensatez. Com luz por todo lado é possível se ver para onde se está indo, enxergar um balceiro que realiza uma descida inexorável ou achar o melhor lugar da ribanceira para se segurar. No escuro, no entanto, perde-se a noção de distância e qualquer obstáculo, por menor que seja, pode se tornar um perigo à espreita.

— Vamos nos dirigir para aquela moita ali — o ajudante falou para o jovem, as palavras saindo espaçadas devido ao cansaço e ao incômodo causado pelos respingos da água batendo no seu rosto.

O jovem não disse nada, mas não havia dúvida de que o havia escutado. Com os pés a baterem com mais força e maior frequência, ele forçou uma mudança na direção que seguia. Em vez de simplesmente deixar a água carregá-lo rio abaixo, passou a nadar contra a correnteza. O objetivo era não ultrapassar a moita indicada pelo companheiro. O homem que nadava atrás dele o seguiu pela mesma rota, mandando mais energia para as pernas para que conseguisse vencer a força da corrente líquida.

Embora estivesse com os galhos e folhas bagunçados, resultado da passagem da enchente, a moita tinha o lado esquerdo mais limpo e com menos ramos. Ao se dirigir naquele rumo, o rapaz usou a mão esquerda para segurar num galho que se projetava para fora da água, enquanto mantinha a direita segurando firmemente a cabaça. A moita se localizava já quase na margem esquerda do rio. Portanto, era um lugar seguro para se finalizar a travessia.

Com um esforço extra, o jovem puxou o próprio corpo com o braço esquerdo em direção ao galho que estava a segurar e, com o direito, arremessou a cabaça para a ribanceira. Ela caiu em terra seca e estacionou a algumas braças, após rolar umas três ou quatro vezes. Agora o rapaz tinha como se segurar nos vegetais com ambas as mãos. Ele impulsionou ainda mais o corpo e estacionou o peitoral sobre os galhos, tentando descansar e se sentindo um pouco mais aliviado.

Nesse ínterim, o ajudante também já havia alcançado um dos ramos da moita e se agarrava a um deles com a mão direita, não muito distante do rapaz. Na esquerda, ele mantinha a bolsa segura, mas ela se encontrava totalmente submersa. Talvez devido à força da correnteza a puxar constantemente sua carga, ele começava a demonstrar sinais visíveis de muito cansaço. No entanto, por ter conseguido chegar àquele ponto com segurança, ele estava satisfeito e não pretendia abandonar seu fardo.

Os Visões e a Ribeira Juassu, porém, diziam outra coisa.

O jovem e seu ajudante não haviam percebido que a moita para a qual se dirigiram se localizava em um ponto curvado da margem do arroio. A água sofria uma acentuada mudança de rumo naquele local, movendo-se sob uma curva antes de voltar à parte mais central da correnteza. E todo mundo de Tabuvale sabe o quanto esse tipo de situação é favorável à formação de redemoinhos. Em locais onde a água gira com maior facilidade, eles se iniciam com movimento lento, porém crescem e se tornam vórtices com rotação violenta. Enquanto na superfície da água um vórtice parece buraco vivo querendo engolir qualquer objeto que encontra pela frente, na parte de baixo ele é um verdadeiro monstro devorador e insaciável. Por onde passa, bagunça e leva tudo que vem pela frente, seja mato, terra ou gente.

O homem da bolsa não viu a chegada do redemoinho que se aproximou de modo lerdo e silencioso, mas inexorável e determinado. A água giratória veio descendo o rio tão mansa quanto um animal incapaz de ferir outro. Porém, carregava consigo o poder de provocar calamidades irreversíveis. O perigo maior se abate sem avisar. Quando o vórtice se emparelhou com o homem, este não conseguiu se defender da ameaça. A bolsa foi arrastada com violência, como se fosse uma grande pedra afundando, levando consigo o corpo do trabalhador no rumo do fundo da água. Tracionado repentinamente pela correnteza, o pobre homem foi obrigado a soltar o galho no qual se mantinha seguro.

Tragado tão rápido quanto uma água descendo por um sorvedouro, o ajudante não teve tempo de raciocinar direito. Por isso, não conseguiu soltar a bolsa de imediato para facilitar o seu nado. Tudo o fazia descer para o fundo do rio, como se houvesse uma carga pesada sobre seu corpo ou um animal feroz o arrastasse para baixo. Seu braço livre, no entanto, agitava-se e lutava bravamente para permanecer com o rosto fora da água. Num instante, ele tinha a cabeça sobre a correnteza, embora respirasse com dificuldade; no momento seguinte, nariz e boca ficavam submersos e ele era obrigado a prender a respiração para não se asfixiar totalmente. Logo, o terror tomava conta do seu semblante.

Tudo aconteceu de forma muito rápida, o jovem também não sendo capaz de pensar adequadamente. Quando ele olhou para a sua direita, seu companheiro já estava a lutar contra o vórtice, subindo e descendo, respirando e se afogando. No entanto, com um movimento ágil do corpo, rapidamente ele se jogou na água, segurando no galho somente com a mão esquerda outra vez. Sem esperar por mais nada, ele estendeu seu braço direito para o ajudante. Este, com esforço tremendo, conseguiu agarrá-lo com o braço esquerdo.

— Solte a bolsa na água! — o rapaz gritou para o homem, mais ordenando do que pedindo.

O ajudante, já com cada um dos olhos começando a se esbugalhar de esgotamento e pavor, não esperou outra ordem. Ele deixou a bolsa ser levada pela correnteza e passou a se concentrar no companheiro. Quando levantou o braço direito para segurar em algo, na mão direita do rapaz ou em um galho, o vórtice aumentou a intensidade e arrastou seus pés ainda com mais força. Seu corpo mergulhou mais fundo na corrente barrenta. Na descida, pisou em um amontoado caótico de raízes, seu pé direito ficando preso entre duas delas.

Vendo que seu parceiro estava a descer de água abaixo, o jovem forçou um puxão brusco para cima, buscando energia não se sabe de onde. Ao mesmo tempo, o ajudante tentou se impulsionar para subir, buscando desesperadamente a superfície superior do líquido. No entanto, as duas forças combinadas somente foram suficientes para deixar o rosto do trabalhador rés com o pano d'água. O pé do homem, contudo, continuou preso às raízes, a essa altura, talvez já dilacerado e fraturado. E quanto mais ele forçava um puxão, mais o seu tornozelo ficava emperrado. Com apenas o rosto em contato com o ar, ele sufocava e seus olhos continuavam a suplicar por ajuda.

O jovem, já com os músculos no limite de tensão, segurou ainda mais firme no galho da moita e apertou com força o braço do companheiro. Deve ter percebido que o homem poderia estar preso na parte baixa da água. Por isso, não havia outra solução a não ser arrastá-lo para cima, mesmo que rasgasse alguma parte de seus corpos. No entanto, quando ele se preparava para um movimento brusco, um balceiro atingiu com violência seu ajudante e o fez sumir no meio da água escura. No braço direito do rapaz ficaram apenas os rasgos deixados pelas pontas dos galhos secos que desciam junto com capim, madeira e vegetação de todo tipo.

Sobre sua cabeça caíam os primeiros pingos de chuva que chegava com fúria e melancolia.

Ele corria em desespero pela vareda já escurecida pelo início da noite e as nuvens a derramar água por todo lado. Porém, mantinha uma corrida em ritmo lento, embora constante. O cansaço mental se unia ao físico e o impedia de avançar com maior rapidez. Este limitava-lhe o movimento das pernas; aquele não o deixava pensar com racionalidade. A cada instante, o jovem se pegava pensando no amigo sendo arrastado sem piedade para o fundo do Juassu. Até então, não conseguira segurar uma lágrima sequer que teimava em lhe descer pelo rosto.

Quando tudo aconteceu, o rapaz não teve tempo de reagir ao que estava a presenciar. Por alguns instantes, ele simplesmente ficou de olhos bem abertos, imóvel diante da catástrofe. Quase sem saber como agir, ele esperou em vão rever o rosto do homem subir à superfície do rio. Não viu nada além da água escura e barrenta. Estendeu o olhar para mais longe, procurando algum movimento em pontos mais afastados, mas não avistou nada que pudesse denunciar a presença do companheiro. No fundo, talvez ele não esperasse avistar nada mesmo. Inconsequentemente, jogou-se na correnteza e mergulhou onde o homem havia ficado preso. Porém, outra vez não encontrou nada, somente montes indefinidos de raízes. Repetiu o mergulho algumas vezes, duas, três, quatro invertidas na água, mas sem nenhum resultado positivo.

O seu ajudante havia sumido de vez, ele resolveu admitir.

Desanimado, ele saiu da água e se sentou na ribanceira, permitindo que a chuva lavasse seu rosto coberto de tristeza e carregasse as primeiras lágrimas, as quais começaram a descer em abundância. Ficou ali durante algum tempo, chorando e ponderando como iria informar o que acontecera, tanto ao seu pai como à família do seu ajudante. Depois de um breve período a se lamentar, aquele durante o qual se percebe que a irreversibilidade é sempre implacável e poderosa, o rapaz se decidiu por se levantar. Sabia que devia fazer algo. Não poderia ficar ali, inerte e sofrendo sob à chuva.

Antes de seguir no rumo de casa, porém, ele ainda deu uma última olhada para a correnteza, com a vã esperança de avistar algum vestígio do amigo. No entanto, outra vez não avistou nada que pudesse lhe aliviar o sofrimento. O que viu foi somente a enchente implacável e monstruosa do grande córrego. Ainda assim, ele percebeu, a cheia da Ribeira Juassu estava assustadoramente tranquila, a correnteza se agitando somente com os pingos da chuva e a passagem de um vórtice de vez em quando ou de um balceiro repleto de letalidade.

Não divisando nada sobre a água escura e barrenta, o jovem virou as costas e se dirigiu para casa. Iniciou com uma caminhada, mas logo apressou o passo ao ritmo de uma corrida. Precisava avisar a todos sobre o sucedido. À medida que corria, as lágrimas teimavam em sufocar seus olhos e o peito se abarrotava de pesar. Já sentia saudade do amigo levado pelas águas. Mesmo assim, tentou se concentrar no que deveria fazer. Não seria uma tarefa fácil, mas ele era o único que poderia realizá-la.

Os Visões não têm piedade com as criaturas de Tabuvale. Durante um breve instante, eles transformam um momento de alegria em um sufoco tristonho. Os deuses têm coração de pedra. Se pela manhã a casa do rapaz era um ambiente alegre, à noite, porém, tornou-se um abismo de desalento. A melancolia estendeu seus tentáculos em todas as direções depois que ele contou o que havia se passado durante a travessia do Juassu.

— Eu deixei a Ribeira arrastar nosso ajudante e amigo — o jovem disse quando terminou o relato de sua desventura. Mesmo com algumas lágrimas ainda a descer pelo rosto, ele agora estava quase totalmente livre do choque inicial. Descrever como tudo havia ocorrido, sem omitir nenhum detalhe, tirou muito do peso que se abatera sobre seu peito.

— Não, os Visões o arrancaram de suas mãos — o pai respondeu, tentando confortar o filho.

Quando o rapaz chegara com a trágica notícia, pegando todo mundo de surpresa e mergulhando seus corações em melancolia, o pai imediatamente havia pedido para alguém correr e avisar a família do seu trabalhador. Ele mesmo teria ido, mas sua idade já não permitia um andar ligeiro e a noite parecia querer se acabar em chuva. Sua tristeza havia ficado bastante visível em seu semblante e murchar de olhos. Por muito tempo tivera a companhia e ajuda de um homem sempre disponível para qualquer serviço. Agora, seu trabalhador mais assíduo estava no fundo do Juassu, enganchado em algum balceiro ou monte de raízes e galhos.

— Preciso encontrar o corpo dele, uma vez que não consegui puxá-lo vivo da água — o jovem voltou a falar, pensativo e sem escutar o ruído dos pingos a bater na telha e os trovões a rasgar o céu, transformando os negros ares em um inferno ruidoso.

— Deixe isso para amanhã — o pai disse com afeto, mesmo sabendo o quanto o filho era forte e determinado. — Os mortos têm todo o tempo para uma espera. Primeiro desafogue o seu peito.

Tire dos seus pensamentos qualquer sentimento de culpa e tente sufocar seu desalento. Para se procurar um morto é preciso estar vivo. Amanhã bem cedo vamos reunir o pessoal da redondeza para fazer uma busca minuciosa no Juassu, pois a correnteza poderá estar mais baixa. Sei que não vai conseguir dormir, mas pelo menos tente descansar o corpo. Eliminar o cansaço físico ajuda a combater o mental. Amanhã sua mente estará mais lúcida. Depois do negrume só pode vir a claridade.

Ninguém conseguiu dormir, nem sequer pregar os olhos. Nem o jovem, seus entes queridos, a família do afogado, ou qualquer pessoa da vizinhança. O sofrimento costuma ser compartilhado com todos. Pela manhã, antes mesmo do sol subir os contornos do Morro Torto, um batalhão de gente, homens e rapazes, saiu para procurar o corpo. Saíram ainda com sereno a cair-lhes sobre as costas. A chuva mais grossa havia terminado durante a madrugada, mas permaneceu um chuvisco constante e teimoso, dificultando o trabalho dos homens e aumentando a melancolia. Todo sereno é melancólico.

O nível da Ribeira havia subido ainda mais, sinal de que a chuva havia caído para todos os lados e em grande quantidade. Os homens desciam pela margem do rio, o mais próximo possível da linha da água, verificando cada pé de ingazeira e cada moita que estivesse visível. Cada membro do grupo estendia suas vistas no rumo do vasto lençol de água até encontrar, ao longe, a margem oposta. Quando alguém enxergava algo mais escuro, parava e ficava a observar com mais demora. Não reconhecendo nada familiar, voltava novamente à procura. Às vezes, tratava-se apenas de um tronco grosso de madeira ou de carnaubeira a flutuar sobre a água da cor de barro; outras vezes, era simplesmente um balceiro de pequeno porte a descer com quietude pelo rio, escoltado por outros tantos objetos a ser arrastados pela enchente.

O jovem fazia parte das buscas e observava atentamente cada ponto do rio e de suas margens. Averiguava com minúcia cada moita que avistava, como um cachorro fareja agitado a toca de uma caça. Verificava os galhos submersos e chegava a mergulhar os braços na água para conferir um amontoado de raízes mais raso. Ele sabia que seu ajudante havia sido arrastado pela correnteza, mas que estaria preso em algum lugar. Por isso, ele e os demais não desistiam da tarefa. O sereno, porém, também não esmoreceu. À medida que o dia avançava, a chuva começou a engrossar e os ares se fecharam outra vez, obrigando todos a se recolherem para suas casas.

Os Visões não davam trégua.

— Não se conseguiu avistar nada que denunciasse a forma de um corpo — o jovem disse para o pai ao retornar da busca, desanimado e encharcado — E com esta chuva forte e contínua fica praticamente impossível continuar procurando.

— Permita que os Visões se acalmem um pouco — o pai pediu para o filho. — Não vai demorar para a chuva dar uma trégua. Até lá, o Juassu vai guardar o corpo em algum lugar seguro. Ele sempre guarda. Agora, no entanto, só nos resta esperar.

— Mas se a correnteza continuar a carregar o corpo até lugares longínquos? Como vamos poder encontrá-lo e trazê-lo de volta?

— Enquanto vocês estavam na labuta de procurar nosso ajudante afogado, eu pedi para se fazer uma outra busca.

— Pediu para se chamar mais pessoas?

— Não. Pedi para que se encontrasse um *sussurrante*.

As chuvas ainda se demoraram e a Ribeira Juassu permaneceu com o nível elevado durante todo o temporal e depois dele. Quando as águas deram uma trégua, finalmente, os homens saíram outra vez às buscas do afogado. Agora, porém, eles tinham um reforço. Ao lado do rapaz caminhava um homem ainda jovem com vestimentas longas, capuz sobre a cabeça totalmente lisa e um vê recém-cauterizado sobre a testa. Como havia dito, o pai havia conseguido a vinda de um *sussurrante* para auxiliar na procura do homem silenciado pelo grande córrego.

Enquanto os outros faziam uma busca minuciosa caminhando pelas proximidades da margem da Ribeira, o homem dos sussurros escolhia um ponto para se acomodar. Ele não havia dito uma única palavra até chegar à beira do rio. O silêncio é uma marca específica de um autêntico *sussurrante*. Eles só falam o necessário à comunicação e ao entendimento das pessoas normais. Quando se aproximou do córrego, ainda com enchente, embora com a água já mais tranquila, o homem do vê estacou de imediato, como se precisasse ou houvesse esquecido de alguma coisa.

— Onde foi que tudo ocorreu? — ele indagou ao rapaz, que o acompanhava ansiosamente a cada passo.

— Ali perto daquele arbusto — o jovem disse, apontando com o indicador direito para a moita na qual ele havia se segurado para tentar, em vão, puxar o amigo para fora da água.

O homem silencioso se encaminhou na direção da moita indicada e o jovem o seguiu de perto. Antes de alcançar a linha da água, no entanto, o estranho parou de repente e escolheu o ponto mais elevado da ribanceira. Após olhar com bastante atenção para a água à sua frente, ele se abaixou e ficou apoiado sobre ambos os joelhos. Com cada ponta dos calçados apoiada no chão, ele sentou-se sobre os próprios tornozelos, fincou a mão direita espalmada sobre o solo úmido e estendeu o braço esquerdo na horizontal. Fixou a mão esquerda perpendicular ao braço, mantendo os dedos em riste, escondeu o polegar atrás da palma da mesma, aproximou o dedo médio do indicador e o anelar do mindinho. Depois de tudo, ele tinha um vê formado pelos dois pares de dedos. Sustentando o vê apontado para a água, o *sussurrante* baixou a cabeça, fechou os olhos e começou a resmungar palavras inaudíveis e incompreensíveis.

O jovem acompanhava de perto todo o processo, analisando com os olhos cada detalhe do ritual. Não compreendeu, porém, o som que saía da boca do homem de vestimenta longa. Ele não sabia o que estava acontecendo nem entendia nada sobre aquele estranho rito, mas se permitiu esperar pelo resultado final. Depois de alguns demorados instantes de espera e sussurros misteriosos, o homem do vê por fim acordou.

— Preciso de uma cumbuca grande e uma candeia — o homem dos resmungos disse quando abriu os olhos. — A enchente levou o corpo embora de rio abaixo. No entanto, certamente não o arrastou até muito longe. Ainda é possível sentir a sua presença.

— Você sabe onde encontrar o homem? — o jovem perguntou, não compreendendo o motivo de necessitar de uma cumbuca e uma candeia.

— Não — o outro disse, sem se alarmar com a pergunta. — Mas a cumbuca saberá.

O rapaz, sem contestar o pedido realizado, ordenou para que alguém corresse em busca da maior cumbuca que se encontrasse e a melhor candeia que estivesse disponível. A ordem foi cumprida e não demorou muito para que os dois objetos estivessem à disposição do estranho. Este, por sua vez, também não perdeu tempo. Mandou que se acendesse a candeia e a acomodou com bastante cuidado no fundo da grande cabaça. Em seguida, apanhou um pequeno vasilhame de dentro do roupão, melou a ponta do dedo indicador direito com o óleo contido na vasilha e fez um grande vê sobre a superfície externa da cabaça. Para finalizar, declamou mais algumas palavras incompreensíveis, largou a cumbuca sobre a água e a deixou livre para ser carregada pela correnteza.

Todos os demais homens haviam se reunido nas proximidades do *sussurrante*, todos cheios de curiosidade e admiração pelo processo ao qual assistiam. Nunca eles haviam presenciado tamanha esquisitice. Sem dúvida, já haviam ouvido falar sobre os homens que conversam com os Visões, mas ainda não tinham tido a oportunidade de ver algo parecido com aquilo. Então, alguns sentados sobre troncos velhos de madeira, outros de pé ou de cócoras, eles acompanharam com olhos atentos o movimento suave da cumbuca pela superfície da água.

A grande cabaça desceu pela correnteza como se estivesse animada por uma força invisível. Descia com lentidão, devido à tranquilidade da enchente, porém movia-se como se não quisesse estacionar em lugar nenhum. Às vezes, encaminhava-se para o rumo da parte mais central do leito do Juassu, onde a água era mais veloz. Não demorou muito, no entanto, para que uma suave protuberância em forma de uma pequena onda a forçasse a mudar sua direção, fazendo com que o trajeto seguinte fosse para outro lado. Outras vezes, sem ninguém compreender o motivo, a vasilha flutuante rumava para as margens da Ribeira. Alcançando a linha mais rasa da enchente, porém, a cabaça sofria um giro e retornava a deslizar pelos pontos onde a correnteza era mais agitada.

À medida que a cumbuca deslizava pela água, o *sussurrante*, bem como o jovem e os demais homens ali presentes, a seguia com as vistas e também caminhava paralelo à margem, acompanhando todo o movimento para saber até onde ela chegaria. O homem dos resmungos andava calmamente, porém sem olhar diretamente para a vasilha, como se soubesse a todo tempo onde ela se encontrava. Quando aparecia uma moita à frente, ele simplesmente a desviava e continuava a caminhar no ritmo de seu protótipo que estava a se mover no meio da enchente.

O rapaz e seus companheiros não tiravam os olhos do rumo da cumbuca, alguns até tropeçando em alguns garranchos ao caminharem com o rosto virado para o rio ou levando alguma cipoada no rosto. Eles só queriam saber até onde todo aquele processo iria levá-los e como poderia se desenrolar no final. A cabaça girava, balançava um pouco em alguns pontos, aumentava e diminuía alternadamente a velocidade, dependendo por onde passava. No entanto, em nenhum momento ela perdeu o equilíbrio. Simplesmente continuou seu movimento suave e imperturbável.

A candeia, por sua vez, prosseguia a tremular sua chama avermelhada no interior do vasilhame. Acompanhava cada balançar da cumbuca, por mais ínfimo que ele fosse, inclinava-se para a direita, depois para a esquerda e novamente de volta para o lado oposto, conforme o gingado imprevisível do seu meio de transporte. Era como se as duas, candeia e cabaça, fossem um objeto só ou estivessem com movimentos sincronizados desde o início. Ninguém ali, exceto o homem dos sussurros, esperava que a candeia permanecesse acesa por tanto tempo ou até mesmo prosseguisse de pé e estável no fundo da cumbuca. Eles estavam convictos de que ela logo se apagaria ou que a cumbuca virasse e a derrubasse dentro do grande córrego.

Nada, no entanto, ocorreu como aqueles simples homens pensaram que fosse acontecer.

A cumbuca continuou descendo a Ribeira com o seu movimento suave, porém com uma trajetória sinuosa. Ela viajava pela água como um cachorro fareja nas proximidades da toca de uma caça. Como se estivesse conscientemente procurando algo.

E realmente estava, o *sussurrante* sabia.

A cabaça já havia se distanciado um espaço considerável do ponto de onde partira. Agora, no entanto, ela sofria uma mudança brusca no seu modo de se locomover. Ao se aproximar por um momento da margem esquerda do Juassu, achegando-se de onde estavam aqueles curiosos, ela sofreu uma inclinação também para a esquerda, mudando bruscamente a direção em que seguia. Os homens se assustaram ao perceberem a maneira como ela havia modificado o seu trajeto. Era como se uma força invisível estivesse atuando mecanicamente sobre a pequena embarcação.

O homem dos resmungos, entretanto, simplesmente estacou e abriu um leve sorriso, como se tivesse alcançado uma vitória há muito esperada. Um movimentar diferente da cumbuca denunciava algo familiar e ele sabia do que se tratava. Por isso, o *sussurrante* estacionou de repente e passou a observar ainda com mais atenção como a cabaça iria se comportar a partir daquele ponto. Os demais indivíduos também pararam e iniciaram um virar de vistas; primeiro, virando os olhos do homem para a cumbuca; e, depois, voltando desta para aquele.

O movimento final da cabaça ocorreu de forma muito peculiar. Primeiro ela se moveu para a esquerda, descrevendo um longo arco circular. Naquela região da margem, a ribanceira sofre um pronunciado desvio, um adentrar no sentido da croa, resultado da perturbação causada por uma grande moita. Ali, cresceu e se desenvolveu por muito tempo um amontoado caótico de ingazeiras, capim, ervas rasteiras, ramagens e outras plantas. É como se um balceiro tivesse estacionado há muito na margem e fincado fortes e profundas raízes na ribanceira. Portanto, trata-se de um local bastante propício à formação e passagem de torvelinhos quando a enchente aumenta o seu nível.

Após descrever o arco longo e aberto, a cumbuca rodopiou durante alguns instantes e voltou a ganhar impulso, como se tivesse sido empurrada por algo. Inesperadamente, em vez de continuar um movimento de descida pelo rio abaixo, ela, pelo contrário, foi arremessada de enchente acima, buscando completar sua trajetória circular. Antes de fechar o ciclo, porém, ela sofreu uma mudança para a esquerda ainda mais acentuada do que a anterior e passou a se movimentar numa espiral. Como se estivesse sendo puxada ou atraída por alguma força invisível, ela começou a percorrer círculos cada vez menores, tendo como centro comum um ponto próximo à moita.

Então, rodopiando suavemente enquanto se movimentava, a cumbuca foi diminuindo os círculos de sua trajetória até se estabilizar sobre uma única circunferência com cerca de dez palmos de diâmetro. A partir de então, a espiral foi interrompida e o movimento se tornou totalmente circular. Quando isso aconteceu, o *sussurrante* foi o primeiro a se manifestar.

— Lá! — ele disse de imediato, apontando com o indicador direito e o braço estendido para o centro da trajetória da cabaça. — A cumbuca encontrou o corpo. Deve estar enganchado em alguma raiz, galho ou ramagem. É chegado o momento de resgatar o morto.

Os homens se entreolharam entre si com espanto e admiração. Alguns não conseguiam acreditar no que estavam ouvindo. Aquele estranho só poderia estar brincando com a razão de todos ali, eles pensaram. No entanto, parecia sensato dar um voto de confiança ao homem. Até porque ele era um *sussurrante* e merecia todo o respeito. Além do mais, todos eles tinham visto a cabaça se comportar como se estivesse com vida própria ao ser solta sobre a água. Então, começaram a discutir como fariam para verificar a presença ou não do corpo afogado.

— Eu desço! — o jovem disse com convicção e veemência.

— Pode ser perigoso — alguém respondeu no meio dos homens. — A correnteza ainda está muito forte, embora pareça tranquila. Além do mais, este local deve estar cheio de raízes e galhos submersos. Cada um deles oferece um risco potencial a qualquer pessoa que esteja dentro da água.

— Talvez seja melhor esperar que a água baixe mais um pouco — outro homem sugeriu, pedindo por cautela e paciência. — Se o corpo está preso a alguma raiz ou galho, talvez não saia deste ponto. Quando o nível da enchente diminuir, fica mais fácil o resgate.

— Não podemos ter certeza de que o corpo irá permanecer neste mesmo local por muito tempo — o jovem voltou a falar, já tirando a camisa e a arremessando para o lado. — Só preciso de uma corda para facilitar no trato com a correnteza.

— Seu pai pode não gostar que deixemos você fazer tamanha loucura enquanto ficamos somente olhando — o primeiro homem a contestar a decisão do rapaz o interpôs, preocupado com a possibilidade de acontecer algo de muito ruim com o rapaz.

— Ele vai entender — foi a resposta do jovem.

Alguém trouxe uma corda comprida e forte, a qual teve uma das extremidades amarrada a um tronco grosso de ingazeira na parte mais alta da ribanceira. A outra ponta ficou livre para servir de apoio e segurança.

— Vou me segurar na corda durante todo o mergulho — o rapaz afirmou, tentando explicar aos demais como tudo iria funcionar. — Quando encontrar o corpo, vou amarrar a corda em volta dele e então todos fazem força para tirá-lo da água.

Ainda um pouco relutantes, os homens se organizaram para fazer o que o rapaz ordenava. Tinha mesmo muita fibra aquele menino, era o pensamento de todos que ali estavam. Eles se posicionaram próximo à corda e a seguraram com firmeza. Enquanto isso, o jovem descia a ribanceira, com pressa e determinação. À medida que enfiava o corpo na água, usava a mão esquerda para segurar na ponta livre da corda.

Então, o resgate teve início.

O jovem foi descendo pela água sem muito trabalho, apenas necessitando conservar o corpo firme para não ser levado pela correnteza, bastante fraca naquele ponto. Não demorou muito para que molhasse os joelhos, a cintura, o peitoral. Quando a água atingiu o seu pescoço, ele iniciou o mergulho de corpo inteiro. Após tomar fôlego, fechou a boca, mergulhou e manteve os olhos abertos para observar à sua volta.

Tendo a enchente ainda com um volume considerável e a água barrenta como argila avermelhada, as vistas não conseguiam divisar com tantos detalhes o que vinha pela frente, muito menos o que estava na parte mais funda da Ribeira. Entretanto, mesmo com pouca claridade, era possível ver os contornos de galhos e raízes que surgiam de repente, pelo menos aqueles maiores e mais grossos. Se o corpo do amigo realmente estava ali, ele poderia ver sua silhueta. O rapaz continuou mergulhando mais para o fundo, sentindo a água ficar cada vez mais turva à medida que a profundidade aumentava.

Nadando submerso numa linha praticamente reta, no rumo do centro da trajetória descrita pela cumbuca, o rapaz logo se aproximou do seu destino. Para tomar fôlego outra vez, ele colocou a cabeça para fora da água e respirou profundamente. Com ar renovado nos pulmões e quase tocando a cabaça com a mão, o jovem voltou a mergulhar e nadou cada vez mais para o fundo. Desta vez, logo que começou a descer, avistou algumas sombras muito familiares. Eram galhos amontoados de modo caótico e no meio deles uma silhueta se destacou com maior nitidez.

Ele acabava de avistar o corpo do amigo.


O corpo do ajudante, enganchado por entre galhos, realmente estava sob o centro do trajeto circular descrito pela cabaça e sua candeia, assim como o *sussurrante* havia dito. O jovem emergiu outra vez para a necessária troca gasosa e avisar aos companheiros que havia encontrado o afogado. Sem muita demora, prendeu a respiração novamente e desceu ao encontro de seu ajudante mais íntimo. Quando se aproximou suficientemente do corpo, prendeu-o firmemente com a corda e retornou à superfície da água.

— Pode puxar! — o rapaz disse, tendo a preocupação de segurar a cabaça quando esta passou por perto dele.

Os homens fizeram força sobre a corda para poderem puxar o corpo do afogado para fora. Com o intuito de ajudar no resgate, o jovem usou a mão direita para levantar o corpo pela vertical, enquanto segurava a cumbuca com a mão esquerda. Com o esforço deste somado ao dos homens, não foi difícil trazer o pobre coitado para a superfície da água. Não devia estar tão preso aos galhos e com certeza não iria demorar a ser levado pela correnteza. Realizar um resgate de imediato e não deixar para depois foi uma decisão muito sensata, apesar do perigo. Os bem-sucedidos não esperam pelo outro dia. Ansiosos e entristecidos, todos voltaram a puxar a corda com o objetivo de arrastarem para cima da ribanceira a carcaça humana tragada pelo Juassu.

Foi então que alguém, num ímpeto inexplicável de olhar para trás, avistou um segundo problema se iniciando.

— Não pula! — ouviu-se o grito de um homem que, junto dos demais, girara as vistas para observar o que acontecia atrás de si.

No entanto, o grito foi quase inútil, pois a pessoa para quem se dirigia estava surda a qualquer som que pudesse chegar aos seus ouvidos e cego para toda luz que alcançasse seus olhos.

O filho pequeno do afogado, o único que sua agora sofrida esposa colocara no mundo, caminhou às carreiras em direção à água no momento em que avistou o corpo do pai emergindo na superfície. Chorando em desespero, as lágrimas a cair feito cachoeira, ele correu com determinação e cego a tudo que tinha pela frente ou ao seu redor, com o único objetivo insensato de alcançar o que sobrara de seu querido pai. E num ínfimo de instante, ele pulou na correnteza sem saber onde estava a se meter.


Ninguém havia percebido a presença do menino por ali. Portanto, nenhum daqueles homens, nem mesmo o rapaz ou o *sussurrante*, soube dizer desde quando ele os acompanhava nas buscas do corpo. Estiveram tão focados no problema que esqueceram aquele detalhe. Olhar numa só direção, faz-se perder todo o resto. No entanto, parece que ele estivera acompanhando o grupo desde o início. Talvez caminhasse sempre na retaguarda, objetivando não ser notado por ninguém, mas que estava a todo momento a observar o que acontecia. Ou pode até ser que tivesse chegado há pouco, sendo logo tragado pela emoção e caindo na insensatez característica dos que ainda não viveram o bastante para pensar com mais razão do que sentimento.

E por não ter sido visto, nenhum dos homens conseguira evitar que o menino entrasse em desespero quando avistou o corpo do pai. E mesmo um simples pedido, embora bradado a plenos pulmões, não evitaria tal atitude do garoto. O grito do companheiro para que ele não pulasse, porém, não foi totalmente inútil, uma vez que possibilitou aos outros presentes olharem rapidamente naquele rumo.

Entre eles, o jovem.

Quando virou as vistas na direção do menino, o rapaz não perdeu tempo em pensar no que deveria fazer. Simplesmente, movido pelo instinto de salvação, ele largou a corda e entregou para os companheiros o restante da tarefa de resgatar o morto. Ele, pelo contrário, precisava resgatar um vivo. Rapidamente, como se estivesse com uma pressa insuportável, o jovem retirou a candeia de dentro da cumbuca e a lançou para longe. Apoiou a mão esquerda na borda da cabaça, usou o braço direito como um remo, ambos os pés vibravam feito duas barbatanas, e nadou com facilidade e rapidez para o lado em que estava a se afogar o filho de seu ajudante e amigo. O menino, por sua vez, já estava a sufocar com água cobrindo todo o seu rosto.

Ao saltar na água sem pensar ou sem antes averiguar o nível da correnteza, o garoto teve a infelicidade de cair sobre uma parte muito profunda localizada na beira do rio. Atordoado com a ausência de chão sob os pés, debatendo-se e agitando freneticamente os braços, ele começou a entrar em pânico tão logo molhou o pescoço. A partir de então, não foi mais capaz de planejar uma saída da água nem sequer nadar para a margem do rio. O desespero fecha as comportas do pensamento lúcido. O choro e lástima pelo pai se converteu instantaneamente em terror e medo de morrer. Seu semblante empalideceu, os olhos se esbugalharam e os lábios somente conseguiram emitir um som arfante e abafado pelas golfadas de água barrenta a entrar por sua boca.

— Ajuda! — o menino clamou antes de ser engolido pelo Juassu. Quando abriu a boca para pedir uma segunda vez, a correnteza e os redemoinhos já o arrastavam para o fundo sombrio do grande córrego.

O jovem estendeu o braço direito o máximo que conseguiu, tentando alcançar e segurar a mão do garoto. Não foi possível. O corpo do filho de seu ajudante já havia descido muito quando ele chegou perto. O seu nado havia sido célere, porém as águas da Ribeira também são ligeiras quando em festa de *virente molhado*. Elas não hesitam em momento algum em levar para o fundo do rio qualquer indivíduo mais desavisado que não lhes conhece o vigor. Não importa se é gente grande ou pequena, homem ou mulher, velho ou criança. O Juassu não distingue afogados.

Sem obter grande êxito na sua empreitada, o rapaz olhou ao seu redor com desânimo, procurando por algo que se assemelhasse a uma cabeça, uma mão, um pé ou até mesmo um dedo que fosse. Não avistou nada. Então, trocou a cumbuca de mão, fez força no braço direito e a lançou para frente, para o lado de cima da correnteza. Ela pousou sobre a água, balançou um pouco e voltou a descer pela corrente barrenta, vindo na sua direção, vagarosa e rodopiante. O jovem aproveitou esses instantes de movimento da cumbuca para mergulhar e realizar uma caçada ao corpo do menino. Quando ele voltou à superfície, a pequena embarcação também já havia terminado seu percurso. Esta foi arremessada outra vez rio acima, porém um pouco mais longe do que no lançamento anterior. O rapaz, por sua vez, voltou a mergulhar, pois agora sabia onde o garoto estava e a que profundidade.

O jovem desceu pela coluna de água sombria. Seus olhos, mesmo enxergando pouco, seguiam o rumo de uma silhueta muito familiar, com um tom mais escuro do que o líquido barrento. O corpo do menino se encontrava a meia profundidade do rio. Já devia estar desacordado, pois não agitava nem mais os braços, pernas ou cabeça. Um redemoinho o mantinha quase parado na horizontal, embora animado por uma rotação lenta. Quando se aproximou o bastante, o rapaz o enlaçou pela cintura com o braço esquerdo e usou o direito para remar para a superfície. No entanto, seu segurar de fôlego já dava sinal de esgotamento e suas pernas não tinham mais força suficiente para vibrar como duas barbatanas. Sem energia para nadar com rapidez, ele sabia, demoraria muito para subir.

Foi então que ele resolveu arriscar.

O jovem segurou o corpo do menino ainda com mais firmeza e deixou-se afundar um pouco mais, até seu pé alcançar o leito do rio. Ele sabia que aquilo era uma manobra muito arriscada, mas se permitiu tentar. Com ambos os pés a tocarem o chão lamacento da Ribeira, os joelhos se dobrando e voltando a se esticarem, o rapaz se impulsionou para cima, como se estivesse dando um salto dentro d'água. Seu corpo, juntamente com o do garoto, foi lançado para o alto como um projétil saindo velozmente de uma arma. Não demorou para que seu nariz encontrasse ar acima da superfície líquida.

No mesmo instante, a cumbuca se emparelhava com ele no seu movimento de descida pela correnteza.


O jovem arrastou o corpo do pequeno no rumo da margem do rio, segurando a cabaça com a mão direita e nadando com os pés. Fez tudo muito rápido, embora atingindo o seu limite de força e energia. Quando saiu para fora da água, os outros homens já o esperavam e se ofereciam para ajudá-lo. Eles haviam acompanhado toda aquela cena com apreensão e medo. Entretanto, estavam mais admirados pelo fato de verem um menino ser salvo da correnteza por um outro ainda quase menino. Eles tinham terminado de arrastar o corpo do ajudante, tinham-no posto no chão sobre a ribanceira, e logo haviam corrido para próximo de onde o garoto se afogava.

Sem demora, o rapaz pôs o menino deitado de costas no chão, ajoelhou-se perto dele, colocou ambas as mãos sobre o seu peitoral e iniciou compressões forçadas contra o peito desfalecido. Felizmente, após três apertos fortes, o menino tossiu generosas golfadas de água barrenta. Acabava de retornar do mundo sombrio da Ribeira Juassu, onde seu pai havia terminado de viver.

O jovem, esgotado até seu limite, tanto física como mentalmente, afastou-se para o lado quando viu o menino acordar. Entregou-o aos homens para que eles pudessem lhe prestar outros cuidados, entre eles, o acalentar quando se aproximasse do corpo do pai. Alguém correu para avisar familiares e conhecidos sobre se ter encontrado o corpo do homem e também sobre o ocorrido com o filho do afogado. O morto precisava ser preparado para o enterro e o filho voltar ileso para os braços da mãe. No entanto, os outros homens e os demais moradores que chegariam em instantes poderiam cuidar de tudo isso.

— Fez um ótimo trabalho hoje, meu jovem — o *sussurrante* disse ao se aproximar do rapaz. Ele trazia segura na mão direita a cumbuca, a qual havia sido abandonada na margem do córrego.

— Salvei o filho, mas perdi o pai — o jovem respondeu, triste e desanimado, mas ainda com o sangue correndo quente pelas veias. — Não foi um resultado tão impressionante e qualquer um poderia ter feito o que eu fiz.

— É mesmo? — o homem dos resmungos falou quase com sarcasmo, depositando a cabaça ao lado do rapaz. — E então, por que não fizeram?

O jovem não respondeu. Talvez não tivesse uma boa resposta no momento ou só estivesse cansado em demasia. Cansado de tudo que havia lhe sucedido nos últimos momentos, o afogamento do ajudante, a caçada ao corpo, o incidente com o menino. Apenas olhou de maneira interrogativa para o homem de pé à sua frente, como se lhe dirigisse uma pergunta silenciosa. Este, por sua vez, pareceu ter compreendido perfeitamente a interrogação não convertida em fala.

— Os Visões sabem como escolher seus heróis — o *sussurrante* voltou a falar, olhando de lado, para a imensidão de água do Juassu. A correnteza era uma amplidão de calmaria e tranquilidade, como se não oferecesse perigo algum a quem nela se aventurasse. Os redemoinhos desciam rodopiando rio abaixo sem fazer alarde, como feras inofensivas se espreitando para perto de uma presa. — Eles sempre souberam.

— Não sou um herói — o jovem respondeu com desânimo, o rosto virado para baixo, de frente para o chão arenoso da ribanceira. — E a prova está ali naquele corpo que jaz sem vida.

— Talvez não seja mesmo. Pelo menos, ainda não. Mas poderá se tornar um no futuro. Não hoje, não amanhã. Mas um dia será. E a contraprova está ali, naquele que você tirou com vida da correnteza.

— Não estou compreendendo suas palavras enigmáticas — o rapaz respondeu, levantando a cabeça para o seu interlocutor.

— Leve essa cumbuca com você para casa. Ela encontrou um corpo perdido na água e ajudou a evitar a morte de um menino. Deixe que ela lhe mostre o caminho a ser seguido daqui para frente.

— Você quer que eu me dedique a atravessar pessoas pela Ribeira Juassu? Sou um jovem que nasceu para o trabalho na roça. O que eu sei é plantar, capinar e cuidar de animais. Não tenho outro sonho a realizar além de manter de pé a labuta diária nas poucas terras de meu pai.

— Às vezes não podemos escolher o sonho a realizar. Ele simplesmente nos chega e nos sacode para o rumo que bem deseja.

— Não posso abandonar meu pai assim de repente. Ele só tem a mim para cuidar de suas poucas posses quando vier a faltar um dia.

— Não se trata de um abandono. E não precisa ser de repente.

— Ele vai se recusar no primeiro momento.

— Ele vai entender.

O jovem olhou do *sussurrante* para a cabaça e depois de volta para o homem. Estava perturbado com as palavras daquele que fala com os Visões. Ainda há pouco estava a capinar ao lado de seu melhor ajudante. De repente, sua vida sofreu reviravoltas irreversíveis. Perdera um amigo, mas salvara o filho dele. Agora, um homem lhe fazia uma proposta que poderia mudar toda a sua vida, para todo o resto de sua existência. Quando voltou a encarar o companheiro de caçada ao morto, após um olhar demorado para a cumbuca e outro para o Juassu, ele pareceu mais calmo e também mais envelhecido nos pensamentos.

— Se eu escolhesse seguir por esse caminho, e não estou dizendo que vou optar por ele, como poderia me aperfeiçoar na arte do nado? — o jovem indagou, cônscio de que o homem lhe ofereceria uma resposta pronta, embora difícil e talvez não tão clara.

— A melhor escola de nado em Tabuvale se aperfeiçoa no Remanso, nas águas turbulentas e caóticas que o Juassu forma quando se aproxima do Monte Miúdo e do Monte Fenda, após receber as enchentes do Regato Doce, vindo do norte, e do Riacho Cores, chegando do sul — o homem que fala com os Visões explicou sem pausa nem pestanejar. — Diz-se que é lá onde se formam os melhores nadadores. É de lá que saem os mais bem treinados *cumbuqueiros*, segundo o que o povo conta.

— Segundo o que eu conheço sobre Tabuvale, o Remanso fica muito distante, já quase na fronteira com o Mundo de Fora — o rapaz retrucou com preocupação. — São tabuleiros e capões de mato longínquos dos quais eu nada sei.

— Não estou lhe sugerindo uma formação no Remanso — o homem dos sussurros retorquiu, sem se ofender ou desistir dos conselhos que estava a oferecer. — Apenas estou lhe indicando e informando sobre o que se conhece como maior referência em questão de treinamento para travessia em rios com enchente. No entanto, existem outros lugarejos onde se pode encontrar grupos de homens que se dedicam a essa atividade. São lugarejos dos quais você já deve ter ouvido falar e não são difíceis de se achar.

Era verdade. O jovem já havia ouvido falar nesses pontos de treinamento para quem quisesse se tornar um *cumbuqueiro*. Muitas vezes, as pessoas de tabuleiros distantes que apareciam para fazerem negócios com seu pai relatavam sobre homens especialistas em atravessar córregos sob cheias. Tais nadadores sempre eram chamados quando a Ribeira Juassu, ou outro rio qualquer, estava com as maiores enchentes. No entanto, por estas bandas em que sua família e conhecidos residiam, não se tinha a presença de nadadores treinados. Os responsáveis por atravessarem a Ribeira eram homens da própria região, que durante a vida de juventude aprendiam a nadar de forma amadora mesmo. Quando o Juassu se enchia até cobrir as croas, entretanto, o povo simplesmente se mantinha longe de suas margens. Evitava-se uma travessia até que, depois de muito tempo, as águas baixavam o nível.

O *sussurrante* se preparou para partir. Ele havia sido chamado pelo pai do rapaz para ajudar nas buscas do corpo afogado. Havia cumprido sua missão. Seu trabalho estava terminado por aqui. O incidente com o menino e os conselhos ao jovem eram somente algo que não estava previsto na sua estada por estas terras. Ele andou alguns passos para ir embora e então parou.

— Vá para casa — ele disse para o jovem, sem se virar para trás. — Enterre seu amigo e cuide da família dele nesse momento de dor. Depois, quando a poeira desse caos se abaixar, descanse a mente e tome uma decisão. Só após isso, fale com seu pai.

O *sussurrante* se calou e continuou sua partida.

O jovem, pensativo, ainda ficou sentado na ribanceira, observando em silêncio o homem dos resmungos se afastar e depois sumir na curva da vareda. Ainda se demorou ali por algum tempo, antes de pegar a cumbuca e se encaminhar para casa. A noite já se aproximava e logo o Assobiador estenderia seu manto negro sobre Tabuvale. Ao longe, para as bandas do Morro Jatobá e da Brenha, relâmpagos cortavam os ares e trovões sacudiam as nuvens. Não iria demorar para cair mais chuva. O atual *virente molhado* objetivava fazer a Ribeira Juassu levantar o nível até muito acima das croas.

A ferida deixada pela perda do amigo ajudante estava menos dolorida, embora ainda estivesse presente um buraco no peito do jovem. Buraco que se tornaria menor ao longo da vida, mas que nunca seria totalmente preenchido. A morte do homem havia abalado toda a vizinhança, familiares e conhecidos. O rapaz ainda chorara sozinho e em silêncio durante algumas noites. Aceitar e conviver com aquela perda foi uma tarefa difícil e angustiante. No entanto, ele deixou as águas da vida rolarem e foi moldando a sua mente conforme o tempo passava, acostumando os pensamentos à ausência do companheiro de labuta.

E agora ele estava ali, de pé sobre a ribanceira do Juassu. O nível da correnteza já estava baixo e continuava a diminuir. Há dias que não caía chuva, apenas sereno passageiro. O *virente molhado* se despedia para dar espaço ao *interstício medial* e depois ao *cinzento ressequido*. Em termos de água, os Visões haviam sido generosos para com as criaturas de Tabuvale. Os animais procriaram bastante e os grãos fizeram fartura.

O jovem seguira os conselhos do *sussurrante*. Prestou assistência à família do morto e ajudou no enterro. Prosseguiu com disposição na labuta da roça, plantando o que faltava plantar, capinando, colhendo e armazenando em casa toda a colheita. Depois de tudo pronto, foi ter a conversa com seu pai.

— Mesmo que eu quisesse, não poderia evitar sua partida — o pai tinha afirmado depois que o jovem havia contado toda a conversa que tivera com o homem dos resmungos. — Os Visões o escolheram para uma vida longe destes tabuleiros e capões de mato. E não sou capaz de evitar isso. Eles foram generosos comigo e sua mãe, nos proporcionando três filhos queridos. No entanto, eu sempre suspeitei que eles haviam me dado você apenas por um tempo, depois o levaria para lhes servir em algum outro trabalho.

— Você entende que não é uma partida definitiva, não entende? — o rapaz havia perguntado ao seu velho pai.

— Sem sombra de dúvida — foi a resposta. — Sei que existem diversas formas de perdê-lo, mas algo me diz que suas raízes continuarão fincadas aqui, nesta casa e nestas terras. Parta, mas volte.

A despedida havia sido outro momento difícil. O abraço do pai e da mãe, dos irmãos e dos amigos. A dor arrancando lágrimas e deixando saudade. Quem parte sempre leva algum pedaço de quem fica e deixa um punhado de si. A ferida de quem vai embora é sempre compartilhada, dividida entre as duas partes. No fim, porém, só restam os soluços. Os que ficam, desejam boa viagem, enquanto quem parte, espera voltar logo.

O jovem sabia que logo estaria de volta a estes tabuleiros e capões de mato. Estava apenas em busca de aprender uma arte que, ele esperava, pudesse salvar outras tantas pessoas das amarras das correntezas. Por isso, ele resolvera seguir para a parte mais distante de Tabuvale, para experimentar e aprender com a força das águas turbulentas do Remanso.

Então, ele ajeitou a bolsa de palha de carnaubeira no ombro esquerdo, na qual estavam todos os seus mantimentos para a viagem, olhou uma última vez para a Ribeira Juassu e se encaminhou para a vareda que desce paralela à margem esquerda do rio.

Quando um dia voltasse a olhar para esta parte do grande córrego, já deveria ser como um autêntico e experimentado *cumbuqueiro*.

# INTERSTÍCIO

*O matiz verde reduz,*
*Pois a chuva não vem mais.*
*O céu se enche de luz,*
*Nuvem pouca, azul demais.*
*Mas o Interstício seduz*
*Com aromas cruciais.*

*"Que o medial seja longo."*

# ESTORIETA III

# AÇOITE

Ele não sabia como tinha chegado ao estado de total estagnação humana.

Não sabia nem mesmo como tinha vindo ao mundo ou a razão para os Visões o terem abandonado neste momento de aflição.

Há muito que o homem havia se tornado um total dependente do poder de erva tóxica e de bebida entorpecente. Não conseguia mais viver sem nenhuma das duas. Sua vida se resumia em períodos estendidos de embriaguez e momentos efêmeros de lucidez. Quando estava vivendo um instante de sadia consciência, sua mente funcionava muito melhor do que a de qualquer outra pessoa normal. Sob o efeito de substância nociva, porém, não passava de um ser desleixado física e mentalmente, abandonado por todos e tratado como entulho.

Ele não conseguia se lembrar de quando se metera ou fora apresentado ao deprimente hábito de inalar fumaça venenosa e engolir bebida maléfica. Até mesmo quando estava em seu estado natural, sem nenhuma modificação forçada do pensamento, não vinha na lembrança a origem de suas duas malditas dependências. Por mais que ele tentasse, o que acontecia com mais frequência após indagação feita por uma pessoa próxima, não era capaz de articular uma explicação para seu vício nem a época em que a depravação lhe dominara de vez. O que ainda podia garantir era que se habituara à vida do vício há muito tempo atrás. Talvez quando ainda fosse muito pequeno, idade na qual não fora possível ter registrado tal fato em sua memória.

Até mesmo sua vida passada, o período em que viveu como menino, não vinha a se acender em sua memória. Era como se alguma coisa tivesse destruído por completo a estrutura básica de sua mente, aquela capaz de lhe proporcionar pelo menos um vislumbre do passado. Nada. O que tinha se passado anteriormente em sua vida era como uma escuridão, não sendo possível enxergar um único ponto sequer indicativo de claridade. O antes, para ele, era algo inexistente.

Por isso, ele vivia sem se preocupar com nada que remetesse ao seu passado.

Não lembrar do que lhe acontecera em tempo pretérito e remoto, deixava-o livre para se concentrar apenas no presente. No entanto, nem mesmo isso ele conseguia fazer com dignidade. Sua vida sempre esteve à beira do colapso total. Uma vez abandonado, nunca conseguiu se reerguer acima de um sobreviver penoso e desumano. Onde quer que esteve um dia, sempre foi tratado como um bicho asqueroso e sem valor nenhum.

O homem também não sabia dizer como adquirira o poder de conhecer sobre as coisas dos Visões. Nem mesmo tinha conhecimento de como ou quando conseguira o tal dom. A única coisa que tinha certeza era de que possuía a habilidade desde muito tempo atrás, talvez também quando ainda era bem pequeno, assim como ocorrera com o hábito de fumar ou ingerir bebida modificada. Uma vez ou outra, quando se encontrava em estado de alerta, sem influência de nenhum entorpecente, o homem se concentrava e tinha seus momentos de estranheza. Aqueles nos quais era capaz de prever um evento futuro e preparar medicamentos fortes e eficazes no combate a doenças diversas.

Obviamente que ele nunca teve um poder considerável acerca de previsões. Sua capacidade estava mais para afirmar, talvez até de maneira inconsciente, algo que posteriormente viria a acontecer. E sua habilidade se voltava principalmente para o que os céus poderiam oferecer em termos de chuva ou a falta dela. Ele se habituou ao longo de sua tão desvalorizada vida a ter prenúncios sobre a chegada ou partida das épocas de invernada ou escassez. Em se tratando de saber quando se teria um *virente molhado* bom ou um *cinzento ressequido* causticante, todo mundo se voltava para as suas previsões.

Embora o homem não soubesse dizer como havia conseguido o poder de prever chuva ou anunciar a sequidão, de vez em quando ele acabava por acreditar que tal aptidão era permanente. Até mesmo quando se encontrava sob efeito de droga, ainda assim ele conseguia fazer coisas que não eram comuns às demais pessoas. Parecia que os Visões o haviam proporcionado algo que não se anulava mesmo quando não estava em seu juízo perfeito. Até mesmo nesses momentos o povo o procurava para saber algo sobre os ares e o que os céus tinham para oferecer aos tabuleiros e capões de mato de Tabuvale. Algumas pessoas, no entanto, o procuravam na lama apenas para fazerem troça do seu estado degradante. Muitas delas não acreditavam ou não confiavam numa só palavra que o pobre coitado emitia, por mais esforço que ele fizesse para conseguir uma anunciação.

Por isso, mesmo quando conseguia prever algum evento ou preparar medicamentos que nunca soubera como aprendera a receita ou quem lhe ensinara todo o processo, o condenado não recebia um tratamento respeitoso. Ainda que conseguisse realizar tais façanhas para as pessoas, elas não queriam ou não se permitiam tratá-lo com delicadeza ou como alguém digno de uma relação mais humana. Pelo contrário, quando ele lhes servia durante os momentos de aperto, simplesmente recebia como agradecimento um reforço para os diversos apelidos que adquirira no decorrer da vida.

E as alcunhas realmente eram muitas.

O homem sempre teve muitos nomes.

Embora, claro, *Ébrio* fosse o mais usado no ato de lhe chamarem.

Para quem não é nada, uma só denominação não basta. Quem vive em decadência passa a ser conhecido por qualquer sobrenome. Para quem muito possui, ao contrário, um único nome é o suficiente. A riqueza tem uma só coroa; a pobreza tem muitas caras. Por isso, os abastados seguem gerações sem mudarem de nome e não divergem suas linhagens com facilidade. Os que pouco têm, no entanto, diluem-se sem dificuldade ao longo de poucos passos na árvore da vida. Os primeiros lutam por manterem suas famílias intactas o máximo de tempo possível. Os segundos não evitam se separar em troncos menores na primeira oportunidade que aparece.

Por onde o homem andava, todos o conheciam pelos mais diversos tipos de nomes. De *Viciado em fumaça* a *Dependente da água dos deuses*; de *Sem-teto* a *Abandonado pelos Visões*; de *Desamparado* a *Doido varrido*. Tudo que se apresentava de ruim na vida dele se tornava motivo para um cognome. Alguém até teve a inteligência de chamá-lo um dia de *Lambedor de lama* e *Cheira chão*. Ambas as denominações se referiam ao fato de o homem passar dias deitado no chão devido a sua embriaguez corriqueira. Um apelido denigre a pessoa humana. Ao mesmo tempo, a decadência da pessoa gera motivos para uma alcunha. É um ciclo que se alimenta por si mesmo. Uma retroalimentação ininterrupta. Uma ponta gerando e engolindo a outra.

No entanto, além dos apelidos referentes a seu estado de desamparo, o homem também recebia alcunhas que remetiam ao seu poder de previsão. Não havia ninguém na redondeza que não soubesse quem era o *Resmungão*, o *Homem dos Visões*, o *Resmungador*, o *Rapaz que resmunga*, o *Filho dos Visões*, o *Jovem dos sussurros*. Todos esses nomes derivados do poder do homem, bem conhecido por todos ao seu redor, em conseguir conversar com algo que só poderia ser os Visões ou alguma de suas crias.

No entanto, isso não fazia dele um *sussurrante*, o povo dizia e as más línguas confirmavam. Não. Um homem que fala diretamente com os Visões não pode ficar dia e noite atolado numa poça de lama, embriagado e com os pulmões cheios, completamente abarrotados de fumaça venenosa. Segundo o que as pessoas pensavam, o indivíduo era apenas uma criatura que poderia ter se tornado um autêntico homem dos sussurros, caso não tivesse entrado no mundo da depravação. Hoje ele teria um vê cauterizado na testa, caso sua família estivesse presente ou se alguém tivesse se preocupado em lhe oferecer caminhos mais dignos no mundo.

Porém, sua família também era outro motivo de incompreensão.

— Acorda! — ele ouviu alguém gritando perto de seu ouvido esquerdo. A orelha direita estava completamente mergulhada dentro do monte de barro argiloso, o qual se encontrava tão ressecado que já se transformava em poeira.

O homem já se acostumara a ouvir gritos de pessoas que o chamavam quando estava deitado, fosse na poeira ou na lama. Por isso, ele não teve muita ação para acordar e muito menos ainda para se levantar. Apenas abriu o olho esquerdo, sonolento e sujo, o único que permanecia fora da terra frouxa. Sem vontade de acordar nem ânimo para se mover, ele voltou a baixar a pesada pestana para que a mesma pudesse bloquear a intensa luz do dia. Não deveria ser nada importante, somente alguém querendo atrapalhar seu sono. Alguma pessoa tirando uma brincadeira de mau gosto, daquelas que ele não apreciava nem um pouco. Ultimamente, todo mundo passou a se incomodar com sua vida e ninguém perdia uma única oportunidade de lhe tirar o sossego. Que os Visões queimassem todos eles, o homem às vezes desejava.

— Acorda, bicho ruim! — alguém gritou mais forte e quase a encostar os lábios em sua orelha. — Já passou o tempo de ficar deitado nessa poeira. O *Dono* precisa de suas palavras secas e sem sentido.

No primeiro momento, o homem deitado não conseguiu associar nada àquela palavra esquisita, porém carregada de ameaça. Parecia familiar para seus ouvidos, mas sua mente não queria ou não conseguia reconhecer tal termo. Aparentava ser algo muito distante de sua realidade imediata. No entanto, se dependesse do grito que fora usado para acordá-lo, o melhor mesmo seria ele se apressar e em instantes ficar totalmente desperto. Então, mesmo com a cabeça a latejar e com o pensamento distorcido, o homem forçou um abrir de pestana mais eficiente.

Quando conseguiu ficar sentado, duas pessoas, mais precisamente dois homens, estavam de pé à sua frente. Um permanecia mais afastado, o observando em silêncio, mas com cara fechada. O outro estava a encará-lo mais de perto, com semblante de zanga e um rosto que parecia dizer não estar nada contente por ter que ficar ali. O primeiro deveria ser somente um acompanhante, alguém escolhido só mesmo para prestar algum auxílio, caso fosse necessário. O segundo, porém, provavelmente seria o encarregado principal e o dono da voz presente no grito que o acordara.

O homem da poeira, agora um pouco mais desperto, focou o olhar no outro que o encarava com ira no rosto. Antes mesmo que o acordado emitisse alguma fala, o gritador voltou a falar, porém com a voz menos avolumada:

— É melhor despertar o mais rápido possível, seu porco velho sujo.

O homem rabugento disse, abaixando-se e ficando quase de cócoras, apoiando a maior parte do peso do corpo sobre o pé esquerdo. Nessa posição, seu rosto conseguiria se alinhar à altura dos olhos do homem da terra frouxa, quando este terminasse de acordar e conseguisse ficar sentado. Quando voltou a falar, o gritador não escondeu um sorrisinho de desdém para com seu interlocutor:

— Não vai querer que o *Dono* use seu *açoite* nesse seu couro velho e sujo. Ou vai?

Agora já era possível se lembrar do significado daquela palavra. O homem do barro, embora com lentidão, começou a reatar os laços com sua consciência, a qual permanecera fragilizada durante um período tão grande que ele não saberia dizer quanto fora. Sem pressa, ele levantou o corpo e conseguiu ficar sentado. Em tal posição, o homem sonolento realmente ficou com as vistas próximas à altura do rosto de seu despertador. Mesmo com sujo impregnado por toda parte, até o branco dos olhos, não foi difícil reconhecer a fisionomia daquele que o encarava com sorriso de desdém. Era um dos ajudantes do *Dono*. O sujeito que se mantinha de pé, mais afastado e em silêncio, também trabalhava para o mesmo possuinte de terras. Possuidor destas terras, era sempre bom lembrar. Os dois lhe traziam um recado do patrão e queriam agilidade no desfecho. Que a resposta voltasse rápida, clara e de forma positiva.

O *Dono* há muito que se tornara o proprietário destes tabuleiros e capões de mato situados entre a Vargem e o Cavado. Não exatamente se tornou ou conquistou por meio da força ou da violência. Apenas se aproveitou da situação favorável da qual gozava e esqueceu qualquer resquício de escrúpulo, se é que algum dia ele o tivera pelo menos em pequena quantidade. Ao vislumbrar a possibilidade de se tornar um proprietário com muitas posses, ele não hesitou em momento algum. Desejou tudo para si sem que lhe ficasse uma única, por mais minúscula que fosse, marca de embaraço.

Tudo ocorreu de maneira muito fácil para o homem cheio de ambição. Simplesmente, sua antiga família foi se apossando dos torrões próximos de onde morava, pegando um pedaço de chão aqui, cercando outro ali. Às vezes, de forma proposital, iniciava uma intriga com um morador para que o mesmo se desgostasse do local e acabasse por se retirar para outro lugarejo. Terra abandonada, terra apossada. Em outras ocasiões, devido a questões simples de cerca fronteiriça ou animal que escapava do cercado, a família começava uma briga boba que se transformava em luta acirrada. E ela sempre vencia a questão pelo fato da outra parte nunca levar as intrigas até mais adiante. Simplesmente se declaravam perdedores, enquanto viam suas posses serem tomadas e anexadas num território maior.

Em tais momentos, falar mais alto, quase ao nível de esbravejo, fazia com que se ganhasse logo a contenda e um pouco mais de respeito por parte dos vizinhos. Sem ninguém para revidar ou gritar até um tom ainda mais áspero, a linhagem foi tomando os fôlegos das pessoas da vizinhança e passando a ser vista como a mais poderosa. Depois de um tempo, a família já tinha a posse de uma região muito maior do que seus antepassados mais remotos pudessem ter imaginado que um dia conseguiriam adquirir. Tinham se apossado destes tabuleiros e capões de mato sem nunca ter que enfrentar um oponente mais forte ou corajoso o bastante para lhes colocar medo.

Quando chegou a vez de se tornar o representante da família, o *Dono*, o qual ainda não tinha este cognome, apenas seguiu o método de conquista de seus antecedentes. Se utilizou de voz alterada, intriga e todo tipo de confusão para permanecer como possessor de meros torrões. Além de ficar com as terras do pai, avós e tios, ele ainda teimou em adquirir outras, chantageando um morador aqui, difamando outro ali e falando mais alto com outro acolá. No fim de tudo, ele tomou conta destes tabuleiros e capões de mato e não demorou para que os vizinhos passassem a lhe chamar de o *Dono*. Era dono e proprietário de terras e, muitas vezes, achava-se no direito de ser dono de gente também.

Seus ajudantes passaram a lhe obedecer como se ele fosse uma divindade sentada sobre um pedestal. Como se fosse o representante direto dos Visões ou até mesmo possuísse o poder dos próprios deuses de Tabuvale. Os vizinhos se tornaram seus servidores exclusivos, sempre se mantendo à disposição para qualquer serviço quando o *Dono* dizia que estava necessitando de trabalhadores. Tanto homens quanto mulheres que o auxiliavam na labuta da roça ou em qualquer outra tarefa, trabalhavam de cedo da manhã até à tardinha. Muitas vezes, não recebiam nenhum pagamento direto, apenas quantidades minúsculas de alimento ou coisa do gênero. Mesmo só recebendo algo que estava longe de equivaler a todo o suor derramado durante o dia, ninguém reclamava ou deixava de obedecer às ordens do *Dono*. Não o faziam por receio de perder o trabalho ou por medo de sofrer alguma represália.

Toda a vizinhança havia se tornado refém, quase escrava, dos seus mandos e desmandos. O que ele dizia era ouvido por todos como lei suprema. Se o *Dono* pedia algo, ninguém dava um não como resposta. Com isso, sua nova denominação percorreu cada canto destes tabuleiros e capões de mato, sendo ouvida até em outras localidades um pouco mais afastadas do Cavado e da Vargem.

Até mesmo os viajantes e comboieiros, negociadores e vendedores de todo tipo, sabiam quando estavam entrando em território exclusivo do *Dono*. Eles até serviam de espalhadores da fama do homem possuidor de terras extensas, o proprietário que todo mundo ouvia e obedecia. Quando alcançavam a vareda que passa pela Vargem e pelo Cavado, eles não resistiam a uma mudança de comportamento no modo de caminharem ou conversarem com os moradores. Se se utilizavam de diversos anúncios enganosos em outros lugarejos, por estas bandas eles se policiavam para não propagarem nada que viesse a lhes colocar em apuros posteriormente.


Sendo uma região de transição geográfica, estes torrões possuem características que misturam topografias de descampados, específicos da Vargem, com outras que se assemelham às terras baixas, embora secas, do Cavado. São lugarejos onde o *virente molhado* faz a vegetação rasteira permanecer verde por todo o período chuvoso, mas também possuem matas ralas que são, quando roçadas, propícias ao cultivo de grãos. Pelo menos quando se tem um *virente molhado* na época esperada, com extensão regular e regime de chuva constante. Quando a inverneira se intensifica além do normal, por outro lado, as terras baixas se encharcam e se tornam inapropriadas à plantação. Se as águas não vêm, ou chegam em pouca quantidade, os torrões viram poeira e, portanto, não geram nenhum legume. O mesmo acontece quando o *virente molhado* se atrasa e, ao gosto dos Visões, só resolve aparecer em época tardia.

As propriedades do *Dono*, bem como as dos moradores vizinhos, não são terras muito férteis. Porém, também não são tão fracas como em outras regiões que se localizam ao redor do Cavado ou ao sul da Vargem. Quando há uma regularidade na sequência das épocas, tendo-se o período molhado realmente com muita água, a produção aumenta e gera fartura para todo mundo. Algo extremamente necessário para se enfrentar o período de escassez imposto pelos Visões através do *cinzento ressequido*.

Portanto, pelo fato de existir essa mistura de topografias e média fertilidade, quem vive nestas paragens não pode sair plantando a torto e a direito, sem antes ter pelo menos uma noção mínima de como será o regime de chuva.

Nem mesmo o *Dono*.

Apesar de seu poderio terreno, ele não nascera com a capacidade de prever como ou quando deve chegar uma estação chuvosa, quando poderá se iniciar a fase transitória do *interstício medial* nem o que nos aguarda na época de sequidão. Em resumo, o possessor de tabuleiros e capões de mato não sabe, e nunca conseguiu aprender, como ler os sinais celestes. O *Dono* não compreende a linguagem dos ares e por isso não é capaz de estudar ou ter um vislumbre do que lhe é mandado das alturas dos céus.

E isso é algo que sempre o incomodou bastante, pois fere dolorosamente o seu ego e o torna impotente diante dos caprichos dos deuses de Tabuvale. Não pode ser justa tamanha desfeita divina, ele se acostumou a pensar. Ter conquistado tantas terras, porém não conseguir antever quando elas se molhariam ou se encharcariam; quando viessem a ficarem secas ou quando se tornariam duras e trituradas feito pó. Os Visões devem isso a ele, o homem possuinte destes torrões, às vezes, reclama. Não compensa possuir tantas posses se não se pode colher tudo que elas são capazes de fornecer, o *Dono* sempre reclamou.

Portanto, querendo ou não, ele depende da resposta do homem abandonado e que vive a dormir com a cara na lama fria ou na poeira quente.

Mesmo ainda sonolento, o *Ébrio* conseguiu sentar-se e dedicar um pouco mais de atenção ao seu inquiridor. Ouvir a palavra *Dono* lhe fazia lembrar que ainda tinha algum poder de previsão sobre os céus e que seria melhor atender de imediato o pedido feito a ele. Aqueles dois homens haviam sido mandados por uma única razão: levar ao patrão notícias futuras sobre a vinda ou não da época de chuva. Ele deveria estar querendo saber quando o *virente molhado* começaria e se a quantidade de água seria suficiente para criar, plantar e fazer fartura.

— Vamos lá? — o homem rabugento voltou a perguntar, agora com uma certa impaciência no modo de falar. — O *Dono* precisa de uma previsão com urgência. E não queremos passar o resto do dia olhando para a sua cara suja. Então é melhor se apressar.

— Não tenho previsões prontas — o *Ébrio* disse, falando com sinceridade e calma. — Há muito que não leio os ares nem converso com os Visões. Nem sei se ainda posso fazer tal coisa, depois de tanto tempo com o pensamento fora de prumo. Também não tenho tanta certeza se eles querem me ouvir, muito menos me atenderem. Avise ao seu patrão que o meu resmungar está inválido. Não tenho mais a capacidade de prever o que os deuses de Tabuvale nos irão mandar.

Antes de voltar a falar, o homem do recado olhou para o seu companheiro e soltou uma gargalhada de desdém. Aquilo provava que o mesmo não acreditava numa única palavra que viesse da boca do homem da poeira. Por isso, num instante, o sorriso sumiu de seus lábios e ele retornou para uma conversa mais séria, sem mais enrolação.

— Nós três sabemos que não há uma ínfima quantia de verdade no que acabou de nos dizer — o homem da gargalhada disse, mantendo o rosto sério e os lábios se armando como alguém que pretende esbravejar ou gritar com o menor sinal de contestação. — Conheço você desde muito tempo e nunca me deixei engabelar por suas estórias. Estou aqui apenas porque sigo ordens. Por isso é melhor deixar as conversas de criança para o lado e voltar ao nosso assunto mais importante. E mais urgente.

O *Ébrio* não tinha como fugir de tal situação, ele sabia muito bem. Estava plenamente cônscio de que teria que fornecer alguma coisa ao homem, mesmo que fosse somente uma promessa, por mais vaga que pudesse ser. Quem promete, não precisa cumprir, ele tentou se convencer. E quem recebe a promessa, às vezes, acaba por esquecer e seguir em frente. Prometer não é obrigação. Cumprir, só se for possível. No fundo, entretanto, ele sabia que tal pensamento não o isentaria da ira do proprietário destes tabuleiros e capões de mato. Não. O melhor mesmo seria oferecer algo que fosse possível entregar, pelo menos posteriormente.

O homem da poeira se apoiou sobre o braço esquerdo, girou o corpo, fez força nas pernas e se levantou. O entregador de recado fez o mesmo, apoiando ambas as mãos sobre o joelho esquerdo e levantando ao mesmo tempo que o outro à sua frente. Quando terminaram, o primeiro sacudindo a roupa surrada para derrubar uma parte da argila seca impregnada em suas vestes, os dois se encontravam com os respectivos rostos alinhados. Como tinham a mesma estatura, os dois ficaram se encarando, testa com testa, olho com olho, boca com boca. Ambos os narizes não se distanciavam mais do que dois palmos um do outro.

— Como eu acabei de dizer, não tenho previsões prontas — o *Ébrio* disse, sem demonstrar medo ou receio. Por passar dias e noites sem colocar um farelo de comida na boca, há muito ele se tornara um homem demasiadamente magro, barba crescida e cabelos desgrenhados. Ainda assim, não demonstrava falta de vigor. Sabia que aquele que agora o encarava não estava com tempo para o agredir fisicamente. Estava mais preocupado era em voltar com uma resposta ao seu patrão. — No entanto, diga ao *Dono* que em pouco tempo estarei pronto para falar o que os céus me disserem.

— O *Dono* tem pressa — o ajudante falou, tentando impor respeito através da fala. — Ele já esperou bastante tempo para ver se você ficava lúcido e lhe pudesse prestar algum auxílio na previsão de chuva ou a falta dela. Quando percebeu que não teria êxito na espera, decidiu-se por me mandar lhe apressar. Portanto, seja solidário para com ele e cuidadoso com o que ele poderá lhe oferecer em troca.

— Leve a ele o recado que estou lhe entregando — o homem da poeira retrucou, sério e escondendo do outro a zanga que o corroía por dentro, da boca do estômago até a garganta. Nunca gostara das ameaças que lhe faziam em certas circunstâncias. — Já fiz este tipo de trato com o *Dono* em diversas ocasiões. Ele vai compreender, pois sabe muito bem que as coisas dos Visões são demoradas e, às vezes, repletas de incerteza. Os deuses, além de questionáveis, são duvidosos.

O homem que viera em busca de boas notícias não respondeu de imediato. Ficou em silêncio por alguns instantes, os quais pareceram ao seu oponente de rosto uma eternidade. Durante esse tempo, aquele não moveu os lábios nem piscou as pestanas. Apenas fixou as vistas sobre os olhos do outro. Este, por sua vez, fez o mesmo, talvez esperando alguma ação mais agressiva por parte do ajudante e capanga do *Dono*. No entanto, não houve agressividade nem violência. Somente um aviso. Na verdade, foi mais uma ameaça do que uma recomendação.

— Vou fazer o que me pede — o capanga disse, voltando a piscar os olhos e soltando os lábios para um sorrisinho de deboche. — Mas fique sabendo que o *Dono* não vai ficar satisfeito apenas com uma promessa. É mais provável que ele fique tão bravo ao ponto de vir aqui e fazer você soltar a língua com a ponta de seu chicote. Então, o melhor mesmo é se apressar, *Ébrio*, pois o açoite poderá vir a cantar no teu couro velho quando menos se espera.

O capacho concluiu a ameaça e se virou para ir embora, pisando manso no chão, porém tão firme quanto um touro enraivecido. Quando chegou onde estava seu companheiro de recado, ele estacou, como alguém que esquece algo e se lembra de repente. Então, virou o rosto para encarar de longe o homem decrépito que o mandara ir embora sem nada que pudesse agradar ao seu patrão. Quando soube que tinha sobre si a atenção do seu rival, ele soltou seu último aviso:

— Cuidado quando for ler os ares, *Ébrio*. Não deixe de se esforçar bastante para obter todas as promessas dos Visões. Há dias que o *Dono* acaricia o seu açoite e vive o tempo todo falando que o usará nas costas de um mentiroso. Não quero que você seja o desafortunado que irá receber umas boas chicotadas. Entretanto, pelo que sei, não há mais ninguém que esteja a brincar com o possuidor destes torrões tanto quanto você.

Quando terminou, o homem ameaçador virou o rosto de volta e foi embora. Não esperou por resposta. Seu companheiro também não. Os dois haviam trazido um recado e esperavam levar de volta uma resposta definitiva e positiva. No entanto, levavam ao patrão outro recado e nada que se parecesse com uma previsão sobre os céus ou sobre chuva. O homem imprestável que eles vieram consultar não lhes dera senão uma promessa de algo a ser dito não se sabe quando.

Mas nenhum deles tinha culpa alguma, os dois pensaram. Não falharam com a missão de entregar a mensagem ao homem das previsões. Haviam cumprido cada recomendação e ordem do

*Dono.* Se não levavam de volta uma mensagem consoladora, era tudo por causa da incompetência e desleixo daquele animal que só sabia tomar beberagem e cheirar fumaça entorpecente. Que o senhor fosse resolver pessoalmente aquela questão. Algo que não estava muito longe de acontecer, eles desejavam.

Enquanto os dois homens se afastavam para irem embora, o *Ébrio* se permitiu um momento de alívio. Não era mentira que ficou realmente com medo de sofrer alguma violência física por parte dos capangas do possuinte destes torrões. Assim como o *Dono*, que gostava de mostrar seu poder e usar da força física para calar quem o contrariava, seus ajudantes também nunca perdiam a oportunidade de ameaçar ou se utilizar de agressão para se imporem como superiores. Aqueles dois poderiam muito bem ter partido para cima dele com o objetivo de lhe tirar algo que pudessem levar ao patrão. Se tivesse chegado a tal ponto, agora ele sabia, não teria segurado por muito tempo. Com certeza teria dito algo pelo menos para acalmar o ânimo efervescente dos dois.

No entanto, o homem do recado não havia insistido em obter uma previsão e não levou o assunto mais à frente. Talvez porque, no fundo, ele soubesse que o indivíduo ao qual estava cobrando não tinha mesmo algo para lhe oferecer. E era verdade que não tinha mesmo. Nada. Se duvidasse, talvez não soubesse nem dizer quando se iniciaria o *interstício medial* nem quando a sequidão poderia chegar para devastar as estruturas de Tabuvale. Os dois serviçais do *Dono* poderiam até mesmo matá-lo de surra sem que levassem de volta qualquer resultado concreto.

E o *Ébrio* não tinha nada que se parecesse com uma previsão dos mandos dos ares pelo simples motivo de há muito que não parava para falar com os Visões. Quando entrava numa crise de cheirar erva fumegante e ingerir bebida alterada, esquecia de tudo relacionado aos céus e passava dias sem vontade de antever o que poderia vir pela frente. Somente retornava à sua atividade de ler os ares quando levantava da sujeira do chão e alguém lhe pedia algum auxílio sobre a possibilidade de melhora ou piora das épocas vindouras.

Muitas dessas vezes, era o *Dono* que lhe vinha pedir, ou exigir, conforme seu humor no momento em questão, para realizar um resmungo de predição e súplica aos Visões.

Pensando assim, o *Ébrio* teve a certeza de que não demoraria para receber a tão avisada visita. O proprietário destes tabuleiros e capões de mato dentro de pouco tempo estaria batendo em sua porta para saber sobre a promessa que haveria de receber. Portanto, era mais sensato se aprumar e procurar se concentrar no prometido e na tarefa de obter uma resposta clara e bendita dos céus. Que os Visões fossem solidários para com ele.

Então, sem mais demora, o homem da poeira aproveitou que já estava de pé, sacudiu mais um pouco de terra seca da roupa e se preparou para também ir embora. Chegara o momento de perguntar aos Visões como seria o *virente molhado* e os outros dois períodos seguintes. Entretanto, ele lembrou, por um momento, que não sabia dizer para onde devia seguir, pois há muito que não tinha o que se podia chamar de casa ou moradia fixa.

Há muito que ele se transformara num inquilino do relento.


Desde que começou a se deixar dominar pelo vício, o *Ébrio* não tinha mais casa fixa ou algo que ele poderia chamar de sua residência. Andava pelas varedas a qualquer horário do dia ou da noite, sem se preocupar se estava sob o domínio da Visagem ou se era dominante o poder do Assobiador. Às vezes, passava de casa em casa, sem rumo e nunca demorando muito em nenhuma delas. Até mesmo quando alguém lhe pedia para ficar até mais tarde, ele simplesmente respondia que não era possível se atrasar, pois precisava chegar cedo em outro lugar ou que outra pessoa estava a lhe esperar.

Isso acontecia principalmente quando se encontrava em estado profundo de embriaguez. Nessas ocasiões, ele somente permanecia mais tempo em um determinado lugar quando se encontrava num estado de total desorientação, não sendo possível controlar a fraqueza do próprio corpo. No momento em que passou ao mundo da decadência humana, sua alimentação também deixou de ser regular. Algo que aconteceu na mesma época em que passou a se agasalhar pelo chão, quando a bebida e a fumaça se tornaram sua primeira refeição. A partir de então, o *Ébrio* comia quando alguém lhe oferecia algo e bebia apenas quando a sede se tornava agressiva o bastante para o forçar a pedir água em alguma casa.

Nas poucas vezes em que o *Ébrio* estava em sua própria residência, sua fome era saciada por erva a fumegar na boca e sua sede satisfeita por bebida entorpecente a aquecer a garganta. Alimento mesmo, ele não o tinha em canto nenhum da sua casa. E talvez fosse até um exagero denominar como casa tal moradia. Pelo menos não mais, desde quando ele passara a habitá-la sozinho. Quando, ainda menino pequeno, achou-se só entre aquelas quatro paredes, sem ninguém para consolá-lo ou desfazer aquela macabra situação. Quando ele teve a pior imagem uma vez registrada por seus olhos ainda despreparados.

Mesmo não gostando, por lhe trazer lembrança desagradável e triste, o *Ébrio* se dirigiu para sua velha moradia. Precisava, ele reconheceu, organizar o pensamento e encontrar um pouco de equilíbrio para a sua mente. Proporcionaria uma previsão ao *Dono* e, depois, poderia voltar a ser o homem da poeira, o bêbado, o drogado, um verdadeiro ébrio. Portanto, realizar uma conversa com os Visões, e ele não sabia com certeza se era isso mesmo que fazia, tornava-se mais fácil quando tinha o apoio daquele lugar, sua cabana velha, deteriorada por dentro e por fora.

A cabana não fora erguida à beira de uma vareda maior. Para se ter acesso a ela, deve-se caminhar por uma trilha estreita e com poucos sinais de uso. Deixa-se a vareda principal, a qual liga a Vargem ao Cavado, e segue-se o rumo do norte, perpendicularmente ao caminho maior. A entrada da trilha é praticamente imperceptível aos olhos de alguém mais desatento. Somente quem já está acostumado ou que mora na vizinhança é capaz de saber que aquela apertada abertura seja um caminho que leva até uma casinha escondida por detrás de um capão de mato.

O *Ébrio* estacou no meio do pequeno terreiro da frente, já próximo da porta principal da cabana. A vegetação já começara a tomar o espaço que um dia fora um terreiro limpo diariamente. Agora, a erva daninha, mais ousada do que o mato maior, não fica muito longe do batente feito de madeira sobre pedra. O homem da poeira observa a morada com olhos de tristeza e melancolia. O coração se inunda de pesar e a saudade, o machado mais afiado, corta-lhe cada fiapo do peito. Sempre que ele retorna ao velho lar, essa sensação de derrota e angústia lhe corrói como duras e amoladas unhas. Por isso, ele evita ao máximo vir aqui. Só vem mesmo quando realmente é preciso.

E agora é mais do que preciso.

Ainda com os olhos implorando por uma lágrima que os possa lubrificar, há muito que eles estão ressecados por não poderem mais lacrimejar, o *Ébrio* reúne força e então empurra a porta de cima com os cinco dedos direitos. Há uma tramela rústica no lado interno da madeira, mas não está colocada no encaixe para tranca. Portanto, a porta se encontra apenas encostada no caixilho corroído pelas chuvas, o sol e os insetos. Principalmente os cupins. O conjunto de tábuas deterioradas e cheias de fissuras não resiste ao empurrão e se escancara por completo, girando até atingir a parede velha atrás da dobradiça. O homem da erva passa o braço direito por cima da porta de baixo e remove a tramela inferior. Quando termina de abrir as duas partes da porta, o *Ébrio* tem acesso ao principal cômodo da humilde casa, o qual um dia serviu como sala e como dormitório.

O casebre é uma construção de apenas dois cômodos. Na parte posterior da sala, separado por uma parede ainda intacta por não ficar exposta ao relento, um cubículo já teve como objetivo acomodar muitos preparados de ervas e beberagens de todo tipo. Construídas com varas trançadas e argila, as paredes externas estão todas perfuradas, devido à corrosão pela água da chuva e pedaços de barro seco que se desprendem da madeira envelhecida. O teto, feito e refeito diversas vezes com palha de carnaubeira, apresenta tantos buracos que o chão se torna claro de tanta luz solar que penetra por eles. Durante uma chuva, o lamaçal e gotejamento devem tomar conta de tudo devido a tantas goteiras não consertadas.

Sem esquecer que um dia já viveu com alegria neste lugar, o *Ébrio* passa rápido pela sala e se encaminha direto para o outro cômodo. A porta que separa os dois não tem madeira nenhuma. É apenas uma passagem livre, um portal sem obstáculo. O pequeno aposento é repleto de prateleiras velhas e encardidas, sobre as quais repousam vasilhames de todo tipo, pequenos e grandes, achatados e compridos, largos e estreitos. As teias de aranha se apossaram da maior parte deles, alguns se tornando imperceptíveis e sem vestígios de uso. Um ou outro guarda em seu interior substâncias líquidas, óleos, pós, pequenas rochas, fragmentos de vegetais, raízes das mais variadas plantas, restos de material biológico e pequenos insetos. Outros ainda se encontram vazios, esperando algo que possa preenchê-los um dia. Alguns estão virados, com as tampas removidas e outras desaparecidas. Muitos foram quebrados ao cair, ou serem jogados propositalmente, seus pedaços espalhados pelo chão de terra batida.

São recipientes que um dia trouxeram alegria, mas também tristeza, às pessoas deste lar e da vizinhança.

E estão organizados, ou desorganizados, dessa forma desde muito tempo atrás. Desde quando tudo de ruim aconteceu e fez o homem da erva choramingar e chorar copiosamente.

O homem age como se conhecesse, e ele realmente conhece, todo e qualquer conteúdo de cada uma daquelas vasilhas. Ele se aproxima da prateleira mais baixa, quase escondida por um amontoado de folhas secas e velhas jogadas no chão, e observa com cuidado o que tem à sua frente. São duas cabacinhas contendo, cada uma, um conteúdo diferente. Numa, ainda na metade de sua capacidade, assenta-se um líquido que se mostrará tão transparente e limpo quanto o ar após uma chuva. Na outra, com mais da metade de seu conteúdo gasto, repousa um pó muito fino e que irá se revelar tão branco quanto algodão. A primeira contém água da chuva, colhida durante o *virente molhado* anterior e tantos outros passados. A segunda comporta uma amostra de poeira das varedas, recolhida no *cinzento ressequido* passado e outros que vieram antes. Ambas, embora sujas, estão sem casas de aranha, pois, de vez em quando, são usadas pelo *Ébrio*. Este as toma da prateleira, juntamente com uma pequena bacia de barro, e volta depressa para o meio da sala.

É chegado o momento de ler os ares.

O ritual é muito simples.

O *Ébrio* se ajoelha no meio do aposento, descansa no chão à sua frente a pequena vasilha de barro e acomoda os dois recipientes menores próximos da mesma, um de cada lado. Em seguida, derrama dentro da bacia um pouco do líquido muito límpido contido na cabacinha da direita. Após a água se assentar no fundo do reservatório, sua superfície permanecendo com perturbação nula, como se fosse sólida, o homem espalha sobre ela uma quase imperceptível pitada de pó esbranquiçado encerrado no recipiente da esquerda. Quando as pequenas partículas de argila se espalham pela superfície líquida, o *Ébrio* estende a mão esquerda espalmada sobre o conteúdo. Mantendo o braço estendido e firme, ele esconde o polegar sob a palma da mão, aproxima o anelar do mindinho e o dedo médio do indicador. No final, o homem tem um vê formado pelos dois pares de dedos acima da mistura. Logo depois, ele faz o mesmo com a outra mão.

O restante do rito é bem conhecido por todos aqueles que são versados nas leis divinas de Tabuvale.

O *Ébrio* cerra os olhos e começa a resmungar palavras quase inaudíveis e desconhecidas por uma pessoa normal.

O ritual é muito simples.

Porém, a interpretação do seu resultado somente está acessível a poucas criaturas.

Depois de alguns instantes murmurando palavras misteriosas e incompreensíveis, o *Ébrio* abre os olhos para ver o que conseguiu. Ele descansa os braços e os apoia sobre ambas as coxas. As vistas se concentram nos produtos agora misturados dentro da bacia. Antes do ritual, as partículas de poeira estavam apenas espalhadas sobre a superfície líquida transparente. Era possível enxergar com clareza até mesmo o fundo da larga vasilha onde se encontravam o pó e o líquido.

Não é mais o que se ver após o murmurar do homem. A água perdeu sua limpidez característica e os farelos de argila não são mais visíveis. O que sobrou foi uma mistura com leve tonalidade de cinza, porém heterogênea, apresentando alguns pontos mais escuros e outros mais claros, regiões de negritude estriada e locais com um pouco mais de brilho. Se uma pessoa qualquer visse tal mescla de cores pardacentas, só poderia tirar uma única conclusão: nada naquela miscelânea de tonalidades poderia dizer algo sobre qualquer coisa.

Para o *Ébrio*, no entanto, o resultado é muito claro.

E, portanto, ele fica satisfeito. Muito satisfeito. Tanto com o que está vendo como por ter conseguido ver. O resultado duplo significa três coisas, no mínimo, o *Ébrio* conclui: sem dúvida, ele ainda tem o poder de ler os ares, os Visões ainda lhe ouvem e as águas descerão dos céus como insetos invasores caindo sobre uma plantação. Sua promessa ao *Dono* seria paga logo, assim que este o procurasse ou mandasse novamente alguém para lhe arrancar a resposta esperada. Era uma preocupação a menos e uma oportunidade para voltar ao mundo da decadência humana, aquele no qual o homem já havia se acostumado desde muito tempo.

Sem se demorar, o *Ébrio* se levanta, recolhe os três recipientes do chão e se dirige ao cômodo menor da cabana. Antes de guardar cada vasilha no seu devido lugar nas prateleiras, ele abre a baixa e estreita porta que permite o acesso do pequeno aposento ao terreiro de trás e joga fora o conteúdo da bacia. Os outros dois recipientes são simplesmente vedados com suas respectivas tampas, feitas com talo da palha de carnaubeira, encerrando a água e a terra contidos nos mesmos.

O homem atravanca novamente a porta traseira e volta para o cômodo maior do casebre. Com esforço tremendo, ele evita que uma lágrima brote do olho, pois sempre que entra ou sai deste recinto, a lembrança macabra estoura na sua mente como uma bolha de fogo explodindo dentro de um balceiro. Na mão esquerda, ele leva um amontoado de erva seca, colhida e realizada a secagem não se sabe desde quando. Na direita, uma canequinha de barro contém uma beberagem amarelada, cujo preparo também não deve ser de pouco tempo.

Ao transpor a porta da frente, o *Ébrio* atravanca a parte de baixo com sua respectiva tramela e apenas puxa a metade de cima, fazendo-a encostar no caixilho, assim como estava quando chegara mais cedo e da forma que sempre deixa todas as vezes em que sai por ela. Então, ele toma o rumo da estreita trilha que leva ao caminho principal, sem olhar para trás. Não quer sentir qualquer remorso nem vontade de voltar. Até porque, ele pensa, não tem nenhuma pretensão de retornar tão cedo.

É o momento de afogar o vício.

O *Ébrio* não nasceu ébrio.

Também não foi gerado nestes tabuleiros. Nem em tabuleiros próximos.

Um dia, sem aviso ou explicação, uma mulher desconhecida apareceu por estas varedas. Andava só e carregava apenas uma trouxa de trapos na cabeça e uma bolsa de palha de carnaubeira a tiracolo. A roupa sobre o corpo não passava de um molambo com rasgos e remendos, surrada e encardida. Não era tão velha. Na verdade, ainda era muito jovem, como ela mesma confirmaria tempos depois, embora a pele do rosto fizesse transparecer que tivesse uma idade já avançada. Provavelmente, o semblante envelhecido devia ser resultado de exposição demorada sob o sol e devido a trabalhos extenuantes. Ninguém nunca soube com certeza o motivo de tão profundo desgaste físico. Alguns presumiram que ela fosse uma pessoa que sofrera castigos desumanos, alguém que tivesse passado por fome exagerada ou violação física e moral por parte de algum marido perverso. Outros simplesmente supuseram que a mulher havia sido castigada pelos Visões por alguma arte proibida que realizara ou por desrespeito à vontade dos deuses.

Quando a jovem mulher surgiu por estes torrões, pedindo abrigo nas casas de beira de estrada, mantinha-se tão silenciosa a seu respeito e origem, que as pessoas muitas vezes se recusavam a lhe prestar algum auxílio. Estas, pensando que poderia se tratar de alguma criatura com más intenções, fechavam as suas portas quando ela aparecia na beira dos seus terreiros. Não queriam correr risco, elas diziam, colocando dentro de casa uma possível ameaça à integridade de suas famílias. Até mesmo uma caneca de água para saciar a sede da condenada por diversas vezes lhe era negada. Embora não oferecesse nenhum perigo e se mostrasse inofensiva, grande parte do povo desconfiava da jovem e se recusava a lhe oferecer uma porção de comida. Aparecendo assim do nada, as más línguas falavam, não pode ser boa gente.

No entanto, mesmo onde o mal tem o domínio, sempre aparece alguém para fazer com bondade um mundo melhor. Pedindo de casa em casa, de vez em quando a mulher sofrida encontrava uma porta amiga. Quando isso acontecia, os residentes permitiam que ela entrasse para escapar da quentura do dia ou repousar durante o horário de escuridão. Tais pessoas acolhedoras não olhavam aquela criatura com nojo ou com temor. Simplesmente, quando a viam passando pela vareda, carregando sua trouxa na cabeça e sua bolsa dependurada no ombro, alguém a chamava para o alpendre e depois para a sala. Se ela se aproximava sem receio, ofereciam-lhe uma caneca com água, um prato de comida e algum alimento a mais para levar consigo e se alimentar posteriormente.

Quando a Fagulha estava por demais agitada, lançando luz para todo lado, aquecendo o semblante de Tabuvale, a Visagem no comando do mundo, essas pessoas hospitaleiras ofertavam à mulher a sombra de suas casas. Nos momentos em que o Assobiador deitava as trevas sobre estes tabuleiros e capões de mato, essa gente bondosa não permitia que a jovem estranha saísse antes de pernoitar numa rede aconchegante.

E foram essas pessoas que prestavam algum auxílio à moça, que souberam primeiro o motivo dela aparecer por estas bandas.

— Sou uma fugitiva — a mulher começou a se revelar para outras mulheres, na casa das quais ela encontrava abrigo e sustento. — Um ser cresce dentro de minha barriga. Uma semente condenada por minha família e por todos que moravam perto de mim. Venho de tabuleiros longínquos, os quais se localizam em algum ponto às margens da Ribeira Juassu. Quando souberam que eu carregava um broto, meus pais me deram apenas duas alternativas possíveis: desaparecer daquelas terras e nunca mais voltar ou colocar meu rebento para apodrecer no mato, ser dilacerado por uma ave de rapina e comido por um bicho selvagem. Eu optaria por morrer a ter que escolher a última opção. Então, sem permissão para permanecer por mais tempo dentro de casa, reuni às pressas algumas vestimentas e outros pertences de menor valor, e parti pela primeira vareda que me surgiu à frente. Só me foram liberadas as roupas mais velhas que carrego nesta trouxa e os meus produtos de combate a doenças, líquidos e ervas, os quais levo dentro desta bolsa. Andei por varedas e trilhas, sempre com medo e apreensão, buscando me afastar ao máximo de minha antiga morada. Em meu torrão natal, uma mulher apanhada fugindo após ser expulsa de casa por carregar semente desconhecida na barriga é motivo para ser morta de forma dolorosa e desumana. Somente vir a ter mais sossego no caminhar quando me aproximei destas bandas, onde passei a encontrar pessoas das quais não tinha nenhum conhecimento e muito longe de qualquer parente ou conhecido meu. Por isso, demorei-me nestas varedas e torrões. O desconhecido, às vezes, tem o abraço mais afetuoso e acolhedor.

— E quem é o pai do filho que está a carregar na barriga? — Alguma mãe de família sempre tinha a curiosidade de perguntar.

— E onde se localiza exatamente sua moradia anterior, a qual habitava antes de ser expulsa por seus familiares? — O dono de uma casa se sentia no direito de indagar, tomando o cuidado de não assustar a mulher desconhecida ao ponto de fazê-la se afastar preocupada ou amedrontada.

— Não há a mais remota possibilidade de minha casa anterior fazer parte de minha vida outra vez. Por isso, quanto mais cedo o esquecimento se tornar uma realidade, maior será o sossego de minha existência. Quanto à semente que cresce dentro de mim, ninguém nunca saberá quem a gerou, nem que estraçalhem toda a minha mente em busca de resposta.

— Mas até mesmo sua mãe foi capaz de concordar com sua saída de casa? — Outra mulher curiosa insistia em saber sobre tamanha maldade.

— Como disse, por onde eu vivia, uma mulher banida do lar pelos próprios pais se torna um bicho selvagem, uma fera perigosa, da qual todos correm com medo e vira alvo fácil para ser abatida. No pensamento deles, para um pai correr de casa com um filho, só pode ter ocorrido algo muito sério, um desrespeito mais grave do que qualquer crime. Uma afronta aos Visões e aos bons costumes. Mesmo querendo ser contra ou resistindo à decisão tomada, por lá, uma mãe não tem poder para evitar tal pena, independentemente da situação. No final, ela sempre será obrigada a aceitar o que o marido e o restante da família decidirem. Porém, no meu caso, nem mesmo isso foi possível, uma vez que minha mãe verdadeira morreu durante o meu parto. O homem que vivia com ela, quando do meu nascimento, era apenas meu padrasto. O meu pai verdadeiro havia sucumbido ao *morbo*, pouco tempo depois que eu havia sido gerada. Minha mãe, para não ficar só, foi obrigada a se juntar com um homem perverso e sem respeito por mulher nenhuma. Imediatamente após a morte de minha mãe, ele se juntou com outra mulher que não tinha qualquer carinho por criança. Talvez por criatura nenhuma. Dessa forma, fui criada aos trancos e pancadas, por ambos os lados, por padrasto e por madrasta. Portanto, quando souberam de minha brotação em desenvolvimento, não houve nenhuma dificuldade em se tomar uma decisão. Havia toda uma justificativa arquitetada antecipadamente. Não é difícil condenar um inocente.

— E se o pai de sua criança resolver procurá-la para conhecer o filho que gerou, mas que se encontra perdido no meio do mundo? — Outro pai de família mostrava preocupação e temor. — Tabuvale é grande, mas não é extenso o bastante para você se esconder para o resto da vida de um pai querendo conhecer um filho desaparecido.

— Quem gerou esta semente dentro de mim não está em lugar algum, porém vive em todo canto e paragem. — A mulher fugitiva respondia sem hesitar, acariciando a barriga com a mão. — O pai de meu filho sempre estará junto dele, tanto agora como no futuro, até o fim da sua existência. Os dois são uma coisa só, unidos por laços divinos e ungidos pelo óleo celeste. Amarrados com a corda que enlaça os Visões. Por isso, nunca estarão separados um do outro. Porque meu filho foi gerado para um desígnio particular, eu sendo somente o vetor de sua vinda, uma carcaça humana para abrigá-lo enquanto ainda não consegue resistir às agruras do mundo. Sendo assim, não preciso me preocupar com esta parte, uma vez que não deixei para trás nenhum homem esperando a volta do filho. Que meu passado fique onde deve ficar e não me encontre no futuro.

Ninguém conseguia compreender essas palavras da mulher, declamadas com entoação e ênfase, em relação ao pai de seu filho. Esse discurso só poderia ser resultado da loucura que tomara conta da cabeça daquela pobre criatura fugitiva, declamavam alguns. Ela passara tanto tempo nas varedas, andando à deriva, que sua mente deveria ter se estagnado de forma permanente, não conseguindo mais pensar com lucidez, afirmavam outros. Dizer que seu filho e o respectivo pai eram um único ser, não passava de palavras vagas jogadas ao vento. Palavras de quem não conseguia mais pensar direito de tão perturbada que estava. E, portanto, não respondia nada sobre como ela adquirira aquela gravidez.

No entanto, as pessoas que ajudavam a jovem não estavam tão interessadas na origem do crescimento de sua cintura. Também não queriam saber exatamente de onde ela viera nem o verdadeiro motivo de sua vinda. Até mesmo o assunto sobre o pai da criança que crescia em suas entranhas, as ditas pessoas não mais insistiam em perguntar. Talvez fosse melhor esquecer todas aquelas perguntas, cujas respostas, caso existissem, não levariam a nenhum entendimento mais profundo sobre aquela estranha que fora forçada a correr de casa. A pobre moça já passara por diversas dificuldades e contratempos por varedas sinuosas. Ficar a se questionar sobre assuntos passados não facilitaria a vida dela e não seria nada bom para aquela criaturinha que se preparava para conhecer os tabuleiros e capões de mato de Tabuvale.

Portanto, o pessoal amigo passou a se preocupar somente com uma única questão: ajudar aquela moça a descobrir um ponto de apoio para deixar de perambular de um lugar para outro em busca de refúgio, abrigo, água ou comida. Era crucial encontrar uma maneira de fazer a mulher se estabelecer numa moradia, por mais humilde que fosse. Até porque, em pouco tempo, ela estaria dando à luz um filho e não seria nada conveniente permanecer vivendo por toda parte, jogada como algo imprestável, dormindo e acordando ao relento.

Por isso, numa espécie de comunhão, alguns moradores se organizaram para construir uma pequena morada, na qual a mulher pudesse se abrigar contra a quentura, o frio e outras intempéries. A própria moça não havia pedido nada referente a uma residência. O que ganhava do povo bondoso em termos de comida e água já lhe ajudava bastante e evitava que ela virasse comida de camiranga na beira das varedas. Seu notável modo de sempre ser grata pelo que recebia daquele povo generoso, fez com que mais gente criasse simpatia por sua pessoa e, portanto, mais ajuda veio a se somar ao que já se tinha.

E então, contando com a colaboração de muitos, o casebre tomou forma de projeto em desenvolvimento. Não faltou quem não partilhasse de tal trabalho altruísta. Uns se encarregaram de providenciar as madeiras necessárias para as paredes e o teto. Outros ficaram responsáveis por prepararem a argila para revestir as varas e nivelar o piso de barro batido. Um grupo de pessoas fez chegar em tempo hábil as palhas de carnaubeira para cobrir a cabana, enquanto outra equipe confeccionava portas e janelas. Os materiais utilizados não eram da melhor qualidade por se tratar de uma construção emergencial e vindo de pessoas que não tinham muito. Porém, tudo era feito com muito zelo e apreço, um trabalho digno de admiração. Quando se faz com estima, não se necessita de tanto para se ter uma boa obra.

E foi assim que construíram a pequena cabana, rústica porém aconchegante, atrás de um capão de mato, tendo apenas uma estreita trilha fazendo sua ligação até a vareda maior. Quando tudo ficou pronto, a mulher quase não se conteve com tanta emoção e alegria. Ela chorou copiosamente, agradecendo a cada criatura que lhe prestara algum auxílio. Todas aquelas pessoas haviam sido colocadas em seu caminho e se mostraram muito caridosas e acolhedoras. Ela não poderia estar mais satisfeita. Saía dos caminhos cansativos e passava a viver sob um teto, onde poderia ter e criar seu filho sem se preocupar com qual sombra deveria procurar para fugir da quentura escaldante ou da chuva gelada. Ela agora tinha uma moradia.

Então, a mulher iniciou sua nova vida.

A vida que ela deveria ter, caso não tivesse sido expulsa da casa onde nascera.

Quando a moça surgiu por essas bandas, trazia uma trouxa de molambos, os quais foram sendo substituídos por outros melhores. Na bolsa que carregava a tiracolo, por outro lado, ela guardava a matéria-prima do seu verdadeiro modo de vida. Eram pequenos vasilhames contendo as mais diversas substâncias, misturas e soluções, extratos de todo tipo, ervas estranhas e bebidas desconhecidas. A mulher havia nascido com um talento incomum: conhecer sobre as leis do mundo mais do que as outras pessoas, ela contou posteriormente.

Uma vez morando no seu novo casebre, a jovem recomeçou seu trabalho de preparar erva e beberagem para combater doenças e outros males que costumam aparecer por todo lugar. Então foi a vez de ela retribuir a generosidade daquelas pessoas que lhe ajudaram quando estava mais precisando. Não demorou muito para que passasse a ser reconhecida por toda a redondeza como a mulher que sabia sobre todos os males. Assim, quando alguém contraía alguma doença, logo a chamava para que a jovem fizesse um reconhecimento e prescrevesse algum dos seus medicamentos milagrosos.

E ela não se fazia de ingrata. Sempre respondia a cada chamado com disposição e boa vontade, não importava de quem se tratava ou onde morava. Fosse durante o dia ou mesmo após a escuridão se abater sobre estes torrões. Logo que chegava alguém a lhe bater na porta, a jovem rapidamente reunia suas vasilhas, colocava ervas e raízes numa bolsa de palha de carnaubeira e se dirigia à casa do enfermo. Depois de tratar a moléstia da pessoa, apenas reunia suas coisas outra vez e voltava com satisfação no rosto e uma paz plena na mente. Não cobrava nada por nenhum de seus serviços. O povo curado, como forma de agradecimento, uma vez ou outra aparecia em sua cabana com alguma coisa para lhe presentear. Eram tecidos e roupas, alimentos ou qualquer produto que pudesse interessar à nova vida da mulher. Como se tratava de presentes, ela recebia sem hesitar, pois eram-lhe oferecidos pela vontade das pessoas, sem que a moça estivesse a pedir. Não se tratava de um pagamento, o povo dizia, mas somente uma forma de agradecer pela ajuda fornecida.

Com sua atuação crescendo no campo de combate às moléstias, foi preciso aumentar o ritmo de preparo de medicamento. Tornou-se necessário encontrar mais matéria-prima e desenvolver mais poções. Por isso, o cômodo menor da pequena casa foi reservado somente para armazenar todas as vasilhas que estavam sempre cheias de algum líquido, óleo, pó, entre outras substâncias. As paredes foram cobertas de prateleiras, altas e baixas, e sobre estas repousou-se um mundo inteiro de sabedoria. A mulher estranha dominava uma ampla variedade de conhecimento acerca do poder das ervas, raízes e cascas. Não importava o tipo de mal-estar, ela sempre tinha algo a oferecer para se conseguir algum alívio, sanar uma ferida, amenizar uma dor, limpar um estômago doentio. Os Visões haviam sido generosos com essa parte de sua vida.

Quando o filho nasceu, tempos depois, ela não demorou para que passasse a iniciá-lo no mundo místico das plantas. Desde quando ele era ainda bem pequeno, ela já começava a lhe colocar um pedaço de raiz nos lábios para que ele pudesse sentir, muito cedo, o gosto de cada planta. Às vezes, o ensinava a cheirar uma casca de alguma árvore, fazendo o nariz do pequeno se acostumar, ainda novo, aos aromas medicinais. Então, à medida que crescia, o filho poderia adquirir as mesmas habilidades da mãe em termos de conhecer sobre o estado de saúde de uma pessoa. Assim, da mesma forma, quando crescesse, ele estaria apto a lutar contra qualquer chaga que surgisse para atormentar as pessoas ao seu redor.

E o menino aprendia rápido, a mãe percebeu. E em pouco tempo, ela concluiu, já estaria dominando todos os passos do processo de preparo das bebidas e remédios.

No entanto, ele sabia algo mais sobre o mundo, logo ficou evidente, além daquilo que sua mãe lhe ensinava sobre cascas e raízes, óleos e bebidas.

Ele tinha uma habilidade incrível de prever alguns acontecimentos. Algo que assustara sua mãe, quando tal capacidade começou a se manifestar no seu pequeno.


Saber o que viria a acontecer posteriormente fora um fenômeno percebido quando o filho ainda nem tinha controle total sobre seu próprio corpo. Logo que aprendera a falar suas primeiras palavras e quando ainda não podia andar com toda segurança.

Numa tarde de céu limpo, quando as nuvens pareciam ter sumido de vez ou estivessem escondidas longe do mundo, ele fez algo que encabulou completamente sua mãe. Ela tinha colocado seus chapéus de palha de carnaubeira para tomar sol, com a certeza de que aquele dia não poderia ter a presença sequer de um sereno fino. O menino, sem que ninguém o dissesse, arrastou sua mãe até os chapéus e lhe pediu que os retirasse do relento porque a chuva estava perto. Ela simplesmente riu da atitude engraçada do filho, considerando aquilo como coisa que uma criança pequena pode dizer, até mesmo sem pensar. Mesmo assim, para fazer o pedido do garoto, ela retirou os chapéus do sol.

Poucos instantes depois, nuvens surgiram de repente no céu e uma chuva torrencial não demorou a cair. Aquilo não podia ser possível, a mulher pensou. Teria sido apenas uma coincidência. Àquela altura, o garoto já tinha aprendido muitas coisas com sua mãe e continuava com um aprendizado em ritmo acelerado. Se arriscava a preparar bebidas e remédios, aprontar raízes, cascas e sementes dos mais diversos tipos, pisar rochas até transformá-las em pó fino e medicamentoso. Ainda assim, a mãe tinha certeza de que havia sido uma tremenda coincidência.

Não fora.

Como ficou evidente depois, aquilo não seria uma previsão isolada. Outras viriam a se concretizar e se intensificariam com o tempo. Eram chuvas que chegariam antes do *virente molhado* ou um *cinzento ressequido* que seria tão escaldante quanto brasa. Outras vezes foram as cheias inesperadas nos córregos durante um *interstício medial* despontando antes mesmo do período marcado para chuva. Ou, então, um legume atrofiado por falta de água ressurgir frondoso já quase no início da total escassez.

O talento preditivo do filho parecia ter vindo para ficar.

Quando percebeu que o menino realmente tinha uma capacidade incomum para aquele tipo de prenúncio, a mãe passou a observar suas falas com maior cuidado. Ela pretendia ver até onde aquilo o levaria, se persistiria ou se acabaria com o passar do tempo. E o que ela descobriu, quando voltou para casa numa tarde depois de sair para medicar um vizinho enfermo, deixou-a mais preocupada do que satisfeita. Ao entrar pela porta da frente, a mulher estacou de súbito. O filho estava sentado sobre as próprias pernas no meio da sala, no conforto do piso de terra batida. Tinha o braço esquerdo estendido na horizontal, a mão espalmada, como se estivesse reprimindo alguma coisa invisível à sua frente. Enquanto isso, usava o braço direito para se apoiar sobre o chão. Os olhos estavam cerrados, sem sinal de vida, como se suas pestanas houvessem sido costuradas à pele inferior. A boca, entreaberta, soltava palavras que ela nunca ouvira e que não conseguia compreender de forma nenhuma.

Seu filho resmungava para algo que não estava visível a olhos de gente normal.

Assustada com aquela atitude, a jovem mulher chamou o filho uma, duas, três vezes. Como se estivesse preso num sono profundo, o garoto somente acordou quando sua mãe o sacolejou pelos ombros, tentando acordá-lo quase aos gritos de desespero. Claro que ela agira daquela forma apenas pelo instinto de mãe preocupada, pois já começava a ter certeza das habilidades singulares do seu menino. Quando ele acordou, sobressaltado pelo chamado da mãe, não escondeu o que havia descoberto enquanto resmungava palavras sem sentido.

— O próximo *virente molhado* chegará com o semblante tão seco quanto o *cinzento ressequido* — o menino disse à mãe, falando de maneira normal, como se soubesse daquela informação pela boca de alguém e como se fosse um evento que já houvesse passado.

— Como sabe disso? — a mãe indagou, querendo saber de onde o filho havia tirado aquela presunçosa certeza.

— Estive lendo os céus — foi a resposta do garoto. — Os ares me contaram muitas coisas estranhas, algumas preocupantes, outras sem sentido claro.

Óbvio que a mulher não poderia ter verificado a provável veracidade daquilo no momento. Porém, ela guardou aquela fala na mente e teve como averiguar tempos depois. A época do *virente molhado* veio, mas não caiu chuva suficiente para encher arroio nem grota. Até mesmo os grãos tiveram pouca produtividade. Pessoas passaram fome e animais morreram de sede. As pragas se abateram sobre tudo quanto era plantação e as moléstias, entre elas o *morbo*, caíram como labaredas sobre o povo.

O menino havia realmente previsto aquela escassez medonha, a mãe concluíra.

Então, a jovem mãe se convenceu plenamente da habilidade extraordinária do filho.

No entanto, aquela previsão fora a penúltima que a jovem mulher vira o filho realizar. Quando ele anteviu o futuro outra vez, sua mãe não resistiu ao resultado final do prenúncio, pois ela estava exatamente no centro do porvir por ele previsto.


O menino, ainda pequeno e em processo de treinamento pela mãe, havia se apoiado sobre o chão, sentado sobre ambas as pernas. O braço direito estava a ser usado como apoio sobre o chão e o esquerdo se estendia para a frente. A mão espalmada, e os dedos em riste, mantinha-se perpendicular ao braço. Todos os dias, durante muitas vezes do nascer ao pôr do sol, ele estava sendo incentivado a encontrar uma forma mais apropriada para realizar o seu misterioso ritual. Entretanto, tal intento o garoto conseguiria somente com o passar do tempo e de forma solitária.

Por outro lado, embora estivesse a evoluir muito devagar na maneira de encontrar uma postura adequada ao rito, o menino avançava a passos largos no que dizia respeito a aprender palavras que nunca eram compreendidas, mesmo que sua mãe as escutasse com o ouvido encostado aos lábios do filho. Ela sabia o quanto o seu pequeno era habilidoso em conversar com os Visões, porém nunca o entenderia de fato.

O entardecer ainda iria demorar a se aproximar e o sol insistia com preguiça em seu movimento para depois se esconder atrás do

Morro Moreno. Após demorados instantes a resmungar, durante os quais mantivera o pensamento desligado de tudo ao seu redor, o menino abriu os olhos para o mundo. Estava muito assustado e suava como se estivesse realizando um trabalho pesado ou correndo em desespero.

— Mãe! — o filho chamou, sobressaltado e com os olhos a lacrimejar. — Eu sonhei que um homem muito mal estava a lhe agredir de forma violenta. Ele tinha um sorriso perverso no rosto e a açoitava com uma embira muito longa, um cipó comprido e cheio de espinhos. Tinha outros dois homens postados à porta, mas não se compadeciam ao vê-la sofrer sob as tantas e brutais chibatadas, apenas sorriam com desdém. Em seguida, os três sumiam e eu ficava a observá-la, caída no chão, e a chamava com desespero incontrolável.

A jovem mãe já havia se acostumado a observar o filho entrar e permanecer em transe por demorados instantes e ela sempre o via acordar como se estivesse dormindo profundamente. Algumas vezes, ele simplesmente abria os olhos, sereno, somente com um pouco de cansaço. Em outras ocasiões, o garoto retornava à consciência de modo mais agitado e abatido, como se estivesse escapando de um afogamento. Desta vez, porém, ele saiu de seu estado absorto com profundo abatimento mental. A mulher, preocupada pelo estranho despertar do menino, achegou-se para próximo dele o mais rápido possível.

— Não deve ser nada — a mãe disse, agasalhando o filho com um abraço e tentando esconder do mesmo o próprio rosto preocupado. Ela realmente se assustara com o despertar súbito do menino, chegando a pensar que ele estivesse sentindo alguma dor ou qualquer outro desconforto mais sério. — Você apenas deve ter se concentrado de forma muito intensa e acabou por pensar coisas estranhas.

— Mas tudo pareceu um prenúncio, como das outras vezes em que eu consegui prever certos acontecimentos — o menino respondeu, aninhando-se por entre os braços da mãe e se acalmando aos poucos, de forma gradual. — No entanto, eu enxergava as coisas como se fossem acontecer de imediato, diferente das vezes em que antevi eventos que demoravam muito tempo para se concretizarem.

— Não se preocupe, nada disso foi real e daqui a pouco você já vai ter esquecido tudo — a mulher falou com descrença, simplesmente objetivando tirar a inquietação da cabeça do garoto.

— Com certeza, não deve ter sido uma previsão, apenas um sonho. Um sonho muito ruim e desgastante para a mente.

Não era. Como ficaria demonstrado de forma clara pouco tempo depois.

A mãe tinha plena convicção de que não se tratava de sonho nenhum. O filho, sem sombra de dúvida, havia previsto algo de muito ruim que estaria por acontecer, ou com ela ou com ele mesmo. Além do mais, deveria ser para logo, pela urgência do prenúncio. E isso lhe fez aumentar a preocupação. Seu menino era tudo que ela mais apreciava no mundo. Não sabia como reagiria se algo acontecesse com ele. Então, tomando cuidado para não lhe demonstrar que estava preocupada com aquilo, ela passou a procurar eventos que pudessem denunciar alguma coisa relacionada à previsão feita pelo filho.

Então, tudo passou a ser suspeito.

Quando os dois homens bateram à sua porta, naquele mesmo início de tarde, ela logo percebeu que não vinham lhe trazer presentes nem chamá-la para medicar algum doente pelas redondezas.

— Estamos a precisar dos serviços do seu filho. — Logo que a mulher abriu a porta, o homem que estava mais próximo do batente disse sem nenhuma prévia explicação sobre nada, como se estivesse tudo muito claro para todo mundo, inclusive para a jovem mulher. — E dos seus também.

— Recebam minhas desculpas, mas não conheço vocês, nenhum dos dois — a mãe preocupada respondeu, mentindo um pouco e sem se intimidar. — E o único filho que tenho ainda é muito pequeno, não pode oferecer qualquer tipo de serviço a ninguém.

Ambos os homens sorriram, não se esforçando para esconder o deboche no rosto. Aquele que havia falado anteriormente olhou para o companheiro, postado às suas costas, antes de voltar a falar. Quando mexeu os lábios, o semblante estava sério e pintado de zanga:

— Não se faça de desentendida! Tente facilitar nosso serviço e evite complicar sua situação. Trouxemos um recado e precisamos voltar com uma resposta. Pegue sua cria e nos acompanhe o mais rápido possível. Enquanto ainda podemos evitar problemas maiores.

— Já disse que meu filho não pode oferecer nenhum tipo de ajuda a ninguém — a jovem mulher respondeu, de forma enfática e enraivecida. — Quanto a mim, ainda tenho uns doentes para visitar antes da noite se abater sobre nossas cabeças. Eu sinto muito.

— Não torne as coisas mais difíceis do que já estão, mulher — o homem falador insistiu, agora sem mais olhar nem sorrir para seu colega.

— Voltem outro dia, hoje já está muito tarde — a jovem mãe pediu, ao mesmo tempo que girava a porta com o intuito de fechá-la e atravancá-la com a tramela.

— Se houver uma segunda visita, muito provavelmente não seremos tão gentis como estamos sendo agora — o homem do recado avisou, segurando a tábua rústica durante um breve instante, ínfimo para ele, eterno para ela. No entanto, não demorou para que ele a soltasse, girando sobre os calcanhares e se retirando, tomando de volta a pequena trilha, juntamente com seu companheiro.

A pobre mulher, após conseguir bater sua porta contra o caixilho, deixou-se relaxar os músculos e se permitiu sentir um alívio imediato. Seus nervos se descontrolaram subitamente e seus ombros desabaram, fazendo ela perder a postura altiva que há pouco havia demonstrado ao homem cheio de insulto. Quando voltou a ter controle sobre seu corpo outra vez, ela se dirigiu para o cômodo de trás, no qual repousavam seus preparados e onde o filho estava a estudar substâncias de vários tipos.

— Preciso que você tome um remédio para aliviar o sonho que teve hoje mais cedo — a mãe disse ao se aproximar do garoto, tentando ser calma e convincente ao mesmo tempo.

— Eu já disse, mãe, não foi um sonho — o menino respondeu, ainda examinando umas folhas reunidas numa pequena vasilha. — E eu não preciso tomar remédio nenhum, pois estou bem. Não precisa se preocupar.

— Você se concentrou por demais quando estava a resmungar naquele momento — a mãe insistiu, mesmo sabendo o quanto o filho era esperto e já bem conhecedor sobre muitas coisas do mundo. — O que vou lhe dar para beber é apenas um calmante para seus pensamentos. Para que sua mente não volte a perturbá-lo outra vez.

— Não há remédio que possa evitar minha mente perambular por mundos sombrios — o pequeno ainda argumentou, como se fosse gente grande refletindo sobre as complicações da vida. — E você sabe disso mais do que eu, mãe.

— Mas é claro que eu sei — a mulher concordou, porém, não desistindo de seu intento. — Por outro lado, você precisa estar descansado mentalmente quando necessitar fazer aquilo outra vez.

— Então, está tudo bem — o menino respondeu, conformado e sem vontade de discutir mais sobre uma questão que sua mãe tanto insistia em lhe fazer lembrar. — O que você está querendo que eu beba não deve ser tão ruim e provavelmente não me fará nenhum mal.

— Não, não fará — a mãe disse, satisfeita e aliviada.

Sem mais demora, a jovem mulher se dirigiu a uma prateleira mais elevada e retirou uma minúscula cabacinha com o colo afilado. Tomou uma caneca pequena que estava ao seu alcance e se encaminhou para o filho. Este, ainda entretido, não reclamou quando ela lhe entregou o vasilhame com uma dose generosa do líquido despejado da pequena cabaça. Virou o caneco na boca e engoliu de uma só vez toda a substância aquosa. Depois que devolveu a vasilha à mãe, voltou a mexer nas folhas e outras ervas que havia reunido para analisar.

A jovem mãe, tristonha mas conformada, observava atentamente cada reação do filho. Ela sabia exatamente o que estaria por acontecer, pois conhecia o efeito imediato que aquele preparado tinha sobre o corpo de uma pessoa. Era uma beberagem que ela usava somente em situações drásticas e de grande necessidade. E a circunstância de agora era de extrema urgência. Era imprescindível que a bebida surtisse o efeito esperado e o mais rápido possível. Eles dois não teriam muito tempo. Felizmente, não demorou para que se concretizasse o que a mulher pretendia que acontecesse.

— Estou com sono, muito sono — o garoto afirmou, soltando um bocejo incontrolável e sem domínio sobre as próprias pestanas, as quais pesavam feito pedra.

— Então venha aqui e deite no meu colo — a mãe chamou, sentando no piso de terra batida e estendendo ambos os braços para o filho. — Esse remédio faz a gente dormir mais rápido mesmo. Mas não se preocupe, pode adormecer tranquilo. Tudo vai ficar bem.

O menino andou até os braços da mãe e logo perdeu os sentidos. Se tivesse demorado mais alguns instantes no caminhar, teria sofrido um baque desastroso no chão. A mãe, tentando controlar a pressa que lhe agitava os pensamentos, o aninhou como se ele fosse ainda tão pequeno quanto havia nascido. Ela ainda cochichou algo próximo ao seu ouvido, antes que ele cerrasse os olhos de vez. Após um ínfimo instante, o menino estava completamente desligado do mundo ao seu redor.

Ele acabava de entrar em estado profundo de letargia.

Quando o garoto acordou, o sol já estava alto, a luz da manhã entrando por cada greta que encontrava pela frente, iluminando alguns pontos da casa. O menino abriu os olhos e percebeu que estava coberto por um monte de folhas secas, acomodado debaixo de uma prateleira, a menor e mais suja de fuligem e casas de aranha. Assustado e despertando com remorso, ele se levantou e se dirigiu, um tanto desorientado, para a sala de fora. Quando atravessou o portal do pequeno cômodo, ele não conseguiu evitar um grito de aflição e desespero. Não conseguiu nem mesmo acreditar no que seus olhos estavam vendo. Sua mãe, sua querida e amada mãe, jazia desfalecida no meio da sala. Ela tinha as vestes cortadas e rasgadas como um molambo esfiapado. Uma poça grande de sangue já se ressecando rodeava sua cabeça, como se ela estivesse mergulhada em um lago de água vermelha. Ao correr a vista até o pescoço da mulher, o filho em prantos percebeu um corte praticamente transpassando por completo a garganta da mãe.

Era a cena mais macabra e tristonha que um dia ele poderia enxergar.

Descontrolado e chorando copiosamente, ele correu para ela e a sacudiu inutilmente, chamando para que a mãe acordasse daquele sono e voltasse a acolhê-lo nos seus braços. O menino gritava e se lastimava, tentando aninhar a cabeça da mulher sobre o seu tão delicado colo e lhe acariciando o rosto e os cabelos compridos, sujos de sangue, com suas pequenas mãos. Os olhos eram duas torrentes, inundando tudo com fartas lágrimas.

A jovem mulher havia sido assassinada e o filho não sabia o motivo nem quem teria a coragem de perpetrar tamanha crueldade. Somente alguém muito perverso teria coragem de violentar uma pessoa daquela forma sem razão aparente.

Não demorou para que as primeiras pessoas que moravam mais próximo surgissem no terreiro e na porta da frente, alarmadas e avisadas pelos gritos do menino. Quando viram a cena horrenda, ainda que fossem adultas, elas não conseguiram controlar o choro nem os jorros de vômito. O impacto de tal vista não era clemente para com os olhos de nenhuma pessoa, grande ou pequena. Os conhecidos da mulher, assim como o filho, nunca poderiam entender a razão daquela barbaridade. Uma jovem tão disposta e boa para todo mundo, havia sucumbido à maldade de alguém que não poderia ser gente normal.

Quando a poeira da pavorosa tragédia baixou e os soluços diminuíram, muitos vizinhos se ofereceram para tomar conta do menino como filho adotivo. Embora ainda muito novo, ele não aceitou. Não quis abandonar seu casebre, no qual havia vivido momentos felizes com sua mãe. Ainda que a imagem mais impactante que ficaria registrada em sua mente fosse o corpo dela estendido no meio da sala, estraçalhado por lâminas afiadas. Nada ou ninguém o convenceu a ir morar com outra família.

— Já sei fazer muitas coisas — ele afirmara com convicção, ciente de que poderia cuidar de si mesmo. — Além do mais, minha família era minha mãe. Agora estou só no mundo e parece que os Visões pretendem me colocar sob teste, para verem como me adapto diante das agruras da vida.

Ninguém mais quis discutir com o pequeno, todos até admirando a perspicácia do garoto. Tão jovem, mas com o pensamento de gente grande, como se já houvesse vivido todas as experiências do mundo. Nem por isso as pessoas conhecidas o abandonaram por completo. Passaram a lhe oferecer comida, água e, de vez em quando, um teto amigo para passar a noite. O menino, por sua vez, agradecia por cada boa ação que recebia, porém não conseguia usufruir de todas elas, pois seus pensamentos começavam a debandar para outras questões mais sombrias. Logo que passou a viver sozinho, iniciou um processo de lembrança de como encontrara sua mãe morta. Começou a se perguntar quem teria feito aquilo e o que o teria motivado. Sua mãe era querida por todos estes tabuleiros e capões de mato, tanto por sua bondade como pela ajuda que prestava às pessoas que adoeciam. Não havia motivo, pensava ele, para que fosse assassinada daquela forma.

Quando percebeu que as respostas para suas perguntas não apareciam, o menino não teve mente estável para se manter firme. Desnorteado, ele entrou num processo de abatimento emocional. Então, quando a saudade da mãe apertava e o choro não queria abandonar seus olhos, o garoto se voltou para o cômodo menor da casa e resolveu experimentar o efeito de alguns de seus diversos remédios. Tomou goles de bebida e cheirou erva aquecida. Ele já conhecia todos aqueles preparados, pois sua mãe lhe havia ensinado sobre eles. O resultado não o surpreendeu. A bebida lhe deixou sem controle sobre o corpo e a erva lhe fez entrar em estágio letárgico de pensamento. Por ainda ser pequeno, quase se matou com as altas doses que consumiu da primeira vez, desmaiando no meio do cômodo frio de terra batida.

Os vizinhos o encontraram inconsciente e sufocando dentro do próprio vômito.

Quando se recuperou, não teve remorso de fazer o mesmo outra vez. Bebeu e fumou. Ao acordar, um dia depois, voltou às vasilhas e potes da mãe. Saiu de casa e não voltou lúcido, pois havia caído na beira das varedas. As pessoas o trouxeram para casa seguro pelos braços e pernas, ainda inconsciente.

Não demorou para que o vício tivesse o garoto sob controle.

Então, ele passou a repetir a embriaguez pela bebida e a letargia mental pela erva muitas outras vezes seguidas. Depois outras e, quando se percebeu, já era comum se ver um jovem em crescimento tombando e caindo na lama ou na poeira sob o efeito de preparados entorpecentes. Foi quando lhe arrumaram diversos nomes pejorativos, entre eles *Ébrio*.

Como resultado, o jovem tinha quase abandonado seu casebre e havia esquecido tudo sobre sua infância, inclusive muitas coisas sobre sua mãe. Não havia encontrado as respostas que queria, mas estava sem a lembrança do que passara quando pequeno. A partir de então, ele se tornou um homem do relento, vivendo grande parte do tempo embriagado e dormindo sobre uma cama de poeira ou de lama, dependendo em qual época se estava.

Seu poder de ler os céus, porém, não se esvaiu como sua sobriedade.

O *Ébrio* ouviu um estalo seco, como se fosse um galho ou um graveto se quebrando repentinamente.

Quando abriu os olhos, sujos e sonolentos, conseguiu divisar três pessoas à sua frente. Três homens. Dois deles, um pouco mais afastados, eram aqueles que o haviam importunado anteriormente. Estavam ali para lhe fazer emitir palavras sobre os ares, tinham vindo pegar o resultado da promessa. Desta vez, porém, traziam companhia. Dois homens não são suficientes para tirar palavras da boca de um bêbado.

A companhia, um terceiro homem, também era um conhecido seu e já há muito tempo. Estava de pé, pois seu feitio não se dignava a se abaixar para falar com um homem bêbado caído no chão. Suas vestimentas eram diferentes das dos outros dois, limpas e novas. Na cabeça, também sem nenhum sinal de sujeira, um chapéu com abas largas e todo feito de couro. O rosto, envelhecido, mas altivo e duro, exibia um semblante interrogativo e carregado de cólera. Na mão direita, um chicote comprido, feito de couro de novilho ressequido e com uma pequena lâmina de aço presa na extremidade, repousava sua maior parte sobre a terra seca. Um açoite muito peculiar e único por estes tabuleiros e capões de mato. Outros existem por estes torrões para assustar animais, porém mais simples e menos mortais. Este, usado contra animal e também contra gente desobediente, quando seu dono o agita e o faz vibrar no ar, produz um som seco que amedronta qualquer pessoa. Sua sonoridade sibilante havia acordado o homem deitado no chão.

O *Dono* tinha vindo pessoalmente pegar as palavras prometidas.

— Vai ter chuva ou seca? — o homem de pé indagou, como se tivesse terminado um diálogo há pouco e o outro soubesse claramente do que ele estava falando.

— Sim — o *Ébrio* respondeu de imediato, como se não tivesse acabado de acordar. — Pode colocar gente para limpar toda a plantação. A colheita será farta.

— A época do *virente molhado* já está avançada e até agora as chuvas que caíram não são nada animadoras — o *Dono* disse, sem virar as vistas e mirando somente no rosto do homem que agora se levantava da poeira.

— Os ares não mentem e eu não me engano em minhas previsões — o homem da poeira garantiu, finalmente ficando de pé.

— A terra está seca feito poeira, como você mesmo deve saber. Além disso, as lagartas estão acabando com cada broto de milho, os insetos estão sugando toda a seiva do feijão e o arroz está se atrofiando. Talvez você esteja perdendo sua capacidade de ler os céus.

— Vai cair chuva, pode esperar.

— A bebida e a erva não estão fazendo você se equivocar em suas previsões?

— Eu nunca me engano — o homem da erva disse, com o rosto muito sério e de forma dura.

O homem do açoite ainda o encarou por alguns breves instantes, como se estivesse duvidando daquilo que ouvia do outro. Não gostava de ser ludibriado, muito menos por um inebriado sem controle sobre a própria vida. Porém, ele dependia daquele homem e de suas leituras sobre os céus. E nunca havia sido enganado por suas palavras, embora desta vez elas parecessem sem nenhum fundamento. Entretanto, talvez fosse somente aparência mesmo. Provavelmente, estava sendo apenas apressado.

Pensando assim, o homem do chicote finalmente relaxou os músculos, fazendo sumir grande parte da tensão que aquecia seu corpo. Enrolou o açoite e o prendeu firmemente à cintura. Virou-se sobre os calcanhares e caminhou para ir embora. Quando chegou perto de seus dois ajudantes, o homem ainda estacou e se virou para trás. Tinha um último aviso:

— Se se enganar, seu bêbado emporcalhado, mando lhe dar uma boa surra com este meu chicote.

— Guarde seu açoite para outras necessidades — o *Ébrio* disse, sem sair de onde estava postado e sem se intimidar. — Ele pode ser mais útil contra outras coisas mais perigosas do que um bebum emporcalhado.

O *Dono* não disse mais nada, apenas se virou e foi embora, os dois ajudantes o seguindo como dois cães obedientes. O *Ébrio*, por sua vez, logo esqueceu que havia sido ameaçado pelo grande proprietário de terras que gostava de mandar em tudo por estas bandas. Tinha entregado o que havia prometido e, ainda mais, em pessoa. Agora só restava terminar o sono que havia sido interrompido. Contudo, necessitava de mais alguma beberagem e algo para cheirar ou fumar.

O período esperado para o *virente molhado* realmente parecia avançado, ele concordava. Porém, os Visões somente deveriam estar a brincar com a paciência de suas criaturas, algo que eles nunca deixam de lado. Talvez estivessem testando como as pessoas se comportariam diante de uma seca em plena época prevista para chuva. A leitura que fizera com água e poeira era clara e ele não tinha dúvida sobre o resultado. Nunca havia se enganado em suas previsões. Disso ele poderia ter certeza. Então, só restaria esperar.

Tentando esquecer todo e qualquer contratempo, o *Ébrio* se dirigiu em busca daquilo que sempre foi costume usar para afogar cada pensamento depressivo. Sua mente suplicava por se entorpecer. E ele não poderia dizer não, apenas obedecer a sua vontade.

Logo as águas deveriam cair das alturas imensas, ele pensou.


Não caíram.

Nem chuva, nem sereno, nem nada que pudesse lembrar água.

O que veio depois daquele dia foi uma infestação de praga ainda mais devastadora e uma quentura escaldante. Um manto repugnante de lagartas se alastrou por todas as plantações, triturando cada palha de milho, capim ou qualquer outra folha verde que encontrava pela frente. Um enxame pavoroso de insetos sugadores de seiva não permitiu que caroço algum de feijão se desenvolvesse de forma normal. Quanto às plantações de arroz, o solo aquecido e seco não lhes consentiu crescer e soltar os cachos. Simplesmente, cada pé se atrofiou como se tivesse uma força invisível o puxando para baixo e lhe impedindo o crescimento regular.

Os animais começaram a sofrer por falta de forragem nos campos e pela presença de uma agressiva infestação de carrapato, pulga, piolho e tantos outros parasitos inconvenientes. Muitos morreram de fraqueza, uma vez que sofriam escassez desde o último *cinzento ressequido*. Outros tiveram que ser sacrificados por terem o corpo molestado de maneira irrecuperável pelos sugadores de sangue. Os que ficaram vivos, não estavam mais adequados para o consumo humano.

Quanto às pessoas, não tiveram mais sorte do que os animais. Trabalharam na roça sem a certeza de que o legume pudesse lhes trazer alguma fartura. Limparam as plantações com esforço e suor derramado, somente para facilitar o trabalho devastador das lagartas. Graças aos Visões, disseram os crédulos, estes tabuleiros e capões de mato não presenciaram nenhuma onda de *morbo*, a doença degradante e nauseabunda, supostamente enviada pelo Funesto, a cria imunda do Malino. Entretanto, ninguém duvidava de que seria apenas questão de tempo até que a *mosca*, montada na *besta*, sobrevoasse Tabuvale para soltar suas larvas impregnadas de moléstia.

A época do *interstício medial* se aproximava a passos largos sem que os córregos escorressem e a poeira virasse lama. Então, com os insetos devastando as plantações e os ares esquecendo de abrir suas comportas, muitas pessoas se entristeceram e perderam a esperança de um *virente molhado* com chuva abundante.

Quanto ao *Dono*, enfureceu-se por ter sido enganado por um bêbado imprestável e desvairado. Estava perdendo sua plantação, na qual havia investido todo trabalho e tempo, e seus animais caíam mortos, como moscas em meio a veneno. Tudo porque havia ouvido e seguido as palavras resmungadas por um homem de mente dese-quilibrada e deturpada por bebida e erva. O *Ébrio* havia sido útil em épocas passadas, quando ainda era jovem e não tinha o pensamento corroído por beberagem degradante. Agora, passando mais tempo desmaiado pelo chão do que de pé, sua capacidade de previsão se desfizera e suas leituras dos ares não passavam de mentiras tolas.

Era chegado o momento de puni-lo.


O estalo seco não foi produzido somente pelo movimento repentino do ar após a passagem rápida do açoite. O ruído mais proeminente foi gerado pelo impacto da pequena lâmina de aço contra a camisa puída do homem deitado de bruços. Ele estava com o rosto metido na poeira e adormecido como pedra. A dor fina que sentiu nas costas, porém, foi grande o suficiente para que ele acordasse de sobressalto e atordoado. Por mais sonolento que estivesse, o *Ébrio* ficou de pé num instante, pois alguém o havia atingido com algo e esbravejava palavras arrogantes e ofensivas.

— Levanta logo, bêbado desgraçado! — A fúria do homem com o chicote não parecia humana. Ele agitava os lábios com pressa angustiante, soltando saliva descontroladamente, e andando de um lado para outro, como uma fera enraivecida. Os olhos eram duas brasas em fogo e as narinas, dois buracos soltando o ar tóxico dos pulmões a cada respiração. O *Dono* não conseguia controlar sua raiva. E talvez não quisesse.

O *Ébrio* estacou logo que ficou de pé. Além de aturdido, ele estava surpreso em ver o *Dono* ali, vociferando contra ele. Tinha sido solicitado que lesse os céus. Ele os lera e lhe tinha oferecido o resultado. Não conseguia entender o porquê de o possuinte de terras vir lhe cobrar mais alguma coisa. Nas costas, sentiu uma dor e uma leve sensação de um líquido pegajoso a molhar sua pele e sua camisa surrada. A chicotada que havia recebido lhe cortara levemente o couro abaixo da vestimenta. No entanto, a dor poderia ser ignorada perante o espanto em ter a presença do *Dono* sem antes ter recebido aviso nenhum.

— Aconteceu alguma coisa? — o homem acordado perguntou, correndo a vista ao redor e reconhecendo os outros dois homens de sempre. Ambos agora se postavam mais próximos, o semblante de cada um denunciando agressividade e falta de compaixão. Não estavam aqui para lhe trazer recado, mas para lhe cobrar uma dívida.

— Esse é o problema, seu comedor de folha venenosa e bebedor de lavagem tóxica! — o homem do chicote bradou, cuspindo cada palavra sem paciência para segurar a próxima. — Não aconteceu nada! Nada do que você nos prometeu e garantiu. Disse que as águas viriam logo e até agora nada se molhou; garantiu que as plantações seriam fartas, mas somente as lagartas se deram bem; prometeu que o *virente molhado* logo chegaria, mas já entramos pelo *interstício medial*. Mentiu para nós com a cara descarada de um cachorro sem-vergonha.

— Não menti — o *Ébrio* tentou se defender, agora despertando de vez. — Apenas falei o que minha leitura dos ares me revelou.

— Então se enganou miseravelmente! — o *Dono* gritou antes do outro falar mais alguma coisa. Estava fora de si, descontrolado, e não queria ouvir nenhuma desculpa que pudesse lhe contrariar. — Alertei você que estava perdendo a capacidade de ler os céus e lhe avisei que mandaria lhe dar uma boa surra com este meu chicote, caso estivesse enganado sobre suas previsões.

O homem ameaçado foi invadido por uma apreensão angustiante. Não tinha medo de apanhar ou de ser chicoteado. Era companheiro do relento e o chão há muito passara a ser seu leito. Uma pisa não poderia jogá-lo em um poço mais profundo. No entanto, achava desnecessária tamanha arrogância contra algo que ele não tinha como controlar. Ele não fazia os eventos acontecerem, somente os via antes deles chegarem. Também não decidia quando suas previsões viriam, apenas interpretava o que enxergava quando estava a murmurar. Se houvera engano, tinha partido diretamente de cima, da mensagem vinda dos ares, não de sua interpretação. Ao mesmo tempo, porém, sabia da reputação violenta do possuidor destes torrões e de sua sede insaciável em querer mandar em tudo e em todos.

O *Ébrio* moveu os lábios para argumentar em sua defesa. No entanto, foi bruscamente interrompido pelas palavras do *Dono*:

— Mas não se preocupe tanto. Não vou mandar lhe açoitar.

O homem do chicote deu uma pausa para observar a reação do outro. O desejo e o medo são revelados no modo como se reage ao que se ouve. Quando percebeu uma mudança brusca de semblante no homem da poeira, indicando um alívio imediato ao escutar tais palavras, ele prosseguiu, colocando um sorriso debochado no próprio rosto:

— Eu mesmo vou lhe proporcionar tal sova.

Ao sinal do patrão, os seus dois ajudantes se aproximaram e seguraram ambos os braços do *Ébrio*, um de cada lado. Este, por sua vez, não resistiu à violência contra si, apenas acompanhou o movimento dos dois homens a lhe forçarem os membros inferiores a se curvarem. Ele foi posto de joelhos, permanecendo com os braços seguros e estendidos para os lados. Não valia a pena resistir, ele sabia. Se escapasse e corresse, logo seria pego pelos dois homens, os quais eram fortes e rápidos. Ele, pelo contrário, era fraco e não conseguiria correr o bastante para uma escapada. E se fugisse, onde se esconderia do *Dono*? Em seu casebre? Nos capões de mato? Não. O domador do chicote o encontraria em qualquer lugar e depois de o açoitar, talvez o matasse para compensar o trabalho de empreender uma caçada por ele. Se aceitasse receber algumas chicotadas, poderia ficar ferido, mas o homem do açoite também o deixaria vivo.

Por isso, ele não resistiu. Apenas esperou.

O *Dono*, agora satisfeito e sem se preocupar em emitir palavras arrogantes, moveu-se em silêncio e com paciência ao redor dos três homens. Executou cada passo como se tivesse toda uma vida para fazer apenas isso. Ele sabia perfeitamente que uma delonga faria aumentar o sofrimento da sua presa. A pena adiada faz crescer a dor do condenado. Que o homem ébrio pudesse se lastimar por mais tempo, para que não voltasse a enganá-lo com falsas promessas.

Quando chegou às costas do homem de joelhos, o *Dono* estacou. A tortura mental se findava e começaria o tormento físico, o *Ébrio* concluiu. A primeira perturba o pensamento. A segunda rasga a carne e faz jorrar sangue. O *Dono* levou a mão direita à cintura e retirou seu chicote, longo como o açoite do Flagelo, a cria do Assobiador que repara o pecado de um homem criminoso arrependido. Quando a liberou do nó que a segurava ao cós da calça, a tira comprida de couro ressequido se desenrolou durante a queda, tão graciosa quanto uma cascavel desfazendo sua rodilha sobre poeira esbranquiçada. Quando alcançou o chão, a pequena lâmina de metal emitiu um som abafado após o impacto com a terra. O ruído não pareceu nada ameaçador, embora estivesse carregado de violência velada.

O *Dono* firmou os dedos ao redor do cabo do chicote com toda a força que conseguiu reunir na mão. Antes que a movesse, porém, ele ainda ouviu palavras vagas e suplicantes saírem da boca do *Ébrio*:

— Guarde seu açoite para outras coisas mais urgentes e essenciais.

Ele não guardou.

O braço direito do homem vingativo se moveu bruscamente e fez o chicote se agitar com violência no ar. Após se contorcer e emitir ruídos ameaçadores, a tira de couro desceu dos céus e atingiu sem piedade o espinhaço do homem ajoelhado. Ouviu-se um estalo seco, produzido durante o impacto contra a camisa suja do *Ébrio*. Um rasgo no tecido apareceu em diagonal, começando na omoplata direita e descendo para o rumo esquerdo da cintura. A ponta metálica atingiu o ombro direito do homem, forçando o seu sangue a jorrar em gotas vermelhas e fartas. O *Ébrio* soltou um gemido sofrível de dor. Ao mesmo tempo, num gesto quase automático de defesa, curvou as costas para baixo.

A primeira chicotada se concluía.

A surra, porém, ainda iria demorar.

Um breve instante se passou antes que o chicote girasse outra vez, contorcendo-se freneticamente, como se estivesse vivo, e voltasse com seu som furioso. Um movimento delicado no braço do homem armado fez com que a direção final do couro ressequido sofresse uma mudança. O açoite se chocou contra o tecido velho da camisa gasta numa diagonal transversa à anterior, iniciando-se no ombro esquerdo e terminando no lado direito da cintura. A extremidade de aço agressiva fez um pequeno buraco na omoplata esquerda. O ponto de cruzamento entre os dois rasgos se encontrava muito próximo do meio da coluna espinhal.

Outro gemido de dor, agora mais lamentoso, e mais um arquear das costas.

A terceira chicotada fez um rasgo vertical, acompanhando de perto o espinhaço, da nuca até o meio posterior da cintura. O golpe encontrou os outros dois anteriores no mesmo ponto. O lamento se transformou em brado suplicante e o curvar das costas permaneceu. A camisa, surrada e suja, partiu-se como se tivesse sido cortada com faca afiada. A pele do homem se rasgou como se fosse uma vestimenta velha agredida por uma garra pontiaguda.

O sangue não demorou a jorrar em gotas ainda maiores. Nenhum dos três homens, porém, demonstrou qualquer misericórdia para com o sofrimento do condenado.

E ninguém mais veio socorrê-lo. Talvez por medo, talvez por não saber de seu padecimento. Provavelmente, pelo primeiro motivo.

O *Dono*, querendo descontar a raiva que havia passado e sem se importar com o sofrimento alheio, não interrompeu suas estocadas com o chicote. Simplesmente continuou a castigar o *Ébrio*. A partir de então, porém, não mais seguiu a simetria no aplicar das chicotadas. Umas foram em diagonais, enquanto outras atingiram a vestimenta e a pele horizontal ou verticalmente. Algumas vezes, o couro duro impactou sobre tecido vivo intacto. Outras vezes, porém, a tira seca se chocou contra carne já anteriormente rasgada. O açoite desceu sobre as costas do infeliz como se fosse uma chuva com tempestade de raios. Para a direita, para a esquerda, na horizontal, na vertical, para todos os lados. O sofrimento não tem direção preferencial. Ele se faz em todos os rumos.

O açoite não deu trégua, fazendo a camisa do homem se transformar em frangalhos e suas costas se converterem num molambo vermelho estragado. Os gritos doloridos continuaram a se soltar da boca do *Ébrio*, um para cada estalo seco do açoite. Após certo instante, não foi mais possível saber quantas vezes o chicote havia atingido a pele ensanguentada do homem. Ninguém quis contar as chicotadas, nem quem as oferecia nem quem as recebia. No entanto, tantas foram elas que o pobre homem parou de gritar, pois suas forças se esvaíam como água escorrendo por um córrego.

Depois de uma quantidade indeterminada de cipoadas, o homem a sofrer simplesmente não mais conseguiu segurar o próprio corpo. Perdeu os sentidos e apagou abruptamente, permanecendo seguro e suspenso apenas pelas mãos dos dois ajudantes do proprietário destas terras. Mesmo assim, ainda desceram algumas chicotadas depois do seu desfalecimento total, embora nenhuma delas fizesse mais com que se emitisse gemido ou grito algum. Para sentir dor é necessário ficar acordado.

O *Ébrio* havia desmaiado de vez.

O *Dono*, na sua fúria inconsequente, somente parou quando percebeu que o desmaio do homem era permanente, não podendo retornar aos seus sentidos tão cedo. A surra havia sido eficaz. Era chegado o momento de parar, o homem do chicote admitiu. Então, satisfeito e se sentindo melhor da ira que o aflorava há pouco, ele sacudiu o açoite uma última vez e o mesmo se enrolou como uma serpente fazendo uma rodilha. Sem pressa, o *Dono* o recolheu à cintura.

Tendo ainda ambos os braços seguros pelas mãos dos dois ajudantes, o *Ébrio* parecia um animal abatido, um trapo ensanguentado e pendurado ao ar livre. O sangue escorrendo pelas costas, a camisa puída e a cabeça dependurada. Quando os dois homens de recado o largaram, ele caiu como um molambo, chocando-se contra o chão e enfiando a cara na poeira aquecida. Não demorou para que o seu líquido avermelhado se misturasse à terra e os cortes no espinhaço começassem a aquecer com a luz intensa do dia mandada pela Fagulha.

— Pode ser que de hoje em diante aprenda a ler os céus com mais cuidado e não volte a me enganar outra vez — o homem do chicote disse, olhando para o desfalecido no chão e soltando uma cuspidela sobre o corpo inerte à sua frente. — Vamos embora, antes que eu me arrependa e acabe de vez com esse miserável.

Os três homens saíram, como se nada de mal tivessem feito. Um, achando-se dono supremo de cada tabuleiro e capão de mato destas redondezas, agora se permitia se considerar também possuidor de cada indivíduo residente nas proximidades. Os outros dois, tenazes cumpridores de ordens, sentiam-se empoderados e somente inferiores ao próprio *Dono*. O malvado trio não teve sequer a piedade de colocar o pobre ensanguentado para debaixo de uma moita qualquer. Talvez quisessem que o sangue do condenado secasse com maior rapidez, envolto por poeira e quentura. Simplesmente o largaram onde ele havia caído e foram embora. Se o outro morresse ou vivesse, isso não era algo que lhes importunaria, nem agora nem depois, eles pensaram.

Enquanto isso, o açoitado jazia inconsciente sobre a terra seca. Se alguém o encontrasse em tal estado, não hesitaria em o declarar morto.

No alto, um céu limpo e azul encorajava a Fagulha a emitir seu mais intenso luminar, fazendo a quentura tinir sobre as folhas secas e a poeira fina como pó.

O *Ébrio* sentiu a pestana direita pesar como pedra quando tentou abrir o olho que não estava em contato com a terra seca. Algo o incomodava muito ao forçar uma simples piscadela. Logo, entretanto, ele entendeu que seu olho estava com um inchaço, além de sujo pelo acúmulo de sangue coagulado. Quando intentou movimentar o braço direito, sua omoplata se recusou, começando a arder como se estivesse pegando fogo. Mesmo assim, desejando acordar de vez do desmaio, ele se permitiu suportar a dor. Então, o homem apoiou ambas as mãos espalmadas sobre a poeira, fez um pouco de esforço e conseguiu erguer o peitoral. No entanto, ele não ficou de pé imediatamente, mas de joelhos. Queria primeiro avaliar seu estado, uma vez que sentia dores por todo o corpo, principalmente nas costas e em ambos os ombros.

Ainda com os joelhos sobre a terra quente, o *Ébrio* percebeu que seu corpo não estava em boas condições. Tinha cortes profundos acima de cada uma das clavículas, com certeza perpetrados pela lâmina metálica na ponta do açoite. O olho direito, anormalmente inchado, também havia recebido uma rápida visita do metal assassino. A parte de trás da camisa não existia mais, pois havia sido totalmente convertida em pequenos pedaços e finas tiras. As costas, com a pele fatiada em cada ponto, não tinha um lugar sequer que não estivesse manchado de sangue. O líquido vermelho, agora todo coagulado, espalhara-se por todo o espinhaço e cada sítio das costas emitia uma sensação incômoda de dor. Eram ardores intensos e agudos.

O chicote do *Dono* havia corroído seu corpo assim como uma substância ácida rói uma superfície delicada.

Porém, o açoite não cortara somente sua pele. Seus sentimentos tinham sido feridos ainda com mais profundidade. Uma dor maior do que aquela de suas feridas dilacerava sem piedade o seu peito e sua mente. Nunca havia sido ferido tanto quanto estava agora, o homem ensanguentado admitiu. Desmaiar sobre a poeira depois de ter recebido uma surra de chicote não era somente uma grande humilhação. -se de um golpe duro e profundo na consciência. Era algo extremamente corrosivo, capaz de levar à diminuição da sua própria condição de gente. Sentir as costas arderem, ali de joelhos em contato com o chão, fazia com que ele se sentisse nada mais do que um objeto descartado no monturo ou um animal abandonado ao relento.

Então, o homem da poeira permaneceu como estava por alguns demorados instantes, avaliando sua condição e pensando sobre como havia se tornado o que era agora. Sua amada mãe tivera que sair de casa, expulsa do seio familiar como se fosse um traste. Quando finalmente se adaptara ao mundo destes torrões e o trouxera ao mundo, tivera a vida brutalmente ceifada por pessoas desconhecidas. Enquanto ele, o menino que passara a carregar a depreciativa alcunha de *Ébrio*, entregara-se aos vícios degradantes de inalar a fumaça de ervas e engolir beberagens.

E, por fim, havia desmaiado após receber uma surra de chicote. Se, até então, era o homem do relento, agora não passava de um bicho sujo e açoitado, as costas feridas e o peito cheio de mágoa. Quando esse pensamento explodiu em sua cabeça, oferecendo-lhe a sua verdadeira imagem e identidade, o *Ébrio* desabou emocionalmente. Sentado sobre os calcanhares, o homem em desalento se inclinou para a frente, colocou as duas mãos sobre o rosto e consentiu que as lágrimas de tristeza brotassem em abundância.

Então, ele chorou profusamente.

Não se tratava somente do lamento de um homem ensanguentado, pranteando-se pela humilhação das feridas abertas nas costas. Não, não era esse tipo de lastimar. Pelo contrário. Ele estava sendo tomado por um choro envelhecido dentro do peito. Um chorar reprimido durante muito tempo, o qual lhe sacudiu com violência, como um vento forte fazendo balançar uma moita solitária. Por isso, o açoitado não resistiu aos soluços. Simplesmente tentou afogar sua melancolia com lágrimas generosas que jorraram como água numa nascente em período de enxurrada. Parecia mais era com uma criança que houvesse perdido o seu brinquedo predileto.

O homem ainda permaneceu por alguns instantes a soluçar e derramar lágrimas sobre o rosto sujo de terra e sangue. Necessitava colocar para fora toda a mágoa que o consumira por completo ao longo de toda a sua vida de crescido, desde o dia em que se deixou dominar por ervas e bebidas. A última vez que havia chorado em tamanha quantidade fora naquele dia fatídico em que acordara e encontrara sua mãe morta, fatiada até a garganta e afogada dentro do próprio sangue.

Porém, quando os soluços se atenuaram e foram gradualmente se extinguindo, embora tendo os olhos ainda molhados, o *Ébrio* teve um vislumbre de uma percepção iluminando sua mente. E a imagem que explodiu nos seus pensamentos o fez lembrar do poder que possuía de ler os céus e prever fenômenos. Aquela capacidade que sempre tivera, desde muito pequeno, e que nunca havia diminuído, muito menos desaparecido. Sua habilidade de antever eventos futuros não se extinguira nem mesmo quando, por diversas vezes, esteve deitado inconsciente numa beira de vareda. E mais, o homem constatou, enxugando o rosto, agora sério e firme, e ficando ainda mais pensativo: nunca havia se enganado numa leitura dos ares, ele concluiu.

— Nunca errei uma previsão — o *Ébrio* disse para si mesmo em voz baixa, a cabeça em riste e o olhar direcionado para a frente, mirando o nada, a vista pesando devido ao inchaço no olho. — Nem mesmo quando ainda não sabia fazer essas coisas direito. — Ele deu uma pausa antes de continuar. — Tem algo estranho em tudo isso ou deve estar faltando alguma emenda no modo como os eventos estão se desenrolando. A minha interpretação foi muito clara e o resultado não teria como ser de outra forma. E os Visões, com certeza, não devem estar trapaceando na maneira de conduzirem estes tabuleiros e capões de mato. Os deuses são indiferentes, mas não embusteiros.

Então, o homem entendeu a urgência em fazer algo, pois não poderia ter sido enganado tão facilmente. E o que ele pretendia realizar não exigia que fosse a lugar nenhum, nem carecia de muita coisa. Tudo que era preciso estava ali, ao seu alcance. Só teria que reunir cada retalho num remendo maior. Emendar cada peça para formar um pedaço com o tamanho apropriado.

Precisava conversar com os céus. Escutar os Visões.

Sabendo disso, o *Ébrio* não teve mais dúvida.

Sem hesitar, ele deu início ao seu intento.


O homem chicoteado não conseguia saber por quanto tempo permanecera ali desacordado após o desmaio. No entanto, olhando ao redor e percebendo que o sol já rumava para o lado do Moreno, ele concluiu que talvez tivesse passado toda a tarde com a cara metida na poeira quente. Mesmo sem lembrar muito bem a inclinação dos raios de luz quando fora acordado pelos brados do *Dono*, ele conseguia recordar que ainda era cedo da manhã quando recebera as primeiras chicotadas. Isso, porém, não tinha mais importância agora, o homem admitiu. Cada ferida, física e mental, já foi aberta. Que venham as cicatrizes.

O que era fundamental no momento resumia-se em ele descobrir o que estava a se passar de estranho com tudo que se sucedera, desde sua leitura dos céus até a surra que recebera. Ele estava lúcido o suficiente para entrar em transe e procurar por respostas claras e definitivas. Agora, porém, não seria um simples mexer de lábios para vislumbrar um fenômeno ou encontrar as proporções corretas de um preparado contra alguma doença. Ele queria entrar profundamente no mundo oculto e desconhecido, enxergar muito além do que uma vez havia visto. Não seria fácil, como sua consciência estava lhe avisando. Também seria muito perigoso, como sua mãe muitas vezes cansara de lhe advertir. No entanto, o homem não estava preocupado com nada disso. Só queria mesmo era ver tudo de uma vez, com risco ou sem perigo.

Sem demora, o *Ébrio* usou ambas as mãos para terminar de rasgar os retalhos de sua camisa. Não precisou usar de tanta força, uma vez que a lâmina metálica do açoite que atingira suas costas tinha feito a maior parte do trabalho. Quando puxou fora as tiras de tecido, ainda sentiu umas pontadas doloridas em algumas partes do espinhaço e sobre os ombros. Eram pedaços de pano grudados à pele ferida pelo acúmulo de sangue coagulado. Mesmo assim, o homem jogou fora tudo que sobrara da vestimenta superior, ficando totalmente nu da cintura para cima.

Com o auxílio de um seixo pontiagudo, recolhido do chão poeirento, o *Ébrio* reabriu uma ferida no ombro esquerdo e fez o sangue jorrar outra vez. A dor ardente voltou ao corte, mas o incômodo foi esquecido de imediato. Após arremessar o pedregulho para o lado, o homem usou o indicador direito para recolher o líquido vermelho. Quando a ponta do dedo ficou completamente úmida, ele o manteve em riste e o levou à testa. De modo delicado, o *Ébrio* encostou o dedo indicador na parte superior esquerda da testa, desceu vagarosamente em inclinação até a glabela, depois subiu numa diagonal para o lado direito, finalizando na parte superior direita da fronte.

Quando terminou, tinha um vê assinalado a sangue acima das vistas.

Para encontrar a posição mais adequada, não foi preciso mudar muito em relação à qual já se encontrava. Ele continuou com os joelhos e os dedos dos pés apoiados sobre o chão. Em seguida, firmou o corpo ao se sentar sobre os calcanhares. Dispôs o tronco ereto e alinhado na vertical. Levantou os braços para os lados do corpo até ficarem totalmente esticados numa horizontal, em linha reta com os ombros. Colocou cada uma das mãos espalmadas perpendicularmente aos respectivos braços. Em seguida, escondeu cada polegar atrás da palma da mão, aproximou os médios dos indicadores e os anelares dos mindinhos. Conseguiu, então, formar dois vês com os pares de dedos, um direcionado para o lado direito e o outro para o rumo da esquerda.

Depois disso tudo pronto, o homem inclinou o pescoço um pouco para trás com o objetivo de deixar a testa virada para cima. Que os céus vissem o vê feito com seu próprio sangue e os Visões lhe tomassem como autêntico. Não faltando mais nada, o *Ébrio* escondeu a dor das feridas na parte mais profunda da mente, cerrou os olhos e esqueceu do mundo ao seu redor. Em poucos instantes, seus lábios emitiam palavras impossíveis de serem compreendidas por uma pessoa comum.

Seu resmungar teve início.

Nenhum indivíduo que aparecesse de repente poderia entender a atuação do homem ali, parado na beira do caminho. Os braços estendidos, sentando-se sobre os próprios calcanhares, a cabeça deslocada para trás e cada um dos olhos completamente cerrado. Tal cena poderia assustar qualquer vivente, ainda mais com a luz do dia já querendo se atenuar. Felizmente, a vareda estava deserta e absolutamente desolada, sem a presença nem mesmo de qualquer animal passante. Não era de surpreender que o homem tivesse ficado tanto tempo desmaiado sem que ninguém aparecesse para lhe prestar ajuda.

Se alguém o visse daquele jeito, o susto seria ainda maior pelo simples fato de o homem parecer dormir, mas, ao mesmo tempo, soltar palavras ao vento, como se estivesse numa conversa animada e barulhenta. Além de incompreensíveis, as palavras saíam da boca do *Ébrio* quase que se atropelando umas às outras. Era como se ele estivesse imerso em um falatório apressado. O corpo, por outro lado, não sofria uma mudança sequer na posição. Nem mesmo os braços pareciam se cansar pela disposição em que estavam. Era como se o homem estivesse congelado ou impossibilitado de se mexer.

Se não era possível outra pessoa compreender as palavras que se espalhavam pelo ar, o *Ébrio*, por outro lado, entendia perfeitamente tudo que dizia em cada movimentar de lábios. E não só compreendia, como também estava a receber a recompensa por seu sussurrar. Se fosse permitido mergulhar em sua mente, seria possível enxergar cada imagem que ele conseguia vislumbrar. Não imagens congeladas ou pontuais, como se estivesse em um sonho. Era muito mais do que isso. O que o *Ébrio* estava a divisar eram verdadeiros recortes da realidade, cenas que vinham e depois desapareciam. Todas elas eram vislumbres evidentes de sua tão atribulada vida, o que já havia vivido, o que estava a viver e o que ainda nem sabia quando aconteceria.

Então, o *Ébrio* conseguiu compreender o presente, antever o futuro e enxergar o passado.

O homem agora a murmurar palavras obscuras, nunca havia ficado em transe por tanto tempo, nem havia visto tanta coisa de uma única vez. Quando era pequeno, no início de sua iniciação ao processo de interpretar o que via sobre as coisas ocultas, ele não se permitia ficar por longo tempo em tal estado. E por muitas vezes o menino acordava sobressaltado ou era despertado por sua mãe. Agora, porém, o *Ébrio* não queria se desconectar do outro lado do mundo, não antes de ver tudo que havia para ser visto. Entretanto, ao mesmo tempo que soltava suas palavras enigmáticas, também ouvia a voz de sua mãe no fundo de seus pensamentos:

— Não passe muito tempo no outro lado, é muito perigoso.

Era como ela sempre o advertia, desde muito cedo. Desta vez, no entanto, ele não a queria escutar, pois necessitava se demorar muito mais do que o normal. Portanto, seu objetivo era poder permanecer em transe até que compreendesse tudo que lhe estava sendo revelado. Nem que não conseguisse sobreviver ao processo. Mesmo sabendo que tal esforço poderia lhe tirar o resto de vida que ainda lhe sobrava.

Por isso, o *Ébrio* se deixou mergulhar mais fundo em cada cena que tinha para ver.

E elas vieram aos montes, umas aparecendo e desaparecendo de forma apressada, mas outras se desenvolvendo com lentidão. Umas lhe mostravam quando ele era bem pequeno, sua mãe o amamentando e aproximando ervas ao seu nariz. Outras, no entanto, não passavam de efêmeros recortes sobre sua vida de sonolência na beira de uma vareda qualquer, quando caminhava aos tropeços sob efeito de fumaça tóxica e bebida apurada.

Num momento, o homem dos murmúrios conseguia ver casas, animais, vegetação e pessoas serem arrastadas por enchentes e um mundo de água se espalhando por todo lado. Eram cenas que ele nunca havia presenciado em vida e que, portanto, só poderia se tratar de eventos que viriam a acontecer posteriormente. No momento seguinte, o *Ébrio* enxergava sua própria mãe fugindo por caminhos desconhecidos e algo no fundo de sua mente lhe dizia que se tratava de uma época quando ele ainda nem era nascido. Não demorou muito para que o homem a sussurrar visse a si próprio, murmurando palavras ao relento, os braços estendidos e a cabeça inclinada com a testa para cima.

Ele estava a observar a si próprio no presente.

No entanto, o que mais impressionou o homem a resmungar foi o recorte que apareceu em seguida. Como se fosse um morcego adentrando numa caverna escura, suas vistas caminharam com impaciência pela estreita trilha que levava até sua cabana. Ele se aproximou, transpôs a porta de fora, percorreu o vão da sala com ritmo apressado e chegou ao cômodo menor do casebre. Lá, de modo claro e nítido, o *Ébrio* viu o instante em que sua mãe lhe oferecia uma poção, dizendo que era para ele melhorar o pensamento ruim que o estava perturbando. Suas vistas pararam por um momento no vão da pequena porta e se deixaram observar o que vinha pela frente.

O *Ébrio* estava a passear pela sua própria vida, quando era pequeno, naquele dia tristonho em que havia tomado o falso remédio que sua mãe preparara especialmente para ele. Agora, porém, o menino crescido sabia que não se tratava de medicamento nenhum, mas sim de uma beberagem para que ele caísse em sono profundo o mais rápido possível. No recorte mental, ele tomava o líquido e logo em seguida entrava em estado de profunda sonolência.

As imagens passearam com rapidez por sua mente, mas foi possível entender tudo o que elas mostravam. O que ele viu foi sua mãe o segurar nos braços antes que o sono lhe causasse um baque violento no chão. Os lábios da jovem mulher, colados aos ouvidos do filho, ainda lhe falaram em forma de murmúrios:

— Sobreviva às intempéries e destrua o que nos oprime.

Um breve instante depois, ela ouvia batidas apressadas e arrogantes na porta de fora. Como se estivesse amedrontada por algo ou soubesse que uma coisa muito ruim estaria por acontecer, ela o acomodou sob a prateleira menor e mais impregnada de sujeira. Com pressa, a mãe cobriu o filho desfalecido com um monte de folhas secas, matéria-prima para seus medicamentos e preparados. Quem olhasse para aquele local, não poderia enxergar com facilidade o pequeno dorminhoco, deitado ali em meio à sujeira e casas de aranha.

Desesperada, a mulher se voltou para a sala e abriu a parte de cima da porta. Três homens avançaram na sua direção, dois deles se ocupando em lhe segurar pelos braços e o terceiro iniciando um passeio pelo cômodo. Os dois primeiros eram conhecidos, pois eram os homens de recado, os mesmos que haviam incomodado sua mãe mais cedo, naquele mesmo dia, e que ela os despachara de imediato. Também se tratava dos dois ajudantes que seguraram o *Ébrio* quando de sua surra, ocorrida há pouco, pela manhã. O outro companheiro, bem vestido, chapéu na cabeça, com ar de gente poderosa e ira estampada no rosto, portava um açoite enrolado na cintura. O chicote era comprido, feito de couro ressecado e tinha na ponta uma pequena lâmina metálica agressiva.

O *Dono* em pessoa havia vindo para tomar satisfação.

Nas imagens, as quatro pessoas falaram durante uns instantes, as palavras partindo mais do *Dono* e da mulher do que dos outros dois. Foi possível ver que ele a interrogava e ela negava tudo a cada questionamento dele. O que se passou em seguida, fez o *Ébrio* aumentar o desalento e a melancolia explodiu sob o seu peito. No entanto, ao mesmo tempo, uma cólera quente como brasa começou a invadir cada parte do seu corpo, inundando suas veias com fúria e uma vontade louca de gritar tão alto quanto pudesse. Foi o momento em que os dois ajudantes seguraram sua mãe como se estivessem a segurar uma novilha braba ou uma fera feroz. Num dado instante, extremamente furioso e sem obter o que parecia ter vindo procurar, o homem começou a açoitar a pobre mulher.

A primeira chicotada, a mãe simplesmente a recebeu sem demonstrar muita dor, embora tenha vergado as costas com o impacto do açoite. Mesmo açoitada, ela continuou a negar o que o homem parecia lhe perguntar ou pedir. A ira do *Dono* se elevou e ele a transferiu integralmente para a sua arma sibilante. Então, esbravejando palavras agressivas, ele desceu o açoite sem piedade sobre as costas da mulher indefesa. Esta, sem poder se esquivar da surra, passou a receber as pancadas com menos resistência. A dor dilacerante aumentou sobre seu corpo, fazendo um choro vir à tona, e gritos de sofrimento ecoaram pelo casebre adentro.

Não demorou para que a mãe desmaiasse sob a chuva de chicotadas.

Embora não parecesse satisfeito, o *Dono* ordenou aos seus ajudantes que a largassem no chão. Quando os dois soltaram os braços da mulher, ela despencou feito um trapo sobre o piso de terra batida. Enquanto eles se afastavam em direção à porta de fora, o homem do chicote ainda fez seu flagelo se agitar no ar e o arremessou no rumo do corpo desfalecido no chão. O açoite se contorceu no alto e desceu com rapidez e violência. Sua ponta metálica atingiu o pescoço da mulher com tamanha brutalidade que o sangue jorrou como uma enchente na Ribeira Juassu em tempo de inverneira. O impacto foi suficiente para dilacerar sua garganta por completo, por pouco não separando a cabeça do resto do corpo.

Imediatamente, o sangue inundou o meio da sala da cabana, mergulhando o corpo da mulher numa enorme poça avermelhada.

Quando os três homens saíram tranquilamente pela porta, como se fossem um trio de visitas amigáveis, as imagens simplesmente foram bloqueadas nos pensamentos do *Ébrio*. Não porque outras tantas não quisessem aparecer, mas porque ele próprio não as permitiu outra vez. Já tinha visto o bastante. E entendera tudo. Então, ele não foi capaz de evitar que as lágrimas descessem pelo rosto nem conseguiu segurar um grito de indignação. O clamor que ele produziu rapidamente se espalhou pelos ares, como se quisesse mostrar para todo mundo o que acabara de descobrir. O *Dono*, aquele mesmo que o havia açoitado até desmaiar, também havia assassinado sua amada mãe. Com o mesmo açoite e com os mesmos dois ajudantes.

Embora as lágrimas tristonhas estivessem a inundar seus olhos e seu brado fizesse estremecer cada partícula de seu corpo, o *Ébrio* não se permitiu mudar sua postura nem sair de transe. Ele permaneceu na mesma posição, pois, embora não quisesse mais ver imagens vividas ou a serem vividas, ele teria que ir além, terminar o serviço todo. E, para isso, necessitava continuar como estava, pois devia concluir seu resmungo assim como pretendia quando o começara.

O que mudou foi simplesmente o modo como o *Ébrio* passou a se concentrar em seus murmúrios. Cerrou ainda mais os olhos, tensionou com mais força os músculos de ambos os braços, firmou os vês formados pelos pares de dedos nas duas mãos e voltou a soltar palavras cada vez mais enigmáticas. Como se estivesse a realizar um esforço gigantesco, o homem intensificou seu discurso murmurante, ao mesmo tempo que cobrava ainda mais firmeza do resto do corpo.

Quem visse o homem ali a sussurrar à beira da vareda, não poderia negar que o mesmo estivesse sustentando algo invisível e muito pesado. O tronco tensionado sobre os calcanhares fazia as feridas nas costas e nos ombros se reabrirem e germinarem sangue vivo. Os músculos dos braços formando protuberâncias e mostrando veias totalmente preenchidas, como se quisessem saltar para fora da pele. Os pares de dedos em riste, construindo dois vês com perfeição, um de cada lado do corpo. A testa direcionada para o céu, mostrando suas veias protuberantes e o vê marcado a sangue, as gotículas de líquido vermelho parecendo ferver sobre a pele de sua fronte. Na boca, os dentes enrijecidos como pedra, trincando como um metal atritando sobre outro, deixando as palavras passarem com dificuldade.

Se o ritual cobrava um esforço considerável do *Ébrio*, o mesmo reivindicava uma resposta dos Visões. Ele havia lido os céus e previra água. No entanto, ela não viera até então, mesmo com o *virente molhado* já ficando para trás e o *interstício medial* se fazendo presente. O homem tentou entender o que estava faltando em sua interpretação dos ares, porém descobriu o assassino de sua mãe. Agora era chegada a vez de ele ser retribuído, embora talvez não merecesse. Portanto, o *Ébrio* não interrompeu seu sussurro. Pelo contrário, ele o intensificou, uma vez que necessitava ser recompensado. Mesmo sabendo que tal processo poderia levá-lo para debaixo da terra.

No fim, felizmente, nada foi em vão.

O *Ébrio* ainda se demorou por alguns instantes a realizar seu murmúrio. Cada músculo do corpo tensionado e os olhos cerrados como se nunca tivessem estado abertos. As palavras saíam quase aos gritos e cada uma delas levava embora um pouco de energia do homem, o qual ficava cada vez mais debilitado. Era preciso apressar o rito, caso não quisesse desmoronar sobre os próprios calcanhares. Por isso, o homem dos murmúrios se deu por satisfeito e tentou voltar para o lado de cá do mundo. O outro lado era muito cansativo, ele admitiu.

Então, como se se preparasse para um descanso merecido, os seus músculos relaxaram e sua voz se extinguiu de vez, seus lábios finalmente ficando em silêncio total. Os braços se recolheram e descansaram ao longo do corpo. O tronco se inclinou para a frente, juntamente com o pescoço, fazendo a testa se direcionar para o chão. O *Ébrio* ficou novamente de joelhos, apoiando ambas as mãos sobre a terra poeirenta e mantendo ainda os olhos fechados. Liberou a respiração com um suspiro profundo e prolongado, feito uma fera selvagem após ser abatida por uma armadilha. Estava exausto, o suor descendo por todo lado, do pescoço, da testa, dos ombros, pelas costas. Ele tinha certeza de que se abrisse os olhos, neste momento, sentiria vertigens e um desmaio seria inevitável. Portanto, preferiu permanecer com as vistas interrompidas até que recobrasse um pouco mais de suas forças.

Ao seu redor, no entanto, o homem sentia que havia ocorrido mudanças. Um vento frio e agitado começara a roçar sobre sua pele nua e cheia de cortes. Se estivesse vendo, teria percebido que o escuro já se fazia notar com bastante nitidez. No céu, nuvens escuras como breu e tempestuosas como um monstro vivo tampavam tudo e se espalhavam por todos os lados. A escuridão se abatia sobre estes tabuleiros e capões de mato, como um lençol de água se derramando com violência por sobre uma croa nua de vegetação.

Finalmente, o *Ébrio* retornou ileso de seu transe.

Era chegado o momento de enxergar o êxito de sua súplica e observar o desfecho do que acabara de pedir aos Visões. E estes pareciam tê-lo escutado e lhe atendido, pois os céus não eram os mesmos. As alturas imensas estavam zangadas e agressivas. E mais próximas do chão.

Então, quando o *Ébrio* concluiu seu resmungo e abriu os olhos para o mundo, ele acabara de levantar a cabeça novamente para cima, o primeiro relâmpago rasgou o céu, descrevendo um rastro ramificado no ar, como as raízes de uma árvore descendo pelas alturas imensuráveis. O raio percorreu a abóbada celeste, retalhando as nuvens ao longo do seu caminho, reluzente e tortuoso, como uma faca brilhante e afiada dilacerando os ares de cima até embaixo. Depois do clarão cegante e assustador que iluminou tudo momentaneamente, não demorou muito para que o chiado que sempre acompanha um raio começasse a incendiar a atmosfera. Em seguida, o som ensurdecedor de um trovão caiu sobre estas terras descampadas, espalhando seu ruído por todos os cantos, perturbando os tímpanos de cada ouvido e propagando ecos em todos os rumos. Foi um ribombar amedrontador, como se as estruturas do mundo estivessem se desmoronando de uma vez só.

O *Ébrio* sorriu delicadamente, satisfeito e agradecido, quando a primeira gota de água se chocou contra a sua testa, acima da glabela, onde deveria existir um vê cauterizado, mas que havia somente um vê marcado a sangue. Com o seu próprio sangue, retirado de feridas do próprio corpo, feitas com um açoite implacável e assassino. Por isso, o *Ébrio* não se assustou com o aguaceiro que passou a se derramar ao seu redor. Era exatamente o que ele havia previsto anteriormente e o que acabara de pedir agora há pouco. Os Visões realmente o haviam escutado e lhe atendido.

Então, ele se deixou encharcar o corpo inteiro sem preocupação, desde os cabelos na cabeça até os dedos nus dos pés em contato com a terra, a qual agora já começava a se umidificar por completa. O *Ébrio* queria que a chuva lavasse a poeira do resto de roupa que lhe sobrara e limpasse a sujeira do corpo, principalmente das costas. Que a água fria como gelo higienizasse suas feridas e levasse embora cada gota de sangue, até mesmo aquele jorrado desde quando recebera a primeira chicotada. Mas o *Ébrio* também desejava que a chuva purificasse a sua mente, pois deste dia em diante ele seria outro.

Como se estivesse a pensar profundamente, ele ficou ali por alguns instantes, sentindo a frieza da água batendo em sua pele, molhando seus cabelos e vestimentas, fazendo uma mistura de líquido avermelhado descer de suas feridas, forçando a poeira a ir embora e se converter em lama. O *Ébrio* estava alegre e com o pensamento apaziguado. Estava sentindo uma paz acolhedora consigo mesmo; admirando a coragem que sua mãe tivera em não permitir que aqueles homens ferissem o corpo de seu menino; e grato com os Visões, os quais pareciam ouvi-lo com seriedade, como um dia sua mãe lhe havia dito e garantido.

Portanto, o *Ébrio* se permitiu que a chuva molhasse cada partícula de seu corpo, limpando suas carnes e sua mente. Não havia nenhuma dúvida de que estava em paz. E nos momentos de paz é quando os planos para se revidar um insulto se tornam ainda mais macabros e muito mais tenebrosos. Não demorou para que ele tivesse o dele formado na cabeça. Os dias de dormir ao relento estavam contados e o fim do *Ébrio* estava próximo.

Enquanto o homem à beira da vareda acalmava sua mente e organizava seus pensamentos, ao seu redor o aguaceiro se intensificava. Os ares despejaram relâmpagos e trovoadas a torto e a direito. Um clarão surgia de repente e iluminava tudo ao redor, cegando as vistas habituadas ao escuro. Não demorava para que um estrondo explodisse nas proximidades, aturdindo cada ouvido pelas redondezas. Os raios atingiram árvores e queimaram moitas; destruíram cercas e mataram animais indefesos. A luz intensa dos relâmpagos e o barulho aterrorizante dos trovões produziram um verdadeiro extermínio da peste de lagartas na roça. O poder da tempestade aniquilou cada inseto sugador da seiva do feijão e destruidor de grãos.

Os pingos da chuvarada eram generosos e muito próximos um do outro. Parecia mais uma enchente caindo do céu do que uma simples chuva. E logo as águas se espalharam e se acumularam, causando inundação por todo lado. Os córregos se encheram até as bordas, levando sua massa aquosa aos arroios maiores. Os regatos se inundaram e transbordaram para além de suas ribanceiras. Depois se disse que nunca se havia visto a Ribeira Juassu formar uma tamanha enchente em tão pouco tempo.

Também disseram que em momento algum, desde os tempos mais remotos, havia caído uma chuva tão grande em plena época de *interstício medial*. Esta era única. E os Visões a haviam mandado após o período de *virente molhado*, não por vontade própria, mas em atendimento a uma súplica realizada sob o estigma de um vê marcado a sangue. Todos que a viram com os próprios olhos, nunca esqueceriam daquele dia e a tal chuva ficaria registrada em suas memórias pelo resto de suas vidas.

A chuva resmungada pelo *Ébrio*.

Diante de tamanho dilúvio, todos foram pegos desprevenidos, homens e animais. Até mesmo o *Dono*, o qual, após a baixa das águas, não seria mais dono de nada.

O *Ébrio* começou a ouvir os gritos de lamento quando ainda estava um pouco distante do casarão antigo. Pessoas gritavam ao longe, como se estivessem a chamar por alguém muito afastado. Outros gritos se assemelhavam mais a berros, tão grande parecia ser o sofrimento de quem estava a gritar. Um ou outro chamado por socorro foi emitido uma ou duas vezes, depois se calando como se tivesse sido abafado por algo muito pesado. Mesmo distante, era possível distinguir os pedidos por ajuda que vinham de muito longe, talvez alguém querendo salvar um animal ou um parente, dos que pareciam partir do rumo da casa do *Dono*.

O *Ébrio* caminhava sem pressa pela vareda, a água lhe chegando até os joelhos em alguns trechos. Ele sabia o que cada grito daqueles significava, tanto os que vinham de mais longe como os que estavam saindo de mais perto. E por saber do que se tratava, ele não se abalou com nenhum deles. Era simplesmente o que estava a esperar, como queria que tudo terminasse. Portanto, ele continuou sua caminhada, sabendo onde queria chegar e o que poderia encontrar. Fechou os ouvidos aos gritos por socorro que estavam mais distantes e aguçou a audição aos lamentos que ficavam cada vez mais próximos dele, no rumo em que ele seguia. Estes últimos, por mais macabro que pudesse parecer, faziam seus sentimentos ficarem ainda mais apaziguados. Era por eles que o *Ébrio* sussurrara suplicando um dilúvio e desejava ver o rosto aterrorizado de quem os emitia.

O *Dono* nunca havia construído nada de muito sólido para si ou para a sua família, apenas tomado ou se apossado de tudo, como quem chega numa terra de ninguém. Tudo o que ele havia feito ao longo de sua vida fora se aproveitar do trabalho dos outros. Principalmente de seus antepassados. Até mesmo sua casa, um casarão grande, velho, deselegante, robusto, mas deteriorado, era fruto dos esforços e suor de seus ancestrais. Ele sempre esteve mais preocupado em açoitar pessoas indefesas, pelo simples fato de não lhe obedecerem de imediato, do que verificar a estabilidade estrutural de sua própria moradia. E esta era velha, tão antiga quanto os primeiros herdeiros da linhagem do *Dono*.

E estava assentada sobre terra que não necessita de um dilúvio durante toda a noite para se abrejar.

O casarão do *Dono* era enorme, mas tinha uma estrutura frágil. Não é fácil saber com certeza o motivo dos seus construtores terem escolhido um terreno tão baixo e instável para erigirem paredes largas e altas, todas feitas com tijolo de barro cru. Talvez por falta de conhecimento, projeto mal elaborado ou construção erigida de maneira improvisada. Nunca se saberá a razão da imensa casa ter sido feita com materiais ruins e sobre chão com pouca firmeza. Talvez seus projetores nunca imaginassem que estes tabuleiros e capões de mato um dia estariam sob o fogo cruzado de uma tempestade de água tão violenta. Como a que descia dos céus agora.

Porém, eles não deveriam se remexer em seus túmulos para sentirem tal culpa. Se havia um culpado em tudo isso, poderia se dizer que era o herdeiro mais recente, o homem que andava com um açoite na cintura para amedrontar ou castigar quem lhe desobedecesse. O homem que se achava dono de tudo por estas bandas e que, cego na sua arrogância, esquecera de averiguar e reformar a própria residência, para que ela pudesse resistir às águas que estavam a rolar por tudo quanto era córrego e vareda.

A grande chuva se abateu sobre o velho casarão como uma enchente desce violentamente por um rio. As telhas velhas, muitas delas já quebradas, não foram fortes o bastante para fazerem descer toda a água para as biqueiras. Goteiras que incomodavam só um pouco durante às épocas normais de *virente molhado*, alargaram-se e fizeram aumentar as infiltrações por cima das paredes envelhecidas. Estas, mesmo seguras por colunas de aroeira, apresentavam rachaduras por diversas partes e, para completar, entortaram-se ao longo do tempo devido à instabilidade do terreno sobre o qual estavam assentadas. O teto, pesado como rocha, fez pressão sobre a base, caibros apodrecidos se quebraram e linhas de pau-d'arco moveram as pontas para longe das paredes.

Ao redor da grande casa, a água descia apressada e com força pelos regos, levando embora argila e pedregulho, cavando buraco e produzindo voçoroca. Pequenas enchentes que encontravam uma parede pela frente, conseguiam se infiltrar por fendas e gretas, adentrando-se por entre o nível da construção e o terreno de apoio. Tal massa aquosa fez aumentar as brechas debaixo da casa e desestabilizou totalmente a sua frágil estrutura. Então, num ímpeto, o casarão sucumbiu ao próprio peso, numa implosão repentina e devastadora.

Nos momentos anteriores ao desabamento da construção, todos os seus ocupantes estavam mais preocupados em proteger diversos objetos contra a água das goteiras do que assegurarem a própria vida. Como faziam durante todas as chuvas em período de *virente molhado*. Uns corriam de um cômodo para outro, levando roupas e redes para serem acomodadas num local protegido de goteiras. Outros se mobilizavam para cobrirem grãos guardados da safra passada, montes de arroz e de milho e sacas de feijão. O *Dono*, sem perder o hábito de mandante, gritava com um e com outro, ordenando que corressem mais rápido e evitassem que as coisas se molhassem. Na gritaria, misturada com trovões e zumbido de vento com água, ele esqueceu o resto do mundo ao seu redor.

Não foi diferente com seus familiares, ajudantes e demais pessoas que se refugiaram na velha casa momentos antes da chuva se abater sobre seu telhado. Na tentativa louca de obedecer às ordens do homem com um açoite na mão, toda aquela gente se focou apenas em salvar da água coisas materiais, esquecendo o principal, as suas existências. Ameaçadas por gritos arrogantes, todas as pessoas ali dentro também esqueceram que estavam entre paredes quebradiças e sob um teto prestes a desabar.

Quando finalmente perceberam que a água se infiltrava não só por cima, pelas goteiras, mas também por baixo, pelo piso da casa, todos se alarmaram e se desesperaram. No entanto, já era mais do que tarde. Não havia mais como escapar ao trágico destino, o soterramento. Momentos imediatamente antes de se implodir, a madeira do teto soltou um estalido tão agudo quanto o canto do *agouro*, a ave da noite que anuncia a chegada do Flagelo e seu cortejo de arrependidos. Todos dentro da casa, incluindo o *Dono*, buscaram um caminho para qualquer porta que estivesse mais próxima. Infelizmente, não havia mais tempo para ninguém, exceto para o homem com o chicote na mão. Por se postar mais perto da porta de fora, e a mesma se encontrar aberta, o *Dono* impulsionou um salto desajeitado para frente, conseguindo transpor a maior parte de seu corpo para fora. Sua perna, porém, ficou presa entre um caixilho caído e todo o resto de teto que veio a desabar por cima, inclusive uma ponta de linha prendendo e dilacerando seu joelho.

Foi então que os gritos começaram, alguns de dor insuportável, outros de agonia e morte iminente.

Porém, muitas bocas não tiveram tempo de se lamentar.

E muitos que estavam dentro da casa nunca souberam que haviam morrido.

Quando o *Ébrio* chegou, o casarão não passava de ruínas.

Tudo que, momentos antes, formava uma enorme construção, agora não passava de um grande amontoado caótico de terra, madeira, resto de tijolos e cacos de telha. A água, ainda em assombrosa quantidade, pois a chuva permanecia a se derramar, rolava por entre os escombros, levando embora até mesmo fragmentos mais pesados e acumulando lama por todo lado. Já não se ouviam mais lamentos ou gritos, a não ser os que vinham do *Dono*, que pedia por socorro a cada pontada de dor que emergia de sua perna. Debaixo dos destroços, seus familiares, ajudantes e conhecidos agora estavam em silêncio total. Somente era possível se ouvir o murmurejar da água e da lama a escorrerem, tudo misturado numa única coloração barrenta, e os pingos de chuva a cair constantemente.

Não era uma cena das mais agradáveis de se ver.

Um verdadeiro poderio de gerações ruíra no intervalo de um ínfimo instante.

Muitos corpos estavam ocultos por terem sido cobertos com paredes ou um volume maior de telhas quebradas. Outros já estavam escondidos pela lama ou pelo barro desprendido dos tijolos e argamassa feita de argila avermelhada. Não era possível conhecer alguns cadáveres, os quais somente tinham como parte visível uma perna dilacerada ou um braço estilhaçado. Quem vive desconhecido, morre invisível.

No entanto, o *Ébrio* conseguiu divisar a silhueta de alguns mortos que haviam sido familiares às suas vistas.

Entre algumas vítimas, as quais ele tinha certeza serem familiares diretos do *Dono*, o homem dos resmungos notou outros dois corpos em frangalhos. Dois rostos muito bem conhecidos, de homens que ele havia visto algumas vezes. Eram os ajudantes do *Dono*, aqueles que o haviam segurado pelos braços para que levasse chicotadas do proprietário de terras. E, segundo o que vira em seu transe, haviam sido os responsáveis por segurarem também sua mãe, quando ela havia sido assassinada pelo açoite impiedoso.

O corpo do primeiro ajudante estava visível somente da cintura para cima, a parte inferior, coxas, pernas e pés, ocultava-se por baixo de escombros. Uma parede inteira parecia ter desabado sobre seus membros inferiores. Acima de seu peitoral, uma tora de pau-d'arco pressionava seu esterno, passando a sensação de que em instantes ela faria toda a sua barriga estourar sob o peso da densa madeira. Ambos os braços do homem se enrolavam ao redor do tronco, o qual servira como linha de teto durante muitos *virentes*. Era como se homem e tora estivessem num abraço apaixonado. Entretanto, não passava de um enlace da morte. Talvez ele fosse bom mesmo somente em segurar um homem fraco e uma mulher indefesa para serem chicoteados.

O segundo ajudante do *Dono*, porém, não podia se abraçar a nenhum tronco de madeira. Não por falta de toras disponíveis, pois havia muitas no teto do casarão, mas pela ausência de membros inteiros e colados aos seus ombros. Uma linha de pau-d'arco descera com violência sobre ele, esmagando sua cabeça e decepando diretamente um dos seus braços. O mesmo permanecera perto do corpo, porém tão destruído quanto uma presa dilacerada pelo bico de um carcará. No lado oposto, o seu outro membro superior havia sido atingido por um pedaço de parede grossa. Também havia se separado do ombro, mas, ao contrário do seu gêmeo simétrico, estava coberto por terra, pedaços de tijolos e cacos de telha. O rosto não estava em melhores condições, uma vez que a cabeça não era mais do que um monte de material biológico em um estado pós um macabro processo de trituração.

O *Ébrio* não quis mais observar corpos dilacerados ou soterrados sob os escombros. Não estava aqui para isso. Impassível, ele correu os olhos por toda a extensão visível da velha casa em ruínas, apenas para ter certeza de que não sobrara nada de pé. E não sobrara mesmo. De forma alguma. Não tinha mais sequer um resto de parede mais alto do que o joelho de um homem. Apenas os montes de barro, telha e madeira eram mais altos e surgiam em destaque no meio de tanta destruição. Se alguém um dia quisesse reconstruir a casa outra vez, teria que começar novamente da fundação. Nem mesmo os materiais estavam em estado bom o suficiente para serem aproveitados. Depois da ruína, tudo fica imprestável.

Os relâmpagos, ligeiros e faiscantes, continuavam em ritmo constante, iluminando os destroços como se fosse dia claro. Os trovões, barulhentos e aterradores, balançavam a atmosfera e se propagavam até muito longe, espalhando ecos por todo lado.

Sem mais nada para averiguar, o *Ébrio* girou sobre os calcanhares e se encaminhou pacientemente no rumo em que o *Dono* se lastimava e pedia por socorro. Seus gritos de dor, porém, não amaciaram os ouvidos do homem que sabe ler os céus. Quando chegou perto do assassino caído, ele se abaixou e ficou apoiado sobre o calcanhar esquerdo. Queria sentir o cheiro do sofrimento daquele indivíduo que, desde muito novo, sempre gostara de desferir desgraça às pessoas indefesas.

— Você fez tudo isso? — o *Dono* perguntou, fazendo uma pausa nos gritos lamentosos.

— Não — o *Ébrio* respondeu, categoricamente. — Você fez tudo isso.

— O metido a leitor dos ares aqui é você.

— Porém, o metido a dono de tudo por aqui é você. E respondendo sua pergunta de maneira mais honesta, sim, fiz uma parte. A qualquer momento, os Visões mandariam chuva para estas bandas, assim como eu havia interpretado corretamente na leitura dos céus. Mas também acrescentei algo a mais em meu resmungo. Supliquei que as águas caíssem imediatamente, mas que fossem em quantidade abundante. Para que compensassem a falta de chuva durante o *virente molhado* e levassem ao chão um poderio antigo. O seu poderio.

— Precisava mesmo destruir tudo somente por ter sido chicoteado?

— Não se preocupe, as outras pessoas destes tabuleiros e capões de mato não foram atingidas com tanta violência. Ao contrário de sua casa. Quem estava dentro dela sucumbiu por seguir você cegamente. Com relação ao motivo, não foi somente por ter desmaiado sob a ira de seu chicote, mas pelo assassinato impiedoso de minha mãe sob a fúria de seu açoite.

Quando ouviu tal informação, o rosto do *Dono* se torceu e se contraiu, parte pela dor que subia pela perna, parte por estar surpreso em descobrir que o *Ébrio* sabia do incidente com sua mãe. Não era possível o bêbado drogado saber, pois ninguém na redondeza havia descoberto os assassinos da jovem mulher nem o menino estava por perto para ver o que se passara. Se estivesse, teria chorado e denunciado sua presença. Se alguém tivesse descoberto e espalhado a informação às pessoas, seus ajudantes teriam ficado sabendo e lhe teriam comunicado. Então, não demorou para o *Dono* perceber que estava lidando com alguém que possuía poderes de ver o futuro e também o passado.

— A melhor coisa que você poderia ter feito, seria ter me deixado quieto na lama. — o *Ébrio* disse, percebendo a mudança no semblante do homem com a perna dilacerada. O rosto que há pouco mostrava o quanto a dor física debilita um homem, agora estava ainda mais triste e melancólico, como se tivesse caído num buraco de solidão. O *Dono*, que não era mais dono de nada, desabava emocionalmente. — Se tivesse me deixado ao relento, não demoraria para que eu sucumbisse à fraqueza e virasse comida de camiranga. Pedi para que você guardasse seu açoite para outras necessidades, mas não guardou. Simplesmente surrou minhas costas, assim como, há muito tempo atrás, surrara minha mãe até a morte. Também lhe avisei que não me enganava nas minhas leituras dos ares. Você me ignorou e agora temos isso. — O *Ébrio* levantou e afastou ambas as mãos, gesticulando como se quisesse mostrar as ruínas ao homem. — Os Visões nunca me abandonaram. Minha mãe nunca cansou de me garantir.

— Perdi tudo que tinha devido a sua vingança — o *Dono* suspirou, consciente de que não tinha mais nada. — Meus familiares e amigos estão mortos sob esses escombros, minha casa não existe mais e minha perna está muito machucada. Mas não posso perder minha vida. Por isso, se você quer que eu implore por sua ajuda, eu não vou negar uma súplica.

— Não se atormente, sua perna não vai matá-lo. — O *Ébrio* queria ver o homem se afundar em sofrimento e tristeza.

— Peço encarecidamente sua benevolência. Não seja como eu. Não me deixe morrer como eu fiz com sua mãe e quase fiz o mesmo com você também.

— Não sou como você! — o homem dos sussurros respondeu de maneira ríspida. — Não estou me vingando, apenas quebrando um ciclo de violência e abuso de poder que dominaram estes tabuleiros e capões de mato durante muito tempo.

O *Ébrio* se levantou, em silêncio e com o rosto duro, e se encaminhou para os pés do homem ferido. Ao se abaixar, segurou a coxa presa do *Dono* e a puxou de supetão. O condenado soltou um grito tão alto quanto o maior trovão que havia caído durante todo o aguaceiro da noite. Quando a perna foi puxada, carne e tendões se separaram repentinamente dos ossos, ficando presos na madeira velha e cheia de felpas. A dor foi lancinante e, como seria de esperar, o *Dono* se contorceu, soltou palavrões, chorou e gritou como uma criança.

— Sua perna não está machucada — o *Ébrio* disse, com desdém. — Ela está inutilizável.

Enquanto o *Dono* se lastimava e se contorcia de dor, o *Ébrio* dava alguns passos ao seu redor, procurando por algo. Quando voltou a ficar de frente para o outro novamente, não se dignou a se abaixar. Simplesmente jogou ao chão, o mais próximo possível do homem, o açoite de couro ressequido. Seu rosto continuava sério e impassível.

— Faça bom uso dele — o *Ébrio* falou, como se estivesse dando uma ordem.

— Se algum dia eu puder usar meu açoite novamente, será primeiro em suas costas, seu ébrio desgraçado — o homem de perna rasgada ainda teve coragem de responder com ameaça, ao mesmo tempo que era sufocado pelas pontadas doloridas que subiam pelo seu corpo até sua testa.

— Acho que você não compreendeu o que acabei de lhe dizer — o homem dos murmúrios voltou a falar, o semblante ainda imperturbável. — Quando resmunguei para os Visões, prometi um *fulgor* ao Malino em troca da súplica por este torrencial.

— Parece que não é tão esperto como imagina ser — o *Dono* retrucou, ensaiando um sorriso de deboche no rosto deformado pela agonia. — Pelas baboseiras que sei sobre os Visões, quando se resmunga ao Malino, o único *fulgor* que ele aceita é o de quem realiza o ritual.

— Isso só vale para as pessoas comuns. E como agora você sabe, não sou comum. Pelo visto, realmente você não conhece nada sobre os Visões, como eles agem e o que anseiam ou aceitam. Desejo-lhe uma boa espera pelo Soturno. Quando ele aparecer, a melancolia irá devorar seu coração até a última gota de sangue. Então, a única alternativa será usar seu açoite com sabedoria.

O *Ébrio* terminou de falar e se encaminhou para ir embora, logo não sendo mais possível se enxergar sua silhueta.

Sob a chuva a se amainar, embora os relâmpagos ainda fustigassem o céu, o *Dono* ficou em agonia, observando as ruínas de seu casarão e se lastimando com a perna em frangalhos.

Ao longe, acima dos contornos do Morro Torto, não demoraria para aparecerem os primeiros raios de luz. A Fagulha se preparava para trazer o dia às costelas de Tabuvale.

Depois que as águas baixaram foi possível perceber, inexplicavelmente e assustadoramente, que o casarão do *Dono* fora o único a sofrer com a chuva torrencial. Nunca se soube de nenhuma outra morte, nem de gente nem de animal, ou construção que desabara com aquele aguaceiro. Quando as pessoas se achegaram para observar o estado de destruição daquela moradia grande e antiga, não conseguiram evitar um gemido de admiração e medo. Tudo não passava de escombros, lama, restos de tijolo, cacos de telha, madeira de todo tipo e corpos soterrados.

Quanto ao *Dono*, não foi difícil encontrá-lo. Ele estava dependurado pelo pescoço, sob o pórtico da porteira mais próxima da casa que agora era um monte de entulho. O homem havia amarrado a parte do cabo do açoite ao redor do pórtico e feito um laço com a outra extremidade, dentro do qual colocara a cabeça. Ambas as pernas, até mesmo aquela destruída, que só continha ossos triturados e um aglomerado caótico de cartilagens, tendões e músculos estraçalhados, enroscavam-se no chão. Era como se ele estivesse de joelhos.

O Soturno, a cria do Malino que traz consigo uma escuridão de melancolia, havia feito seu trabalho com presteza. E o *Dono*, enfim, deixava de ser dono de qualquer coisa.


O *Ébrio* não havia visto a cena do homem enforcado, mas sabia que ela se desenrolaria daquele mesmo jeito. Ele estava de pé no terreiro de fora, observando o casebre que as pessoas boas e acolhedoras haviam construído para sua mãe há muito tempo atrás. Uma bolsa de palha de carnaubeira estava pendurada a tiracolo, a alça sobre o ombro esquerdo. Dentro dela, havia uma variedade de pequenas vasilhas contendo líquidos de todo tipo, pós de argila e amostras de folhas secas. Eram as substâncias que ele havia pegado no cômodo menor da sua humilde cabana.

Depois de contemplar o casebre por alguns instantes, ele virou de costas e se embrenhou pela pequena trilha que leva à vareda maior e a outras ainda mais extensas. Com certeza iria sentir saudade deste lugar, dos momentos que passara com sua mãe e das pessoas bondosas que lhe ajudavam com comida, água e abrigo. No entanto, ele precisava partir e esquecer o que vivera por estas paragens, as noites e os dias de embriaguez, o rosto no chão lamacento ou na poeira aquecida. Seu plano: ir em busca de outros tabuleiros e capões de mato longínquos onde pudesse praticar em sossego o seu talento de ler os céus e aprender mais sobre os assuntos dos Visões.

A partir de então, o *Ébrio* deixaria de ser ébrio e se tornaria um homem dos resmungos.

# RESSEQUIDO

*Tudo que foi verdejante*
*Ganha tom de palidez.*
*O ar seco traz, incessante,*
*O Ressequido, de vez.*
*Sem água e vento cortante,*
*A vida vira escassez.*

*"Que o ressequido seja clemente."*

# ESTORIETA IV

# CENTELHA

*Conta-se que, nos momentos de ociosidade, a Fagulha, a cria ardente da Visagem, o Visão do dia e protetor da luz, apodera-se de uma tempestade de raios e seleciona o mais monstruoso dos relâmpagos a cortar as nuvens carregadas. É essencial, dizem, que seja o mais violento e o mais reluzente. Aquele que apavora e obriga toda criatura vivente a cerrar os olhos quando ele rasga o céu com sua lâmina brilhante e afiada. Depois de escolher o clarão mais cegante, a Fagulha o presenteia com uma pequena pedra composta de pura e intensa luz. Com o amparo da energia e queda do raio, tal seixo cintilante, o qual o* povo mais velho chama de cálido da Fagulha, rebo cintilante, cálido de fogo, rebo, centelha, *ou, com mais frequência,* cálido, *penetra no chão até uma profundidade imensurável.*

*Com o passar do tempo, porém, esse calhau de fogo volta a subir pela terra, talvez buscando os ares novamente, o lugar onde foi concebido e de onde veio. Então, muitas tempestades depois, ele alcança de novo a superfície da terra. A partir de então, ele não desce nem sobe nunca mais. Simplesmente estaciona em meio aos demais seixos. Como uma pedra bem-comportada. Uma porção de fogo maciço em repouso. Um rebo poderoso pronto para ser achado e servir a quem o saiba usar.*

*Embora seja mais brilhante do que uma pedra comum, o* cálido *se camufla por entre os outros pedregulhos, permanecendo por muito tempo sem ser notado por ninguém. Muitos passam por cima da rocha incandescente sem saberem que estão pisando em um pedaço de luz mandado dos céus. Assim, somente uma pessoa com vista aguçada e perspicaz o bastante é capaz de reconhecer uma* centelha *no meio de tantos seixos. Ou, senão, basta ser um* autêntico sussurrante, *um homem que conversa diretamente com os Visões, versado em cada lei regida pelas divindades.*

*Ainda segundo as estórias do povo mais velho, quem tem a posse de um* rebo da Fagulha, *também tem o controle sobre o fogo, e sobre a luz, tanto para iniciá-lo como para extingui-lo.*

*Entretanto, obviamente, isso tudo são somente estórias que o povo mais velho de Tabuvale conta.*

O fogo é uma arma muito poderosa.

Ele consegue amedrontar qualquer inimigo. Quem consegue controlá-lo, tem o poder de dominar um mundo inteiro ao seu redor. Sobre as costas dos tabuleiros e capões de mato de Tabuvale ele é, ao mesmo tempo, vida e ameaça. É vida pelo simples fato de ser utilizado para tudo, desde o acender de uma fogueira num terreiro sob um luar numa noite fria, até o preparo de um roçado para o plantio. No entanto, também é ameaçador como uma fera selvagem, pois, quando sem controle, pode consumir vegetação, animal e gente. Pode até aniquilar um *fulgor*, a chama da vida, repleto de crueldade.

E o fogo fica mais agressivo quando os ares se despedem das nuvens, os córregos secam suas águas e as matas se acinzentam. É o período que celebra o poderio do *cinzento ressequido*, a estação da escassez, a época mais inóspita sobre Tabuvale. É quando o homem que é bom se torna rabugento e o que é mau se transforma numa criatura plena de pura perversidade. É quando saciar a fome e a sede é mais importante do que qualquer outra coisa. Até mais do que o afeto pelo próximo. Durante o *ressequido*, o estômago sobrepõe-se à cabeça.

Além disso, ninguém pode negar que tudo se torna mais frágil diante de um incêndio, principalmente quando ele é proposital e alimentado pela crueldade e o desejo insano de pôr fim a um serviço incompleto. Um trabalho inacabado desde há muito tempo passado.


O *Afoito* percorre a extensão da longa vareda com os olhos e tenta lembrar há quanto tempo não coloca os pés sobre ela. Quando foi a última vez que pisou sobre essa poeira? Não há como ele se lembrar neste momento. E não necessita disso. Sempre é mais fácil esquecer o caminho já percorrido. A memória do homem é tão curta que ele se torna um prisioneiro do seu presente. Sendo assim, não consegue aprender com eficiência o que já viveu e não tem perspectiva para se preparar para o futuro. Somos feitos do agora.

O homem já teve um nome de *múrmur*, o ritual de oferecimento de um recém-nascido aos Visões, uma proteção contra as presas do faminto Viloso, a cria voraz do Assobiador, o Visão da noite e protetor das trevas. Mas tal nome pretérito já foi esquecido há bastante tempo e há muito que ele possui a alcunha de *Afoito*. É dessa forma que é chamado em Tabuvale o gêmeo que sai primeiro das entranhas da mãe. Talvez o cognome remeta à pressa do pequeno em sair para a luz do mundo exterior. Embora muitos acreditem ser devido à audácia dele em enfrentar como pioneiro o doloroso processo do parto.

Sendo essa ou não a explicação, o fato é que o segundo gêmeo a nascer carrega o pseudônimo de *lasso*, como se para indicar sua relutância ou medo em passar pelo portal do nascimento. Diz-se que o segundo gêmeo a ver a luz do mundo tem receio ou preguiça de abrir caminho para conhecer estes tabuleiros e capões de mato de Tabuvale. Porém, pode ser que ele seja somente mais paciencioso do que o irmão apressado, e, assim, deixa que o outro abra caminho enquanto demora mais um pouco no aconchegante corpo da mãe.

O *Afoito* está meio sentado, meio de pé, o quadril encostado sobre a curvatura da rocha que se aflora na beira do caminho. Ele não consegue nem saber direito se essa tal pedra já estava nesse local quando de sua partida de mundo afora. Se é que naquele tempo ele passou por este trecho desta vareda. Quando sentira raiva e ódio momentâneos pela inércia e passividade do irmão. Daquela vez, ele saíra desembestado destas paragens em busca de tabuleiros e capões de mato mais agradáveis. Para lugarejos longínquos, onde ele pudesse praticar todo o conhecimento que sabia existir em sua mente. Naquela ocasião, ele convidara o irmão para partir em sua companhia, mas este recusara o convite sem nem pestanejar.

— Vamos sair pelo mundo afora, irmão — ele havia convidado, convicto de que receberia uma resposta positiva. — Temos algo que não é comum às demais pessoas e precisamos aperfeiçoar nosso conhecimento.

— Não vou sair à deriva pelo mundo afora — o irmão havia respondido, firme e categórico. — Desde pequeno que vivo por aqui e não sei o que me aguarda em outras paragens. Por isso, não vou abandonar estes torrões para sair numa busca incerta.

— Temos que descobrir o que somos de verdade e por que somos assim — ele insistira, tentando convencer o outro.

— Assim como?

— Diferente dos outros.

— Não sou diferente de ninguém — o irmão protestara, parecendo um tanto amuado. — Apenas sei expressar palavras incompreensíveis às outras pessoas. Nada mais.

— E essa pedra que guarda com tanto cuidado dependurada no pescoço e que o faz controlar o fogo e a luz, também não é nada demais?

— Não temos certeza se é realmente ela que faz o fogo agir como queremos.

— Então, irmão, é disso mesmo que eu falo. É imprescindível que procuremos respostas sobre o motivo de podermos controlar o fogo e resmungar palavras que não estão no linguajar comum.

— Preciso ficar por aqui, servindo a estas pessoas que já estão acostumadas com o que eu faço.

— Não temos sequer um parente por aqui. E a única pessoa que era mais próxima a nós era o homem que sempre cuidou de nossas vidas, desde quando éramos pequenos, quando ainda não sabíamos nada sobre o mundo nem sobre a gente mesmo. E ele agora está morto.

— Não temos parente nenhum em outro lugar. O que temos é um ao outro.

— Não posso continuar vivendo nesta mesmice desenfreada.

— Se realmente está com vontade de descobrir algo sobre você, vá. Mas não terá minha companhia.

Então, ele partira.

Obviamente que tinha ficado com raiva do único irmão que possuía, pelas palavras duras que ouvira e pela sua falta de companheirismo. Fora fácil partir, uma vez que não tinha muita coisa que o fixasse a estes torrões. Difícil tinha sido deixar o irmão sozinho, no meio de pessoas que somente lhe eram próximas devido à convivência desde quando eram pequenos. Nada de parentesco com ninguém, nem laços sanguíneos ou familiares. Se se tirasse o afeto pelo convívio, todos não passavam de estranhos.

Hoje, ele volta porque sabe que tem que retornar o mais rápido possível, pois as circunstâncias atuais demandam coragem e cautela. Apesar de tanto tempo ter se passado desde sua partida, ele tem quase certeza de que o irmão ainda esteja vivendo por estas paragens. Embora também possa estar correndo sério perigo. Suas observações recentes lhe garantem isso.

Desde que abandonou seu único parente vivo para descobrir algo sobre si mesmo em outros lugarejos, o jovem se converteu num andarilho contumaz. Pelos lugares que andou, nunca conseguiu fixar residência, embora sempre tivesse aparecido alguém para lhe oferecer abrigo, comida, trabalho e um leito para dormir. O *Afoito* sempre recusou todos os convites e ofertas. Simplesmente, continuou pelos caminhos, parando hoje numa cabana de beira de estrada, amanhã aparecendo em outra casa ou vilarejo. Se trabalhava um dia para alguém, no final da tarde se despedia do seu empregador e sumia novamente pelas varedas, exigindo como pagamento somente água para sua pequena cabaça e um pouco de comida antes da partida.

Em suas andanças, sempre com o objetivo de se distanciar destes torrões, ele buscou varedas e trilhas desconhecidas, sobre as quais nunca pisara. Poucas vezes percorreu o mesmo caminho, preferindo ir até tabuleiros e capões de mato longínquos a ter que ficar conhecido numa determinada região. No entanto, ainda que permanecesse longe no espaço, seu pensamento sempre esteve direcionado para estas paragens. Nunca deixou de pensar no irmão e quando chegaria o momento dele o rever.

Portanto, quando soube que devia voltar, não relutou em nenhum momento. Porém, embora quisesse muito tornar a ver seu irmão, não era este o único motivo de seu retorno. Pelo que havia aprendido e sido alertado, a vida de seu único parente estaria em risco. Por isso, ele tinha urgência em avisá-lo sobre a ameaça e evitar que ocorresse um dano maior. Se algo ruim estivesse para acontecer, o *Afoito* preferia estar perto do irmão, mesmo sabendo que ele poderia continuar tão cabeça-dura quanto antes.

Então, agora ele estava aqui, usando uma pedra como encosto ao corpo cansado. Havia percorrido longos caminhos, estradas largas e trilhas estreitas. Mas finalmente estava próximo, ele sabia. Pois daqui já é possível avistar e distinguir as matas verdejantes e os contornos delicados do Monte Gêmeo, o monte cortado simetricamente ao meio pelo Regato Grotão. Não irá demorar para que o homem esteja dentro dos tabuleiros e capões de mato do Pote, o lugarejo mais profundo de Tabuvale, onde ele cresceu e viveu boa parte da vida.

O *Afoito* não carrega em sua posse muitos apetrechos, pois seu estilo de vida errante não o permite. A tiracolo, uma pequena cabaça contendo água para matar a sede quando necessário. Ela fica presa na altura da cintura por uma alça de couro que sobe diagonalmente pelo peitoral até o ombro direito. Quando ultrapassa a clavícula, a correia retorna, também em diagonal, pelas costas até encontrar novamente o gargalo do vasilhame. Como se para manter certa simetria, uma bolsa de palha de carnaubeira se dependura do lado direito, segura também por uma tira de couro que faz o mesmo formato do percurso da alça que prende a cabaça, embora use o ombro esquerdo como ponto de apoio. É o saco dentro do qual ele carrega a pouca comida, e outros parcos mantimentos, para os longos trechos desolados das varedas, onde não se pode encontrar sequer uma cabana de beira de estrada.

O homem andarilho não leva consigo muito mais do que sua cabaça e sua bolsa. Para o auxílio do caminhar, ele apoia a mão direita sobre um cajado muito rústico, a ponta inferior já bem gasta pelo uso e contato com o chão e os pedregulhos. A parte superior da vara, encardida com uma mistura de sujo, poeira e suor da mão, possui um lado exposto que mostra ser a madeira composta por raias escuras e irregulares em meio a uma superfície mais clara. Embora esteja desgastado em algumas partes, encardido e se apresente com aspecto quase tosco, não há como negar que seja de madeira nobre. Talvez até mesmo um tronco fino ou um galho selecionado de caroba.

A vestimenta do *Afoito* também não passa despercebida. Apesar de usar uma roupa interna mais colada à pele, o que se ver de imediato é o que parece ser uma verdadeira mescla de casaco com manto, com cor acinzentada mas viva, não tão claro nem muito escuro, cobrindo todo o corpo. O vestuário é preso à cintura por um cinto e no pescoço por um cordel, ambos feitos de couro. Um capuz protege a cabeça dos raios solares e praticamente esconde o rosto contra a luz e a poeira. Mais abaixo da cintura, o manto se abre em tiras, algumas largas, outras estreitas, como se fosse rasgado ou fatiado de forma irregular por uma lâmina afiada e que, sob a força do vento, agitam-se de forma suave. Tais cortes e uma abertura mais pronunciada na frente facilita o movimento durante a caminhada, permitindo mais agilidade nos passos a serem executados. A textura, cor, flexibilidade e brilho do tecido não deixam dúvida sobre ser de excelente qualidade.

Se a ponta inferior do cajado se mostra gasta, não se pode dizer o mesmo dos pés do andarilho. Estes, muito bem protegidos contra a poeira quente e os seixos pontiagudos, estão ambos metidos em botas confeccionadas com couro resistente. Por serem do tipo cano alto, apertado por laços de cordame do mesmo material, grande parte de cada calçado fica escondida pelas pontas inferiores do manto. As pernas da calça comprida justa ao corpo, também costurada com tecido nobre, terminam dentro das botas. Este conjunto completo de roupa protege o corpo do andarilho contra o vento carregando poeira, a luz intensa do sol e outros contratempos que possam aparecer durante um trajeto por uma vareda qualquer.

Enquanto o longo casaco acinzentado é costurado num formato com meias-mangas, estas cobrindo somente até a curvatura dos ombros, a roupa interna é confeccionada com mangas compridas. Dessa forma, todo o braço também fica protegido contra tudo que possa ser uma ameaça à pele. As mãos, ambas elas metidas dentro de luvas de tecido grosso mas flexível, não podem ser lesionadas nem danificadas com tanta facilidade, assim como o resto do corpo. Não é possível saber se a quentura incomoda o viandante, pois não fica perceptível o modo como o calor se dissipa através de suas vestes.

Ainda que a roupa do viajante se destaque com facilidade, algo que chama ainda mais a atenção é o colar que ele carrega dependurado no pescoço. Um curto cordão feito do que parece ser uma espécie de fibra trançada sustenta um pequeno objeto brilhante, o qual se acomoda sobre a incisura jugular. Embora possua um formato quase oval na parte inferior, a superior é composta de protuberâncias pontudas e afiladas. Como se fosse uma chama de uma pequena candeia solidificada ou que tenha mantido o formato de labareda após algum processo de resfriamento. O artefato fica preso ao cordel principal através de fios delgados em forma de trança, a qual perfaz algumas voltas ao redor da brilhante peça.

Não há dúvida de que se trate de uma diminuta pedra. No entanto, não deve ser uma rocha comum, daquelas que se encontram por toda parte, mas um rebo muito peculiar. A cor ora avermelhada, ora amarelada, ora esbranquiçada, ora clara e cristalina, o brilho intenso e a geometria singular evidenciam uma origem única e especial. Nos momentos em que se parece com um mineral transparente, pode-se enxergar um leve, quase imperceptível, movimento no seu interior. Como se uma névoa luminosa se agitasse de maneira lenta e delicada dentro de uma estrutura externa sólida. Porém, no instante seguinte, o cascalho em forma de língua de fogo readquire uma tonalidade diferente e a suave perturbação se extingue completamente. Dizer que tal processo aparenta surrealidade é ser delicado com as palavras.

O *Afoito* faz a boca destampada da cabaça encostar nos seus lábios e molha a garganta com um gole miúdo de água. Não precisa de muito líquido no momento, pois a secura ainda não está a apertar de vez a goela. Também não pode exagerar na satisfação da sede, pois ainda falta um longo trecho a ser percorrido e sua vasilha já se mostra bastante esvaziada. Ele não pretende parar em nenhuma habitação para pedir água, por mais que a cabaça venha a se tornar vazia antes do seu ponto de chegada. Seu objetivo é matar a sede no pote de seu irmão. Por isso, ele deve continuar sua viagem economizando sua água até onde for possível.

Após um olhar rápido para trás e para os lados, o *Afoito* reacomoda a cabaça em sua posição anterior, toma do cajado com a mão direita e reinicia seu caminhar. Um delicado véu de poeira se levanta cada vez que o cajado ou um dos pés toca o chão. É o rosto do *cinzento ressequido* fazendo o semblante de Tabuvale readquirir um matiz causticante. Não importa se o *virente molhado* seja farto em chuvas ou o *interstício medial* seja longo, sempre o *ressequido* torna o chão poeirento. À beira da vareda, a maior parte da vegetação já perdeu as folhas, uma artimanha para sobreviver durante a estação escassa.

A sequidão, no entanto, parece não intimidar o homem do cajado. Ele segue pelo caminho a passos cadenciados e obstinado. De vez em quando, um vento seco atravessa o caminho, levanta um pouco de poeira, agita a vestimenta externa do homem e segue por dentro da mata desfolhada e cinzenta. O andarilho simplesmente continua em frente, imperturbável. Ao seu redor, a quentura da atmosfera faz parecer que tudo tremula, o chão, as árvores, o ar, a poeira. Como se tudo estivesse pegando fogo.

O *ressequido* caustica Tabuvale sem clemência.

Os tabuleiros e capões de mato do Pote, quando vistos de longe, passam a impressão de estarem aterrados sob os sopés do Monte Gêmeo. Como se fosse um buraco profundo prestes a ser entupido pelo morro numa implosão catastrófica. No entanto, para quem se encontra dentro destes fundões, percebe-se que não se trata apenas de impressão, mas da própria realidade. O Pote é um lugarejo muito baixo, pois surgiu nas margens do Regato Grotão, no ponto mais escavado deste córrego. Com vegetação rica e alta, estas paragens parecem sempre estar escondidas. Além disso, tal ocultação se torna ainda mais notável devido à elevação proeminente do Monte Gêmeo. Diz-se que, por aqui, o Assobiador faz as trevas chegarem primeiro.

O Monte Gêmeo, se se esquecerem as estórias lendárias do povo mais velho, são na verdade dois morros extensos e de grande altitude. Eles são muito parecidos no formato, na extensão, nas curvas sinuosas de seus lombos, nas suas matas. Plotados na direção leste-oeste, os dois são separados apenas pelo Regato Grotão. As suas respectivas extremidades com maior altitude estão direcionadas para o riacho, não muito distantes uma da outra, uma vez que o leito do córrego não é tão largo nesse ponto. Enquanto isso, as suas outras elevações menores se distanciam do arroio de forma simétrica, como se fosse o mesmo morro diante de uma superfície espelhada.

Quanto ao Grotão, suas águas são colhidas muito ao norte, no sopé oeste do Morro Moreno. Ele tem sua nascente em algum lugar dentro da região de litígio mais inflamada de Tabuvale, a Teima. Daquele ponto, as águas descem no rumo do sul, passando a oeste do Monte Virente, até alcançarem o Gêmeo. Prosseguindo em frente, ao mesmo tempo que vai recebendo água de outros tantos arroios, o grande regato serpenteia pela borda leste do Monte Perdido, onde o seu leito já está muito mais largo do que nas proximidades do Pote. Finalmente, após vencer muitas curvas e transpor diversos tabuleiros e capões de mato, o Grotão chega à Ribeira Juassu, em um ponto onde se localiza o lugarejo mais fértil de Tabuvale, o Lagoão. Nessa posição, suas águas impregnadas de material orgânico irrigam e adubam ricos e vastos canaviais.

O Regato Grotão é um córrego extenso e caudaloso na época de *virente molhado*.

Assim como acontece em outros lugarejos de Tabuvale, ninguém é capaz de saber com certeza a verdadeira origem da denominação Pote. Muitas estórias são contadas sobre isso, algumas mais realistas, outras mais imaginativas, cada qual ornamentada conforme o gosto de quem faz o relato. No entanto, segundo os saberes do povo local, Pote é uma referência à arte artesanal em argila que se desenvolveu neste lugarejo desde tempos imemoriais. É consenso geral que nestas paragens se confeccionam os melhores vasilhames de barro produzidos em Tabuvale. A argila escura, bem como a vermelha, extraída nos sopés do Gêmeo, é a matéria-prima para a confecção de vaso, prato, caneca, alguidar e, claro, pote. Após serem modelados de acordo com o uso e necessidade, esses recipientes são queimados à alta temperatura e depois decorados com ilustres desenhos coloridos. O primeiro processo serve para o objeto adquirir resistência, o segundo tem como objetivo conferir elegância ao produto.

Não há como duvidar de que também é no Pote onde vivem os melhores e mais talentosos pintores, desde o Moreno até o Jatobá e do Torto até o Talhossu.

Portanto, é possível mesmo que este lugarejo tenha adquirido seu nome a partir de uma homenagem à arte local do barro e da pintura. Sendo essa a estória verdadeira, seria uma origem soberba e mais do que merecida.

Porém, segundo o que se escuta das más línguas externas a estas paragens, o nome Pote não está relacionado com pintura ou artesanato nenhum. De acordo com relatos mais sombrios, a origem da designação deste lugarejo é um tanto mais macabra e horripilante. Há quem diga que o nome Pote esteja relacionado a um acontecimento sinistro que envolveu paixão, amor, traição, morte, esquartejamento, assassinato e suicídio. Tal ocorrido teria se passado nestas paragens há muito tempo atrás e colocara em questão o núcleo principal da família de um grande proprietário de terras. Supostamente, o final do caso não teria sido nada satisfatório para nenhum descendente da linhagem em questão.

Mas, obviamente, isso são relatos que aparecem de modo esparso, muitas vezes replicados de maneira ofensiva por pessoas de má índole. A verdade, claro, dificilmente estará completa até que alguém busque uma resposta numa fonte mais confiável.

Tudo isso, porém, não faz parte do escopo do que se conta aqui.

O *Lasso* nunca gostou de muita companhia nem de viver próximo de muitas habitações. Talvez desde o fatídico dia em que chegou por estas bandas do Pote, um assunto que ninguém nunca lhe explicou com total clareza quando foi nem como ocorreu. Então, a partir do dia em que preferiu se separar do irmão a ter que sair sem destino em busca de respostas incertas em outros lugares, ele se tornou ainda mais fechado. Claro que ele sempre foi muito calado, diferentemente do irmão, o qual agora andaria no oco do mundo sem nunca voltar para dizer que ainda estava vivo. Portanto, desde aquela despedida, seu silêncio apenas aumentou.

Assim como o irmão, o homem silencioso também teve um nome de *múrmur*. Mas da mesma forma que o daquele se perdeu no decorrer do tempo, o seu nome também sumiu. Por ser o gêmeo que veio depois, por preguiça e medo, segundo o que o povo diz, a alcunha de *Lasso* ficou marcada com mais intensidade sobre a sua pessoa. Até em relação à maneira como lhe chamavam, ele conseguia ser indiferente, como se estivesse a honrar o apelido adquirido. Por isso, sempre deixou todo mundo à vontade sobre como quisessem a ele se dirigir. Em alguns momentos, sentia-se realmente inerte e sem ação para muita coisa. O irmão, pelo contrário, nunca deixou de ser muito ativo, falador e um legítimo afoito. As duas alcunhas haviam sido honradas.

Embora tivesse deixado o irmão ir embora sem ele, não havia um dia sequer em que o *Lasso* não pensasse em seu único parente vivo. Se é que ainda estava vivo. Com certeza estaria. Sair por esses tabuleiros e capões de mato sem um rumo definido, logo se alcança distância enorme do lugar de onde se partiu e não se demora para esquecer os que ficaram. Sem dúvida, seu irmão deveria estar muito longe destas paragens, vivendo uma vida diferente da dele em outros lugarejos longínquos. Obviamente, rever o homem que se desenvolveu com ele dentro da mesma barriga seria algo que poderia lhe alegrar a vida. Ou pelo menos ter uma companhia por algum tempo.

O *Lasso* nunca saiu das proximidades do Pote, embora sua residência se localize numa área mais afastada das outras casas que existem por aqui. Quando da partida do irmão, ele continuou morando na mesma cabana simples em que os dois sempre viveram. É um casebre muito humilde, embora tenha uma certa elegância na sua estrutura, fincado sobre o terreno de uma cabana ainda mais simples que existiu em tempo mais remoto. Sua localização só tem acesso por varedas estreitas. Entre elas, uma que liga a estrada maior que passa nas proximidades do Monte Gêmeo a uma clareira no meio da mata, ao sul dos dois morros e à beira da margem direita do Regato Grotão. O humilde casebre está plotado no centro de tal clareira. Se o Pote é escondido, a pequena casa do *Lasso* é quase impossível de ser encontrada por alguém que não conhece estas paragens.

Morando sozinho desde que o *Afoito* se foi, o *Lasso* continuou a exercer o trabalho que sempre soube fazer com destreza, assim como o irmão também sabia executar o mesmo serviço. Sempre que alguém precisa de uma ajuda para combater um fogo, ele está à disposição, pronto para servir. Seja para queimar um roçado na medida certa e não sobrar uma única coivara; seja para amenizar um incêndio numa mata quando um redemoinho invade um fogaréu e leva uma brasa ardente a um balceiro seco; seja para cauterizar a ferida de uma pessoa ou de um animal sem deixar a chaga inflamar. Todo mundo destas bandas se volta para o homem que sabe chamar o fogo em quantidade suficiente, mas também pode controlar um incêndio apavorante.

Ele sempre gostou de servir às pessoas nesses momentos delicados, nos quais há um limite muito tênue entre ficar um roçado mal queimado, por falta de quentura, ou tudo terminar numa queimada devastadora no meio de uma densa vegetação. Então, quando o *virente molhado* fica para trás e o *interstício medial* dá lugar ao *cinzento ressequido*, o *Lasso* inicia sua luta árdua junto às demais pessoas que necessitam preparar uma roça.

Depois do roçado pronto, após finalizar o aceiro principal e concluir um secundário por dentro do capão de mato vizinho, o dono da roça começa a convidar alguns companheiros para ajudarem na queima da cama de garranchos. Em seguida, quando já tem à sua disposição um bando de homens valentes para enfrentarem um fogaréu, chega o momento de chamar o último combatente. É crucial a presença do homem que pode invocar a Fagulha e, ao mesmo tempo, consegue manter a quentura na medida correta. Nem pouco ardor para ficar graveto sem queimar, nem muito fogo para sair engolindo tudo o que encontra pela frente.

Então, o *Lasso* é convocado ao combate.

Embora já tenha realizado tal atividade inúmeras vezes, ninguém sabe dizer como o homem consegue controlar o fogo nem como traz a Fagulha para aquecer cada pau seco e graveto cortado em pedaços miúdos. E para falar a verdade, nem ele mesmo pode dizer como tudo isso funciona. O *Lasso* simplesmente sabe como executar o ritual de invocação da Fagulha. Ele a chama com súplica nos lábios e, quando ela chega, ele implora para que a cria ardente e luminosa da Visagem seja breve e não se exacerba no modo de queimar, limpando somente o que deve ser incendiado. É imprescindível que todo o resto fique intocável pelas labaredas, as árvores vizinhas, os animais que rastejam, os ninhos cheios de passarinhos a crescer e os homens, de todas essas, as criaturas mais frágeis.

O processo já é conhecido por todo mundo. Os demais homens saem à frente, enquanto o *Lasso* vai atrás. Estes tomam de seus fachos incandescentes, uma acha de lenha com uma extremidade feita de pequenas lascas entremeadas de gravetos e capim seco, e circulam ao redor do roçado, seguindo em fila única pelo aceiro principal. Eles se distribuem de maneira mais ou menos regular, mantendo mais ou menos a mesma distância um do outro. Feito isso, os homens acendem seus tições e começam a colocar fogo nos pequenos montes de folhas secas e nos amontoados de garranchos. É quando o fogaréu tem início. Então, eles continuam a acender os agrupamentos de folhas até que a cama de vegetação cortada e seca esteja completamente volteada de fogo.

Em seguida, afastados das labaredas abrasadoras e das nuvens infernais de fumaça, aos homens não resta nada a não ser esperar que o fogo realize seu trabalho sem maiores incidentes. Todos eles aguardam à beira do roçado de modo muito apreensivo, afastando-se para mais longe a cada investida de uma chama mais agressiva, desejando que a Fagulha seja misericordiosa. Que tudo dentro da roça se torne cinza, mas que nenhuma labareda saia para lamber a mata vizinha. Por isso, os homens colocam toda a confiança no domador de fogo. Que ele possa amansar a ira da Fagulha e sacuda cada vórtice de vento para outras direções. Pois um redemoinho é como uma erva daninha a se espalhar por um terreno fértil, quando passa por dentro de um roçado a queimar alastra faíscas para todos os rumos.

Nesse ínterim, o *Lasso* há muito já se acomodou na frente do roçado agora em chamas, na linha do vento, as costas viradas para o fogo e o rosto em direção ao lado que a Visagem faz nascer o sol. Para que tudo saia como esperado, ele precisa enxergar a luz e ver de onde o vento surge. O homem do fogo procura uma posição adequada para o ritual, mete a mão no bolso da calça e segura com força o rebo brilhante que trouxe consigo. Em seguida, cerra os olhos e começa a sussurrar palavras que nem ele mesmo consegue compreender.

Então, a quentura se eleva, a fumaça adquire vida e uma ou outra língua de fogo ascende rumo às alturas imensas.

O rito desenvolvido pelo domador de fogo continua durante todo o tempo em que o roçado permanece a queimar. Muitas vezes, no entanto, ele deve prosseguir até muito depois de não restar mais nenhum cavaco a se transformar em cinza. Isso porque um vento rasteiro pode levantar uma pequena brasa incandescente e carregá-la para muito depois dos aceiros do roçado, podendo dar início a um incêndio incontrolável. Por isso, o *Lasso*, incansável na sua luta, põe-se a combater cada filhote de redemoinho que se aproxima, forçando cada um deles a seguir por outra direção. Enquanto isso, um inferno ardente e violento se desenrola às suas costas, emitindo estalos de graveto a se inflamar, faíscas crepitantes e nuvens negras de fumaça asfixiante.

Pôr fogo em um roçado é desafiar a coragem de homens que dizem não ter medo. No final, no entanto, todos se amedrontam perante o perigo abrasador.


Embora sinta falta do irmão, o *Lasso* sempre tenta esquecer o que se passou entre eles. Até mesmo tudo que ocorreu antes dos dois se separarem. O passado é um rio de águas envenenadas, dentro das quais não vale a pena se banhar. O irmão fez uma escolha e foi em busca de respostas em outros tabuleiros e capões de mato.

Ele, por sua vez, também usou de sua liberdade em optar pelo que achava melhor e permaneceu nestes torrões do Pote. Assim, preferiu prosseguir com a vida a que já se acostumara desde muito cedo, a saber, usar do seu poder inexplicável como domador de fogo para ajudar quem realmente precisa. Para se viver, não se necessita de muito, ele sempre pensou, somente de uma vida simples e sem ninguém para lhe tirar o sossego. E esta era a mesmice à qual o irmão se referira quando de sua partida. Porém, ele não tem tanta certeza se vai ter um sossego para o resto da vida ou algo possa aparecer para lhe causar preocupação.

O *Lasso* faz os últimos preparativos para o dia seguinte, antes de dormir seu sono tranquilo, quando uma batida leve sacode a porta silenciosa. O Assobiador já estendeu seu manto negro sobre Tabuvale e a noite caiu sobre o Pote, devorando cada ponto com parca luz ao seu redor. Ele não costuma receber visitas no horário da Visagem, muito menos durante o domínio do Visão da noite e protetor das trevas. Mesmo assim, a batida na madeira envelhecida não o assusta nem o preocupa. Apenas fica surpreso em saber que alguém esqueceu de como ele se mantém recluso do resto do lugarejo, insistindo em vir lhe pedir ou informar algo. Logo quando o *agouro* já deve estar passando para anunciar o cortejo do Flagelo, a cria do Assobiador que castiga os criminosos durante a noite.

Sem pressa, o homem esquece o que quer que esteja a fazer e caminha pelo vão da casa, fracamente iluminada por uma lamparina postada sobre uma mesa pequena. Tomando de uma outra candeia, acesa pela chama da anterior, o *Lasso* se aproxima da porta para receber e conhecer a visita noturna. Quando ele abre a parte de cima da porta, levantando a lamparina para alinhá-la à altura das vistas, e olha a pessoa de pé do lado de fora, quase tem um troço devido a tanta surpresa. Por muito pouco não vai ao chão com um desmaio repentino. Então, por alguns instantes, o *Lasso* simplesmente estaca em silêncio, petrificado como rocha, observando o visitante que, assim como ele, também não emite palavra alguma.

Não acabou de abrir uma porta, o *Lasso* pensa, mas de se aproximar de um espelho. Do outro lado está um rosto que é o seu próprio, sem tirar nem pôr. Uma fisionomia de traços familiares e particulares que ele reconheceria em qualquer lugar e em qualquer tempo, passado ou futuro. Além disso, a linha dos olhos na mesma horizontal, indicando a mesma estatura, ajuda na rápida identificação. Ele está dentro e fora da cabana ao mesmo tempo, as duas imagens separadas apenas pelo vão da porta. Sob a luz débil da candeia, o escuro obriga a semelhança a se converter em igualdade. A escuridão faz sumir as diferenças. Quando as trevas se adensam, todos se tornam iguais. O *Lasso* não poderia ter uma visita mais agradável do que esta, em momento nenhum. Portanto, ele a recebe cheio de contentamento.

Seu irmão gêmeo retornou.

— Olá, irmão — o homem do outro lado da porta cumprimenta, ainda de pé, mantendo a mesma posição de quando havia chegado. — Peço desculpa pelo horário de chegada, mas os caminhos são longos e a caminhada solitária se torna tristonha e demorada.

— Seja bem-vindo, irmão — o homem do lado de dentro retribui o cumprimento do outro, mostrando um sorriso alegre e satisfeito. — Para a sua vinda, não há momento ruim. Saia da frieza da noite e entre na casa que também é sua.

Ao mesmo tempo que o *Lasso* conclui o convite ao irmão, também aproveita para abrir a parte de baixo da porta. Sem demora, o *Afoito* se adianta para dentro de casa, recebendo do outro um abraço apertado e caloroso. A separação não conseguiu destruir o respeito e o afeto que sempre existiu entre eles. Os dois permanecem abraçados por alguns longos instantes, como se quisessem recompensar a distância no tempo e no espaço. Como se percebendo que não é possível, eles se separam e caminham até o fundo do cômodo maior do casebre, o *Lasso* na frente, o *Afoito* atrás, o contrário de quando nasceram.

— O que tem inventado por aqui? — o *Afoito* indaga ao se aproximar do calor da tímida lamparina. Ele arrasta o capuz da vestimenta externa para trás, deixando à mostra a cabeça cuidadosamente raspada.

— Ainda na mesmice — o *Lasso* responde com um sorriso delicado nos lábios, ao mesmo tempo que se acomoda num tamborete e oferece outro ao irmão. Este, no entanto, recusa o assento de forma educada, preferindo ficar de pé por mais alguns instantes. — E você, encontrou o que tanto procurava por onde esteve a andar?

— Assim como você, tenho muitas respostas, mas ainda muitos questionamentos e dúvidas a serem esclarecidos. Pelo jeito, ainda se lembra de cada palavra que eu pronunciei quando de minha partida.

— Não todas. Somente aquelas que foram ditas de forma mais áspera.

— A verdade sempre aparenta ser dita com aspereza — o *Afoito* exclama, o pensamento a viajar por um instante e os olhos mirados na chama bruxuleante da candeia à sua frente. — No entanto, tudo aquilo que eu disse foram apenas expressões do que estava sentindo num momento de tristeza e revolta com o mundo ao meu redor. Você, por outro lado, mesmo naquele estado de perda conseguiu controlar as emoções e agir de maneira sensata.

— Éramos ainda muito jovens, irmão — o *Lasso* justificou, as vistas viradas para a mesma lamparina que o outro fitava. — Nenhum de nós sabia realmente o que estávamos falando.

— Mesmo assim, nossas decisões parecem ter nos ensinado algo de útil.

— Sempre se aprende algo com nossas decisões, boas ou ruins. E aqui estamos nós, descobrindo que ambos estávamos certos e errados ao mesmo tempo.

Os dois irmãos soltam risadas iguais após o comentário do anfitrião. Até mesmo o som que emitem pelos lábios parecem gêmeos. Os rostos são realmente espelhados, com a diferença, claro, nos cabelos, pois o *Lasso* ainda os tem crescidos até a nuca. A estatura de um não supera a do outro, podendo os dois se olharem na mesma linha de visada. No entanto, as vestimentas são drasticamente diferentes.

Enquanto o *Afoito* se veste como um verdadeiro caminhante, ou algo mais do que isso, roupa interna colada ao corpo, casaco comprido solto ao vento, botas e luvas ricamente costuradas, o traje do *Lasso* não passa de um comum a qualquer trabalhador da roça. Ele tem a camisa aberta e a calça comprida costuradas com tecido rústico e nos pés umas alpargatas grossas e deselegantes. Em termos de vestuário, ele não possui muito mais do que isso, embora goste de usar na cabeça um chapéu de palha de carnaubeira quando vai sair para realizar suas tarefas. Se, por um lado, o *Afoito* se assemelha mais a um combatente enviado pelos Visões, por outro, o *Lasso* não fica longe de um humilde pedinte.

Mas não é somente o vestuário que diferencia os dois homens de maneira mais nítida. A tão visível diferença se encontra no pescoço. Ao contrário do irmão, o *Lasso* não carrega consigo um colar prendendo um rebo cintilante em forma de labareda sólida. E o *Afoito* parece ter notado tal detalhe desde o início, quando o percebeu na porta logo ao chegar. Portanto, não é de admirar que ele queira saber exatamente sobre essa particularidade.

— Por que retirou o *cálido* do pescoço? — o *Afoito* indaga ao irmão, ainda mantendo a vista no rumo da chama ardente.

— Não sei bem ao certo o motivo — o *Lasso* responde, parecendo indiferente a tal questão e levando a mão ao bolso direito da calça para retirar algo do seu interior. Num instante, ele mostra um pequeno objeto ao irmão. A sua centelha solidificada é conservada como se estivesse guardando uma simples pedra, um rebo sem nenhum valor significativo. — Talvez porque me incomode ou por não parecer fazer diferença de onde o coloco.

A resposta do *Lasso* parece reacender alguma cólera no pensamento do *Afoito*. Com um olhar duro, este se vira para o irmão, o semblante denunciando algo que ele não esteja gostando ou não consegue aceitar. Quando abre a boca para censurar a sua outra metade, porém, faz um esforço tamanho para não soltar nenhuma palavra afiada que possa minar qualquer mágoa. Então, o que ele gostaria que fosse uma bronca ríspida, saiu pelos lábios apenas como uma repreensão muito mais delicada.

— Não devia ter retirado o *cálido* do pescoço — o *Afoito* disse, com visível desânimo e mantendo as vistas sobre o irmão.

— O *cálido da Fagulha* precisa estar em contato com o dono para que possa desenvolver todo o seu calor e se unir à própria pessoa. Quando retirado do pescoço, ele se enfraquece e deixa de ser uma parte do nosso corpo.

— Parece que você aprendeu bastante sobre a pedra que carregamos conosco desde pequenos — o *Lasso* comenta, mais indagando do que afirmando. — Eu, por outro lado, sei apenas que ela parece me ajudar quando resmungo para que o fogo corra por um roçado de forma controlada, nem pouco nem muito, nem só fumaça nem incêndio. E não sinto muita diferença de quando a carrego no bolso ou a dependuro no pescoço.

— Não se trata de uma simples pedra, irmão. Somos donos de um fogo muito antigo, poderoso e perigoso ao mesmo tempo. Quem possui uma *centelha*, uma flama feita pelos caprichos divinos, pode se tornar um domador de fogo ou um destruidor de mundos. E, sim, hoje compreendo um pouco sobre o *cálido*, sua origem, suas características e sua força. Ainda não aprendi tanto quanto gostaria, mas o suficiente para saber como ele pode ser usado e do que é capaz, para o bem ou para o mal.

— Embora tenha passado a usá-lo no bolso, ele ainda tem o primeiro colar, aquele que um dia foi colocado em meu pescoço. Apenas desatei o nó. — O *Lasso* mostra ao irmão o rebo preso ao colar, idêntico ao que o *Afoito* tem no pescoço, antes de o guardar novamente no bolso direito da calça. — Existe realmente alguma diferença entre levar ele no pescoço ou guardado em outro lugar?

— O poder não reside somente na arma, mas também no corpo e pensamento de quem a empunha — o *Afoito* responde de maneira pensativa, voltando a fitar a chama da lamparina. — Gostaria de compartilhar estes conhecimentos com você amanhã, se não tiver algo em mente para fazer.

— Tudo bem. Mas tem que ser pela manhã. Quando o sol estiver no seu ponto mais elevado, no horário da Visagem, preciso sair para responder a um chamado de queima de um roçado. Como você disse, continuo na mesmice.

Os dois irmãos voltaram a sorrir um para o outro, certos de que agora não havia mágoa entre eles. Quando o *agouro*, o pássaro noturno, soltou seu canto ruidoso pela noite afora, os gêmeos perceberam que era chegado o momento de se acomodarem para dormir. Eles teriam tempo para discutirem e conversarem mais sobre tudo que pensavam ou que passaram durante a vida, juntos ou separados. O *Lasso* precisava descansar para a tarefa do dia seguinte e o *Afoito* necessitava de um bom sono após sua longa viagem.

Quando o *agouro* soltou seu quarto canto, estridente e pavoroso, os dois homens já não pertenciam mais a este mundo. A letargia de ambos logo os levara para o plano do Pesadelo, o Visão do sono e protetor da mente.

Os dois gêmeos não nasceram no Pote.

E nenhum deles, nem ninguém, sabe dizer qual tenha sido o local em que viram a luz do mundo pela primeira vez. Isso, provavelmente, será algo que eles morrerão sem nunca saber. Há certezas que são absolutas. A pequena casa em que o *Lasso* reside atualmente, foi reconstruída sobre a base de uma outra mais antiga, ainda menor e mais humilde do que a atual. O casebre anterior era feito de taipa e coberto com palha de carnaubeira. Tinha apenas um cômodo maior e um outro em tamanho reduzido. Todo o piso era de terra batida e as duas únicas portas, uma na frente do cômodo maior e outra atrás do cubículo menor, eram feitas de madeira há muito envelhecida.

Isso há muitos *ressequidos* atrás, quando seu único habitante era um homem de idade já avançada. Ele levava uma vida solitária porque nunca havia superado a perda repentina de sua querida esposa e seu único filho para o maldito *morbo*, a doença maligna e misteriosa que, de vez em quando, assola os tabuleiros e capões de mato de Tabuvale. O *Recluso*, como era conhecido por estas redondezas, sempre fora um homem muito trabalhador e disposto a ajudar outras pessoas que precisavam de seus serviços. Quando de seu enlace com sua mulher, ele construíra um casebre para criar sua família. Em pouco tempo, para sua felicidade momentânea, a esposa lhe concedeu um filho.

Mas seu júbilo não demorou muito, como acontece sempre com os que pouco possuem. Em um dia, sua companheira e seu filho pequeno estavam com a saúde intacta. No outro, porém, os dois estavam no fundo de uma rede, vomitando tudo que lhes caía no estômago, defecando cada resto de líquido presente nas entranhas, com manchas avermelhadas e asquerosas pelo corpo e uma febre terrível a inflamar suas carnes como uma fogueira feita de madeira seca. No terceiro dia de padecimento, para a tristeza do esposo e pai, os dois já não passavam de um par de corpos sem vida.

Como se fosse uma criatura consciente, seletiva e apressada, a doença macabra levara embora ambos os pacientes, porém não havia contaminado o homem de forma alguma. Este, triste e abatido emocionalmente, ficou tão sadio quanto intrigado com aquela situação inusitada. Nenhuma ânsia sequer de vômito, nenhum calafrio, nenhum desconforto diarreico e nem mesmo uma pinta encarnada na pele. Nada. Era como se estivesse isolado por uma barreira intransponível, uma muralha impenetrável pelo *morbo*. Ele não conseguia entender aquilo com clareza. Os Visões haviam levado sua amada esposa e seu filho inocente, uma crueldade que ele jamais imaginaria poder vir do lado dos deuses.

Porém, o homem em desalento pensou que se os Visões realmente queriam que sua vida fosse assim, triste e solitária, a ele não restaria outra saída a não ser aceitar tal condição. Se os deuses lhe derem cacos, emende-os e faça uma arte. O homem viúvo, e de luto parental, escolheu seguir a vida sem outra companheira. Ele havia se juntado a uma, mas os Visões optaram pela sua separação eterna. Não é certo, segundo o que o povo mais velho conta, desafiar os caprichos das divindades. Então, o *manayra*, termo com o qual as pessoas de Tabuvale se referem a quem perdeu um filho, decidiu viver afastado de todo mundo, permanecendo em seu pobre casebre sem nenhuma companhia. Foi quando os vizinhos e conhecidos passaram a lhe chamar de *Recluso*. Ele se tornou prisioneiro de sua própria moradia. Uma escolha feita por espontânea vontade.

No entanto, a solidão autoimposta não demorou tanto tempo. Pelo menos não no giro das engrenagens das estações que controlam Tabuvale, embora tenha se passado uma dolorida perpetuidade dentro do peito do homem enlutado. Existem feridas que nunca se fecham. Ainda que a melancolia estraçalhasse suas entranhas, alguns *ressequidos* após a sua dolorosa perda, ele foi surpreendido por um achado incomum.

Numa manhã de sol enfurecido, quando o *Recluso* saiu ao quintal para irrigar sua minúscula plantação de hortaliças, ele se deparou com um embrulho dependurado debaixo do seu rústico canteiro. Quando se achegou para olhar o que estava dentro daquela trouxa, sua mente não pôde acreditar no que via. Duas crianças recém-nascidas dormiam dentro de um saco espichado sob a estrutura de madeira, como uma rede improvisada, tendo ambas as pontas amarradas em duas forquilhas de sustentação do canteiro.

Eram dois meninos gêmeos, ainda muito pequenos, tão semelhantes em tudo que se tornava muito difícil distinguir um do outro. Cada um estava enrolado em um pedaço de lençol de tecido grosso, talvez para combater o severo frio noturno, e, enrolado no pescoço, eles tinham um colar feito de um material semelhante a couro. Dependurado no colar, um pequeno e brilhante pedregulho, com formato estranho, mas peculiar. Os dois objetos tinham a forma de uma miúda labareda, como se a chama de uma candeia houvesse se solidificado no pescoço de cada um dos dois gêmeos.

Num primeiro momento, o *Recluso* não soube o que devia fazer com aquelas duas criaturinhas tão delicadas e indefesas. Abandonar uma criança ao relento seria um ato de elevada crueldade, ele sabia. Largar duas crianças no quintal de alguém, não poderia ser uma ação digna de quem se diz humano. Ninguém pelas redondezas poderia ser pai ou mãe daqueles meninos, uma vez que não havia rumores de mulheres grávidas naquela época. Portanto, o par de crianças só poderia ter sido abandonado por alguém que viera de muito longe destas paragens do Pote. Além disso, quem praticou tamanho crime deve ter caminhado por dentro das matas durante o dia e pelas varedas durante a noite. Somente assim poderia ter passado despercebido pelo olhar das pessoas que sempre estão a viajar pelos caminhos destas redondezas.

Ele sabia que deveria fazer algo. Não poderia deixar as crianças ali no quintal. Num momento ou noutro, elas acordariam com fome ou com sede. Então, o homem solitário se certificou de que elas estavam realmente dormindo, e não mortas, para depois pensar no que devia fazer primeiro. Sem esperar por nada, ele correu ao casebre para armar uma rede onde pudesse acomodar os dois meninos e preparar algo de comer para eles. Quando terminou, retornou ao canteiro e levou as crianças para dentro de casa, ainda dormindo, uma de cada vez. Ao acordarem, os dois gêmeos abriram um berro de estremecer as próprias gargantas e rasgar os tímpanos do homem. Eles somente se calaram e voltaram a dormirem de novo quando o *Recluso* levou comida e água às suas bocas.

Aproveitando o sono das duas pequenas criaturas, o homem saiu para comunicar o ocorrido aos vizinhos e conhecidos. Andou de casa em casa avisando e indagando se ninguém havia ouvido rumores de alguém que realizara o dito feito. Pessoa alguma pôde confirmar nada. E se alguém sabia de algo, não revelaria por medo de ser acusado de cúmplice. Não, não haviam visto ou escutado nada sobre aquele assunto. O que o homem recebeu foi apenas incentivo para que cuidasse dos gêmeos, até que aparecessem os verdadeiros pais ou pelo menos um responsável. Ninguém quis se responsabilizar pela tarefa de criar dois meninos desconhecidos.

O *Recluso* não teve alternativa a não ser criar as duas crianças como se fossem suas. Não seria uma empreitada fácil, ele sabia. Mas o homem não hesitou em nenhum momento. O que ele fez de imediato foi agradecer aos deuses pelo presente que lhe enviaram. Dois filhos de uma vez só, depois de se tornar viúvo e *manayra*, só poderia ser coisa da vontade dos Visões. Eles deveriam estar querendo amenizar sua dor e mitigar sua perda. Por isso, o homem solitário aceitou ser pai dos gêmeos sem nem pestanejar.

E o *Recluso* realmente cuidou dos meninos como se fossem seus filhos legítimos. Adquiriu roupas adequadas com os vizinhos e conseguiu leite com os conhecidos. Vestiu e alimentou os pequenos com carinho e zelo. No entanto, no início, o *manayra* tratou dos dois pequenos sempre esperando que aparecesse alguém para reclamar a guarda dos gêmeos. Ele sempre manteve na cabeça o pensamento de que algum homem ou alguma mulher um dia surgisse de repente em sua porta para dizer que era o responsável, pai ou mãe, por aqueles meninos roubados.

Nunca apareceu ninguém.

E nunca apareceria.

No entanto, algum tempo depois da aparição dos meninos sob o canteiro do viúvo, ele teve que lidar com uma situação muito delicada.

Uma circunstância que envolvia suspeita e ameaça de morte.

Os dois gêmeos cresciam com saúde e pressa. Também já caminhavam e processavam a articulação das palavras, embora um deles se mostrasse mais ativo e conversador do que o outro. Enquanto o primeiro se animava com qualquer brincadeira que surgia em sua frente, o segundo era mais retraído e apresentava um comportamento mais quieto. No entanto, em termos de traços fisionômicos, os dois continuavam a crescer de forma idêntica, como se possuíssem uma superfície espelhada entre eles. Quanto ao *rebo brilhante* dependurado no pescoço de cada menino, o homem não mexeu em nenhum deles. Simplesmente deixou os dois ornamentos como haviam sido encontrados.

Embora não houvesse esquecido a esposa e o filho legítimo, o *Recluso* agora tinha mais alegria em sua vida. Os seus dois filhos, como ele havia passado a chamar os meninos, trouxeram mais sentido à sua existência. Os três viviam no casebre e, à medida que cresciam, tornavam-se mais independentes em relação aos cuidados do homem. O trabalho deste diminuía no mesmo ritmo do desenvolvimento das duas crianças. E isso era bom, uma vez que estava caminhando para a velhice e o cansaço aumentava mais e mais a cada dia. Também havia uma preocupação a mais na cabeça do *Recluso*: quem poderia cuidar dos gêmeos caso ele viesse a faltar antes do tempo. Sua saúde era praticamente inabalável, não sentindo nada que denunciasse algum problema em suas funções orgânicas. Porém, quando os Visões nos chamam, não há corpo sadio que possa suportar a visita da guardiã de sepultura.

— Esse nasceu primeiro — o *Recluso* respondia, apontando para o menino mais disposto e brincalhão, quando alguém indagava qual dos dois gêmeos poderia ter nascido primeiro.

— E como você sabe? — Era o primeiro questionamento das pessoas. — Você não os viu nascendo e ninguém apareceu para lhe contar.

— Eu não sei com certeza, apenas presumo. Mas, segundo o povo mais velho, o gêmeo que sai primeiro das entranhas da mãe, sempre cresce de modo mais ativo, é o que brinca mais, o que se apresenta mais animado com as coisas do mundo e está todo tempo querendo conhecer algo novo. É um curioso por natureza. E por tudo isso, o gêmeo mais velho é conhecido como *afoito*, enquanto o outro carrega a alcunha de *lasso*, por ter desânimo até para nascer.

— Já ouvi esta estória contada diversas vezes — alguém mais cético, às vezes, comentava. — No entanto, parece que essas lendas sobre os Visões e seus caprichos não passam de conversa para engabelar a mente de pessoas mais crédulas. Não seria melhor aceitar que a diferença de comportamento dos dois seja resultado somente do acaso?

— O acaso é muito inteligente, mas não é nada didático — o homem se pegava respondendo. — Os Visões, por outro lado, embora misteriosos nos seus desejos, sabem nos ensinar a cada passo dado nesta longa e tortuosa vareda que é a vida. E como eu afirmei, não sei nada disso com certeza, apenas suponho.

No entanto, sem dúvida que ele sabia. Havia algo sobre os meninos que ele devia conhecer com mais profundidade do que as outras pessoas. E isso ficou provado quando ele teve que agir com sabedoria e coragem diante de uma situação envolvendo um estranho em sua vida e, principalmente, na vida dos gêmeos. Na verdade, um estranho por todas as redondezas do Pote.

Não havia se passado tanto tempo após o rito do *múrmur* dos dois meninos, quando surgiu por estas paragens do Monte Gêmeo um homem de pouca idade em busca de uma ou mais crianças para criar. Não tendo como saber se os gêmeos já haviam recebido as palavras confortantes de um *sussurrante*, oferecendo suas vidas aos Visões, o homem solitário tomou uma decisão inteligente sobre o assunto. Na primeira oportunidade que surgiu, sem hesitar, ele chamou um homem dos resmungos e pediu para que o mesmo ofertasse a existência dos meninos aos deuses de Tabuvale. Como eram muito novos, não havia garantia de que eles houvessem recebido a marca do óleo sagrado sobre a testa. Se já estivessem marcados com a proteção do *múrmur* quando foram abandonados, agora estariam protegidos duplamente das presas do Viloso, a cria faminta do Assobiador. Caso contrário, se os pais verdadeiros não tiveram tempo ou cuidado em untar os meninos com o azeite protetor, agora estavam com seus corpos seguros, sem preocupação com os dentes do pardacento que costuma vir buscar crianças sem *múrmur* na calada da noite.

Assim como aconteceu com a aparição dos gêmeos no quintal do *Recluso*, nunca se soube de onde o dito homem tenha vindo nem os seus reais interesses. Ele surgiu solitário pelas varedas, no início parecendo querer fixar residência, depois se mostrando ser somente um passante. Suas conversas sempre pareciam cheias de desvio e repletas de ambiguidades. E o que deixou as pessoas destas bandas ainda mais intrigadas foi o fato do mesmo andar à procura de uma ou até duas crianças que pudesse levar consigo como adotivas.

Como é sabido há muito, não é raro, sobre as costas de Tabuvale, uma pessoa tomar uma criança para criar como sendo seu filho. Na verdade, é até muito comum. Por diversos motivos, uma família pode entregar um filho para alguém criar como sendo seu, seja por questões de doença ou por falta de recursos dos pais. Por estes tabuleiros e capões de mato, de vez em quando uma criança precisa crescer fora do seio de sua família legítima. Alguns pais oferecem suas crias a outras pessoas por não terem condições de sustentar mais uma boca dentro de casa. Outros simplesmente são obrigados a entregar seu recém-nascido por ser comum uma mãe enlouquecer após o parto ou até mesmo não chegar a resistir com vida. Muitos homens, ao contrário das mulheres, não suportam criar uma criança desde pequena sem a presença constante da mãe.

Em todos esses casos, as famílias que recebem a criança se alegram com o que ganham como presente. Por outro lado, os pais que são forçados a deixar os filhos irem embora, passam o resto da vida a se entristecer. Sempre fica um vácuo no seio da família, principalmente no peito da mãe, quando uma criança é levada para adoção. Por isso, não é nada comum um homem jovem, sozinho e desconhecido, aparecer do nada e sair perguntando se alguém possui uma criança para ser adotada.

No entanto, tudo aconteceu dessa forma.

O homem estranho, um dia surgiu por estas varedas, parando de casa em casa e indagando aos moradores se alguém conhecia uma família que tivesse uma criança pequena e que gostaria de lhe dar para adoção. Num primeiro momento, as pessoas acharam até engraçado o modo como aquele jovem se aproximava de uma moradia e iniciava uma conversa animada sobre ter uma vontade intensa de ser pai. Ele se mostrou bom de conversa e não assustou os habitantes locais, educados e respeitosos, com uma lábia animada e, até certo ponto, aparentemente inocente. Os lobos uivam bem. As ovelhas, por outro lado, não se assustam com qualquer ladrar.

— Venho de torrões bastante longínquos, muito ao norte destas paragens — o jovem forasteiro afirmava quando era indagado por alguém sobre de onde viera, sempre tentando desconversar, como se quisesse esconder alguma informação importante. — Sou um homem jovem e ando à procura de uma ou mais crianças para criar. Estou tentando amenizar minha solidão.

— Sua esposa não pode gerar filho? — alguém perguntava, esperando uma resposta mais coerente.

— Não tenho esposa. Sou sozinho neste mundo.

— E por que você não arruma uma?

— Ainda não tive a oportunidade de encontrar uma que atenda meus desejos e consiga solucionar meus problemas.

— E por qual motivo você está tão interessado em encontrar uma criança para criar, se ainda não encontrou nem mesmo uma esposa? — alguém mais desinibido confrontava o homem.

— Não quero criar qualquer criança — a homem tinha o hábito de responder tais perguntas ousadas virando as vistas para outro lado, como se não quisesse encarar as pessoas nos olhos. — Estou em busca de um menino que já esteja andando e falando. Ou até mesmo dois com idades próximas, se for possível, o que seria ainda melhor para mim. Como sou homem, prefiro cuidar de menino em vez de menina. Um filho varão é mais fácil de ser criado numa casa sem mulher. Vocês conseguem me dizer se por estas redondezas tem alguma casa que tenha uma criança com estes requisitos?

À medida que o homem procurava em mais lugares, as pessoas também lhe faziam mais perguntas, muitas delas sendo difíceis de ser respondidas, deixando o estranho bastante embaraçado. Assim, ele também era obrigado a esclarecer ainda mais seus motivos e detalhar os requisitos de sua esquisita busca. Com isso, as pessoas começaram a notar a bizarrice nas estórias daquele forasteiro. Começava a ficar óbvio que ele estava à procura não de qualquer criança, como havia dito no início, mas de dois meninos em específico. O estranho estava querendo saber exatamente se por estas paragens havia dois gêmeos pequenos, com idade de já estarem andando e falando.

No momento em que o povo percebeu que aquele jovem parecia estar à procura dos meninos encontrados pelo *Recluso*, também deixou de o aceitar como bom visitante e merecedor de um respeito mais profundo. Até então, as pessoas o acolhiam como visita pelo simples hábito de receber com atenção e estima um vivente que venha de fora, alguém que esteja cansado de uma viagem desgastante. Além disso, o homem era respeitado no sentido de que parecia ser verdadeiro e era ouvido pelos moradores de maneira compreensiva, uma vez que não demonstrava ter malícia no modo de lidar com as pessoas. Embora viesse de lugares distantes, como gostava de afirmar, ainda assim o povo tentava compreender sua situação e desejo, por mais bizarro que fosse.

Quando ficou claro sobre ele querer pôr as mãos nos gêmeos, àquela altura já muito estimados por todos deste lugar, o homem forasteiro parou de receber incentivo sobre adotar uma criança e começou a ser ignorado por todo mundo. Parecia ser uma pessoa em quem não se devia confiar totalmente, os habitantes locais concluíram. Suas conversas continham um pouco de falsidade ou até mesmo um tanto de mentira descarada, outros disseram. O melhor mesmo seria ignorar suas estórias e não lhe permitir acesso ao espaço familiar, alguém mais cauteloso avisou.

Então, o estranho jovem deixou de ser bem-vindo em qualquer casa.

Percebendo que passara a ser visivelmente ignorado pelas pessoas, o homem viajante diminuiu suas visitações pelas residências. Tornou-se infrequente pelos arredores do Pote, com visitas esporádicas e aparições inesperadas. Sumia por uns dias, quando ninguém conseguia vê-lo em lugar nenhum, e reaparecia tempos depois, surgindo por uma vareda deserta ou num casebre abandonado. Quando desaparecia por longos períodos, os moradores até achavam que ele havia ido embora, fugido para outros tabuleiros e capões de mato. De repente, porém, ele reaparecia, sem aviso nenhum, como se nunca houvesse se ausentado destes torrões.

Ninguém sabia seu paradeiro quando estava sumido. Muitos acreditavam que o homem realizava viagens para lugares distantes. Outros suspeitavam que ele possuía algum esconderijo, uma cabana ou um casebre com localização secreta. Uma ou outra pessoa mais esperta, daquelas que enxergam não só com os olhos, tinha certeza de que alguém das redondezas trabalhava de modo conluiado com o homem visitante, garantindo as condições para que ele pudesse se esconder das vistas curiosas.

Mancomunado ou não, o fato é que o jovem forasteiro não arredou de vez os pés das proximidades do Monte Gêmeo. Se viajava ou se se escondia, o que se sabe é que ele não voltou para o lugar de onde viera nem procurou outras paragens para viver. Pelo seu comportamento incomum, devia querer intensamente conseguir algo por estas bandas. E não desistiria até obter o que tanto desejava. No fundo, aquele homem não devia ter boa índole. Sua presença, e às vezes também sua ausência, começou a incomodar e preocupar o povo local.

— Apareceu no Pote um homem desconhecido com um estranho interesse em adotar uma criança pequena — alguém avisou ao *Recluso* logo que se começou a suspeitar das más intenções do forasteiro. — Quando chegou por aqui, parecia alguém de bom caráter, muito comunicativo e amigável. Mas tudo, porém, parecia não passar de encenação. Logo que se começou a lhe exigir maior esclarecimento sobre o seu real interesse, ele se mostrou totalmente averso à necessidade simples de informar mais detalhes sobre o que realmente pretendia por estas redondezas.

— Fiquei sabendo mesmo — o homem solitário disse, sabedor do caso, porém parecendo gostar de receber aquela informação. — Muitas pessoas já me contaram sobre isso. O dito jovem, no entanto, ainda não apareceu por aqui.

— Mas é muito provável que não vai demorar para que ele apareça. Ninguém tem informado a ele que você cuida de dois meninos pequenos. Pelo menos, nenhuma pessoa que eu conheça. No entanto, logo ele irá ficar sabendo, se a esta altura já não souber. Então, pode esperar que em pouco tempo ele estará batendo à sua porta.

— Pelo que já estou sabendo, o tal homem deseja levar para adoção até duas crianças pequenas. Não é difícil de estranhar, uma vez que, pelo que o povo tem me contado, ele ainda é muito jovem e não possui esposa.

— É o que ele tem afirmado. Porém, o que é mais esquisito e suspeito é ele não querer uma criança aleatória, qualquer uma que encontrar pela frente. Se não fosse por isso, já teria conseguido uma ou mais. Mas pelas conversas que tem mantido com todo mundo, ele prefere encontrar dois meninos com idades próximas e que já estejam na fase de andar e falar.

— É exatamente a fase em que estão os meus dois gêmeos — o *Recluso* completou, pensativo e parecendo preocupado.

— E se ele não mencionou diretamente os gêmeos, como se os conhecesse, mas não sendo seus parentes, só pode significar uma única coisa.

— Significa que ele está à procura dos meninos por algum motivo desconhecido, mas não por ser parente ou responsável por eles. O tal homem não anda procurando uma criança para criar. Ele veio em busca dos meus dois gêmeos para fazer sabe-se lá o que com eles.

— É por isso que você precisa tomar cuidado — o informante avisou ao homem solitário. — Aquele rapaz suspeito pretende levar embora com ele os seus dois meninos. E como não esclarece seu real objetivo, neste momento, mais macabro do que era antes, não pode ser boa coisa o que está a planejar.

— Ele não vai levar meus pequenos a lugar nenhum — o *Recluso* disse, agradecendo ao outro por mantê-lo informado sobre aquela delicada situação. — Ele não vai nem chegar perto deles.

— Mantenha a vigília constante sobre os meninos — o outro preveniu quando já ia saindo. — Pode ser que ele não descubra esta sua moradia e mais ninguém o informe sobre a existência destes seus dois gêmeos.

— Se acontecer de ele descobrir onde vivo, pode ser que ele demore a vir me atormentar.


Não demorou.

O *Recluso* estava a observar os dois gêmeos a brincar no meio da pequena sala, quando alguém surgiu à porta da frente. Pelas características que os conhecidos da vizinhança lhe haviam descrito, não poderia ser outra pessoa senão o homem forasteiro. Ele era ainda muito jovem, as feições realmente desconhecidas, não tendo nenhuma aparência com ninguém destas proximidades. Não havia dúvida de que teria vindo de lugares longínquos. A roupa não era comum, mas uma vestimenta elegante, como se ele não fosse acostumado a trabalhar na roça. Por cima do vestuário normal, o rapaz mantinha um roupão de tecido grosso, o qual descia até os seus joelhos, além de possuir um capuz protegendo a cabeça. Não havia dúvida de que era realmente alguém habituado a andanças.

Um detalhe, porém, rapidamente chamou a atenção do *Recluso*. No pescoço, amarrado com um colar escuro, feito e bem trançado com finas correias de tecido desconhecido, repousava um pedregulho em forma de labareda. O jovem forasteiro portava um *rebo brilhante* quase idêntico ao que os gêmeos possuíam. Isso realmente deixou o homem solitário muito mais preocupado do que ele poderia imaginar que ficaria. Aquele colar dizia muito sobre o interesse do rapaz viajante em relação aos seus dois meninos. Para não sofrer antes do tempo, inicialmente o *Recluso* não fez nenhuma menção à pedra em forma de fogo preso ao pescoço do jovem visitante.

— Alguém me disse que nesta casa havia um homem criando dois meninos, os quais foram encontrados por acaso, abandonados por alguém desconhecido e perverso — o jovem estranho começou falando, antes mesmo de cumprimentar o dono do casebre, como se fosse um velho amigo seu.

— Quem lhe deu tal informação, não mentiu — o *Recluso* respondeu, aproveitando para se levantar de onde estava e se achegar ao vão da porta, tentando bloquear as vistas do outro, as quais procuravam percorrer ansiosamente o interior do humilde cômodo da casa. — Você pode dizer de onde vem e o motivo da visita ao meu lar?

— Venho de muito longe, percorrendo caminhos tortuosos e estreitos. Quanto ao motivo de estar aqui, tenho interesse em adotar duas crianças pequenas, uma vez que sou sozinho no mundo e sofro por ser um solitário. Como você não é o legítimo pai dos meninos que encontrou em seu quintal, eu pensei que poderia tomá-los como adotivos. Um homem com idade avançada como você, pode não ter energia suficiente para cuidar de duas crianças. Quanto mais tão pequenas como são.

— Ainda não respondeu sobre o lugar onde tem sua moradia. Precisa ser mais específico. Quanto aos meus dois garotos, no momento em que eu os encontrei, tornei-me pai e mãe deles. Sou um homem de idade avançada, mas já cuidei de uma esposa e de um filho. Sei lidar com tais tarefas. Quanto a você, pelo que me contaram, ainda é bem jovem e não tem nem mesmo uma companheira em casa.

— Venho do norte, dos sopés do Morro Moreno — o rapaz respondeu de imediato, com a pretensa vontade de passar uma sensação de objetividade e insistindo em procurar com os olhos a silhueta dos dois meninos ainda a brincar no meio da sala. O informe sobre a localização de sua residência não parecia ser verossímil. — E por onde anda seu filho legítimo e sua esposa?

— Todos os dois estão mortos. E, assim como você, até pouco tempo eu também não passava de um mero solitário.

— Se você sabe lidar com as tarefas de ser pai, e marido, como acabou de afirmar, por qual motivo não evitou que eles fossem levados pelas mãos dos Visões?

— Ambos foram levados pelo *morbo* — o *Recluso* respondeu, já começando a se irritar com a insolência e insensibilidade daquele estranho tão cheio de si. — Não tiveram saída nem chance de se recuperar.

— É sabido que muitos resistem ao *morbo*, caso sejam bem cuidados e tratados com os remédios corretos e eficientes — o forasteiro disse, ainda tentando encontrar com as vistas os dois meninos, os quais continuavam indiferentes à conversa que se desenrolava próximo ao batente da porta.

— Também é sabido que o *morbo* é uma peste enviada aos tabuleiros e capões de mato de Tabuvale pelo Funesto, a cria do Malino que vem montada numa *besta* — o *Recluso* respondeu, já pensando em pôr um fim àqueles insultos. — Pelo jeito de falar, parece que você está querendo colocar sobre mim a culpa pela morte de minha esposa e de meu filho. Porém, como você mesmo disse anteriormente, ambos foram levados pelas mãos inclementes dos Visões. Não pude fazer nada. Quando os deuses decidem sobre algo, não podemos evitar o destino, mesmo sabendo que eles são inconsequentes.

— Não me interprete de forma enviesada. Só estou querendo dizer que, caso o Malino envie o Funesto com outra onda de doenças nauseabundas para estes torrões, você não corra o risco de vir a perder novamente seus agora considerados filhos. Só estou me oferecendo para evitar que você sofra novamente com a perda de dois filhos, caso um outro infortúnio venha a se abater sobre sua casa.

— Tal tragédia não irá mais acontecer, pois os Visões não trabalham dessa forma. E caso venha a ocorrer outro surto de *morbo*, saberei administrar os medicamentos corretos e eficientes. — O *Recluso* deu uma pausa, aproveitando para fechar a parte de baixo da porta, antes que pudesse colocar um fim naquela conversa sem rumo certo. — Agora, como já está ciente de que não posso atender seu desejo, acho melhor você seguir seu caminho. Pensamos de modo muito diferente e, por isso, não podemos chegar a um acordo.

O jovem forasteiro pareceu entender a reprimenda dirigida a si. Não tinha como ignorar tamanho desaforo que partia daquele velho. Como algumas pessoas do lugarejo haviam lhe avisado, o homem não estava disposto a abrir mão dos seus meninos. Estes, pelo que foi possível enxergar, tinham realmente os atributos certos. Os dois eram realmente como o povo lhe relatou, sem tirar nem pôr. Até mesmo os colares foi possível verificar que eram autênticos, embora não tenha conseguido ver os rebos cintilantes. No entanto, pelo formato do trançado e a constituição do material de que eram feitas as duas cordinhas, não havia dúvida de que havia um pedregulho em formato de labareda no pescoço de cada gêmeo. Com certeza, as pedras estavam escondidas debaixo da roupa.

Porém, não valia a pena insistir em convencer o velho naquele momento. O homem estava desconfiado e sua hostilidade era um problema. O mais cauteloso seria voltar em um momento mais oportuno, quando fosse possível ter melhores resultados. Mesmo assim, para não parecer que estava sendo enxotado com facilidade, o forasteiro ainda tentou um último bote, embora soubesse que também não iria funcionar:

— Sei que minha vinda à sua casa foi uma surpresa desagradável para você, uma vez que não esperava por isso. Então, peço desculpa pelo incômodo, pois não pretendia lhe causar tamanho desconforto. — O jovem estranho parou por um momento, esperando o semblante do velho se amolecer, o que não veio a ocorrer. — No entanto, caso você quisesse me agraciar com pelo menos uma das suas crianças...

— Retire-se do meu terreiro! — o homem mais idoso bradou, parecendo mais colérico do que antes. O modo súbito como subiu o tom da voz chamou a atenção dos dois gêmeos, os quais interromperam a brincadeira por um breve instante para dirigirem os olhos para a porta. Quando eles voltaram ao que estavam fazendo, o homem à porta retomou sua fala, tentando manter a voz baixa, mas firme. — Vá embora e não me perturbe mais. Minhas crianças são meus filhos. Não quero mais lhe ver em volta da minha cabana. Tente achar o que está procurando em outro lugar. Ou então volte para o torrão de onde veio, o qual não sei nem quero mais saber onde fica. Não vai encontrar nada por estas bandas que possa atender ao seu esquisito desejo.

O forasteiro não se fez de desentendido. A bronca que acabava de receber era suficiente para terminar sua busca ali mesmo e parar de insistir com o velho. Porém, o seu semblante não dizia o mesmo. Ele moveu levemente os lábios e desenhou sobre eles um sorriso de deboche, o qual pareceu enfurecer ainda mais o dono do casebre. O jovem estranho não disse mais nada, apenas girou sobre os calcanhares para ir embora. Depois de finalizar alguns passos, estacou de repente, ao ouvir outra vez a voz do homem mais idoso a lhe mandar um último aviso. Ou seria uma ameaça? Não importava. Qualquer palavra que partisse daquele homem ousado significava uma reprimenda desagradável, difícil de ouvir e penoso de aceitar.

— Espero que tenha compreendido a minha advertência com bastante clareza — o velho disse, de modo duro e agressivo, os olhos a faiscar o fogo da fúria. — Não ouse nem mesmo pense em se aproximar deste batente outra vez. Não abra esta porta por nenhum motivo. Nem que esta casa esteja entre chamas.

— Como você quiser, meu velho — o forasteiro murmurou para si mesmo, mantendo o sorriso de desdém e a voz tão baixa que nenhum som conseguiu chegar aos ouvidos do homem de pé à porta do casebre.

Como o *Recluso* parecia não ter mais nada para recomendar, o jovem foi embora sem virar o olhar para trás, apenas seguindo em frente pela vareda. Este, em silêncio, seguiu não se sabe para onde, talvez levando um plano maligno na cabeça. Aquele, remoendo a situação, não tinha certeza se o outro voltaria a lhe tirar o sossego. Se fosse alguém que tivesse um mínimo de respeito, não pisaria os pés nunca mais por estas bandas. Porém, se tivesse no coração um tanto de maldade, não iria sossegar até que trouxesse alguma tristeza a alguém destas redondezas.

Seria bom ficar atento para que nada de mau viesse a acontecer.

Não foi possível.

Algum tempo após aquele encontro desagradável, algo mais sério viera a perturbar a quietude do *Recluso* e de seus dois gêmeos. A conversa inconveniente que tivera com o jovem forasteiro não surtira o efeito esperado pelo homem mais velho. Embora tivesse passado muito tempo sumido, ninguém sabendo precisar seu paradeiro, o homem estranho surgiu de repente na vida dos meninos.

Ainda não estava no auge do horário da Visagem, o Visão do dia e protetor da luz, mas sua cria mais ardente, a Fagulha, já dava mostra de que a quentura se espalharia por todo lado. O *Recluso*, como gostava de fazer toda manhã, percorria os capões de mato vizinhos, próximos dos terreiros, em busca de lenha ou qualquer outro recurso para a cabana, fosse um pedaço de madeira para um banco rústico, estacas para a cerca envelhecida ou folhas e cascas para o preparo de algum medicamento mais simples. Os gêmeos, como só acordavam mais tarde, ficavam em casa, dormindo um sono tranquilo.

Mesmo de dentro do mato, com muitas árvores já sem folha devido à estação seca do *cinzento ressequido*, foi fácil perceber que algo de muito errado ocorria na cabana. Não era difícil distinguir uma torre de fumaça escura subindo às alturas, saindo de um ponto próximo e no rumo do casebre. O viúvo e *manayra* soube de imediato que precisava correr para a sua casa, pois era certo que sua moradia se incendiava como um pavio inflamável. Sem demora, ele largou tudo que estava fazendo e saiu às carreiras na direção da fumaça. Como realizava suas atividades nas proximidades do terreiro da frente, não levou muitos instantes para alcançar o lado frontal da casa. Quando se aproximou da porta e viu o que acontecia, o homem estacou de súbito, não podendo acreditar na cena que se desenrolava a poucas braças de onde estava.

Um fogaréu sem tamanho consumia a sua velha cabana, como um animal feroz devora uma presa pequena e indefesa. Chamas infernais se espalhavam pelas palhas secas de carnaubeira e pelos caibros que as sustentavam. O vento ameno da manhã já avançada forçava os rolos de fumaça enegrecida subirem acima do telhado e os levava com facilidade até a distância das moradias mais próximas. Pelas frestas das portas e janelas saíam labaredas abrasadoras, consumindo com fúria cada fibra de madeira. Por toda greta nas paredes, por menor que fosse, línguas esfomeadas de fogo abriam caminho, devorando as varas de madeira, as embiras trançadas e até mesmo o barro há tanto tempo ressecado. Tudo se queimava com violência e o estalido do fogo destruindo cada pedaço de material fazia tudo parecer um monstro enraivecido.

O casebre parecia mais era com uma fogueira a se incendiar.

Diante daquela catástrofe, o *Recluso*, impotente, simplesmente desabou, caindo de joelhos no chão, as lágrimas a descer pelo rosto já a envelhecer. Naquele momento, ele sabia que havia perdido mais dois filhos. Os Visões estavam testando sua estrutura emocional mais uma vez. Tinha deixado os dois meninos a dormir, como fazia todos os dias. E agora eles haviam sucumbido àquele fogo inexplicável, o homem não sabendo onde ou como havia se iniciado. Ele abaixou e depois levantou a cabeça vagarosamente, procurando algo pelos lados. Sabia que não encontraria nada, mas não custava nada tentar.

Não havia nenhum sinal de que os gêmeos tivessem saído de dentro da casa ou que alguém os tivesse salvado antes do fogo se espalhar por todos os cômodos. Quando olhou para o lado esquerdo, após olhar na sua direita, o *Recluso* também não conseguiu acreditar no que enxergava. De dentro do mato, um pouco afastado da cabana em chamas, o jovem forasteiro vinha caminhando em sua direção, tão silencioso quanto inabalável. Quando chegou perto o bastante do homem de joelhos, ele parou, embora não olhasse no rumo daquele.

— Estava passando pela vareda ali na frente, quando percebi um fio fino de fumaça a subir pelo céu limpo, saindo deste ponto — o jovem disse, sem demonstrar qualquer remorso. — Corri às pressas para cá, embora soubesse que você não aprovaria minha atitude. No entanto, quando cheguei, fui tomado por uma dúvida e um dilema. As chamas ainda estavam pequenas, porém não tinha a sua permissão para entrar em sua casa e ver se havia algo que poderia ser salvo do fogo. Você mesmo havia me impedido de abrir sua porta em qualquer circunstância, mesmo que estivesse ocorrendo um incêndio dentro dela. Não foi isto que você me ordenou? Depois foi que lembrei das duas crianças, as quais poderiam estar cercadas por labaredas sem poderem sair para se salvarem.

O homem de joelhos não respondeu de imediato. Os soluços lhe faziam o corpo tremer e sacolejar de forma incontrolável. Não estava entendendo a presença daquele jovem forasteiro, após um tempo sumido, e muito menos o que ele acabava de afirmar, como se soubesse algo a mais sobre aquele incêndio. Não era possível que estivesse escutando uma justificativa tão sem fundamento como aquela. No entanto, sua tristeza o impedia de se enfurecer diante daquela situação. Por isso, quando falou, foi com calma e tentando afogar o desalento:

— Por que você não salvou os meus meninos?

— Olhe pelo meu lado, meu velho. Se eu tivesse arrombado sua porta sem sua permissão, estaria sendo desrespeitoso para com você. Caso tivesse livrado da morte as suas crianças, teria me visto como oportunista. Caso contrário, se não tivesse conseguido salvar seus filhos, mesmo tentando, todo mundo me tomaria como suspeito e criminoso. Fiquei sem ação, sofrendo por não poder ajudar de forma alguma.

— E por que não chamou alguém ou me procurou para avisar sobre o que estava acontecendo? Eu não estava tão distante.

— Não faria diferença, uma vez que não sabia onde o procurar e iria demorar a encontrar alguém por estas proximidades neste horário da manhã, quando todos estão a realizar algum serviço fora de casa.

O *Recluso* baixou a cabeça e voltou a chorar novamente. Não havia como aquilo não ser um ato de vingança. Aquele jovem estranho estava ali somente para o ver sofrer e lhe falar tudo que gostaria de ter falado quando do primeiro encontro entre eles. Naquele momento, fora forçado pela circunstância a dar uma bronca dura no jovem de desejo esquisito. Agora, como se estivesse aproveitando a oportunidade, ele retribuía a reprimenda que recebera. Não havia dúvida de que era realmente um ser apático e desprezível.

— Você não se envergonha ou sente remorsos por fazer isso somente para se vingar? — o homem ajoelhado ainda conseguiu indagar, de maneira retórica. — Só porque não lhe dei meus amados meninos, precisava chegar a este ponto?

— Não tome isso como um ato vingativo da minha parte — o homem de pé respondeu, o semblante impassível e ausente de qualquer sentimento de generosidade. — Não sou destas bandas e, por isso, preciso viver segundo as regras e normas de vocês. Quando cheguei por estas varedas fui bem recebido pela maior parte do povo. Até mesmo encontrei pessoas que me incentivaram sobre onde procurar por uma criança. No entanto, depois de certo tempo, todos aqui passaram a me chamar de *Forasteiro*, o que me fez perceber que não era mais bem-vindo nestes tabuleiros e capões de mato.

— Realmente, não é mesmo. Por isso, depois do que aconteceu hoje, o melhor para você é sumir de vez destas paragens. Ir embora para nunca mais voltar.

— Não se preocupe, já estava de partida definitiva quando avistei o fogo em sua cabana. Portanto, a partir de agora, não me verão mais por estas bandas.

O jovem concluiu seu recado e se afastou para ir embora. Pela tranquilidade que conseguia manter no andar e pela frieza que sustentava no pensamento, não havia dúvida de que estava apreciando aquela situação. Também não parecia estar falando a verdade. O discurso mentiroso é caracteristicamente incoerente. E a fala mansa do rapaz era um poço a transbordar de incoerência. Quando chegou ao fim do terreiro, em nenhum momento virou o rosto para trás, ainda murmurou algumas palavras, a voz tão baixa que não foi possível um único som alcançar os ouvidos do homem postado de joelhos às suas costas:

— Vou embora satisfeito, velho. Meu serviço aqui está finalizado.

Depois, com um discreto sorriso de menosprezo, o *Forasteiro* falou em voz alta:

— Veja pelo lado bom, meu velho. Agora você não tem mais criança para cuidar nem os Visões poderão levar mais nenhum filho seu.

Quando finalizou sua fala zombeteira, o jovem esquisito se deu por satisfeito e não esperou por mais nada. A passos cadenciados e ligeiros, como se estivesse fugindo de algo, ele tomou um rumo qualquer e sumiu pela primeira vareda que estava ao alcance de seus pés. Pelo que se percebeu depois, ele havia partido de forma definitiva, nunca mais voltando, como das outras vezes em que desaparecia e retornava tempos depois. Pelo menos o *Recluso* nunca mais o viu.


Depois que o *Forasteiro* foi embora, não demorou para que as pessoas da vizinhança começassem a chegar ao local do casebre, este, já quase completamente transformado em cinzas. Elas encontraram o homem ainda de joelhos e a soluçar incontrolavelmente por sua perda. Em pouco tempo, já de pé e rodeado de conhecidos, ele relatou resumidamente o que havia se passado, a fumaça que vira subir da cabana, as chamas violentas consumindo tudo e o encontro bizarro com o rapaz esquisito. Ninguém que o ouviu conseguiu acreditar na estória de coincidência contada pelo jovem estranho. E todos à sua volta disseram estar convencidos categoricamente de que o *Forasteiro* teria colocado fogo no casebre, de forma intencional. Provavelmente, quando percebeu que não teria a posse dos meninos de forma alguma, tenha resolvido forjar um incêndio para lhes levar à morte.

O *Recluso* estava a pensar da mesma forma.

Nem todos, porém, estavam convictos de que tudo havia sido queimado dentro da casa. Enquanto uns se ocupavam em consolar o homem *manayra* pela segunda vez, outros procuravam ver, acuradamente, se alguma coisa havia sobrevivido às chamas abrasadoras. E a surpresa foi geral quando alguém gritou repentinamente, apontando em direção ao local do fogo:

— Olhem!

Todos os pares de olhos ali presentes se viraram para onde antes havia uma pequena casa de taipa. E todos se assustaram e se alegraram ao mesmo tempo. Embora o fogo houvesse destruído a maior parte das paredes e todo o teto feito de palha, parecia haver um espaço no centro da casa onde as labaredas não conseguiram alcançar. Um monte de entulho desabara e se acumulara naquele local. Mesmo assim, as línguas de fogo não avançaram no rumo do espaço central do cômodo maior da cabana. Quem havia gritado, tinha enxergado algo familiar no meio de tantos destroços chamuscados.

Com as labaredas maiores já extintas e a fumaça com seus últimos fiapos a subir ao céu, foi possível divisar com mais detalhes o que se concentrava no meio da casa. Os escombros estavam amontoados sobre uma mesa rústica, feita com madeira de imburana, a única que o *Recluso* possuía. Por um espaço aberto entre varas e restos de parede, alguma coisa se mexia devagar debaixo da mobília. Todos se alegraram, o *Recluso* de modo mais intenso do que os outros, quando avistaram os dois gêmeos abraçados e ilesos, embora estivessem muito assustados, amparados pelo móvel rústico. A mesa funcionara como um escudo, protegendo os meninos dos escombros que desabaram do teto e das paredes. No entanto, o que pareceu mais incrível a todos que presenciaram aquele ocorrido, foi o fato de que os dois garotos, nem a mesa, não apresentavam nenhum sinal de queimadura, por menor que fosse.

O fogo não havia chegado perto das duas crianças.

Ninguém, além do *Recluso* tempos depois, entendeu tamanha estranheza daquele acontecimento. Mas também ninguém se perguntou sobre o que poderia explicar aquilo. Simplesmente consideraram o ocorrido como algo extraordinário, um fenômeno que dispensa explicação, um trabalho generoso realizado pelos Visões. Somente os deuses de Tabuvale, o povo ali reunido afirmou, eram capazes de afastar o fogo que poderia ter transformado em cinzas aquelas duas crianças inocentes.

Quanto ao resgate dos meninos, não foi difícil de se concretizar. Sem mais presença de labaredas, as pessoas se armaram com o que encontraram por perto para afastarem o braseiro e a cinza ainda causticantes. Utilizando varas compridas de madeira, vassouras improvisadas com gravetos e garranchos, uma verdadeira tropa de homens abriu caminho pelos entulhos chamuscados até onde se encontravam os dois gêmeos. Após serem liberados dos escombros, os dois foram levados ao homem em lágrimas, estas agora de alegria, que os recebeu com um abraço afetuoso e cheio de regozijo. O *Recluso* estava em êxtase, uma vez que, há pouco, tudo parecia feito de tristeza. Agora, mesmo vendo sua cabana transformada em um monte de fuligem, a vida intacta dos seus dois meninos era mais importante para ele.

E no calor do momento, quando os ânimos ainda estavam elevados, um grupo de homens se espalhou pelas redondezas à procura do *Forasteiro*. O objetivo era encontrá-lo e trazê-lo de volta para contar a verdade sobre a sua presença nas proximidades da casa durante o catastrófico incêndio. Assim, poderia se descobrir se ele realmente vira o que dissera ter visto ou se fizera algo que não dissera ter feito. Que, após um breve interrogatório, ele pudesse confessar qualquer participação no fogo que quase levara embora a vida dos dois gêmeos. O pensamento geral era de que não teria sido um incêndio acidental, mas um ato criminoso. E o rapaz de desejo esquisito era o principal suspeito naquele momento.

No entanto, embora fosse um grupo grande, com muitas pessoas determinadas a pegar o sujeito, não se encontrou nem mesmo o rastro do *Forasteiro*. Nenhum morador o viu passar por nenhum caminho e ninguém conseguiu afirmar nada sobre algum esconderijo onde ele pudesse estar encoberto. Os capões de mato foram revistados e as casas abandonadas foram inspecionadas. Ainda assim, não se encontrou nada sobre o rapaz. Nenhum chinelo, nenhuma roupa, nenhum objeto pessoal, nenhuma cama improvisada. Simplesmente nada. O homem fugitivo havia sumido sem deixar vestígio, como se nunca tivesse pisado em lugar algum do Pote. Como se nunca houvesse existido nas imediações do Monte Gêmeo.

E o desaparecimento do *Forasteiro* só fez intensificar a convicção de que ele realmente havia sido o responsável por colocar fogo na cabana, de forma proposital e criminosa, com o único objetivo de exterminar os dois gêmeos. Se a verdade era mesmo isso, o rapaz havia fracassado no seu intento. Felizmente.

Quanto ao casebre, destruído de cima a baixo, não passava de um monte acinzentado de material carbonizado. Nada de seu teto, das paredes ou das portas, pôde ser reaproveitado. Somente o local serviu como espaço para a construção de uma nova cabana, erguida com o apoio do povo das redondezas. Embora vivesse isolado, as pessoas tinham grande consideração pelo *Recluso*, principalmente após a chegada dos gêmeos. Então, todos ajudaram com algo. Uns adquiriram novos materiais, outros auxiliaram na construção. O trabalho se deu sem interrupção e contou com a solidariedade de todos os vizinhos.

Não demorou para que o homem tivesse novamente um teto sobre a cabeça. E a cabana fora erigida conforme o desenho da anterior e exatamente no mesmo local. Quem não tivesse conhecimento do incêndio, poderia se enganar e pensar que não teria ocorrido nenhuma destruição da casa mais velha. E para aumentar ainda mais a semelhança, o *Recluso* recolocou a mesa protetora na mesma posição em que se encontrava quando da demolição causada pelo fogo.

Sentado à mesa rústica, o escudo protetor de tempos passados, o *Lasso* finalizava os seus últimos preparativos, os quais não eram muitos. Ele estava apressado para sair. O chamado que havia recebido tinha sofrido uma alteração. Em vez de um serviço a ser realizado mais perto de casa, o roçado que estaria por queimar se localizava, na verdade, muito mais distante do que haviam lhe dito anteriormente. Então, ele precisava sair mais cedo, caso quisesse chegar no horário correto. No entanto, era necessário esperar um pouco mais, até que o *Afoito* se decidisse de vez em combinar outro momento para a sua tão esperada conversa. Como ele estava se demorando em seu silêncio, como alguém tentando extirpar um sono profundo dos olhos, um recado breve poderia resolver. O irmão tivera uma viagem longa e cansativa. Era normal que necessitasse de um descanso mais prolongado.

— Irmão? — o *Lasso* chamou com voz baixa, após se levantar de onde estava sentado, mas sem se afastar da mesa, permanecendo no lado oposto ao que o *Afoito* ocupava. — Preciso sair agora mesmo. O roçado a ser queimado é um pouco longe daqui, para as bandas do sopé oeste do Gêmeo. Houve uma mudança de plano por parte do pessoal, embora eu não saiba exatamente o motivo. Apenas me informaram que seria outra roça, mais distante do que aquela que estava combinada.

— Quem veio lhe comunicar que seria outro roçado? — o *Afoito* indagou com desconfiança, mantendo ambos os olhos fixados ao tampo da mesa e sem se levantar da cadeira na qual havia se acomodado para tomar a bebida matinal oferecida pelo irmão. — Não estava certo de que sairia para o trabalho somente ao meio-dia?

— Parece que uma outra pessoa está precisando queimar a sua roça e também está com pressa. Por isso, resolveram me mandar um aviso sobre a mudança no horário do serviço. Como é mais longe, não podemos deixar para sair somente no momento de se iniciar o fogo.

— Tudo bem, mano — o *Afoito* disse, parecendo decepcionado e compreensivo, tudo ao mesmo tempo. Desde que reencontrou o irmão na noite anterior, ele passou a buscar um equilíbrio entre os sentimentos de decepção, que sentia em relação às atitudes fracas do seu par gêmeo, e compreensão, que sabia ser necessária para se construir uma harmonia entre eles dois. — Mas e a nossa conversa? Quando a teremos?

— Não se preocupe — o *Lasso* assegurou, aliviado pelo irmão não parecer magoado pelo que ouvia. — Vamos sentar para conversar logo que eu estiver de volta, durante a boquinha da noite. Sei o quanto isso é importante para você...

— Para nós dois — o *Afoito* interrompeu, levantando o olhar para o irmão.

— Para nós dois — o *Lasso* corrigiu, encarando o outro com seriedade no olhar. E no peito também. — Não pense que estou fugindo de nossa conversação. Estou realmente interessado e ansioso para ouvir de você o que tem para me esclarecer. Só peço que entenda minha posição. O povo deste lugar se habituou com minha ajuda e não acende uma única lamparina sem a minha presença.

Os dois irmãos se abriram em gargalhadas após o comentário debochado. Apesar de pensarem diferente, ainda eram gêmeos e se gostavam como verdadeiros irmãos. A diferença nas atitudes não poderia interferir no pensamento fraterno. Os dois sabiam disso e estavam juntos novamente para se ajudarem no que fosse preciso. Era alentador se sentir em casa depois de muito tempo longe, o homem outrora viajante admitiu. E não poderia haver algo mais revigorante do que ter de volta um irmão que passara muito tempo fora, o homem de pé reconheceu. Estava tudo bem entre eles, os dois tinham certeza.

— Está com o *cálido*? — o *Afoito* interrogou o domador de fogo, retoricamente, voltando a ficar sério outra vez. Ele sabia que o irmão havia colocado o precioso objeto no bolso.

— De todos os meus pertences no serviço que exerço, não poderia esquecer o instrumento principal — o *Lasso* respondeu de imediato, pondo a mão no bolso e a retirando logo em seguida. Entre os dedos estava o colar de formato singular, sustentando o pedregulho cintilante em forma de chama.

— Ainda estou à espera de que você volte a usá-lo no pescoço.

— Vou tentar me acostumar. Talvez não seja tão difícil quanto eu imagino.

— Não mais do que domar uma língua de fogo no meio de um roçado.

Cada um dos dois irmãos voltou a exibir um sorriso leve no rosto. Um sinal claro de entendimento e compreensão entre eles. Quando o *Lasso* se preparou para sair, o *Afoito* lhe desejou um bom trabalho em tom de brincadeira:

— Cuidado para não se queimar.

— Não se preocupe com isso — o *Lasso* respondeu, entendendo de imediato o gracejo. — Não vou demorar. Enquanto estou fora, aproveite para repousar e relembrar o passado deste casebre e nossa vida sob seu teto.

— Vou tentar descansar um pouco. Há tempo que não tenho à minha disposição um leito tão agradável. Quanto a recordar o passado, não pretendo reviver o que se passou aqui. Nada poderá vir à minha mente além da discussão tola que tivemos quando de nossa separação e a trágica morte de nosso pai.

— Será suficiente para se sentir em casa.

Dito isso, o *Lasso* se calou e saiu para o sol da manhã. O grupo de seus ajudantes já devia estar à sua espera em algum ponto da vareda. Ele precisava se apressar, caso não quisesse ficar para trás e caminhar sozinho. O *Afoito*, em silêncio, permaneceu sentado onde estava, remoendo as lembranças do único pai que conhecera, o *Recluso*. Este, embora um dia tenha sido ignorado pelo *morbo*, a doença repugnante que o tornara viúvo e *manayra* de uma única vez, não conseguira sobreviver quando a *cinta*, a moléstia imunda de feridas pútridas, fechou-se ao redor do seu corpo.

O *Recluso* sentia que suas forças vitais se esvaíam de vez, rumando para um fim tão doloroso quanto inevitável, quando resolveu chamar os dois gêmeos à beira de sua rede. Ele queria ter uma conversa séria e esclarecedora com seus meninos. Na verdade, naquela ocasião, seus dois jovens crescidos, embora ainda tão semelhantes como se um fosse a imagem espelhada do outro. Após o incidente com o fogo na cabana, há muito ocorrido, o *Recluso* cuidou ainda mais dos filhos, não perdendo a oportunidade de testar sua suspeita. Ele não sabia como, mas aquelas duas crianças conseguiam, de algum modo misterioso, controlar o fogo. Provavelmente, o segredo estava naquela pedrinha reluzente que cada uma delas carregava no pescoço. E, à medida que elas cresciam, o pai as incentivava a realizar malabarismos com as chamas de qualquer candeia que tivesse uma labareda a tremeluzir.

Não se passou tanto tempo até que ambos os filhos, depois de se tornarem dois jovens refeitos, percebessem do que eram capazes. Cônscios do poder que eles tinham, o pai os aconselhou a manterem tudo aquilo em segredo, discutido somente entre eles três. Os dois prometeram perante os Visões que não deixariam as pessoas saberem que eles tinham a capacidade de domar o fogo. Mesmo assim, não hesitaram em ajudar as pessoas no controle de um fogaréu a transformar um roçado em cinzas. Tal tarefa não levantaria suspeita no povo, uma vez que, como todos em Tabuvale sabem, sempre existe algumas pessoas que crescem com o dom de resmungar para acalmar o fogo de uma roça. Muitos *sussurrantes* aprimoram essa habilidade no decorrer da vida. Dessa forma, ninguém das redondezas desconfiou de que o segredo deles estava guardado nos rebos dependurados no pescoço de cada um dos dois rapazes.

O velho já nem mais lembrava quando exatamente a primeira bolha de pus havia aparecido no corpo, uma pinta amarelada e dura que brotara acima do seu mamilo esquerdo, já perto da clavícula. Sem se preocupar com a ferida, ele simplesmente a estourou, pensando ser apenas um furúnculo qualquer e insignificante. E fez o mesmo com tantas outras que vieram a surgir em seguida. Quando se deu conta da gravidade do problema, as chagas eram tantas que já formavam um verdadeiro caminho pelo seu peitoral, uma faixa com pontos avermelhados e amarelados seguindo em diagonal para o lado direito inferior do peito.

Por mais que ele tenha colocado bálsamos de todo tipo sobre as feridas, numa tentativa louca e desesperada de combater o avanço da doença, a *cinta* não recuou em momento algum. Pelo contrário, a quantidade de moléstia apenas aumentou de forma acelerada, nascendo mais uma e mais outra sem parar, todos os dias e todas as noites. Não demorou para que o caminho pestilento se estendesse por toda a largura do busto do homem, passando por baixo de sua axila direita, voltando pelas costas até o ombro esquerdo e novamente se aproximando do mamilo onde havia nascido a primeira ferida. Nenhum medicamento funcionou e o anel de úlcera se fechou sobre si mesmo, como uma cobra engolindo o próprio rabo. E como todos em Tabuvale conhecem bem, quando chega nesse estágio de uma volta completa, a *cinta* se torna incurável. Somente nas lendas do povo mais velho há registro de pessoas que conseguiram sobreviver ao estado extremo de tal doença. No mundo real, não resta alternativa a não ser esperar pelo chamado dos Visões.

O *Recluso* tinha consciência disso e não perdeu tempo em chamar pelos filhos. Durante os muitos e longos dias, e intermináveis noites, que padeceu com as dores da *cinta*, o velho foi assistido pelos dois gêmeos, os quais se revezavam na labuta diária e cuidados com o doente. Além da comida e da higiene, os rapazes preparavam remédios para combater os espasmos lancinantes que, constantemente, sacudiam o corpo do macróbio enfermo. Estavam retribuindo o trabalho que o velho lhes havia prestado desde que os encontrara, quando ainda não sabiam nem comer com as próprias mãos. E ele tinha algo importante que gostaria de compartilhar com os jovens. Seria uma forma de preparar cada um deles para o que poderiam encontrar pela frente, quando estivessem sozinhos no mundo. Eles eram bons filhos e não hesitariam em seguir suas recomendações.

— Ouçam bem o que vou lhes dizer — o *Recluso* exigiu, após uma respiração profunda depois de uma onda intensa de dor, característica singular da *cinta*, tentando concentrar as vistas turvas nos dois rapazes sentados próximos à sua desgastada rede. — O poder que vocês carregam não deve ser usado de qualquer forma nem de modo leviano. — Ele deu uma pausa para tentar outra árdua aspiração. — Quando os encontrei, ainda pequenos, debaixo do meu canteiro, não havia entendido o motivo desses colares e esses dois excepcionais seixos. Somente vim a compreender quando apareceu um jovem estranho querendo tirar vocês de mim. Ele também carregava um objeto no pescoço. Muito similar ao de vocês. Com a diferença de que era um pouco maior.

— O jovem que colocou fogo na sua antiga cabana com a gente dentro? — o gêmeo que nascera primeiro, o *Afoito*, indagou ao pai moribundo, objetivando lhe proporcionar um momento para voltar a respirar.

— O dito cujo. — Mais uma pausa para tentar inalar um pouco de ar para os pulmões. — Eu também não havia entendido a atitude dele em colocar fogo na minha casa. Num primeiro momento, eu achava que era somente um ato de vingança. Porém, mais uma vez, eu estava enganado. Na verdade, aquele jovem só tinha um único objetivo desde que chegou por estas bandas. Ele não estava à procura de uma criança para criar. Não era isso. — Mais uma inspiração e expiração concluídas de modo aflitivo. — Ele havia vindo para cá com a missão, única e exclusiva, de eliminar vocês dois.

— Como você descobriu isso, pai? — o gêmeo que saiu das entranhas da mãe por último, o *Lasso*, interpelou, curioso.

— Não sei dessas coisas com total certeza — O homem deitado assumiu, agora mais aliviado pela ausência de tremores dolorosos. — No entanto, tudo mostra que era esse o plano daquele rapaz esquisito. Segundo o que aprendi com as estórias do povo mais velho, muitas das raras pessoas que encontram um *cálido*, transformam-se em criaturas soberbas e egoístas. Detentoras do poder da Fagulha, elas se tornam arrogantes ao extremo e não conseguem suportar ninguém mais que tenha a mesma capacidade de controlar o fogo. E, no seu egoísmo doentio, são capazes de forjar a morte de qualquer um que também use o colar com o *cálido de fogo*. Tornam-se descontroladas, como se estivessem dominadas pelo Bafejo, a cria maléfica do Pesadelo.

Os dois gêmeos ouviam o pai atentos e em silêncio. O *Recluso* já lhes havia contado diversas vezes sobre o incêndio no casebre e como os dois haviam se salvado de modo misterioso e inimaginável. Estes esclarecimentos, no entanto, o velho nunca lhes havia proporcionado. Até então, eles não tinham consciência plena da dimensão do poder e responsabilidade que tinham em mãos. Porém, o que mais os surpreendeu foi o que o pai tinha para acrescentar em seguida.

— Mas o que eu quero mesmo falar não é sobre isso. — O *Recluso* voltou a discorrer, parecendo um tanto ainda mais cansado. — Todas essas coisas, vocês poderão aprender com o tempo, quando estiverem a aperfeiçoar as suas habilidades com mais acurácia e objetividade. Tenho certeza de que vocês irão fazer as perguntas corretas, nos lugares certos, e encontrar as respostas necessárias ao uso e domínio dos seus respectivos *cálidos*.

O moribundo ensaiou outra aspiração, antes de continuar. Estava cada vez mais fraco, as forças o abandonando com pressa, como a luz sumindo com a chegada da noite. Mesmo assim, ele não queria perder a última oportunidade de dar o seu mais importante recado aos filhos. Por isso, o *Recluso* fez um esforço extra e voltou a falar:

— Quero lhes pedir cautela no modo como irão usar essas pedrinhas de fogo. Quem os colocou debaixo do meu canteiro, seja lá quem foi, seus pais, seus parentes, ou seus conhecidos, estava querendo mantê-los em segurança e protegê-los de pessoas malignas. Como aquele homem desprezível que surgiu não se sabe de onde, com toda uma estória sem fundamento. Quem os trouxe às escondidas até mim, devia saber o quanto vocês estavam em perigo e ameaçados com a morte.

Os dois gêmeos, atentos a cada palavra articulada pela boca do enfermo, não conseguiram evitar um entreolhar rápido. Todas aquelas observações tinham fundamento e esclareciam muitas dúvidas. Como nenhuma pessoa nunca apareceu para reivindicar a guarda deles dois, quem os escondeu deve ter sucumbido na tentativa de manter os irmãos protegidos. Com certeza era alguém muito corajoso e íntegro, capaz de perder a própria vida para honrar a tarefa que lhe fora atribuída. Como os eventos demonstravam até agora, havia cumprido a sua missão com zelo e eficiência.

— Agora, o mais importante. — O *Recluso* voltou a mover os lábios, obtendo outra vez a atenção dos dois jovens. — O *Forasteiro* ainda continua vivo.

O moribundo girou o pescoço para encarar os dois gêmeos com os olhos, os seus dois jovens crescidos e iguais. Idênticos pelo menos nos traços fisionômicos. No modo de pensar, não tanto. Estes, estupefatos com o que acabavam de ouvir, redobraram a concentração. Quem os visse por dentro, enxergaria um medo arrepiante a perturbar seus pensamentos. No entanto, eles não expressaram nenhum sentimento desse tipo. Apenas esperaram pelo resto, algo mais que o homem em decadência tinha para lhes oferecer como recado ou aviso. Percebendo a aflição dos rapazes, o *Recluso* voltou a lhes recomendar:

— Todo mundo destas paragens está convicto de que o *Forasteiro* foi embora para nunca mais retornar. Todos os que pensam assim estão enganados. Ele pode ter partido para lugarejos longínquos ou se escondido em algum local inexpugnável. Mas não efetivou sua missão. Isto significa que, no momento em que descobrir que vocês ainda estão vivos, se já não descobriu, ele voltará para concluir sua empreitada. Sendo assim, a qualquer momento ele poderá estar de volta às suas vidas. Talvez até do modo mais inesperado. Tenham cuidado.

Foi a expressão do derradeiro pensamento do *Recluso*.

Durante o resto do dia, ele passou apenas gemendo e se sacudindo dentro da rede, apesar dos preparados que os gêmeos lhe colocavam na boca. Embora os dois, de vez em quando, dirigissem-lhe alguma pergunta, ele não respondia. Era como se não pertencesse mais ao mundo mortal de Tabuvale. À medida que o dia foi se findando, seus gemidos também foram se amainando, os espasmos doloridos ficaram imperceptíveis e a respiração se tornou apenas um arquejar angustiante, para ele e para os filhos.

Quando o Assobiador estendeu suas trevas sobre o Pote naquele fatídico dia, o *fulgor* do *Recluso* abandonou de vez o seu corpo.

O *Afoito* estava de pé, próximo à pequena janela, quando começou a observar a fumaça que subia ao céu, para as bandas do sopé oeste do Monte Gêmeo. O irmão e seus companheiros já haviam dado início ao fogaréu. Desde o momento em que o *Lasso* saíra, o homem do cajado ficara a relembrar a conversa que eles haviam tido com o pai em seu leito de morte. Todos aqueles avisos e cogitações do velho eram sensatos e preocupantes, como ele agora podia comprovar. Na época, seu irmão não ficara muito convencido daquelas recomendações, estando mais inclinado a acreditar que tudo aquilo não passava de alucinações do pai, delírios de um homem à beira da morte, atormentado por dores insuportáveis. O *Afoito*, pelo contrário, não havia estado em dúvida em nenhum momento. Ouvira todas as advertências do velho com mente aberta e convicto de que era necessário buscar mais conhecimento sobre o *cálido* em outros lugares e com pessoas que entendessem mais sobre o assunto. Quanto ao suposto perigo que deviam estar correndo, como o *Recluso* dissera, era algo ainda mais preocupante.

A divergência entre o modo de pensarem sobre tal narrativa fora o que levara à separação dos dois gêmeos, logo após a morte do *Recluso*. A discussão que eles haviam tido não era nada mais do que falta de acordo entre ficar para continuar como estavam ou saírem à procura de resposta. No fim, o *Afoito* seguiu em frente, enquanto o *Lasso* permaneceu por aqui. O primeiro viu e ouviu fatos por onde andou que lhe forneceram conhecimento e sabedoria sobre o poder que carregava no pescoço. O segundo, embora curioso e aplicado em sua tarefa de aperfeiçoar suas habilidades, não evoluiu no modo de intensificar um vínculo com o seixo que sempre tivera pendurado ao pescoço. Por isso, tempos depois, quando passara a viver sozinho no casebre, o *Lasso* desatou o colar e o guardou no bolso da calça, pois não sabia se isso faria diferença no seu uso.

Metido em pensamentos, ainda postado à janela, o *Afoito* percebeu que havia algo estranho na fumaça que subia para o céu, ao longe. O dia não estava agitado o bastante para formar redemoinhos tão violentos como os que ele agora avistava. Mesmo de longe era possível ver que a fumaça formava nuvens girantes, como vórtices de poeira. Uma cama de garrancho a queimar, mesmo com vento forte, não produz um fumaceiro tão espiralado como aquele que se elevava sem deixar de rodopiar. Além disso, ainda era cedo para se colocar fogo em um roçado. O vento e a quentura ainda não estavam no ponto ideal. Alguma coisa muito errada estava acontecendo, o homem à janela concluiu.

Habituado a raciocinar de modo rápido, o *Afoito* não levou tanto tempo para fazer a conexão entre duas importantes informações, uma passada e uma presente, a do pai e a do irmão, a última sendo elucidada pela primeira. ... *Houve uma mudança de plano por parte do pessoal, embora eu não saiba exatamente o motivo.* O irmão havia afirmado, mais cedo, tão inocente quanto despreocupado. ... *a qualquer momento ele poderá estar de volta às suas vidas.* O pai os tinha avisado no leito de morte, tão lúcido quanto convicto de tudo que estava a afirmar. E mais: ... *Talvez até do modo mais inesperado.* O velho *Recluso* havia alertado, tão sábio quanto cheio de presságio.

— O roçado! — o *Afoito* se pegou dizendo. — A mudança de plano era uma armadilha.

O homem se agitou de repente, quebrando a inércia na qual havia se enfiado desde cedo. Esteve tão à vontade de volta ao casebre que esqueceu do real motivo de seu retorno aos tabuleiros e capões de mato do Pote. Estava aqui para alertar o irmão sobre o perigo que poderia estar se aproximando e lhe comunicar que as previsões do seu pai eram todas verdadeiras e autênticas. Agora, acabava de descobrir que o inimigo se antecipara a ele, retornando mais cedo do que ele esperava e de modo dissimulado, como sempre gostou de agir. Usar os próprios companheiros do irmão era um golpe demasiadamente desonroso mas, ao mesmo tempo, astuto e infalível. Desta vez, tudo parecia indicar, o *Forasteiro* não pretendia cometer nenhuma falha.

Sem mais demora e convicto do precioso tempo que estava perdendo, o *Afoito* procurou pelos seus pertences, o cajado e a roupa de viagem. Precisava sair, correr para avisar ao irmão sobre a emboscada para a qual estaria caminhando. Se já não estivesse dentro dela. Ele vestiu o casaco e as luvas da maneira mais rápida que conseguiu, ao mesmo tempo que levava a mão ao pescoço para se certificar de que o colar estava lá, mantendo o *cálido* em segurança. As botas e a roupa justa, como fazia logo de manhã, já estavam devidamente ajustadas ao corpo. Posta a vestimenta externa e percebendo que estava pronto, ele tomou do cajado e saiu apressado pela porta da frente, não esquecendo de puxar o capuz para cima, protegendo a cabeça do sol e escondendo o rosto.

Em instantes, sumia às carreiras pela vareda, rumo ao rolo de fumaça rodopiante, a cada momento torcendo para que já não fosse tarde demais para evitar uma catástrofe. O irmão corria um grande perigo e ele seria a única pessoa que poderia lhe ajudar. Se não chegasse a tempo, porém, tudo estaria perdido. Tudo que ele ouvira e descobrira nos últimos tempos, agora parecia se tornar realidade. Uma realidade de fogo e vingança. Era chegado o momento de conhecer o homem que queria vê-lo morto desde muito tempo. Desde quando ele e seu irmão gêmeo ainda eram duas crianças inocentes e indefesas.

Quando saíra de casa, o *Lasso* não caminhara muito até encontrar seus companheiros de fogo a lhe esperar à beira da vareda, como ele havia imaginado. Eles estavam num total de sete homens, talvez todos experientes na labuta de queimar roçado, todos os quais provavelmente são sempre chamados quando o *cinzento ressequido* se abate sobre o Gêmeo e as pessoas do Pote necessitam limpar suas roças. Cada um deles estava munido de algum apetrecho essencial à tarefa. Foice para cortar moitas e garranchos e abrir trilha pelo mato, caso fosse necessário; cabaça com água para saciar a sede em plena quentura ou até mesmo para apagar uma brasa incandescente a se esgueirar para o meio de um monte de folhas secas; acha de sabiá seco com uma extremidade já em farpa para servir como tocha e espalhar as pequenas chamas ao longo do aceiro; feixe de cipós para servir como vassoura improvisada e afastar materiais inflamáveis para longe do fogo. Todas essas ferramentas seriam bem utilizadas e todos os homens estariam a trabalhar de forma incansável para que o dito roçado queimasse sem ficar com uma única coivara, mas também não entrasse fogo pela mata adentro.

A não ser que algo muito errado acontecesse.

Nenhum dos companheiros, no entanto, tinha a responsabilidade maior do que a do *Lasso*. Este, conhecido desde muito jovem como domador de fogo, teria a função de controlar a intensidade das labaredas, nem tão diminutas, nem tão descomunais. Ele invocaria a Fagulha, se as chamas esmorecessem, ou lhe pediria misericórdia, se as línguas de fogo subissem além do normal ou o vento trouxesse um redemoinho alvoroçado. De qualquer forma, seu papel seria o mais crucial para que tudo corresse como combinado e todos voltassem logo para suas casas, e, o mais importante, ilesos.

— Tudo pronto para o fogaréu? — o *Lasso* indagou aos homens, logo que os encontrou, sem se dirigir a nenhum deles especificamente. Era, obviamente, uma pergunta retórica.

— Tudo nos conformes — um dos sete camaradas respondeu por todos os outros seis.

Todos sorriram, inclusive o homem que acabava de chegar, e se aprumaram para seguirem de vareda afora. O destino não era tão distante, mas a caminhada ainda demoraria um pouco, uma vez que os homens mantinham um ritmo constante, porém não tão apressado. Era um caminhar de passos cadenciados, mas sem forçar uma maior rapidez. Assim, eles não seriam pegos pelo cansaço e chegariam dentro de um tempo hábil. No horário correto para o devido trabalho. Até porque, para onde eles se dirigiam e o que fariam depois, não havia necessidade de se apressarem.

O grupo seguiu pela vareda, no sentido oeste, no rumo para o qual haviam sido orientados. Avançavam por um caminho secundário, uma trilha estreita que, mais à frente, desviou-se na direção do sopé do Monte Gêmeo. Apesar da estação seca e causticante imposta pelo *ressequido*, eles estavam protegidos pela sombra do mato mais crescido nas proximidades do morro. À medida que chegavam mais perto das encostas, os homens ficavam cada vez mais ocultos pelas copas das árvores mais altas. Dali em diante, já como trilha somente de trabalhadores e animais, a vareda seguiu margeando o sopé da montanha.

— Parece que chegamos — o *Lasso* exclamou, quando se aproximaram da beira de um enorme roçado encravado no sopé do Monte Gêmeo. A camada de garranchos rebaixados tinha uma elevação até quase a altura de seus umbigos. Era muito material inflamável, pronto para se incendiar. O desmatamento se situava dentro de uma mata de altas árvores e balceiros espalhados por todo lado. O comprimento da roça começava a uma quantidade grande de braças ao sul do Gêmeo e se estendia, na direção norte, até o início da sua elevação. Ao seu redor, o mato era tão alto e fechado que a área roçada parecia mais era com um imenso buraco no meio da floresta.

— Este é realmente grande — um dos companheiros admitiu, percebendo que todos os demais não deixaram de concordar com ele.

Aqueles homens já haviam posto fogo em diversos roçados, alguns maiores, outros menores; alguns mais fáceis de controlar as chamas, outros mais perigosos; uns que se incendiaram tão rápido quanto uma palha seca num braseiro, mas alguns que não se acenderam de maneira nenhuma. No entanto, este que eles tinham pela frente não se comparava a nenhum outro anterior, fosse em extensão ou em chances de sair uma brasa para fora e começar um incêndio descontrolado no meio do mato. Até mesmo o *Lasso*, conhecedor e domador de chamas ardentes, impressionou-se com a dimensão da cama de vegetação seca e o perigo que ela oferecia aos capões de mato dos arredores.

Porém, ninguém se assustou ou desistiu do serviço. Era apenas um roçado como todos os outros. Cada homem se preparou para iniciar os trabalhos, organizando as ferramentas e projetando como seria feita a queima de forma mais eficiente e sob controle. Pelo tamanho, eles concluíram, era possível que se demorasse um pouco mais para completar o anel de fogo ao redor de toda a área roçada. Portanto, seria necessário averiguar todo o aceiro antes de começar com a labuta dos fachos.

— Será que o dono já estar por aqui? — o *Lasso* indagou aos companheiros, sentindo a falta de uma pessoa para lhes ordenar o início do labor propriamente dito. — Alguém aqui entre nós conhece ele?

— Eu, particularmente, não o conheço — um dos homens respondeu, dando de ombros. — Apenas me mandaram um recado informando onde ficava o roçado. A quem pertencia, não me disseram com detalhe. E eu também não perguntei, pois a localização, o dia e horário eram só o que nos interessava.

Os outros seis homens ali forneceram a mesma resposta ao domador de fogo. Sabiam onde se situava o desmatamento. No entanto, não haviam recebido uma indicação clara de quem seria o dono. Mas isso não tinha importância, como um deles já havia afirmado, uma vez que estavam preparados para aprontar a roça, não para saberem quem a tinha como posse. Já haviam ateado fogo em muitos outros roçados dos quais somente vieram a conhecer o proprietário quando tudo já não passava de cinzas.

— Realmente, isso não nos importa muito agora — o *Lasso* exclamou, indiferente. — Se, depois de tudo organizado, ele não aparecer para nos indicar o melhor momento de iniciar o fogo, teremos de nos ordenar a nós mesmos. Uma obra fica melhor quando as ordens vêm de quem as realiza, não de quem a quer.

— É isso mesmo! — Alguém do grupo, mais entusiasmado do que os demais, não conseguiu segurar um gritinho de empolgação.

— Percorram todo o perímetro do desmatamento e verifiquem se os aceiros estão todos prontos — o *Lasso* voltou a falar, ignorando o companheiro que se manifestara com animação. — Quando estiverem todos preparados, com os fachos acessos em mãos, mandem-me um sinal para que eu possa também me arranjar.

Ninguém se fez de desentendido. Enquanto o homem das chamas se dirigia para um dos lados do roçado, buscando a direção correta do vento e dos raios de luz, os demais rumaram para o sentido oposto, cada um com um facho no ombro ou uma vassoura de cipó nas mãos. Estes, conversando animadamente, teriam que averiguar se as folhas estariam corretamente postas no aceiro e se não havia algum ponto que ainda não havia sido aceirado. Aquele, seguindo em silêncio, precisava organizar seu ritual, uma ponte entre o mundo dos homens e o mundo dos Visões.

Quando o *Lasso* alcançou um lugar ideal para montar o seu posto avançado, os homens pareciam sumir na vastidão do desmatamento, pois caminhavam por uma reentrância na camada de garranchos, a qual os levou até o meio do roçado. Naquele ponto, ficando visíveis para o gêmeo apenas a parte superior aos ombros, dava-se a impressão de que eles estavam enterrados de pé na cama de balceiro. Para quem os visse de perto, no entanto, notaria que eles estavam apenas acompanhando a linha sinuosa do aceiro. Onde os homens acabavam de passar, ela não era reta, mas se curvava para o interior da camada de garranchos.

Quase no meio do comprimento do roçado, no sentido transversal ao morro, havia um espaço estreito onde não fora necessário se cortar o mato, pois ali não existira vegetação anteriormente à derruba de árvores. Era o local de uma modesta clareira. Agora, não passava de uma boca em meio à camada de vegetação seca pronta para se incendiar. No entanto, o seu feitio era assustadoramente singular. Ela começava muito estreita no aceiro, um espaço que só cabia mesmo uma pessoa, dois homens não podendo passar por ela ao mesmo tempo. Porém, à medida que seguia para dentro do roçado, a sua área aumentava, suas bordas se afastando de maneira abaulada por uma certa distância. Depois, ao se aproximarem do centro, suas margens voltavam a se fechar suavemente. Quem visse de cima, podia perceber que aquele espaço vazio tinha o formato de uma grande labareda, moldada conforme os limites da pequena clareira, juntamente com a esperteza de quem limpou o terreno.

— Sou o dono do roçado! — uma voz mansa e desconhecida chegou aos ouvidos do *Lasso*, quando ele se abaixou para melhor se acomodar para a realização do seu ritual. Quando levantou as vistas, percebeu à sua frente a figura de um homem que não conhecia, olhando na sua direção com um semblante imperturbável. — E ordeno que está no momento certo de se iniciar o fogaréu — o desconhecido completou, forçando os lábios a desenharem um sorrisinho de deboche no rosto.

O *Lasso* se assustou três vezes seguidas. O primeiro susto veio com a voz estranha e inesperada, aturdindo os seus tímpanos, até então relaxados. A segunda vez foi devida à figura do homem, o qual apareceu de repente, parado ali e observando-o em silêncio, como uma fera esperando uma presa sair da toca. Por último, e o que lhe deixou ainda mais espantado e apavorado, foi porque o *Lasso* ouviu um som abafado e repentino às suas costas, logo que o homem estranho terminou de falar. O barulho lhe pareceu aos ouvidos uma fogueira se incendiando de modo súbito, porém, com a diferença de ser uma fogueira de grandes proporções. Surpreso, ele não pôde evitar um girar rápido do pescoço e olhar admirado para trás. O que viu fez seu coração parar como uma pedra sob o peito e cada partícula de seu corpo se estremeceu, como se tivesse sido sacudido por uma explosão. Uma explosão de puro pavor.

O imenso roçado, totalmente intacto há ínfimos instantes atrás, agora era uma verdadeira pira se consumindo entre chamas. As labaredas estavam por todos os pontos do aceiro, tão elevadas quanto as árvores da mata vizinha. Línguas de fogo subiam às alturas, ao mesmo tempo que se direcionavam para o centro do desmatamento. Colunas grossas e escuras de fumaça se espalhavam por todos os lados, embora buscassem o meio do roçado, afunilando-se à medida que se elevavam aos céus. Quando se encontravam, verdadeiras enchentes de negra fuligem, elas se contorciam e se enroscavam umas nas outras, formando terríveis e gigantescos redemoinhos asfixiantes.

O roçado se inflamava abruptamente, mas nenhum facho de lenha fora o responsável.

Paralisado, como se não estivesse acreditando no que via, o *Lasso* teve a certeza de que nenhum de seus companheiros havia iniciado o fogo. Até porque tudo ocorreu muito depressa, não sendo possível ser trabalho dos homens. Diante de tal percepção, algo estalou no pensamento do gêmeo, como se uma descoberta ficasse tão clara quanto a água descansando no fundo de uma cacimba. Aquele homem estranho que estava à sua frente era o responsável pelo fogo que engolia cada garrancho e graveto às suas costas. Sem dúvida, ele estava diante do *Forasteiro*, cujo *cálido*, uma enorme e brilhante pedra com formato de labareda presa por um colar no pescoço, acabava de iniciar seu trabalho.

— É melhor correr, pois seus amigos não tiveram tempo de sair da cama de garrancho — o *Forasteiro* avisou, muito frio e ainda sorrindo com zombaria. — Não vai demorar para que as chamas e a fumaça os alcancem. Se não sucumbirem ao fogo, morrerão asfixiados. E daqui você não os poderá ajudar, uma vez que as flamas não lhe obedecerão a esta distância.

O *Lasso* não ouviu mais nada nem esperou por outro aviso. Após uma última olhada para o homem, o qual agora tinha a identidade conhecida, ele saiu em disparada em direção ao local onde seus companheiros estavam. À medida que corria, também enfiava a mão no bolso direito da calça, procurando pelo colar. Somente com ele seria possível salvar os homens. Se ainda fosse possível. O fogaréu tomava conta de tudo, lambendo e destruindo com fúria cada folha, galho e tronco de madeira. A quentura era escaldante e o som emitido pelo fogo se tornava ensurdecedor à medida que aumentava e se elevava. Estalidos e chiados tomavam conta do ar, devorando tudo, como uma enchente ruidosa engolindo as margens de um rio.

Apesar da distância, o *Lasso* não demorou a percorrer a metade da linha da roça. Embora próximo ao aceiro, ainda assim era difícil saber exatamente onde se localizava a reentrância na cama de garranchos. Além do mais, as labaredas e os vórtices de fumo turvavam as vistas, impedindo de se divisar qualquer coisa dentro do roçado. Por não conseguir ver os companheiros, o homem presumiu que eles ainda deviam estar presos atrás da barreira de fuligem e labareda. E se ele quisesse vê-los ainda vivos, não restava outra opção a não ser ir de encontro a eles. Se era que, a esta altura, os homens já não tivessem perecidos às flamas abrasadoras ou sido asfixiados pela fumaça.

Sem alternativa, o *Lasso* tomou impulso e adentrou pela brecha mais visível que conseguiu avistar. Era a entrada da clareira. Correndo às pressas, ele não demorou a alcançar o centro do espaço aberto. Embora ausente de garranchos, o local agora estava repleto de fuligem, fumaça se espalhando por todos os lados, vinda de todas as direções. As línguas de fogo, cada vez maiores e mais escaldantes, aproximavam-se do meio do que outrora era uma clareira, reduzindo o espaço aberto, como se focassem um único ponto. Mesmo com dificuldade para enxergar, o *Lasso* conseguiu divisar o grupo de homens amontoados no centro da área vazia. Todos os sete estavam muito próximos uns dos outros, em um único monte. Três deles estavam de joelhos, ainda acordados, tossindo e tentando expelir a fumaça inalada aos montes. Os outros quatro, no entanto, já estavam desmaiados. Os companheiros que ainda se mantinham conscientes, não conseguiam ajudar os outros nem a si próprios. Sufocados, simplesmente ignoraram a chegada do domador de fogo.

O *Lasso*, convicto da gravidade da situação, achegou-se aos homens sem emitir nenhuma palavra. Quando chegou próximo o bastante, tentou levantar pela cintura um dos que estavam caídos e puxá-lo para o lado. Não conseguiu. Tentou outra vez, agora arrastando o homem pelos braços. O corpo se moveu, mas parecia muito pesado e não deslizava facilmente pelo chão. O *Lasso* correu de encontro a um dos que tossia descontroladamente e o incentivou a ficar de pé e fugir do fogo. Não teve êxito. O pobre coitado, se desmanchando em tosse, sentiu a respiração falhar, perdeu o equilíbrio e desabou na terra, desfalecido. No mesmo instante, os outros dois também sucumbiram à asfixia e tombaram, como dois sacos molengas caindo sob o próprio peso.

Respirando com dificuldade, o *Lasso* agora se via diante de sete homens desmaiados. A fumaça rodopiava ao seu redor, entrando por cada buraco que encontrasse, preenchendo todos os seus pulmões com ar envenenado. As chamas se esticavam na sua direção, como se fossem animais querendo alcançar os homens, como braços com garras se insinuando para eles. E ele não via uma única saída a não ser abandonar os companheiros e tentar salvar a própria vida. Então, esquecendo que os outros estavam inconscientes aos seus pés, ele segurou o seu *cálido* com força e se preparou para iniciar seu resmungo.

Antes mesmo que começasse a sussurrar, no entanto, uma coluna densa de fumaça se chocou contra o *Lasso*, penetrando com violência por suas vias aéreas, assim como uma lança se adentra numa carne mole. Ele não teve tempo para se defender. O fumo preencheu cada poro de seu pulmão e estancou sua respiração instantaneamente. O *Lasso*, percebendo sua consciência se esvair rapidamente, ainda olhou uma última vez para o lado externo do roçado, ao longe. Lá estava o *Forasteiro* a mover suavemente os braços, controlando cada labareda e cada fiapo de fumaça que se fechava sobre os homens. Então, sem forças para resistir de pé, o *Lasso* se deixou cair, admitindo sua derrota. Quando sofreu o baque no chão, sua visão se turvou de vez e ele não enxergou mais nada além de escuridão.

Observando tudo de longe, o *Forasteiro* continuou domando as labaredas e controlando os vórtices de fumaça. Quando avistou o desmoronamento do último homem no meio do fogo, ele sorriu e relaxou os braços. Parecia satisfeito. No pescoço, sua arma mortal brilhava como uma brasa incandescente. Ele podia sentir todo o seu imenso poder, como se o *rebo cintilante* fosse uma parte do seu próprio corpo. Quanto ao seu inimigo, ele pensou, continuava tão inocente quanto antes. Caíra na armadilha sem nem pestanejar. Parecia não ter ficado mais esperto ao envelhecer e nem aprendido nada no decorrer do tempo. Por isso, não fora difícil acabar com ele. Se salvara quando ainda era um bebê, mas agora, depois de crescido, não fora capaz de suportar o abraço sufocante de suas labaredas e redemoinhos de fumaça.

Um dos gêmeos estava eliminado, asfixiado e, logo depois, estaria transformado em cinzas. Quanto ao *cálido* que ele carregava escondido no bolso, seria recuperado e convenientemente destruído assim que as chamas se findassem e não restasse nada mais sobre o roçado além de matéria carbonizada. Se é que já não estivesse se aniquilado com o calor intenso das flamas abrasadoras que se abateram sobre ele. O que seria ainda melhor. Mesmo assim, ele esperaria até que fosse seguro caminhar pelo meio das cinzas, sem ter que combater nenhuma flama. Não queria correr o risco de falhar em sua missão outra vez, como acontecera há muito tempo atrás. Não. Agora ele ficaria para ter certeza de que seu trabalho estava realmente concluído. Depois, sem pressa, ele sairia em busca do outro gêmeo. Abatido um, o segundo ficaria mais vulnerável e fácil de ser aniquilado.

Ele havia chegado tarde demais, o *Afoito* admitiu.

Embora tenha se apressado no caminho, correndo feito um louco, ele havia saído do casebre somente após ter visto a fumaça subir aos céus. Foi quando percebera o embuste. O *Forasteiro* tinha enganado ele e o seu irmão, ambos engolidos pela mesma falta de esperteza. O irmão caindo facilmente na cilada e ele não sendo sagaz o suficiente para perceber que existia algo de muito errado naquilo tudo. Se tivesse conseguido conversar com o *Lasso* logo que chegara em casa, na noite anterior, talvez o mesmo tivesse compreendido o tamanho do perigo que rondava sua porta. Embora consciente da relutância do irmão em acreditar plenamente no poder que carregava consigo no próprio bolso, o *Afoito* não tinha dúvida de que o *Lasso* poderia ter se cuidado melhor se soubesse os reais motivos de seu retorno. Fatos evitam barbáries.

Porém, com o descuido dos dois, não haviam conversado quando da sua chegada nem pela manhã. E agora estavam ambos metidos em uma situação catastrófica. O irmão poderia estar morto, carbonizado em meio às cinzas, juntamente com os companheiros de trabalho. E ele, embora mais experiente, não se sentia forte o bastante para enfrentar um inimigo poderoso e determinado em cumprir uma missão há muito planejada. Se houvesse perdido de vez o irmão, não almejava ter sucesso na empreitada de destruir um *cálido* maior do que o seu próprio.

O *Afoito* saiu da vareda para o vão aberto do roçado ainda no ritmo de corrida. Embora soubesse o que lhe aguardava, quando viu o cenário de devastação, ele não conseguiu evitar um choque de assombro a percorrer seu corpo, descendo da nuca ao solar dos pés. O que ele tinha à frente era algo desolador, um pequeno mundo totalmente destruído. Um desânimo aterrador começou a esmagar seu peito, como um nó apertado se fechando ao redor de uma garganta indefesa. Por onde o fogo da Fagulha havia passado, tudo se transformara em ruínas. Invocar a cria acesa da Visagem em pleno *cinzento ressequido* é sempre uma tolice. É clamar por uma destruição sem controle. Somente alguém tomado pela sede de vingança teria a coragem para tanto. Somente o *Forasteiro* poderia ser capaz de tamanha insensatez.

O roçado era agora uma vastidão de cinzas e fumaça, a qual ainda se agitava em vórtices e turvava as vistas, dificultando se enxergar ao longe. No chão, esbranquiçada como a poeira de uma vareda, uma fuligem alvacenta se adensava por todos os lados. A fumaça, também de cor pardacenta, sinal de que quase tudo já havia sido consumido pelo fogo, levantava-se em alguns pontos, como colunas espessas de material carbonizado buscando as alturas. Aqui e acolá, uma ou outra chama ainda a tremular, corroendo o resto de um tronco maior e mais grosso de madeira ou engolindo um toco até suas raízes. Ao longe, no rumo da encosta do morro, uma carnaubeira imponente agitava suas palhas totalmente chamuscadas pela quentura. Era o único corpo de maiores proporções ainda de pé no meio de tanta cinza.

No entanto, o que se tinha de mais desalentador e repugnante era a enorme quantidade de seres viventes caídos por toda parte. Animais que estavam escondidos sob a cama de garranchos e, assim como os homens, também não tiveram tempo de fugir antes que o fogo engolisse tudo. Eram restos calcinados de cobras, preás, lagartos e vários outros tipos de criaturas menores. Sem mencionar a quantidade de insetos que sumiram integralmente com as flamas ardentes. Todos carbonizados instantaneamente pela fúria de um *cálido da Fagulha* sedento por morte. Não havia dúvida de que tudo se incendiara com um único sopro causticante, uma explosão violenta de labaredas abrasadoras cuspidas pelas palavras resmungadas pelo *Forasteiro*.

Presumindo o pior, o *Afoito* caminhou de roçado adentro. Não poderia ficar parado, sem fazer nada. Se o irmão ainda respirava em algum lugar, ainda havia esperança de sobrevivência. Ele poderia estar muito ferido, mas vivo, esperando por ajuda em algum local daquela extensa zona calcinada. Além do mais, a fumaça ainda estava densa o bastante para esconder um corpo desfalecido. O vento ainda não soprava o suficiente para levar a fuligem para longe. Por isso, era importante procurar com calma e atenção. E foi o que o *Afoito* fez, caminhando a passos cadenciados pelo meio das cinzas e mantendo a boca, os olhos e as vias aéreas fechados pelo maior tempo que conseguia.

A cada pisada, formava-se uma cratera na camada de fuligem, ficando impresso e bem visível no chão o formato do solar da bota protetora. O *Afoito* andava e olhava para os lados, tentando divisar algo que parecesse conter vida, embora estivesse no chão e coberto de material enegrecido. Mesmo protegido por sua roupa longa, capuz, botas e luvas, ainda assim ele podia sentir a quentura da terra e da atmosfera, a cada passo recebendo uma lufada aquecida vinda do ar ao seu redor ou do chão sob seus pés. Era como caminhar sobre uma fogueira ainda acesa.

Não foi difícil encontrar criatura viva a sucumbir perante a agressividade do fogo. Um preá, em seus últimos suspiros, arrastava-se com dificuldade em meio a brasas ainda acesas. Ele se moveu por alguns palmos, mas parou de repente, já sem vida. Tinha o pelo completamente tostado e as patas parcialmente destruídas. No pé de um toco de catingueira ainda a fumegar, uma cascavel em rodilha balançava lentamente seu chocalho pela última vez. O fogo havia dilacerado a sua pele escamosa ao longo de todo o corpo. Mais ao longe, ainda abrindo e fechando vagarosamente os olhos, um lagarto era devorado por vivas chamas que saíam de um tronco de madeira a se converter integralmente em carvão. Sua longa cauda já não existia mais. Talvez tivesse sido decepada por uma língua de fogo brutal ou pela queda de alguma tora feita tição. No meio da ribanceira de uma pequena voçoroca, um peba jazia sem vida, as costas dilaceradas e a cabeça negra como uma brasa apagada. Ele tinha acabado de sair de sua toca. Talvez não tivesse suportado o calor dentro do buraco e saíra, dando de encontro com chamas ainda piores. Até mesmo uma raposa, pega de surpresa pelo fogo enquanto caçava alguma comida por entre os balceiros de garranchos, dormia um sono eterno ao lado de um toco fumegante de sabiá. Ela estava tão tostada quanto sua presa, um pequeno animal que não podia ser identificado, tanto era seu estado de destruição pelo fogo.

No entanto, a devastação não estava somente dentro do roçado. Os aceiros e beiras da mata vizinha também continham diversos animais mortos. Muitos bichos que, acuados pelo fogo, numa ânsia primitiva para sobreviver, tentaram fugir da quentura, mas foram pegos pelas labaredas. Muitos morreram instantaneamente, ao se chocarem com madeira queimando. Outros, mais ágeis, conseguiram vencer as chamas, mas ficaram em estado crítico, asfixiados e falecendo quando já estavam dentro do mato. Se algum conseguiu escapar ileso, não estava mais por perto.

O *Afoito* avistou outros tantos pequenos seres a se esvair, respirando fumaça tóxica, ou a rastejar com chamas por todo o corpo, como se um tição tivesse ganhado vida e se movesse pela terra aquecida. Porém, ele simplesmente continuou caminhando, concentrado em sua busca particular. Não podia oferecer ajuda àqueles pobres animais, os quais estavam fadados à morte. Além disso, eram muitos, todos sem nenhuma possibilidade de se salvarem, embora fossem levados para fora das cinzas. Os camirangas teriam comida farta naquele local, suficiente para mais de um dia.

Após averiguar uma área considerável nas proximidades do aceiro do roçado, o homem andou em direção a um pequeno monte enegrecido e avistou o que poderia estar procurando. Embora a fumaça subisse com maior densidade naquele ponto, ainda assim era possível enxergar algo muito familiar, algo que só poderia ser corpos de gente. Quando o *Afoito* se aproximou mais um pouco, não teve dúvida do que via. Oito homens jaziam naquele ponto, sete já sem vida, o *fulgor* de cada um levado pelas chamas, e um que ainda tentava encontrar ar limpo para respirar. Seu irmão estava vivo e precisava de ajuda.

O *Lasso* insistia em sobreviver ao fogo mais uma vez.


O *Afoito* correu para perto do irmão, o qual tossia com dificuldade e implorava por um pouco de ar limpo para os pulmões. Os olhos pareciam duas faíscas acesas, resultado da quentura e da fadiga causada pela fuligem. O resto do corpo, as roupas parcialmente chamuscadas e destruídas pelo fogo, continha todos os sinais de alguém que havia sobrevivido a uma pira de sacrifício macabro. Sem poder respirar normalmente, ele também não tinha força para se levantar e ficar de pé sozinho. O *Afoito*, contente por encontrar o irmão ainda com vida, ajudou o outro a ficar de pé, colocando o braço esquerdo do homem ferido ao redor do seu próprio ombro esquerdo. Segurando o lado direito do irmão queimado com sua mão direita, ele fez força e o par de gêmeos, agora já não tão parecidos, começou a andar. O *Lasso* estava quase a ser arrastado pelo irmão, tanta era a sua falta de vitalidade.

Com dificuldade, os dois homens caminharam pelas cinzas, para fora do roçado, no rumo do aceiro que margeia o sopé do Monte Gêmeo. O *Lasso* precisava recuperar sua respiração normal, fugindo da atmosfera asfixiante, e os dois necessitavam se esconder do assassino que ainda devia estar por perto. Este, tanto o *Lasso* como o *Afoito* sabiam, não seria mais ingênuo ao ponto de ir embora sem averiguar com certeza o sucesso de sua empreitada. Talvez já estivesse a observá-los, analisando cuidadosamente seus passos. Era imprescindível ter cautela e atenção.

Mesmo devagar, os dois gêmeos alcançaram o mato alto vizinho ao aceiro norte do roçado. A respiração do *Lasso* parecia melhor, mas ele ainda era um corpo sem forças, com mais fumaça nos pulmões do que ar limpo. Percebendo sua fragilidade, o *Afoito* o ajudou a se deitar no pé de uma árvore de maior porte, para descansar por mais alguns instantes. O *Afoito* não apresentava um respirar tão estafante, mas também tivera suas vias aéreas inundadas por fuligem poluente e era obrigado a forçar a respiração. Tudo resultado da fumaça e do esforço para carregar o irmão.

— É ele — o *Lasso* afirmou, como se estivesse falando para si mesmo, a respiração resfolegante e os olhos cerrados devido à dor da irritação visual. — É o *Forasteiro*. — Uma pausa breve para aspirar o ar indispensável à vida. — Ele está aqui. — Uma pausa maior antes de continuar. — Não o conheço, mas algo me diz que aquele homem que falou comigo lá no aceiro do roçado é o jovem que nos tentou matar quando ainda éramos duas crianças indefesas.

— Era exatamente sobre isso que queria conversar com você o mais rápido possível, irmão — o *Afoito* o interrompeu, tentando olhar rapidamente para todos os lados com o intuito de manter a vigília sobre a movimentação do inimigo. — O objetivo principal de meu regresso a estes tabuleiros e capões de mato do Pote, além de revê-lo, era justamente avisá-lo sobre o retorno do *Forasteiro*, o homem que nos tentou queimar vivos na cabana de nosso pai.

— Como tem certeza de que é realmente ele, irmão? Você chegou aqui após o incêndio resmungado por alguém desconhecido e, provavelmente, não deve ter ficado de frente com ele como eu fiquei há pouco. Ou está pressupondo o mesmo que eu, resgatando uma lembrança reprimida no dia do incêndio no casebre?

— Minhas andanças não tinham o objetivo único de conhecer mais sobre o *cálido da Fagulha* que carregamos no pescoço. Quando me retirei destas paragens, também fui em busca de descobrir algo sobre o homem que tentou nos eliminar quando éramos meninos pequenos. Queria saber qual era o motivo de sua vontade louca em nos exterminar, de onde tinha vindo e para onde havia se retirado quando do atentado por ele perpetrado em nossa cabana. Nosso pai havia dito que ele ainda estava vivo, talvez até se escondendo próximo destes torrões, e que possuía um *rebo brilhante* igual aos nossos, embora fosse de tamanho maior.

— E o que descobriu? — o *Lasso* indagou, aparentemente incrédulo e curioso ao mesmo tempo. A luta incessante dos seus pulmões lhe obrigando um sobe e desce agitado do tórax. Ainda sentindo dores no peito devido à respiração forçada e ardência no corpo inteiro por causa das vestimentas chamuscadas.

— Por onde andei, ouvi muitas estórias e escutei relatos diversos sobre o poder da *centelha* — o *Afoito* respondeu, ainda mantendo as vistas alertas e sem encarar o irmão com os olhos. — No entanto, à medida que conhecia mais sobre o poder que mantinha no pescoço, também procurava encontrar mais informações sobre um homem com um *rebo cintilante* preso em um colar. Pelo que soube posteriormente, andei em seu encalço por muitas varedas, nos distanciando em alguns pontos e aproximando em outros, mas nunca nos encontrando pessoalmente. Parecia um jogo de caça e caçador, ele sempre à frente e eu seguindo atrás. Como nosso pai havia alertado, o jovem não havia ficado em um só lugar. Tudo indica que ele viajava para lugares longínquos por uns tempos e depois voltava a estas redondezas. Como se estivesse tentando ficar longe dos olhos curiosos, mas, ao mesmo tempo, pudesse nos vigiar de perto. Talvez pretendesse ficar sabendo de todos os nossos passos e, o mais importante, descobrir nosso ponto fraco.

— Então, quando soube de seu regresso definitivo, você também retornou. — O *Lasso* tentou adivinhar o que o irmão lhe explicaria logo em seguida.

— Algum tempo atrás, fiquei sabendo que ele poderia estar voltando com um único objetivo, terminar o que não conseguira realizar quando ainda era jovem — o *Afoito* esclareceu, percebendo que o irmão melhorava aos poucos e compreendia cada uma de suas palavras. — Foi então que também descobri a razão do jovem não ter conseguido nos exterminar naquele dia, além de ter sido apressado, obviamente. — Ele se virou para o irmão, que agora estava sentado e lhe direcionava um olhar ainda mais curioso.

— Na época, ele não tinha conhecimento suficiente para dominar o poder do *cálido* em seu pescoço. Assim como eu também ainda não tenho, ao contrário de você.

— Exatamente! — O *Afoito* se aproximou do irmão, curvando um pouco as costas para poder encarar o outro, o mesmo postado num nível inferior. — Ele não tinha conhecimento total sobre o *rebo* que carregava consigo, assim como nós naquela época, embora o dele fosse muito maior do que os nossos. Por esse motivo, conseguimos escapar ilesos de dentro daquele fogo, pois as chamas que ele invocara não eram poderosas o bastante para combater dois *rebos* menores, porém mantidos juntos naquele momento.

— Fomos encontrados abraçados dentro do fogo — o gêmeo queimado concluiu, para satisfação do irmão.

— Isso mesmo — o homem viajante concordou, voltando a ficar de pé e realizando uma varredura no seu entorno com sua vista aguçada. — Só poderemos combater e vencer o *Forasteiro* se nossas *centelhas* estiverem próximas, seus poderes unidos em uma só.

— Fui muito ingênuo em não averiguar a veracidade da informação sobre a mudança do roçado a ser queimado — o *Lasso* admitiu, desanimado. — Se tivesse feito isso, teria descoberto a armadilha para a qual trouxe meus companheiros. Agora eles estão mortos e eu estou vivo somente porque você chegou a tempo de me socorrer e evitar o pior.

— Nós dois erramos — o *Afoito* reconheceu, tentando levantar o ânimo do seu único parente vivo. — Eu devia ter lhe contado isso e tudo o que sei ainda ontem à noite, logo que cheguei. Entretanto, não sabia que o *Forasteiro* já estava por estas bandas, tramando seu esquema e nos preparando uma cilada. Embora tenha descoberto muitas informações sobre o seu paradeiro, não pensei que já estivesse colocando seu plano em prática. Por isso, eu não me apressei em forçar uma conversa com você. Além do mais, eu também não fui esperto o bastante para perceber o embuste entranhado na mudança repentina do horário e local do seu serviço.

— Ele fez um trabalho impecável no modo de me enganar e aos meus companheiros — o homem queimado reconheceu, fazendo esforço para poder ficar de pé. Suas energias ainda não haviam se recuperado integralmente, mas ele devia se erguer, caso quisesse se manter vivo e se defender da criatura que invocara a Fagulha para eliminá-lo e transformara em cinzas seus camaradas de trabalho. — Estivemos e estamos diante de um ser desumano e sedento por morte. Se você sabe algo que possa nos ajudar, este é o melhor momento para revelar o que mais aprendeu sobre um *cálido*. Vamos acabar com isso de uma vez por todas. Só voltarei para casa quando o corpo dele estiver transformado em fuligem. Mesmo que, para isso, o meu próprio seja convertido em fumaça.

— Segundo as estórias que ouvi, existe um modo eficiente para se destruir um *cálido*...

O *Afoito* começou a explicar o que sabia ao irmão, mas foi interrompido por um som em forma de chiado a se aproximar rapidamente de onde eles estavam a conversar. O barulho se avolumava naquela direção, como se estivesse vindo do aceiro mais próximo, partindo do sentido sul e adentrando pela mata como um bicho selvagem rugindo desvairadamente. O gêmeo encapuzado se voltou para o irmão e viu que ele também estava ouvindo o mesmo choque sonoro. Um breve instante depois, o chiado já estava tão perto deles que era possível ouvir um estalar vibrante a acompanhá-lo. Antes que pudesse falar mais alguma palavra, o *Lasso* se antecipou e emitiu um alerta:

— Fogo no mato! Vindo na nossa direção!

Então, sem aviso, uma lufada de ar quente os atingiu com violência, trazendo consigo fumaça asfixiante e línguas de fogo famintas por qualquer material inflamável, mesmo que fosse pele humana.

O *Forasteiro* estava postado de pé no aceiro sul do roçado, observando tranquilamente o resto de toco e madeira se consumir em chamas devoradoras e causticantes. Não fora difícil trazer o gêmeo para a armadilha há muito preparada e também não precisou de tantos artifícios para o colocar no meio do fogo. Ele até chegou a pensar que teria de travar uma luta brutal contra o homem. Porém, no final, tudo correra de forma mais fácil do que ele poderia ter imaginado. Primeiro foi a decisão impensada do domador de fogo em pedir para seus homens percorrerem todo o perímetro do desmatamento, levando todos a se distanciarem dele. Depois, a ingenuidade dos próprios companheiros ao penetrarem por todo o aceiro do roçado, indo direto para o centro da cama de garranchos, também disposta num formato peculiar de modo proposital. Em seguida, o próprio gêmeo correndo em socorro dos seus amigos, sendo que, àquela altura, nenhum deles teria mais qualquer chance de sobrevivência. Todos já estavam cercados pelas labaredas ardentes.

O seu plano não correra como ele havia projetado, mas chegou ao mesmo resultado esperado. E de maneira mais fácil. O *Forasteiro* estava satisfeito. Agora era só aguardar o fogo se extinguir e a fumaça se dissipar para ele confirmar o que já sabia: ver o corpo do gêmeo feito cinza e um *cálido* destruído ou à sua disposição. Quando mirou o centro do roçado, no entanto, ele teve uma surpresa e logo percebeu que lhe surgia um problema. Antes mesmo que a fuligem esfriasse e as labaredas cessassem, alguém vestido à moda de viajante adentrou pelo meio das cinzas, no rumo de onde deveriam se acomodar os restos mortais de oito homens queimados até sobrar somente pó enegrecido.

Não havia dúvida de que o outro gêmeo resolvera aparecer. Provavelmente, teria descoberto a trama arquitetada contra o irmão e viera em seu socorro. Porém, já era tarde demais para prestar ajuda. Para ter o mesmo destino do outro, no entanto, era o momento certo. Exterminar um já estava de bom tamanho. Poder saborear a morte dos dois, só poderia ser um presente enviado diretamente pelos Visões. Ele ia aceitar de bom grado. Inicialmente, o seu objetivo era simplesmente eliminar um dos irmãos, aquele que nunca saíra dos torrões do Pote, e depois correr o mundo em busca do segundo. Entretanto, como o próprio gêmeo viajante viera sem ser convidado, diminuía muito o trabalho a ser realizado. Agora era só concluir o serviço adiado durante tantos *cinzentos ressequidos*.

O *Forasteiro* não se apressou, a confiança o mantendo de pé por mais alguns instantes onde estava. Ele acompanhou com as vistas o que acontecia no meio do roçado. O homem que aparecera, não perdeu tempo em ir ao encontro do irmão, talvez já totalmente carbonizado por cima dos restos mortais de seus companheiros. Contudo, o seu semblante mudou de repente quando avistou, embora a fumaça ainda ofuscasse seus olhos, o par de homens a se arrastar pelo meio do roçado, em direção ao mato alto, no rumo do sopé do morro. Não era possível que o gêmeo ainda estivesse vivo, mesmo depois de tantas labaredas enviadas sem piedade ao seu entorno. No entanto, era realmente o que ele estava a observar. O irmão que chegara depois ajudava o outro a caminhar para fora do desmatamento transformado em cinzas. O *cálido* que seu inimigo tinha posse, sem dúvida, devia ser muito poderoso. Já era a segunda vez que escapava da morte. Assistir seu oponente sobreviver ao fogo da Fagulha uma terceira vez era algo que ele não pretendia permitir. E não permitiria.

Sendo assim, a nova situação não era um problema difícil de se resolver, o *Forasteiro* pensou consigo mesmo. Transformar os dois homens em carvão, juntos, ao mesmo tempo, poderia ser a melhor forma de terminar tudo, não restando nada mais para depois. Então, sua empreitada estaria concluída. E era exatamente o que ele iria fazer. Para isso, a tarefa se tornaria mais fácil se os dois irmãos se encontrassem num único ponto. Estariam fortalecidos, é verdade, mas também vulneráveis a um único ataque mortal. E o cerne de uma mata fechada, preenchida por balceiros e montes de folhas secas, torna-se um lugar perfeito para se alimentar um fogaréu terrível e letal.

Pensando assim, o homem estranho aguardou por mais algum tempo, à espera do momento mais apropriado, o qual, ele não tinha dúvida, estava muito perto de chegar. Quando percebeu que os dois homens já estavam metidos no meio da mata, o *Forasteiro* se moveu. A passos cadenciados, mantendo um ritmo sem pressa, ele seguiu diretamente no rumo do local onde avistara os dois irmãos penetrarem o espaço fechado da floresta, no intuito ingênuo de se esconderem do fogo. Não teriam sucesso, o homem determinado e vingativo garantiu para si mesmo. Ele preferiu percorrer o braseiro em vez de andar ao redor do roçado, pois seguir pelo aceiro atrasaria sua chegada. Portanto, simplesmente caminhou por entre cinza, chamas e fumaça, em linha reta, no encalço das duas presas.

Quando o *Forasteiro* se aproximou da beira do roçado, tendo o início da mata a poucas braças, seu ataque teve início. Com um movimento ascendente de ambos os braços, ele forçou um vento a se formar no meio da fuligem, iniciando-se às suas costas, levantando fumaça e arrastando consigo um mundo feito de cinzas. Quando a coluna de material carbonizado chegou à altura do homem, ele esticou os braços para frente. Então, como se fosse um animal adestrado, a massa de cinza, fuligem e fumaça, todas ainda quentes como brasa, ganhou impulso em direção à mata, penetrando por entre as árvores como uma nuvem de gafanhotos invadindo uma plantação. Em seguida, a pedra no pescoço do *Forasteiro* brilhou como fogo. Num instante, labaredas demoníacas se levantaram do chão, engolindo folhas, galhos, balceiros e troncos de árvores. O homem abriu os braços e as chamas lhe obedeceram, dividindo-se em duas frentes, como uma forquilha de destruição, uma parte seguindo para a sua direita e a outra se afastando para a esquerda. Em pouco tempo, elas acompanharam a nuvem de cinza e ar aquecido, fazendo-lhes companhia, como dois cavalos acompanhando uma boiada enlouquecida.

O *Forasteiro* seguiu atrás, movendo os braços, para cá, para lá, para cima, para baixo, para frente, para trás, na diagonal... Era uma verdadeira orquestra de fogo. O homem caminhando devagar e regendo a nuvem de fumaça e as labaredas, ao seu comando, engolindo cada pedaço de graveto que encontrava pela frente. Não demorou para ele alcançar o par de gêmeos. Quando os viu, um desfalecido no chão e o outro a lhe prestar auxílio, o *Forasteiro* estacou, embora as chamas continuassem seu trabalho destruidor de modo incansável. Estas, no entanto, ainda que alvoroçadas e agressivas, não rumavam para onde os dois homens estavam. Era como se houvesse um raio de proteção contra o fogo ao redor dos dois irmãos. O adestrador de chamas ficou contente ao ver um dos homens caído. Entretanto, talvez não tenha ficado tão animado ao ver o outro se levantar e o encarar com impavidez.

Quando a lufada de ar quente atingiu os gêmeos, ambos desprevenidos e um deles ainda tentando se recuperar do ataque anterior, não houve tempo para preparar uma defesa contra a fumaça e as línguas de fogo. Estas, devoradoras e causticantes, surgiram como um clarão repentino, saindo de dentro do mato diretamente para os corpos desprotegidos dos dois homens. O *Afoito*, numa tentativa desesperada de se proteger, jogou-se bruscamente ao chão, conseguindo evitar a imensidão de fogo. O *Lasso*, ainda meio desorientado com tudo que vivenciara recentemente, não teve reação rápida o bastante para se defender. A onda de choque impregnada de cinza e fumaça o arremessou ao longe, como se tivesse sido golpeado pelo coice violento do Viloso, a cria do Assobiador que devora criancinhas sem *múrmur*. Submetido inesperadamente a um movimento de voo e queda, durante o qual tudo ao seu redor rodopiou vertiginosamente, ele não conseguiu se esquivar de alguns impactos severos contra as árvores em seu caminho e as rochas espalhadas por todo lado. Caiu, rolou pelo chão, estacou e não conseguiu mais se levantar.

Como se fosse ativado por pensamento, o *cálido* no pescoço do *Afoito* começou a cintilar e, imediatamente, algo mudou na atmosfera das suas imediações. Por maiores e elevadas que fossem as línguas de fogo, todas rugindo como uma fera selvagem, elas não atingiam e não conseguiam se aproximar do homem. O campo de proteção criado pelo *cálido da Fagulha* era impenetrável a qualquer labareda que se acercava daquele local. O *Afoito*, ágil no modo de se erguer, correu depressa para perto do irmão. Quando o sacudiu pelos ombros, porém, não houve resposta animadora. O *Lasso*, deitado de bruços, estava desacordado. O impacto com alguma pedra ou algum tronco o havia deixado momentaneamente inconsciente. Felizmente, ainda tinha pulso e, aparentemente, não estava com nenhum membro quebrado ou parte do corpo lesionada de modo perdurável. Seu estado físico era estável, embora fosse durar alguns instantes até que ele acordasse e conseguisse se levantar.

O *Afoito* sabia que estavam sob ataque do *Forasteiro*. Também sabia que, mesmo sem a ajuda momentânea do irmão, ele teria que enfrentar as labaredas que fustigavam sobre eles. Por isso, sem demora, ele levou a mão ao bolso do irmão e catou o único objeto que tinha lá dentro, o *cálido de fogo* idêntico ao seu próprio. Num instante, ele fixou o colar no pescoço do *Lasso*. E foi nesse momento que o *Afoito* sentiu a presença indesejada de alguém se aproximando às suas costas, há poucas braças de distância. O *Forasteiro* chegava para ver o resultado de seu ataque.

Sem se abater com a aproximação do homem vingativo, o *Afoito* se levantou, virou sobre os calcanhares e encarou o estranho, o qual agora já não era mais tão estranho. Era um velho conhecido, desde tempos imemoriais, quando ele ainda era menino e estava com seu irmão gêmeo sob um teto de palha de carnaubeira. Mesmo que este fosse um reencontro difícil e indesejável, não poderia ser protelado. Enquanto eles dois possuíssem um *rebo cintilante*, aquele homem não os deixaria em paz. Sempre estaria lhes tirando o sossego, estivesse perto ou longe. Por isso, era melhor que toda aquela perseguição insensata chegasse ao fim. Ainda que, no final, não restasse nenhum deles vivo.

— Estive no seu encalço durante muito tempo, mas nunca consegui encontrá-lo pessoalmente — o *Forasteiro* falou, quase gritando para que o som de sua voz conseguisse vencer o barulho feito pelo fogo ao devorar o mato com voracidade.

— Também segui seu rastro por longas e desoladas varedas, porém sem poder me esbarrar com sua pessoa — foi a resposta do *Afoito*, também elevando o tom de voz para poder ser ouvido de modo claro por seu oponente.

— Quando soube de sua partida, após a morte do seu velho, pensei na possibilidade de topar com você em algum lugar, distante destas paragens. No entanto, as informações que obtinha de seu paradeiro eram todas vagas e minguadas. Se me diziam que sua estada era certa numa tal residência, ao me dirigir a ela, descobria que você já havia partido ou nunca houvera estado lá. Quando ouvia falar sobre sua passagem por determinado caminho, tentava fazer o mesmo trajeto, mas não o alcançava, por mais distante que chegasse a ir. Percorri estradas, por indicações imprecisas ou falsas orientações, muitas delas deliberadamente mentirosas, sobre as quais talvez você nunca tenha pisado. Era como se me pregassem uma peça, fornecendo-me relatos duvidosos para gerar propositalmente desencontros. Como se alguém o estivesse protegendo de meus olhos.

— Não posso dizer que foi diferente comigo. Parti com o pretexto de aprender mais sobre o poder do *cálido* que carrego no pescoço. Obviamente que já conhecia muito sobre ele, pois sempre escutei e acreditei no que meu pai nos dizia sobre o poder e caprichos da Fagulha, o que o povo só vê como sendo estórias antigas para amedrontar as pessoas mais crédulas. No entanto, meu verdadeiro objetivo era descobrir os seus passos, onde vivia e onde se escondia. Vaguei e interroguei muita gente durante longo período sem conseguir nada de muito concreto. Muitas das informações que obtinha a seu respeito já eram conhecidas e não acrescentavam nada de novo. Tive que ser bastante seletivo sobre os relatos que chegaram até meus ouvidos. Procurei você por muitos lugares, viajando no horário do Assobiador e descansando no período da Visagem. Mas, como é de seu conhecimento, nunca cheguei perto o suficiente para um encontro como este. Foi então que me lembrei do último aviso de meu pai. Ele havia nos alertado em seu leito de morte que você poderia estar próximo destes tabuleiros e capões de mato, escondido, disfarçado ou encoberto por alguém, apenas esperando um momento ideal para empreender sua investida. Ao pensar nessa possibilidade, retornei para avisar meu irmão do perigo que ele poderia estar correndo. Como podemos ver agora, cheguei atrasado. Sua armação maligna já estava em andamento há muito tempo atrás.

— Realmente, você é muito mais esperto do que seu irmão tolo, eu devo admitir. Deve ser por isso que não consegui encontrá-lo em lugar algum. Em meio a tantas informações escassas e dúbias, selecionei aquelas que pareciam mais verídicas, com menos erros e não tão conspiratórias. Assim, pude perceber que você andava longe de sua terra natal, o que deixava seu irmão bastante vulnerável. Por isso, decidi regressar e arquitetar uma emboscada. Tornei-me um fingido lavrador e me estabeleci por aqui, observando a lida do povo, esquivando-me de perguntas curiosas e evitando olhos bisbilhoteiros. Com paciência, a mãe dos bem-sucedidos, planejei todo um contexto que levaria seu irmão direto para o abismo de minhas labaredas. Só não achava que seria tão fácil.

— E não foi — o *Afoito* falou, ainda mantendo no rosto um semblante impávido e misterioso. — E meu irmão não é um tolo.

O *Forasteiro* não entendeu de imediato o que o homem estava dizendo. Não por ter sido afirmado em voz baixa, mas por não ter percebido o que ocorria ao seu redor no momento em que conversava com o gêmeo. Este, ao mesmo tempo que tentava entreter o inimigo com sua estória sobre suas andanças, também movimentava delicadamente o braço direito. Não foi difícil gerar um campo de contenção maior contra o fogo, fazendo o seu se expandir e se fundir com o do próprio *Forasteiro*. Quando ambos estavam dentro da mesma esfera protetora, não foi tão complicado para o *Lasso*, agora acordado e de pé, gerar e lançar uma língua de fogo diabólica sobre o peito do homem estranho. Este, pego totalmente de surpresa, não teve tempo sequer de se esquivar da labareda nem forjar uma outra região para a sua defesa contra o fogo. A chama fumegante simplesmente rodopiou ao redor de seu corpo e o incendiou como um toco seco encharcado com óleo combustível.

Em meio a tanto barulho, um fogaréu destruindo tudo que fosse possível queimar, fumaça rodopiante zumbindo por todo lado, o *Lasso* despertou tão aturdido quanto intrigado. Tudo lhe pareceu como se estivesse saindo de um sonho. Lembrou da lufada de ar lhe golpeando e as labaredas se insinuando na sua direção. Sabia que fora arremessado à distância, porém algo acontecera que sua lembrança terminava nesse ponto. Provavelmente, desmaiara com o impacto contra uma pedra ou um tronco de madeira, ele pensou. No entanto, mesmo desacordado, alguma luz penetrava suas vistas e sons variados atingiam seus ouvidos. Ele vira, com as vistas embaçadas, o irmão se defender da onda de fumaça e formar uma abóboda sobre eles, protegendo-lhes contra as chamas violentas. Também o viu correr em seu rumo e o sacudir, tentando reanimá-lo. Todo o resto lhe parecia somente escuridão e silêncio.

Como se estivesse mergulhado dentro de um transe, vivendo no limite de duas dimensões diferentes, o *Lasso* parecia ouvir o irmão, mas, ao mesmo tempo, não conseguia acordar. Em seu delíquio, ele sentiu o *Afoito* retirar o colar de seu bolso e prendê-lo em seu pescoço. Quando o *cálido* estava sendo dependurado no lugar onde sempre deveria ter ficado, ele ouviu algumas palavras que saíam da boca do irmão. E não eram palavras de censura ou reprovação, mas tinham o teor de um chamado, um pedido de ajuda. E ele o gravou no fundo de sua mente.

— É chegado o momento de acordar, irmão — o *Afoito* havia sussurrado com os lábios próximos ao seu ouvido. — Sei exatamente que sua relutância em não querer usar a sua *centelha*, tentando fazer a si mesmo acreditar que tudo isso se trata apenas de estórias sem fundamentos, é uma forma de proteger quem está ao seu lado de uma possível ameaça perante um poder que pode facilmente sair do seu controle. No entanto, a verdadeira ameaça está vindo atrás de nós, em forma de um homem desvairado que quer, a qualquer custo, nos eliminar e conquistar o domínio supremo de um *cálido de fogo*. — Antes de continuar, o *Afoito* deu uma pequena pausa, quando pressentiu a aproximação do *Forasteiro* às suas costas. — Sem a proteção do *cálido da Fagulha*, nosso corpo pode queimar como qualquer outro. Assim como o dele.

O *Afoito* disse isso e depois se levantou.

Ainda decorreram alguns instantes até que o *Lasso* recobrasse de vez a consciência. Agora desperto, ele percebia que não estivera totalmente desfalecido. Talvez apenas tivesse passado por um estado momentâneo no qual se mantivera semiconsciente. Por isso, conseguira ouvir o que o irmão lhe dizia. E tinha entendido perfeitamente o pedido. Era verdade, ele sempre se recusara a conhecer mais sobre aquela pedra em seu pescoço por uma simples razão: o medo de não conseguir controlar todo o poder que poderia dela emanar. Mas, no fundo de seu ser, ele sabia que todas as estórias contadas por seu pai adotivo sobre o poder da Fagulha eram reais. Ele, seu irmão e o *Forasteiro* era a prova mais contundente que havia. Pelo fato de se achar inseguro quanto ao domínio pleno sobre um *cálido de fogo*, ele não acompanhara o *Afoito* na sua busca por respostas. Preferiu ficar exercendo um serviço mais simples e longe de ser forçado a usar toda a energia de sua *centelha*.

Fora um erro de sua parte.

Um erro que agora ele teria que consertar.

O *Lasso* lembrou das cinzas de seus companheiros no meio do roçado e não conseguiu evitar um sentimento de raiva estrangulando o seu peito. Levou a mão ao pescoço e sentiu a pedra em forma de chama dependurada no colar, aquecida como brasa acesa. Quando ele a tocou e lhe acariciou a superfície, ela brilhou como uma estrela numa noite livre de nuvens. Como se sentisse o calor de seu dono. Então, o *Lasso* admitiu para si mesmo que seu irmão sempre estivera certo. O *cálido* tinha mais força quando estava dependurado no pescoço. Como se o homem e o pedregulho fossem um único corpo, unidos pelo fogo da Fagulha.

Ele sabia exatamente o que devia ser feito e como proceder para agir conforme o irmão o havia instruído há poucos instantes. Ao longo de sua vida, ajudara a controlar o fogo de muitos roçados e defendera incontáveis pessoas de chamas destruidoras. Agora, no entanto, era necessário agir de maneira contrária. Em vez de divergência, uma convergência de labaredas; em vez de livrar alguém do calor causticante, destruir um homem através de flamas abrasadoras. O homem que lhe queria ver morto e ao seu irmão gêmeo. A ameaça só chega ao fim quando o inimigo sucumbe.

Com a agilidade de um malabarista, o *Lasso* firmou ambos os pés sobre o chão, tensionou o corpo, movimentou delicadamente os braços e os esticou para a frente, no rumo do *Forasteiro*. Formou um vê em cada mão, aproximando o dedo médio do indicador e o anelar do mindinho. Em seguida, dobrou cada um dos polegares no sentido da palma da mão. Após tal gesto, o rebo em seu pescoço explodiu em luz e uma labareda feroz e demoníaca correu apressada na direção em que o homem estranho se distraía em conversas com o *Afoito*. Fora a maior chama que ele até então havia invocado. Esta, veloz e sedenta por combustível, não demorou para atingir o corpo do *Forasteiro*, o qual estava sem proteção e desprevenido.

Pelo que o povo mais velho de Tabuvale conta, o fogo da Fagulha é intenso e voraz, ligeiro e sufocante. Quando começa a queimar, nada pode lhe apagar. Alheio ao que se desenrolava ao seu redor, focado somente na conversa que mantinha com o *Afoito*, o *Forasteiro* se deu conta de que uma labareda endiabrada se aproximava apenas quando não tinha mais nenhuma saída. Quando percebeu que havia sido ludibriado, a chama ardente já se incendiava sobre suas vestes e penetrava por entre suas carnes. Após se passar um ínfimo instante, seu corpo não passava de uma tocha acesa, as flamas se alastrando por todas as partes, desde as botas até o cabelo na cabeça. Não houve tempo nem mesmo para ele gritar. E se houve, seus gritos talvez tenham sido obstruídos pelo crepitar do fogaréu.

Aproveitando o golpe mortal empreendido pelo irmão, o *Afoito* moveu os braços exatamente como o *Lasso* havia feito. Seu *cálido* também emitiu um brilho intenso, liberando energia suficiente para formar uma labareda muito mais potente do que a do outro gêmeo. Quando esta correu na direção do homem se diluindo em chamas, o *Afoito* aproximou as duas mãos, unindo palma com palma. Como um animal adestrado, a labareda se afunilou ainda mais, ao mesmo tempo que viajava para seu destino. Com todo o fogo concentrado num espaço menor, a flama destruidora parecia mais era com uma lâmina flamejante, correndo ligeira e mirando o pescoço do *Forasteiro*. Quando a labareda atingiu o *rebo* do homem a queimar, houve uma explosão ainda mais intensa de luz. Ouviu-se um estrondo seco e um chiado repentino, como um incêndio se iniciando sobre um balceiro de mato seco.

Após o clarão momentâneo, não foi possível se ver mais o corpo do *Forasteiro*. Somente algumas pequenas chamas ainda subiam do local onde ele estivera. Nada mais além disso e um punhado de fuligem e fumaça. O homem havia se convertido integralmente em cinzas, juntamente com sua *centelha*, a qual se transformou em luz a se espalhar por toda a atmosfera. O *Forasteiro* deixou de existir, incinerado pelo fogo da Fagulha.

Quanto às chamas que fustigavam ao redor, extinguiram-se repentinamente logo que o corpo do homem começou a se incendiar. Foi como se se partisse um fio que os ligasse ao *Forasteiro*. Como se, tirando a vida do dono, também falecesse o seu animal de estimação. Ao longo de um raio de muitas braças, porém, a destruição estava feita e tinha sido generalizada. Por onde as labaredas passaram, não restou muita vegetação, além, é claro, das árvores de porte maior. Tudo havia se convertido em material chamuscado e carbonizado. Um verdadeiro mundo de negrume, como as trevas que o Assobiador estende sobre Tabuvale.

— Obrigado por ter atendido ao meu pedido — o *Afoito* conseguiu agradecer, virando-se para o irmão. Sentia-se um pouco exausto, como se algo houvesse lhe roubado as forças. — Não consegui enxergar outra opção a não ser apelar para a sua destreza em domar uma flama. Habilidade tal, creio eu, adquirida durante muito tempo na labuta de controlar o fogo de um roçado.

— Se você não estivesse por aqui para me proteger, eu não poderia ter invocado uma labareda nunca mais — o *Lasso* respondeu, achegando-se para mais próximo do irmão. Respirava com dificuldade, mas sentia suas energias renovadas, como se tivesse se libertado de correntes apertadas.

Instantes depois, ambos os gêmeos caminhavam vagarosamente pelo meio da mata incinerada, no rumo do roçado. Teriam que voltar para relatarem aos parentes dos sete companheiros mortos tudo o que acontecera por ali. Óbvio que iriam omitir os detalhes e não mencionariam nada sobre a existência do *Forasteiro*. Aqueles homens tinham sido pegos de surpresa por labaredas assanhadas por um vento forte, os dois irmãos contariam.

O sol ainda estava longe de se esconder atrás do Morro Moreno quando os gêmeos se encaminharam para a vareda que os levaria até o casebre. Antes, no entanto, o *Lasso* teve que se despedir das cinzas de seus camaradas de fogo. Eles não empunhariam mais nenhum facho, aceso ou apagado, mas ficariam em sua memória enquanto ele fosse vivo.

O *Lasso* havia preparado uma bolsa de palha de carnaubeira com tudo o que ele achava que seria necessário para a viagem. Ele não tinha hesitado por nenhum momento quando o *Afoito* o convidara para fazer uma jornada pelos lugares que já conhecia. Enquanto o irmão esperava no terreiro de fora, já com o devido traje de viagem, o *Lasso* reunia seus mantimentos e organizava os poucos pertences que possuía dentro de casa. Avisara ao irmão que não seria uma partida definitiva, apenas uma busca que teria um retorno aos tabuleiros e capões de mato do Pote. Portanto, o casebre ficaria fechado e pronto para recebê-los quando resolvessem voltar. Embora não soubessem com certeza quando ou se voltariam algum dia.

— Tudo pronto, irmão? — o *Afoito* indagou quando viu o *Lasso* atravancar a porta da cabana.

— Acho que não estou esquecendo mais nada — o gêmeo respondeu, tomando um cajado pela mão direita e acomodando a bolsa de palha no lado esquerdo da cintura, tendo a alça em volta do ombro direito.

— Então, é chegado o momento de partir.

Sem mais nada faltando, os dois homens iniciaram a caminhada, ambos com os trajes semelhantes e o pescoço decorado com um colar elegante. Preso neste, um pedregulho no formato de uma pequena labareda. Os dois irmãos tomaram a vareda que sai para o leste, buscando o rumo do nascer do sol, e onde a Visagem, o Visão do dia e protetor da luz, faz a Fagulha espalhar seu resplendor sobre Tabuvale. Caminhando um ao lado do outro, os dois gêmeos seguiram pelo caminho a passos ritmados, sem pressa e sem destino certo. Vestidos com roupas iguais, carregando os mesmos mantimentos e se apoiando sobre cajados quase idênticos, pareciam objeto e imagem espelhada. Para quem os visse de longe, não era possível distinguir um do outro.

Ao longe, ninguém sabia dizer com certeza quem seria o *Lasso* ou o *Afoito*. Aos olhos da Fagulha, no entanto, eles eram um único ser, unidos pelo *cálido* no pescoço de cada um.